Anna McPartlin

Après une carrière dans le stand-up, Anna McPartlin est devenue romancière. Elle est l'auteure des *Derniers Jours de Rabbit Hayes* (2016), de *Mon midi, mon minuit* (2017), *Du côté du bonheur* (2018) et de *Sous un grand ciel bleu* (2021), tous parus au cherche midi et repris chez Pocket.

Retrouvez toute l'actualité de l'auteure sur :
www.annamcpartlin.com

SOUS UN GRAND CIEL BLEU

ÉGALEMENT CHEZ POCKET

LES DERNIERS JOURS DE RABBIT HAYES

MON MIDI, MON MINUIT

DU CÔTÉ DU BONHEUR

SOUS UN GRAND CIEL BLEU

ANNA MCPARTLIN

SOUS UN GRAND CIEL BLEU

Traduit de l'anglais (Irlande)
par Valérie Le Plouhinec

cherche
midi

Titre original :
BELOW THE BIG BLUE SKY

MIXTE
Papier issu de sources responsables
FSC® C003309
FSC
www.fsc.org

L'éditeur de cet ouvrage s'engage dans une démarche de certification FSC® qui contribue à la préservation des forêts pour les générations futures.

Pour en savoir plus :
www.editis.com/engagement-rse/

Éditeur original : Zaffre

ISBN 978-2-266-32272-0
Dépôt légal : avril 2022

En souvenir de Catherine « Terry » McPartlin

Née le 15 octobre 1936
Décédée le 22 mars 2016

On t'aimait, Terry.

Prologue

Dehors, les oiseaux chantaient. Dans la petite chambre du centre de soins palliatifs, encombrée de monde et légèrement malodorante, Molly Hayes tenait la main de sa fille. En face d'elle, la lumière qui entrait à flots par la fenêtre réchauffait son visage et blessait ses yeux las. Malgré sa fatigue accablante, elle restait éveillée, les yeux grands ouverts pour contempler son enfant jadis si belle, devenue cet être méconnaissable, bouffi, misérable, qui luttait pour respirer. Les autres membres de la famille, éparpillés autour d'elle, dormaient sur des chaises. Son mari Jack, assis tout droit, les mains jointes, le menton sur la poitrine et la tête basculant de temps en temps en avant, tel un voyageur assoupi dans un train – ses ronflements graves fournissaient l'accompagnement sonore du départ de Rabbit. Davey, son fils, appuyé contre le mur, et dont l'épaule servait d'oreiller à sa sœur Grace. Leur souffle, par contraste avec celui de leur petite sœur mourante, était lent et régulier. Marjorie, la meilleure amie de Rabbit, était pour sa part couchée par terre. Une veste roulée séparait sa tête du carrelage froid et dur. Elle faisait très peu de bruit, peut-être même pas du tout.

Molly affichait un calme de façade. Elle savait la mort imminente. Elle avait parfaitement conscience que, d'une seconde à l'autre, Rabbit s'en irait pour ne plus jamais revenir. *Je t'aime, Rabbit. Je t'aime. Je t'aime tellement. Ta maman t'aime, tu sais.* Soudain, dans un dernier sursaut d'énergie, Rabbit agrippa la main de sa mère, lui fichant une frousse de tous les diables. Molly fit un bond sur sa chaise.

— Nom d'un petit bonhomme en bois, marmonna-t-elle, la main sur le cœur, en se demandant un instant si sa cadette essayait de l'emmener.

Lorsque son cœur eut repris un rythme normal, elle se ressaisit et se pencha vers sa fille mourante.

— Rabbit ? souffla-t-elle. Tu es toujours avec moi, chérie ?

— Faut que je rattrape la camionnette, maman.

Molly sentit son âme éclater en morceaux. *Ça y est.* Ses yeux se noyèrent, son nez se bloqua, ses oreilles bourdonnaient, sa gorge la brûlait.

— Fais un bon voyage, ma Rabbit.

Un instant plus tard, la main de Rabbit se desserrait et elle n'était plus là. Molly garda le silence ; elle ne pleura pas, ne hurla pas, ne chuchota même pas aux autres de se réveiller. Elle n'appuya pas sur le bouton pour alerter les infirmières, ne courut pas dans le couloir pour prévenir la première personne qui passerait. Non, elle resta parfaitement immobile. Dehors, sur l'appui de la fenêtre, un oiseau pépiait. Dedans, juste en dessous de cette fenêtre, le radiateur bourdonnait. Une araignée traversa tranquillement la largeur de la vitre avant de sauter sur le mur. Molly, droite comme un I et raide comme un piquet, caressait les cheveux de sa fille. Au jeune âge de quarante ans, Rabbit

Hayes était morte. La dernière-née de Molly, et la plus courageuse de ses enfants, était morte. Ses jambes ne bougèrent pas, même pas un muscle. Elle reprit la main de Rabbit, attendant qu'elle refroidisse et se raidisse. La pendule au mur indiquait 5 h 23 lorsque Rabbit avait parlé de rattraper la camionnette. Molly se répétait ces chiffres en boucle. C'était important de se rappeler l'heure du décès et la date. Le 28 avril 2014. Ah, et la météo. Elle savait que cela comptait pour Rabbit. Il faisait beau et bon, et pourtant le soleil s'accompagnait d'une bruine presque imperceptible.

Davey fut le premier à se réveiller. Il comprit immédiatement que Rabbit était partie. Il redressa lentement la tête et observa fixement sa mère pétrifiée.

— Maman, souffla-t-il. Maman, regarde-moi, m'man.

Mais Molly était ailleurs. Il donna un coup de coude à Grace, qui s'éveilla en sursaut.

— Je suis levée, occupe-toi juste des casse-croûte ! s'écria-t-elle avant d'essuyer distraitement la bave qui avait coulé sur son menton, clignant des paupières pour réajuster son regard.

C'est alors qu'elle comprit : *Merde, je ne suis pas à la maison, ce n'est pas un jour comme les autres.* Ses yeux firent le point sur le corps de Rabbit. *Oh non.*

— C'est fini, souffla Davey.

Grace bondit sur ses pieds et fondit immédiatement en larmes.

— Oh non, Rabbit !

C'était étrange parce qu'elle n'arrivait pas tout à fait à y croire ni à l'accepter, alors que Rabbit était déjà mourante depuis plusieurs jours, terrassée par le cancer. Cela paraissait impossible. Il n'y avait plus que de la pierre à la place de ce qui avait été une personne – plus qu'une personne, sa sœur, son amie.

— Oh non ! répéta-t-elle en tâchant de ravaler la morve qui montait par vagues dans son nez et sa gorge.

La meilleure amie que Rabbit ait eue au monde, Marjorie, était maintenant assise contre le mur. Les yeux écarquillés, elle versait de grosses larmes. Jack reprit lentement conscience. Il entendit la nouvelle de la mort de sa fille avant de la voir. Il se leva, rajusta ses vêtements et s'approcha de sa femme. Il posa une main sur son épaule. Elle resta figée et silencieuse, peut-être plus qu'il ne l'avait jamais vue en cinquante ans passés à la connaître et à l'aimer. Puis il se pencha et prit Rabbit dans ses bras.

— Enfin, papa, ne la bouge pas ! glapit Grace.

Il la serra, fort, et lui embrassa l'oreille.

— Il n'y a plus de souffrance, maintenant, dit-il en laissant librement couler ses larmes. Du moins pour toi, mon bébé.

Il présenta sa main à Molly ; elle la prit.

— Je ne peux pas te perdre en plus, Molly, dit-il sans lâcher Rabbit. Ne me quitte pas maintenant !

Elle acquiesça.

— D'accord, si tu arrêtes d'étaler ta morve partout sur son foutu cadavre, Jack.

Il se recula.

— Bien sûr, chérie, tu as raison.

Il lâcha Rabbit. Molly lissa ses vêtements chiffonnés.

— Tu ne vas pas me quitter toi aussi, hein, Molly ? insista Jack.

Cette idée dévorait ses pensées car sa femme venait d'être elle-même hospitalisée pour des troubles cardiaques survenus alors qu'ils étaient là pour voir Rabbit, deux jours plus tôt. Si elle n'était pas dans un lit d'hôpital en ce moment, c'était uniquement parce qu'elle se devait d'être au chevet de sa fille.

— Comment veux-tu que je te quitte ? Tu serais perdu sans moi, répondit-elle avec un sourire et un clin d'œil, pour montrer à son mari que, malgré la mort de son enfant et son cœur qui battait la breloque, elle comptait bien rester là.

Mais en réalité, mentalement et émotionnellement, elle était déjà partie.

Le jour J

1

Davey

C'est un Davey traumatisé qui sortit du centre de soins une heure après la mort de sa sœur et monta en voiture pour retourner chez elle. Davey avait abandonné neuf jours plus tôt la tournée de Casey, une chanteuse américaine, lorsqu'on l'avait appelé pour le prévenir que Rabbit était transférée en soins palliatifs. Il avait su dans l'instant que c'était la fin, contrairement à ses fous de parents qui avaient couru jusqu'à la dernière seconde après un traitement ou un miracle – probablement les deux. Casey avait soutenu sans condition son départ de la tournée. Davey n'était pas seulement son nouveau batteur : ils étaient amis depuis ils ne savaient combien d'années. Elle lui avait assuré qu'elle se débrouillerait très bien sans lui, et que le musicos qui le remplacerait connaissait sa partie par cœur.

— Ne t'habitue pas trop à lui quand même, avait-il dit.

— Aucun risque.

C'était réconfortant car, à ce moment-là, son job de batteur pour Casey était tout ce qu'il avait au monde.

Davey possédait un solide réseau d'amis à Nashville ; c'était en partie pour cela que, contre l'avis de sa famille, il avait supplié Rabbit de le laisser recueillir sa fille de douze ans. Il n'avait pas prévu au départ de se porter volontaire, mais au cours des huit longs jours et nuits passés à regarder mourir sa sœur et à participer aux disputes pour savoir qui était le plus à même de prendre soin de Juliet – aussi appelée Bunny par ceux qui l'aimaient le plus –, il s'était dit : *Pourquoi pas moi ?* Jack et Molly, ses parents, étaient trop âgés. Sa sœur Grace avait déjà quatre fils entassés dans une maison minuscule. Pourquoi pas lui, le type avec plus d'argent que de bon sens, sans femme, sans enfants, et qui avait un gros vide à combler ? De toute manière, c'est la petite qui l'avait choisi. Ils avaient toujours eu un lien particulier, une complicité, même de loin. Elle savait qu'il avait de la place pour elle dans sa maison et dans son cœur ; ce qu'elle ignorait, c'est à quel point il pouvait être impulsif, égoïste, largué, paumé. Pendant ses derniers jours, Rabbit avait accepté que Davey se charge d'élever sa fille. Le reste de la famille s'était insurgé, mais elle avait tenu bon.

— Aime-la, Davey, c'est la seule chose dont on ait besoin dans la vie.

À ce moment-là, bien sûr, le cancer avait déjà envahi son cerveau.

Quelle idée j'ai eue ? Et elle ? Même avec une tumeur au cerveau, notre Rabbit était plus intelligente que ça, en principe. Oh là là, ils ont tous raison, je suis un pauvre con ! Qu'est-ce que j'ai fait ?

Il entra dans la maison de sa sœur, mal rasé, affamé, mais trop triste et nauséeux pour manger. Il avait besoin de prendre une douche et d'enfiler des vêtements qui ne puaient pas l'antiseptique et la mort. En se dirigeant vers la salle de bains, il heurta un mur et se rendit compte que son GPS interne était un peu déréglé. Il se retrouva ensuite tout habillé devant une douche bouillonnante dont la vapeur montait au plafond. Il resta là un petit moment, à regarder fixement l'eau tambouriner sur le carrelage, puis resta dessous encore plus longtemps, avec la sensation de se noyer, physiquement et mentalement.

Lorsqu'il ressortit, dégoulinant et plus malheureux que rafraîchi, il se regarda dans la glace. Sa souffrance sautait aux yeux : il avait pris dix ans en neuf jours. À quarante-quatre ans il était encore beau mec, comme un musicien à succès se doit de l'être, mais à présent il semblait usé.

Il redoutait le moment d'annoncer à Juliet le décès de Rabbit. Il n'alla pas la réveiller. Tant qu'elle dormait, au moins, sa mère vivait encore.

Une fois rhabillé, il laissa ses jambes lourdes le descendre jusque dans la cuisine. Il resta assis dans le silence jusqu'au moment où il entendit les pieds de sa nièce toucher le sol en haut, ses pas jusqu'à la salle de bains, la porte se fermant et se rouvrant, puis ses pas dans l'escalier, le grincement de l'avant-dernière marche. Son dos et sa nuque se raidirent. Sa chaise était placée face à la porte de la cuisine. La petite entra, en pyjama décoré d'étoiles rouges ; ses longs cheveux châtains, fraîchement brossés, lui tombaient jusqu'en bas du dos. Elle ressemblait énormément à sa mère au même âge, hormis les lunettes à monture d'écaille et le cache-œil que Rabbit avait portés pendant des années. Elle regarda fixement son oncle propre mais ébouriffé, en ravalant son émotion.

— Ah, fit-elle.

— Je suis désolé, Bunny.

Il se leva, et elle recula automatiquement.

— Ça va, dit-elle en croisant les bras sur ses flancs. Ça va, ça va.

Il voulut la serrer contre lui mais elle se rétracta. Il capta immédiatement le message : elle ne voulait pas qu'on la touche.

— Je suis là, dit-il, pleinement sincère.

Elle hocha la tête.

— Je sais.

Elle s'assit à la table, ne dit rien, ne pleura pas. Elle prit un œuf coque, y toucha à peine, et, au bout de quelques minutes, demanda à sortir de table.

— Bien sûr, Bunny. Bien sûr.

Elle repoussa sa chaise.

— Ne m'appelle pas Bunny. Rabbit n'est plus là. Je ne suis plus son petit lapin.

Sa voix était rauque, lardée de douleur.

Il se prit la tête à deux mains, luttant contre la migraine. Juliet remonta l'escalier en enjambant une marche sur deux, entra dans la chambre de sa mère, s'emmitoufla dans sa couette et s'endormit en serrant son oreiller contre elle. Et Davey ? Eh bien, il resta simplement sur sa chaise, dans la cuisine de sa sœur décédée, à se demander ce qu'il allait bien pouvoir faire.

Tu feras des conneries, et je m'en fiche complètement, du moment que tu te débrouilles pour qu'elle se sente aimée, lui disait Rabbit dans sa tête.

— Je t'aime ! cria-t-il en direction de l'escalier.

Oh, Rabbit, mais qu'est-ce qu'on a foutu ?

2

Grace

Grace enfonça sa clé dans la serrure. En ouvrant, elle trouva son mari et ses quatre fils rassemblés dans l'escalier pour l'attendre. Elle avait appelé depuis sa voiture.

— Elle est morte.

C'est tout ce qu'elle eut la force de dire.

Lenny s'avança et la prit dans ses bras.

— Gracie, je suis tellement désolé.

— Merci.

— Désolé, m'man, lui dit son aîné, Stephen, dix-huit ans, étudiant, peut-être en train de rater ses études.

Lenny s'écarta pour le laisser embrasser sa mère.

Puis ce fut le tour de Bernard, seize ans.

— Je t'aime, maman.

Bernard était un fondu de sport qui passait sa vie sur les terrains de foot et qui proclamait haut et fort son amour pour sa mère. S'il s'apercevait que les autres se moquaient de lui, il s'en fichait. Comme le disait sa grand-mère Molly, c'était « un fifils à sa maman ».

— Je sais, mon grand, moi aussi, lui répondit Grace.

Ryan, quatorze ans, se tenait derrière son frère ; il se contenta d'observer sa mère, sans la prendre dans ses bras.

— T'as une sale mine, m'man.

Il n'était pas cruel. Simplement, il appelait un chat un chat. Ryan était le « gosse à problèmes » de Grace en raison de son penchant pour la criminalité. Récemment, il avait volé leurs téléphones à des camarades de classe pour les revendre à une boutique tenue par des Chinois dans une ruelle louche de la ville, après quoi il avait joué en Bourse l'argent gagné. Ce petit se révélait être un génie de la finance, au point que lorsqu'il avait fini par se faire prendre, il avait pu rendre à ses victimes de quoi se payer des téléphones neufs. Il avait fait une tournée d'excuses dans toute l'école, en mettant son comportement sur le dos du cancer de sa tante Rabbit. *Le petit salopiaud*. Il s'en était tiré pour cette fois, mais Grace le surveillait comme le lait sur le feu.

— Je te fais couler un bain ? proposa-t-il.

Elle fit non de la tête.

— Merci, mais je suis tellement crevée que je me noierais, je pense.

Lenny disparut dans la cuisine. Elle l'entendit allumer la bouilloire et entrechoquer des casseroles.

— Est-ce qu'elle a eu peur, maman ? s'enquit Bernard.

— Non, mon chéri.

— Qu'est-ce que t'en sais ? demanda Ryan.

— Je sais, c'est tout.

Jeff, neuf ans, le cadet, était encore assis sur les marches, boudiné dans un survêtement trop serré.

Grace alla s'asseoir à côté de lui.

— Ça va, mon fils ?

— J'aurais dû lui dire au revoir.

Il parlait du soir où les enfants, l'un après l'autre, avaient fait leurs adieux à une Rabbit à demi comateuse. Jeffery, terrifié, avait passé son tour.

— Tu étais là, c'est ce qui compte.

— Je suis un bébé.

— Mais non.

— Ryan dit que si.

— Ryan, ne traite pas ton frère de bébé.

— Pour être exact, je l'ai traité de gros bébé Bouddha pleurnichard, précisa l'intéressé.

Grace était trop accablée pour discuter.

— Ne fais pas attention à lui, Jeff, tu t'en sors très bien.

— J'ai perdu deux kilos, maman.

— Je suis fière de toi, fils.

Quand le médecin lui avait décrit son petit dernier comme obèse et prédiabétique, elle avait reçu un choc énorme. Comment avait-elle pu laisser une chose pareille arriver ? Prédiabétique ? Il n'avait même pas dix ans ! Elle s'en était terriblement voulu. *C'est moi qui l'ai mis dans ce pétrin, et c'est moi qui l'en sortirai.* La vie de Jeffery avait changé le jour même, et depuis lors il faisait de l'exercice, ne buvait plus que de l'eau et mangeait des légumes verts. Il détestait ça mais faisait l'effort, principalement par peur de perdre ses jambes. Grace n'était pas quelqu'un de subtil.

— Tu veux tomber malade comme ta tatie Rabbit ? lui avait-elle demandé un jour où il refusait de manger sa salade.

— Elle a un cancer, maman.
— Le diabète, c'est pire.
— Hein ? Ah non ! Il n'y a pas pire que le cancer.
— On en reparlera quand tu marcheras sur deux moignons.
Jeffery rouspétait, mais sa terreur le motivait. *Moins deux kilos, Rabbit.*
Grace avait reçu en partage une beauté voluptueuse. Elle était jolie comme un cœur, mais, en raison d'une tendance naturelle à l'embonpoint, elle avait toujours surveillé sa ligne. Rabbit, elle, était grande et mince ; elle pouvait manger n'importe quoi. Grace disait de sa sœur qu'elle avait tiré la carte chance, mais c'était avant le cancer. Assise sur les marches, elle serra son cadet contre elle. Ryan essaya de passer.
— Pousse-toi, gros lard.
Grace se leva pour lui laisser le passage.
— Arrête, Ryan, je t'en prie.
Aussitôt qu'elle eut le dos tourné, Ryan montra son majeur à Jeff.
— Pas de gestes comme ça avec ton frère ! lui lança Lenny en sortant de la cuisine.
Grace aida Jeffery à se lever.
— Tu avais autre chose sur le cœur, mon grand ?
— Ouais.
— Quoi donc ?
— Je crève de faim.
— J'ai fait des œufs pour le petit déj, annonça Lenny.
— Je monte m'allonger, dit Grace.
— Oui mon amour, va te coucher. Je te réveille dans deux heures.

Il l'embrassa sur la joue. Elle regarda au fond de ses bons yeux et chassa un cheveu de son beau visage avant de chuchoter « Je t'aime ». Puis elle tourna la tête vers son fils affamé.

— Les œufs, c'est dégueu ! bougonna Jeffery en se dirigeant vers la cuisine.

— C'est des protéines.

Elle remarqua alors une pile de lettres non ouvertes qui s'étaient accumulées pendant la semaine. Elle les feuilleta distraitement en montant l'escalier : principalement des factures, le catalogue d'une agence de tourisme à laquelle elle avait fait appel dix ans plus tôt… et puis, alors qu'elle ouvrait la porte de sa chambre, une petite enveloppe blanche qui tomba au sol. L'écriture manuscrite et l'absence d'en-tête semblaient indiquer une carte personnelle. Elle l'ouvrit en s'attendant à trouver quelque invitation ou peut-être une carte de messe de la part d'un voisin ayant entendu dire que Rabbit était mourante. *Morte. Elle est morte, maintenant.* Elle avait déjà refermé la porte de sa chambre lorsqu'elle se rendit compte que l'enveloppe venait de l'hôpital St James's, où elle avait fait le test génétique BRCA quelques semaines plus tôt. Son cœur et son pouls accélérèrent, battant dans son cou et dans ses poignets. Les mains moites, les genoux flageolants, la vue soudain brouillée, elle avait l'impression que les mots flottaient au-dessus de la page. Elle était positive au gène BRCA2. Le gène lui-même se présentait comme une longue série de chiffres. *Est-ce le même nombre qui a tué Rabbit ?* La lettre disait que Grace figurait désormais au registre des personnes à haut risque et lui recommandait de prendre rendez-vous avec un médecin-conseil. Ses genoux cédèrent lentement et elle se laissa tomber par terre où elle se roula en boule et éclata en sanglots.

Grace repoussait le moment de passer ce test depuis le diagnostic de sa sœur, quatre ans auparavant. Elle avait débattu avec sa mère pour savoir si c'était une bonne idée ou non. Bien sûr, Molly ne voulait pas en parler et trouvait que c'était une idée épouvantable.

— Quand on cherche les ennuis, on les trouve.

— Mais Rabbit a un cancer, maman.

— Et moi non. J'ai plus de soixante-dix ans. Rabbit n'a pas de chance, c'est tout.

— Rabbit a le gène.

— Parce qu'elle manque vraiment de bol.

— D'accord, mais il vient d'où, ce gène ? Tu crois que c'est un cancer qui a arrêté le cœur de mamie Mulvey ?

— Ne dis donc pas de bêtises, le cancer ne donne pas de crise cardiaque.

— Mais si elle l'avait sans le savoir ?

— Un cancer, c'est difficile à rater, chérie.

— Et sa sœur, elle est morte de quoi ?

Molly ne s'en souvenait pas – sa tante était morte avant sa naissance, et sa mère n'aimait pas parler d'elle.

— Elle est morte à quel âge ?

— Je ne sais pas, avant trente ans.

— Merde. C'était peut-être un cancer.

— Je crois que c'était la polio.

— Le truc où on finit dans un poumon d'acier ?

— Non, ça, c'est la tuberculose. Ton grand-oncle Maurice l'avait, enfin remarque, elle l'avait peut-être un peu aussi, c'était courant à l'époque.

— Donc, ce qui l'a tuée, c'est la polio avec un peu de tuberculose ?

— Qui sait, ma chérie ? Si elle était comme ma mère, c'est le malheur qui a fini par avoir sa peau.

— Je vois, avait dit Grace. Donc, pas de cancer de ton côté ?

— Pas de cancer.

— Et du côté de papa ?

Molly s'était détournée vers l'évier pour faire du bruit, entrechoquant des casseroles et éclaboussant partout. Grace ne s'était pas laissé décourager.

— Maman ?

Elle avait attrapé un torchon et attendu que sa mère lui donne une poêle à essuyer.

— On n'employait pas ce mot-là à l'époque, tu sais bien, on ne parlait de rien, et surtout pas de la maladie et de la mort. Ton père était petit quand sa mère est partie.

— D'un cancer ?

— Son père ne voulait rien dire, donc on ne peut que faire des suppositions.

Le cœur de Grace s'était serré.

— Elle avait quel âge ?

— La petite trentaine, je crois.

— Donc il y a bien des cancers dans la famille.

— On ne peut pas en être certains. Et puis tu es plus vieille qu'elles deux quand elles ont été diagnostiquées.

— Maman, ce n'est pas comme ça que ça marche !

— Bon, ton père n'a pas de cancer, si ?

— Non, maman, mais ce n'est pas la question !

— Tu n'as pas le gène, Grace, et je ne veux plus en entendre parler.

La conversation s'était arrêtée là. Grace avait repoussé la question au fond de sa tête, où elle s'était installée, rongeant peu à peu ses pensées pendant que le cancer rongeait sa sœur. Quand il était devenu évident que la maladie de Rabbit était incurable, Grace s'était décidée. Elle n'avait rien dit à personne, jugeant qu'il valait mieux garder ça pour elle. Si le résultat était négatif, il n'y aurait aucune raison d'en parler. La liste d'attente était longue. Il lui avait fallu plus d'un an pour avoir le rendez-vous ; quand la convocation était arrivée, elle avait failli se raviser, mais finalement, après six semaines de torture mentale, elle s'était dit qu'elle n'avait pas le choix. Elle avait dû rassembler tout son courage pour franchir cette porte. Elle avait tâché de s'apaiser. Tout irait bien, probablement.

Sauf qu'à présent rien n'allait plus. Rabbit était morte et elle avait le gène. Elle était en périménopause et elle avait le gène. Elle avait quatre fils dont le plus jeune n'était âgé que de dix ans, et elle avait le gène. Elle n'avait réalisé aucun de ses projets, comme piloter un avion, gravir une montagne ou même avoir un métier passionnant, et elle avait cette saloperie de bordel de gène. Elle resta deux heures par terre dans sa chambre, terrifiée. Lorsqu'elle entendit Lenny monter, elle se leva avec effort et alla se cacher dans la salle de bains. Elle fit couler de l'eau pour laver son visage de ses larmes.

Lenny passa la tête à la porte.

— Tu as dormi, chérie ?

— Oui oui.

Il la fit pivoter pour la regarder bien en face. Il lui tâta le front.

— Ryan n'a pas tort, tu as une sale mine.

J'ai le gène.

— J'espère que tu ne couves pas quelque chose, ajouta-t-il.

J'ai le gène.

— Je viens de perdre ma sœur.

J'ai le gène.

— Je sais, mon amour.

Il la serra contre lui.

J'ai le gène.

— Je te prépare quelque chose à manger ?

J'ai le gène.

— Ça va, merci, Lenny.

— Tu dois être affamée.

— Non, tout va bien.

J'ai le gène.

Il l'embrassa sur la joue.

— Je sais que ce n'est pas la joie, mais ça va aller.

— Je sais, mentit-elle.

Sauf que j'ai le gène.

3

Marjorie

Marjorie serra ses bras sur ses flancs et s'efforça de ne pas trembler, assise sur le ciment froid. Elle se sentait engourdie, malade, endolorie. Elle avait mal des pieds à la tête et se demandait si sa douleur était le moins du monde comparable à ce qu'avait enduré sa meilleure amie en quatre ans de lutte contre le cancer. *Comment a-t-elle fait ? Comment a-t-elle tenu ? Moi, j'arrive à peine à respirer.* Son estomac ne voulait rien garder ; même l'eau la brûlait et la faisait suffoquer. Une femme qui passait devant elle s'arrêta et revint sur ses pas.

— Vous allez bien ? Vous avez eu un accident ?

— Non.

— Vous êtes sûre ? On dirait que vous avez été rouée de coups.

— Non, non.

La femme s'en alla et Marjorie sortit un petit miroir de son sac. *DOUX JÉSUS !* Elle qui était toujours jolie, adorable, soignée, délicate, avec son visage de poupée blonde et bouclée, voilà qu'elle avait les cheveux aplatis d'un côté après avoir dormi par terre, la tête sur sa veste. Son mascara avait coulé jusqu'au milieu de ses joues ; bien qu'il soit waterproof, ou peut-être à cause de cela, il formait des boulettes de résidus noirs. Son ombre à paupières s'était effacée, laissant voir ses paupières rouges et irritées. Elle s'était tellement mordu la lèvre que celle-ci était enflée et violacée d'un côté. Ses vêtements, impeccables d'habitude, étaient complètement chiffonnés. Son col blanc était taché de café, et elle sentait la sueur et quelque chose d'aigre.

Elle n'aurait su dire pourquoi elle était venue là. En sortant du centre de soins, elle avait vu un bus doté d'un numéro familier. Elle y était montée et était allée jusqu'à la maison de sa mère. Ça n'avait pas de sens. Vera Shaw était la personne la moins capable au monde de réconforter qui que ce soit, et pourtant Marjorie était là, les yeux rivés sur le jardin tenu au cordeau et sur l'imposante maison victorienne en brique rouge. Il ne semblait pas y avoir de lumière à l'intérieur, mais il faut dire que cette maison était toujours sombre. La voiture était garée devant : Vera était là. Peut-être même avait-elle vu que Marjorie était assise depuis une demi-heure sur le ciment froid du trottoir d'en face. Elle n'apprécierait pas de la voir dans cet état. Elle trouverait quelque chose de cruel à dire. *Qu'est-ce que je fais là ?* Leur dernière conversation s'était soldée par une dispute. Marjorie avait eu la tâche difficile d'appeler sa mère pour lui apprendre que Neil, son ex, attendait un enfant d'une certaine Debbie.

— Voilà ce que tu récoltes pour avoir couché avec cet abruti de Davey Hayes : un mari qui fait ton enfant avec une autre.

— Ce n'est pas mon enfant, maman.

— Ça ne risque plus, maintenant.

Elle avait en effet couché avec le frère de Rabbit alors qu'elle était mariée avec Neil. Ils s'étaient retrouvés tous les deux dans son lit conjugal un jour où Davey était revenu pour les vacances, il y avait deux ans de cela. Leur histoire était longue et compliquée. C'était avec Davey Hayes qu'elle avait perdu sa virginité ; elle l'aimait depuis l'enfance, mais cela n'avait jamais mené nulle part. Si elle n'avait pas été aussi malheureuse avec son mari, elle n'aurait pas mis son couple en péril… mais elle l'avait fait, et Neil l'avait appris. Il l'avait mise dehors, et depuis elle habitait seule dans un appartement en location. Davey s'était excusé d'avoir fichu sa vie en l'air avant de retourner bien vite en Amérique reprendre son existence absurde de rockeur en tournée. Elle lui pardonnait, pas seulement parce qu'il était le frère de Rabbit, mais aussi parce que c'était Davey. Les Hayes étaient sa famille, et Molly la mère qu'elle n'avait jamais eue. Elle pardonnerait toujours tout à Davey.

— Et ce minable ne veut même pas de toi ! Ton ticket n'est plus valable. Comme on fait son lit on se couche, avait conclu Vera sur un ton sentencieux.

— Et toi, qui es-tu pour me juger ?

— Je suis ta mère.

— Une garce sans cœur ! J'ai juste eu le malheur de venir au monde en glissant entre tes jambes !

Après des années à encaisser les insultes de sa mère, Marjorie, à bout, lui avait hurlé cette réplique assassine. C'était la première fois de sa vie qu'elle lui parlait sur ce ton, mais Rabbit était en train de mourir, et Marjorie bouillait de colère et de douleur.

— Si seulement tu avais glissé, Marjorie, ma vie aurait été bien différente, avait lâché Vera avant de raccrocher.

La naissance de Marjorie avait été difficile, et l'accouchement laborieux s'était soldé par une symphysiotomie, une méthode barbare pour séparer un enfant de l'utérus maternel qui avait condamné Vera Shaw à des douleurs et des désagréments à vie. Si cela n'avait pas directement fait fuir son mari, cela avait certainement contribué à son départ. Après des années vécues dans le mensonge, où il travaillait à l'étranger cinq jours par semaine et passait les week-ends enfermés dans sa chambre, le père de Marjorie avait avoué qu'il avait une seconde famille en Angleterre, deux fils et une fille. Il était parti le soir même. Marjorie avait seize ans à l'époque. Sa mère n'avait plus jamais mentionné son nom, et Marjorie n'avait jamais cherché à se rapprocher de lui ni de ses enfants. Ses relations avec cette mère froide, amère, rageuse, avaient été éprouvantes dès le départ. *Je dois être folle.* Elle se leva et s'épousseta. Au moment où elle héla un taxi, il lui sembla voir un rideau de dentelle bouger dans la maison. Elle en aurait mis sa main au feu.

Une fois rentrée chez elle, elle se laissa fondre dans un bain et s'absenta de sa propre tête pendant un petit moment, allongée immobile dans l'eau chaude. Puis elle retint sa respiration et se glissa sous la surface. *Rabbit, tu es là ?*

Je suis là.

Tu me manques déjà.

Remarque, je ne vais pas te manquer longtemps si tu ne respires pas dans les secondes qui viennent.

Elle tint deux minutes avant de manquer d'air. Elle ressortit dans une gerbe d'éclaboussures, toussant et suffoquant. L'air froid lui piqua la peau et une douleur fulgurante au cœur lui donna l'impression de se faire embrocher. *Je veux te voir ! Je veux te toucher ! Rabbit ?* La douleur demeura, même lorsqu'elle eut les dents brossées, la bouche fraîche et les cheveux à nouveau doux et souples. Même une fois son corps nettoyé de l'air rance, sa peau vigoureusement récurée de toute trace de la mort, ses paupières et ses lèvres hydratées et protégées, même alors, la douleur persista. Elle savait ce que c'était ; elle savait que c'était l'immense douleur du deuil, et bizarrement elle trouva là un peu de réconfort dans sa souffrance. Cette douleur aiguë l'aidait à se sentir un peu plus proche de Rabbit. Elle essuya la buée du miroir, révélant une femme qui ressemblait à une autre. Intérieurement aussi, elle se sentait changée. Marjorie sans Rabbit était quelqu'un d'autre.

— Qui es-tu, maintenant, Marjorie Shaw ?

Son reflet resta sans réponse.

4

Jack

Jack était âgé de soixante-dix-sept ans au moment de la mort de sa cadette. Jusque-là, il avait eu une longue vie heureuse. Il avait connu sa part de deuils et d'inquiétudes, et parfois même de peur, mais il avait fait suffisamment de bons choix pour pouvoir regarder en arrière avec fierté et bonhomie.

Au moment où Rabbit s'éteignit, il sortit dans le couloir avant tout le monde. Elle n'était plus là et il ne supportait pas de rester une seconde de plus dans la chambre qui la lui avait prise. Il alla s'asseoir dans le jardin du centre de soins, sur un banc humide, celui où il s'était assis la veille, quand elle était encore en vie. *Comme c'est extraordinaire*, songea-t-il. Il se remémora la naissance de Rabbit, dans la cour d'un concessionnaire auto : sa femme qui hurlait, le vendeur sur le point de vomir son casse-croûte, et lui, Jack, pour ainsi dire le nez dans le moteur, paniqué et disant à tout le monde de se calmer, tout en criant à la tête qui sortait peu à peu des entrailles de sa femme :

« Allez, allez, le monde t'attend ! » D'une seconde sur l'autre – de manière si soudaine, si incroyable – elle avait été là, dans ses bras, en train de s'époumoner, les yeux résolument fermés et les poings serrés, prête à tout affronter. Et c'est ce qu'elle avait fait. Mon Dieu, oui. Puis, ce matin, elle avait livré son dernier combat ; d'une seconde sur l'autre elle n'avait plus été là. Sa naissance si joyeuse, sa mort si douloureuse, et pourtant les deux si naturelles. Rabbit était entrée dans sa vie et l'avait emplie de lumière avant de se retirer.

Ton papa t'aime, Rabbit. Tu vas me manquer tous les jours, jusqu'à ce que je te rejoigne quelque part, et si tu as raison et qu'il n'y a pas de vie après la mort, je te rejoindrai dans le néant. Ma Rabbit.

Quand il était triste, Jack préférait rester seul. Ce n'était pas qu'il se cachait, car tout le monde savait toujours où il était, simplement il n'était pas disponible. Un écriteau invisible apparaissait : « Parti déjeuner. » Du moins, c'est ainsi que Molly le décrivait.

— Il est où, papa ? demandait un des petits.

— Parti déjeuner.

— Qu'est-ce qu'il a, encore ?

— Ah, va savoir. Fiche-lui la paix, va.

Il trouvait toujours un projet pour garder les autres à distance quand il « partait déjeuner ». Il lisait un livre ou rangeait ses vieux albums, abattait un mur ou construisait une cabane de jardin. Dans ladite cabane, il fabriquait des bateaux en bouteilles ou peignait des figurines modelées dans de l'argile… n'importe quoi pour être seul.

Lorsqu'ils furent de retour chez eux, Molly se déchaussa et s'assit à la table de la cuisine en feuilletant l'immense pile de classeurs qu'ils avaient emplis de protocoles de traitement susceptibles d'accepter Rabbit. Un effort futile. Le médecin de leur fille les avait tous descendus en flèche. « Ils vous prendront toutes vos économies, et ses derniers moments de sérénité avec, disait-il. Elle est mourante. » À présent, elle n'était plus là et les dossiers restaient empilés sur la table. Jack ne supportait plus de voir sa femme assise les yeux dans le vague. Il invoqua les photos d'enfance de Rabbit comme excuse pour se retirer au grenier. Il déplia l'échelle, monta, alluma la lumière là-haut, farfouilla dans des cartons et fit une trouvaille inattendue : ses propres journaux intimes, depuis les années quarante jusqu'au milieu des années quatre-vingt-dix où il avait cessé d'écrire, il ne se rappelait plus pourquoi. Ils étaient tous là, année après année. Dans ces carnets, Rabbit était vivante. Il en prit un, s'assit dans le fauteuil poire, et l'ouvrit pour se faire la lecture à lui-même.

Te voilà, chérie.

Salut, p'pa.

Je suis en train de lire le passage où tu aboyais comme un chien chaque fois que le facteur frappait à la porte, quand tu avais quatre ans. Tu te rappelles ?

Il me glissait les lettres entre les dents, me caressait la tête et m'appelait Toutou !

Exactement, chérie, répondit-il avec un petit rire.

Jack était officiellement parti déjeuner.

5

Juliet

Juliet quitta le lit de sa mère dans l'après-midi, vers quinze heures. Davey dormait, écrasé de fatigue. Elle s'habilla et sortit sans bruit. Elle préférait qu'il ne sache pas qu'elle était debout : il n'aurait eu de cesse de la nourrir, la caresser, la serrer dans ses bras ou lui parler. Elle ne voulait pas manger ni être consolée ; juste bouger un peu. Elle partit dans la rue. Son ami et voisin de douze ans, Kyle, devait la guetter à sa fenêtre car il apparut sur son vélo au bout de quelques secondes.

— On m'a dit, lui lança-t-il.

Elle continua de marcher sans répondre.

— Je suis désolé, Juliet.

— Pourquoi ? Tu n'y es pour rien.

— Non, mais c'est pourri et j'ai de la peine pour toi.

— Merci.

— Tu vas faire quoi ?

— Aller vivre en Amérique avec Davey.

Il s'arrêta net sur son vélo.

— Hein ?
— Je vais partir avec Davey.
— Ah non !
— Eh si, Kyle.
— Mais…
— Mais quoi ? Tu croyais que j'allais continuer d'habiter en face de chez toi et que tout resterait pareil ?
— Non, mais…
— Non. Rien ne sera plus jamais pareil. Ma mère est morte. Ma vie ici est terminée.
— C'est chaud, putain.
— C'est clair.

Une larme roula sur la joue de Juliet. C'était bien réel, sa mère n'était plus là et elle allait partir pour l'Amérique avec un oncle qu'elle adorait mais qu'elle ne connaissait pas tant que ça. Elle s'était raccrochée à lui pendant les derniers jours de la vie de sa mère. Il était disponible pour elle. Il l'avait aidée. Il était gentil et lui avait donné de son temps alors que ses grands-parents poursuivaient des chimères et que Grace s'écartelait entre Rabbit et ses quatre fils. Elle ne voulait pas déranger. Sa grand-mère avait des problèmes de cœur. Grace était déjà à bout, et Rabbit avait besoin de tranquillité. C'était donc naturellement qu'elle s'était collée à Davey. Il avait bien voulu d'elle. Elle ne pouvait pas le décevoir, ni lui ni personne. Mais ça, c'était avant, quand sa mère avait encore besoin d'être rassurée. Maintenant que Rabbit n'était plus là, et à la froide lumière du jour, partir en terre inconnue avec un quasi-étranger la terrifiait.

Elle s'assit sur un muret voisin. Kyle resta sur son vélo devant elle.

— Tu vas me manquer à mort, Juliet.

— Toi aussi.

— Je crois que je suis amoureux de toi.

Il devint écarlate.

— On est des gamins, Kyle, lui rappela-t-elle avec un dédain que n'aurait pas désavoué sa grand-mère.

— Je sais.

— Je ne peux pas gérer ça, pas maintenant.

Elle descendit du mur pour repartir vers chez elle.

— Oui, pardon, bien sûr.

Elle rentra sans bruit, remonta dans la chambre de sa mère et regarda par la fenêtre : Kyle était encore devant, sur son vélo.

Quel taré, celui-là, songea-t-elle. Mais, malgré le bouleversement que subissait son univers, malgré son chagrin, ses incertitudes, sa peur et sa colère, l'ombre d'un sourire passa sur ses lèvres lorsqu'elle leva les yeux vers le grand ciel bleu. Elle imagina sa mère allongée dans l'herbe, avec ses lunettes noires, en train de contempler ce ciel. Et elle se vit debout à côté d'elle.

Tu fais quoi, m'man ?

Je profite de la vue.

Juliet observa le petit jardin avec son gazon pelé, sa clôture penchée et sa cabane en plastique cassée.

Quelle vue ?

Il y a des gens qui ont une belle villa en bord de mer, mais le ciel, tout le monde le partage, Bunny. C'est beau, non ?

Juliet s'allongea à côté de sa mère et leva les yeux vers tout ce bleu… Elle expira et sentit la chaleur.

Oui, maman.

Puis l'image s'effaça et elle fut de nouveau seule et glacée. Elle retourna se nicher sous les couvertures, serra l'oreiller de sa mère contre elle et en inhala le parfum. *Tu es encore là, maman, tu es au centre de soins et je viendrai te voir ce soir. Je te ferai les ongles, te masserai le crâne avec ta crème, je te raconterai ce que m'a dit Kyle et tu diras : « J'en étais sûre ! Comment veux-tu qu'il ne soit pas amoureux ? Tout le monde t'aime. » Plus tard, peut-être que Francie ou Jay Byrne passera et nous fera rire, ou alors mamie dira une grosse bêtise. On partagera un sandwich dans ton lit, tu feras semblant de le manger et je ferai semblant de te croire, et on se fera des câlins. Je te dirai que je t'aime et tu respireras mon odeur. Je suis juste un peu fatiguée, là. Je vais faire une sieste et on se voit tout à l'heure, d'accord, maman ? À tout à l'heure.*

Le temps qu'elle se rendorme, l'oreiller de sa mère était trempé.

6

Molly

Ce soir-là, les adultes se réunirent au funérarium avec l'entrepreneur des pompes funèbres, Vincent Farren, un sexagénaire corpulent affublé d'une moumoute noire à la Elvis, au visage rose et poupin et aux lèvres rouge sang. Il était flanqué d'un immense homme-enfant tout aussi poupin et brun que lui, mais qui arborait pour sa part un léger duvet au-dessus d'une bouche fine. Ils portaient le même costume trois-pièces avec gilet de soie. Molly aussi était un peu ronde, mais elle portait ses cheveux courts et d'un blond respectable, avec des vêtements adaptés à son âge et à sa silhouette. Elle présentait bien, contrairement à ces deux clowns. Elle avait du mal à les quitter des yeux. *Ils seraient plus à leur place dans un cirque.* Elle avait choisi ce funérarium parce que c'était le plus proche de la maison. Elle se demanda un instant si elle aurait dû chercher plus loin.

— Toutes nos condoléances, dit Vincent.

C'est ça, oui, songea Molly, *vous vous en foutez comme de l'an quarante. Par ici la monnaie. Pas vrai, Rabbit ?* Mais Rabbit ne répondit rien. Rabbit était partie.

— Merci.

— Asseyez-vous, je vous en prie.

Vincent indiqua à Molly, Jack, Davey et Grace des chaises en velours rouge. Puis il en tira une face à eux et s'assit.

— Thé, café, un verre d'eau ?

Tous refusèrent d'un signe de tête.

— Vous êtes sûrs ? Edmund peut vous préparer ce que vous voulez, dans la limite du raisonnable… nous n'avons plus de lait de yak.

Il gloussa tout bas et hocha la tête pour lui-même après cette remarque : c'était apparemment sa manière d'alléger l'atmosphère. *Mon enfant est morte et vous êtes aussi drôle qu'un pet dans une voiture.*

Personne ne rit. Vincent se racla la gorge.

— Bien, parlons des souhaits de Rabbit.

L'homme-enfant au duvet de moustache, debout derrière lui, le surveillait tel un agent des services secrets. Molly les regarda tour à tour.

— Je vais être très claire, Vincent, nous allons parler de ce que je veux, moi. Vous savez pourquoi ?

Elle ne s'adressait pas seulement à Vincent, mais aussi à la famille Hayes.

— Je suis la mère de Rabbit, et ce sont toujours les mères qui savent.

— Mais maman, Rabbit…

— Ne commence pas, Grace.

Elle exprimait clairement à tous que c'était elle qui prendrait les décisions et que, dans certains cas (les plus importants), ces décisions seraient contraires aux souhaits de Rabbit. Grace marmonna que sa mère était une foutue nazie. Davey garda le silence.

— C'est bien joli, cet endroit, mais je ne veux pas que Rabbit reste garée ici, continua-t-elle.

— « Déposée » est le terme que nous employons, madame Hayes.

— Peu importe, on la veut à la maison.

— C'est tout à fait envisageable.

— Et je veux un cercueil ouvert – on lui fera de la place dans la salle à manger.

Jack ne discuta pas. Molly savait qu'il serait content d'avoir sa fille une dernière fois sous son toit. Il acquiesça en silence et prit un instant pour frotter ses yeux rougis.

Grace était atterrée.

— Un cercueil ouvert dans la salle à manger ?!

Molly se retourna vers elle.

— Quoi ? Je ne vais quand même pas la coller dans la cabane de jardin !

— Elle détesterait ça, et où veux-tu qu'on la mette ? intervint Davey.

Mais Molly avait une longueur d'avance. Elle avait tout prévu.

— On poussera la table vers la fenêtre et on mettra Rabbit contre le mur.

— Mais tous les vieux du quartier vont venir la reluquer à travers la vitre !

— C'est à ça que servent les rideaux, Grace.

Cette dernière se tourna vers son frère.

— Dis quelque chose, toi !

— On pourrait mettre le couvercle, comme des gens normaux, maman.

— Pas d’impertinence, Davey.

— Je suis majeur, bon sang, grommela-t-il.

Mais il n’eut pas le cœur de se disputer avec sa mère. Il fit quand même valoir que Juliet pourrait être perturbée de voir Rabbit froide comme le marbre en pleine salle à manger.

— Sans parler de Jeffery, renchérit Grace. Déjà qu’il rêve la nuit que sa tante est l’homme Marshmallow de *Ghostbusters* ! (Elle se tourna vers Vincent.) Excusez-moi, mais ma sœur était très bouffie sur la fin.

— Je comprends, répondit l’homme en hochant la tête d’un air compassé.

Ed le Silencieux se contenta de caresser sa moustache inexistante.

— Je ne m’en fais pas pour Juliet, trancha Molly. Ça lui fera du bien de voir sa maman une dernière fois.

— Et Jeff ? insista Grace.

— Grace, ton fils n’a pas peur de Rabbit. Il aime les marshmallows géants, c’est tout.

— Ne m’oblige pas à t’étrangler.

— Allons, Grace, pas de menaces avec ta mère, s’interposa Jack.

Vincent décida qu’il était temps de passer à autre chose.

— Souhaitez-vous voir Rabbit ?

— Oh oui ! s’exclama Molly.

Mais le reste du clan garda le silence. Il les amena dans une pièce adjacente et ferma la porte. Rabbit était allongée au centre, dans un cercueil temporaire. Vincent et le silencieux Ed, se mouvant à l’unisson, soulevèrent le couvercle, lentement et avec précaution. Le visage de Rabbit apparut ; le reste était entièrement drapé de satin bleu.

— Bon Dieu, on dirait la Vierge Marie ! s'écria Grace.

— Nous attendons encore ses vêtements, s'excusa Vincent.

— … si la Vierge Marie était une poule, compléta Molly. Nom d'un chien, Vincent, allez-y mollo avec le maquillage, OK, trésor ?

— Certainement.

— Mais à part ça, elle est ravissante, hein, Grace ? Tu ne trouves pas ?

Grace fit la grimace. Sa sœur n'était pas ravissante. C'était la Vierge Marie version geisha.

— Elle ne se maquillait pas, tu sais bien, maman.

— Non, parce qu'elle avait un teint superbe et des pommettes parfaites. Maintenant qu'elle a la peau bousillée, il lui faudra bien un peu de fard et de fond de teint, mais sans aller jusqu'au look Alice Cooper, c'est tout.

Vincent hocha la tête.

— J'en prends bonne note.

Ed le Silencieux étouffa un bruit, comme s'il pouffait. Vincent le foudroya du regard. Il voulut demander des précisions sur leur choix de cercueil, mais Molly était épuisée, Jack en larmes, et Grace et Davey moroses. Visiblement, ce n'était plus le moment de prendre des décisions.

— On vous dira ça demain matin, Vincent, lui promit Molly.

— Bien sûr, la journée a été longue. La veillée est prévue pour demain soir ?

— C'est ça.

— Voulez-vous que je fasse venir un prêtre, ou avez-vous quelqu'un ?

— On a ce qu'il faut : le père Frank.

— Ça ne sera pas une cérémonie religieuse, maman, grogna Grace, les dents serrées.

— Je n'ai pas dit ça, Grace. J'ai juste dit qu'on avait quelqu'un.

— Maman, pas de religion, avertit Davey.

Rabbit était athée depuis l'enfance, malgré les nombreuses tentatives de sa mère pour la ramener dans le bercail de l'Église. « Désolée, m'man, c'est des conneries, tout ça, mais si c'est ton truc, vas-y », avait-elle dit un nombre incalculable de fois.

Seulement là, Molly avait le dernier mot.

— Allez vous faire voir, les enfants, dit-elle.

Puis elle se tourna vers Vincent et Ed.

— Bien, à demain, alors.

Molly et Jack regagnèrent leur maison froide et immobile. En rallumant le chauffage, Molly entendit les pas de son mari dans l'escalier et se retourna juste à temps pour le voir disparaître au grenier. *Parti déjeuner. Évidemment, hein, Jack ?*

Elle alla se coucher seule et contempla fixement le plafond pendant un moment, les yeux brûlants. *Tu es là, Rabbit ? Envoie-moi un signe, je t'en prie, ma chérie, rien de spectaculaire, un petit signe, comme faisait ta grand-mère... elle m'en envoyait tout le temps, tu te rappelles ? N'importe quoi, ça m'ira...*

Mais rien ne vint, et les yeux brûlants de Molly finirent par se fermer.

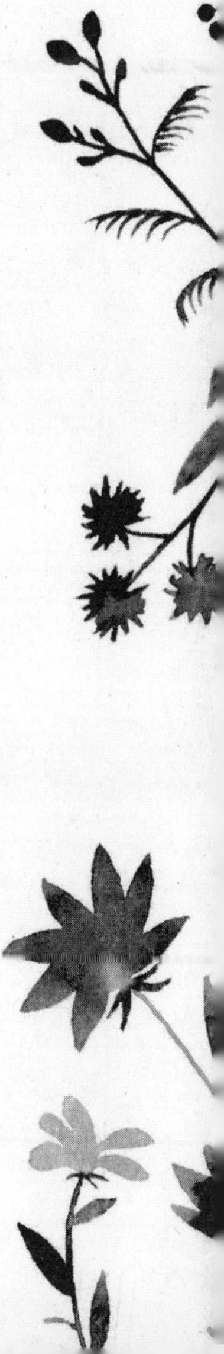

La veillée

7

Molly

En s'éveillant à six heures le matin de la veillée, Molly trouva un ciel bleu et la traînée d'un jet transatlantique qui formait des volutes avant de se dissiper dans les vents d'altitude. Elle songea à sa fille. *Envoie-moi un signe.* C'était le trentième jour d'avril, et le ciel était lumineux mais rageur. En dessous, les feuillages s'agitaient et les jonquilles penchaient nettement vers la gauche, ployant sans rompre pour l'instant. L'un des pots de fleurs de Molly roula sur le sol et se brisa. *C'est un signe, ça ? Zut, c'était mon pot préféré.* Jack faisait semblant de dormir. Elle savait qu'il ne pouvait pas supporter que la journée commence, pas encore, il n'était pas prêt ; elle le laissa tranquille.

Elle mangea un demi-toast et but deux tasses de thé. Puis elle mit son manteau, ramassa le pot cassé et le mit à la poubelle en partant. Elle arriva chez Grace à sept heures. Elle n'entra pas. Voir Lenny et les petits était au-dessus de ses forces. Elle klaxonna.

Grace apparut sur le perron au bout d'une minute ou deux, lui fit un signe, rentra dans la maison. Molly écouta la radio dans la voiture pendant que sa fille finissait ce qu'elle avait à faire. Une femme pleurait parce que la banque allait lui prendre sa maison. Molly changea de station. Un homme pleurait parce qu'il avait perdu sa retraite et les économies de toute sa vie dans le krach boursier. Molly changea de station. « Like a Virgin » de Madonna résonna. Molly renonça et éteignit l'autoradio. Grace arriva peu après.

— Pas trop tôt.

— Pardon, maman, j'ai la tête à l'envers.

Molly hocha la tête et posa une main sur celle de son aînée.

— C'est dur.

— Oui.

Grace sentit les larmes lui monter aux yeux. Mieux valait pour toutes les deux faire abstraction de son chagrin à elle. Pour l'étouffer, elle prit une barre de céréales dans son sac et l'avala en entier. Molly conduisait.

Quand elles arrivèrent à la maison de Rabbit, Davey mangeait des œufs dans la cuisine mais Juliet était toujours dans le lit de sa mère.

— Elle y est depuis hier, leur apprit-il.

— Elle a mangé ? demanda Grace.

— Un peu, hier.

— Bon, je m'en occupe, conclut Molly.

Elle monta et entra dans la chambre. Juliet, comme son grand-père, faisait semblant de dormir.

— Je sais que tu es réveillée, jeune fille. Ce n'est pas à un vieux singe qu'on apprend à faire des grimaces.

Juliet ouvrit les yeux. Molly retira ses chaussures et monta sur le lit. D'instinct, la jeune fille se blottit contre elle.

— Tu vis le pire, en ce moment.

— Ça ne va pas être tout le temps affreux à partir de maintenant ?

— Si, mais au moins tu ne seras plus obligée de faire la conversation et de passer des plateaux de sandwichs à la ronde.

— Mamie ?

— Oui, Bunny.

— Je suis tellement triste que j'ai envie de mourir, souffla Juliet d'une petite voix fragile.

— Ne dis pas ça, ma belle.

Les yeux de Molly débordèrent. Elle embrassa sa petite-fille sur le sommet de la tête.

— Je t'en prie, ne dis plus jamais ça, mais je comprends ce que tu ressens.

Juliet accepta de sortir du lit, de se doucher et de se changer. Molly décida que le mieux serait qu'elle dorme chez elle ce soir-là, et demanda à Grace si elle pouvait lui prêter Ryan et Bernard pour la nuit.

— Elle a besoin d'être avec des jeunes de son âge.

Davey et Grace acquiescèrent : c'était toujours mieux que de la laisser attendre la mort dans le lit de sa mère décédée.

Molly et Grace, debout devant la penderie, examinaient les vêtements de Rabbit un à un. Le meuble contenait principalement des jeans de toutes les couleurs et de tous les styles, des tee-shirts à col en V avec des noms de groupes de rock, une poignée de jupes et de vestes, une robe de demoiselle d'honneur bleu marine et une robe mi-longue en jersey, à col polo.

— Et la robe de demoiselle d'honneur ? suggéra Grace.

— Elle ne va pas à un mariage. De toute manière, elle la détestait, cette robe.

Molly s'assit sur le lit, la tête entre les mains.

— Je m'étonne même qu'elle l'ait mise.

Grace s'assit à côté de sa mère et l'entoura de son bras.

— Elle aurait mis un sac en papier si Marjorie le lui avait demandé, dit-elle en relevant les yeux pour observer le contenu de la penderie, qui évoquait plus une rockeuse de seize ans qu'une maman de quarante ans.

— La robe polo ne fera que souligner la bouffissure de son visage, fit remarquer Molly.

— On pourrait acheter quelque chose ?

— Mais quoi ?

— Je ne sais pas, peut-être une robe croisée, ou alors un chemisier sympa et un pantalon.

— Elle détesterait ça, trancha Molly. Elle savait ce qu'elle voulait en matière d'habillement, même toute petite. Quand elle avait deux ans, je l'ai surprise un jour à mettre la main dans sa couche et à étaler de la crotte sur un petit haut rose avec une princesse. « Message reçu », j'ai dit, et il n'a plus été question de rose ni de princesses. Tu te rappelles ?

— Oui, maman.

— Ce qu'elle pouvait être têtue…

— Je me demande d'où elle tenait ça !

Molly eut un petit rire.

— Il faut reconnaître qu'elle avait de qui tenir, hein ?

— Oui, maman, c'est sûr.

— Est-ce qu'elle t'a envoyé un signe, Gracie ?

— Non, maman…

— Ah…

— Mais elle me parle.

Molly se mordit la lèvre, puissamment, et serra les mâchoires si fort qu'elle en eut mal aux dents. *Parle-moi, ma chérie, je t'en prie, parle à ta maman.* Mais Rabbit morte n'avait que faire de sa mère.

Elles contemplèrent la penderie, insatisfaites, pendant encore une seconde ou deux.

— Et la belle nuisette en soie que Marjorie lui a rapportée de Rome ? suggéra Grace.

— On ne va pas la mettre en nuisette, enfin !

— Et pourquoi pas ? Elle dort, non ? Et puis c'est de la belle qualité, et ça ressemble à une robe.

— Franchement, Gracie, on n'a pas idée !

— Personne ne saura, à part nous. C'est sans doute le plus joli vêtement que Rabbit ait jamais eu.

Grace se rendit compte, à ce moment-là, que Rabbit n'avait même pas eu le temps de l'essayer.

— On n'a pas idée, répéta Molly. Il va peut-être falloir lui acheter quelque chose.

Les yeux de Grace s'embuèrent.

— Elle détesterait ça.

Molly savait que sa fille avait raison ; c'était écrasant, tout ça, et il était encore tôt.

— On n'est pas obligées de décider tout de suite, ramenons-la déjà à la maison. Je veux qu'elle soit à la maison, dit Molly plus doucement.

Elle tapota le dos de Grace. Celle-ci se tamponna les yeux, se moucha et fit oui de la tête.

Grace sortit de chez Rabbit pratiquement en courant, pour ne pas voir les pièces vides qui lui renvoyaient l'absence de sa sœur. Molly, elle, s'y arrêta. Elle s'attarda dans le couloir et posa la main sur la vieille photo de la famille Hayes, prise dans les années quatre-vingt, l'époque où le monde entier avait oublié le bon goût et où les Irlandais n'avaient qu'une vague connaissance des produits capillaires. Rabbit, douze ans, fixait l'objectif avec deux longues couettes sur les côtés de la tête, un cache-œil et des lunettes épaisses. *Où es-tu en ce moment, Rabbit Hayes ?*

Dans la voiture, Grace attendit pendant que sa mère appelait Davey pour lui détailler le programme du jour. Après avoir raccroché, Molly reprit le volant, fit sa marche arrière à la vitesse de la lumière pour fuir la maison de Rabbit, et faillit tuer Kyle, qui sauta de son vélo pour l'éviter. Grace hurla. Molly pila. Kyle disparut derrière la voiture.

— Mon Dieu, qu'est-ce que j'ai fait ?

— Mon Dieu, qu'est-ce que tu as fait ? cria Grace, les yeux rivés sur le rétroviseur, trop terrifiée pour faire un geste.

— C'est ce que je viens de dire, bon sang, Grace !

Molly se sentait au bord de la crise de nerfs. À ce moment-là, Kyle se releva d'un bond et leur fit signe. Elle posa la tête sur le volant.

— Merci petit Jésus.

Le gamin reprit son vélo et le poussa jusqu'à la vitre, que Molly baissa.

— Ça va, petit ? demanda-t-elle, bourrelée de remords.

Il leva une main en sang.

— Oh là là, souffla Molly.

— Bah, vous en faites pas, madame Hayes, j'ai connu pire.

— Tu es sûr, mon grand ?

— Mais oui. Je me suis explosé le genou il y a deux ans, j'ai encore les cicatrices. C'est rien, ça, et mon vélo n'a rien : c'est tout ce qui compte.

— Désolée, vraiment.

— Moi aussi. (Il rougit légèrement.) Pour Rabbit, je veux dire. C'est vraiment triste. Je n'avais jamais connu quelqu'un qui…

Il se tut, les larmes aux yeux. Son nez coulait un peu. Il l'essuya sur sa manche. Grace prit un mouchoir en papier dans son sac et le lui passa par la fenêtre.

— Tiens, Manche-à-Morve, prends un mouchoir.

Voir des gosses se moucher dans leur manche exaspérait Grace. Malheureusement, avec quatre garçons à la maison, elle était condamnée à devoir supporter des vêtements encroûtés.

— Pardon, dit Kyle.

Grace pêcha une petite barre chocolatée dans son sac et la lui tendit.

— Mange ça, va.

— Merci.

— Et encore toutes nos excuses.

— C'est rien, je vous assure. Désolé aussi.

Molly remonta la vitre et reprit sa marche arrière, lentement et en s'appliquant, jusqu'à être bien placée pour repartir. En accélérant, elle entendit le gamin crier :

— Elle était géniale, Rabbit… Elle était…

Molly alluma la radio pour noyer sa voix. Elle ne supportait plus d'entendre qui que ce soit dire de belles choses sur sa fille. C'était simplement trop douloureux, et tellement injuste ! Sur les ondes, un larbin du gouvernement vantait l'idée de faire payer l'eau courante.

— Plutôt crever, grommela-t-elle.

— Maman.

— Quoi ?

— Plutôt crever, vraiment ?

— Pardon, chérie.

Elles firent le reste du trajet en silence.

8

Davey

Davey arriva chez sa mère avec Juliet peu après dix heures. Ses neveux Bernard et Ryan étaient déjà sur place. Ryan le salua du menton, de loin. Bernard, pour sa part, lui sauta au cou de manière inattendue.

— Je t'aime, tonton Davey.

— Moi aussi, Bernard, répondit Davey, un peu gêné.

Il se demandait parfois s'il ne lui manquait pas une case, à ce petit.

Ryan leva les yeux au ciel et articula silencieusement le mot « débile ». Davey dissimula son sourire. Il était inquiet : toute la matinée, la détresse de Juliet avait semblé augmenter de minute en minute.

— Tu crois qu'elle est malade ? demanda-t-il à Molly. Elle a l'air malade.

Molly examina sa petite-fille. Elle avait le front frais et moite, le teint pâle et les pupilles grandes comme des soucoupes.

— État de choc, souffla Molly.

Étant donné les circonstances, elle tint à lui donner un peu de Valium qui lui restait d'une blessure au genou un an auparavant : deux milligrammes, la dose la plus faible.

— Je ne sais pas, maman, quand même…

L'idée de droguer la petite ne disait trop rien à Davey. Mais Molly fut inflexible.

— Moi, je sais. Cette enfant a besoin d'un petit coup de pouce pour calmer ses nerfs.

Elle n'avait peut-être pas tort, sauf que les deux milligrammes furent en fait dix milligrammes, parce que Molly n'avait pas ses lunettes sur le nez au moment où elle dosa le médicament.

— Ça va te détendre, chérie, promit-elle à la jeune fille traumatisée.

— Non mais ça va, mamie, mentit Juliet.

— Non, Bunny, tu ne vas pas bien. Comme nous tous.

— Ne m'appelle pas Bunny.

— Je vais essayer, mais je ne te garantis rien.

Elle laissa Juliet dans le salon, les yeux dans le vague, sous la surveillance de ses cousins occupés à se battre pour la télécommande. Elle demanda ensuite à Davey de monter une tasse de thé à son père dans le grenier.

— Parti déjeuner ?

Elle hocha le menton.

— Tu sais ce qu'il fabrique là-haut, au moins ?

— Ça m'est complètement égal, chéri, j'ai déjà trop à faire ici.

Davey monta passer un petit moment avec son père. Jack était dans un coin, sous une ampoule nue qui pendait au plafond, assis dans le vieux fauteuil poire, entouré de cartons. Il lisait un carnet.

— Qu'est-ce que tu fabriques, papa ?

— Ah, tu le sais bien, mon fils.

Jack lui prit la tasse de thé. Davey ne savait pas, non, mais il n'insista pas.

— Ta mère a trouvé une jolie tenue pour Rabbit ?

— Évitons les sujets qui fâchent.

— Je vois. Et toi, comment ça va, Davey ?

— J'ai peur.

— Et c'est bien normal, répliqua Jack avant de reprendre sa lecture.

Fin de la discussion.

Lorsque Davey redescendit, Ryan l'attendait.

— Je crois que mamie a cassé Juliet. Elle a même pas bougé quand la zappette l'a ratée de justesse.

Davey entra dans le salon, où il trouva Juliet mutique, le regard fixe, totalement immobile.

— Elle est complètement défoncée, putain, grommela-t-il en claquant des doigts devant ses yeux.

Il se rendit à la cuisine, où sa mère et Grace beurraient du pain.

— Il faut que tu arrêtes avec tes cachetons, dit-il.

Molly se tourna vers lui.

— Je ferai ce que je jugerai utile, Davey. C'est ma petite-fille.

— Et moi je suis son tuteur légal, maman.

— Rabbit n'avait pas toute sa tête quand elle t'a demandé d'élever cette petite.

— Maman… gronda Grace.

— On sait tous que c'est de la folie, Grace. Davey va emmener Juliet en Amérique ? Vraiment ? Il va prendre soin d'elle ? Il ne sait déjà pas s'occuper de lui-même. Regarde-le. Un homme de quarante ans passés, qui se balade en jean déchiré. Tu trouves ça beau à voir ?

Davey en avait soupé des attaques de sa mère.

— C'est moi qu'elle a choisi, maman. Pas toi. Il va falloir t'y faire.

— Elle était malade. Trop malade.

— Maman, arrête, insista Grace.

Mais Davey savait qu'elle avait raison. La place de Juliet était en Irlande, avec ses grands-parents, ou avec Grace, Lenny et leurs quatre fils. Tous voulaient la prendre. Davey savait que sans sa crise cardiaque, Molly se serait battue bec et ongles pour garder Juliet chez elle. De leur côté, Grace et Lenny avaient certes peu de place chez eux, mais avec un peu d'aide financière ils auraient pu faire agrandir la maison ; en attendant, Lenny et Grace avaient acheté une vieille caravane pour servir de chambre à Stephen. Elle était garée devant chez eux ! Mais Davey avait pris une résolution fatidique dans la précipitation, et Rabbit l'avait récompensé en lui confiant sa fille de douze ans ! Ce n'était pas possible, elle ne devait pas avoir toute sa tête à ce moment-là.

J'ai quarante piges, je vis dans un bus et je couche avec des femmes qui ont la moitié de mon âge. Le seul engagement à long terme que j'ai eu dans ma vie, c'est vingt-cinq ans d'abonnement au magazine Rolling Stone. *Oh, Rabbit, elles ont raison. Je ne suis qu'un con et un bon à rien. Alors, on fait quoi ?*

Du calme, Davey, tu peux y arriver, lui répondit sa sœur.

Je ne sais pas, Rabbit.

Moi, je sais.

Davey, tout adulte qu'il était, tremblait comme une feuille, les larmes aux yeux. Sa douleur n'échappa pas à Molly. Elle calma sa respiration.

— Pardon, fils, ce n'est pas ce que je voulais dire. C'est moi qui perds la boule.

Elle alla l'embrasser. Il lui rendit son étreinte.

— À moi aussi, elle me manque, maman.

— Je sens ton cœur qui bat. Tu es en vie. Je suis en vie. Soyons gentils l'un avec l'autre, Davey.

— D'accord, maman.

— Tu vois, tu as toujours été gentil, et Juliet Hayes a besoin de gentillesse.

À ces mots, il comprit que tout au fond Molly Hayes était convaincue que sa petite-fille avait besoin de bien plus que cela.

— Et ça te va très bien, les jeans troués, ajouta-t-elle en guise d'excuse.

Il eut un petit rire.

— Merci, maman.

Son sourire s'envola lorsque, repartant dans le couloir, il trouva Juliet la tête coincée entre deux barreaux de la rampe d'escalier, les yeux écarquillés, le regard toujours aussi vide.

— Maman !

Molly surgit, un couteau à beurre à la main.

— Dieu tout-puissant, les garçons, si vous n'êtes pas capables de la garder, mettez-lui une laisse, bon sang ! cria-t-elle à Bernard et à Ryan dans le salon.

J'y arriverai jamais, putain, songea Davey. *J'ai promis à Rabbit de prendre soin de Juliet, et au bout de même pas deux jours, la pauvre gamine est déjà un zombie.*

Molly s'approcha de l'escalier et parla lentement, en articulant bien, juste sous le nez de sa petite-fille.

— Tu es un peu perdue dans ta tête, et c'est sans doute pour le mieux, ma belle. (Elle se pencha vers les barreaux pour embrasser Juliet sur le front.) Je suis là. Je suis toujours là, tu m'entends ? Je gère, chérie.

Puis elle cria :

— Ryan, va me chercher le beurre !

Juliet cligna des paupières. Défoncée ou non, c'était apparemment la seule forme de communication qui lui fût accessible en ce moment. Davey resta les bras ballants, avec l'impression d'être un raté complet.

9

Grace

Pendant la semaine qui avait précédé sa mort, Rabbit avait déclaré vouloir un cercueil en osier et non en bois.

— Et pourquoi donc ? s'était offusquée sa mère au centre de soins.

— Parce que c'est écologique.

— L'osier ?

— Oui.

— Et pas le bois ?

Rabbit avait réfléchi. *Ah si.* Si elle n'avait pas été mourante, elle aurait trouvé un argument, mais sa cervelle était un peu embrumée, étant donné qu'un cancer était en train de la ravager.

— En tout cas, c'est moins cher.

Et tu veux que papa et moi on fasse des économies sur ton cercueil ? C'est ça que tu veux ?

— L'osier, c'est très bien.

— Mais oui, avait dit Molly, arrachant un sourire à Rabbit. C'est parfait pour aller aux champignons, nom d'une pipe.

Le sourire de Rabbit s'était envolé. Elle avait cherché un soutien du côté de sa sœur.

— S'il te plaît, Grace, c'est ce que je veux.

Grace avait promis d'obliger Molly à acheter le cercueil en osier. En le disant, elle craignait déjà de décevoir sa petite sœur.

— Ne me lâche pas sur ce coup-là, avait dit Rabbit.

— Promesse de scout, avait-elle répondu en faisant le salut vulcain.

Il n'était pas encore midi lorsque Grace et Molly arrivèrent aux pompes funèbres. Grace avait consciemment décidé de laisser ses problèmes de côté pour se concentrer sur la veillée et sur les obsèques de Rabbit. Le gène serait toujours là quand elle serait prête à l'affronter. Elle enfouit ses angoisses bien profondément. *Pense à Rabbit. Rien qu'à Rabbit. Tu as le gène, OK, mais tu n'as pas de cancer, tu n'es pas mourante, alors tiens bon et avance.*

C'est pas grave, Grace.

La ferme, Rabbit.

— Laisse-moi faire, chérie, dit Molly lorsqu'elles entrèrent.

— Sûrement pas.

Molly lui décocha un regard et un sourire qui voulaient dire : « C'est ce qu'on va voir. » *Bon Dieu, c'est pas vrai !*

Vincent et Ed le Silencieux les attendaient. Vincent fut désappointé de voir qu'elles n'apportaient pas de vêtements.

— On négocie encore, lui expliqua Molly.

— Nous amenons Rabbit chez vous à dix-sept heures, lui rappela-t-il.

— Alors on a tout le temps.

— Pas tant que ça.

Mais Molly avançait déjà vers un cercueil en acajou massif avec rehauts de cuivre doré.

— Celui-là, dit-elle en le montrant du doigt.

— Pas question, maman, elle en voulait un en osier.

Molly passa la main sur le bord du cercueil.

— Mêle-toi de ce qui te regarde, Grace.

— Vous avez beaucoup de goût – c'est de la première qualité, intervint Vincent.

Ed garda le silence.

— Ce n'est pas ce que Rabbit a demandé, maman, insista Grace en traînant sa mère vers le modèle en osier.

— Est-ce que Rabbit est là ? demanda Molly en faisant semblant de la chercher du regard dans la pièce. On va lui demander son avis, d'accord ? Rabbit ? Rabbit ? Tu es sûre de vouloir celui en osier, chérie ? Il est un peu verdâtre, et ce n'est même pas un joli vert, plutôt le genre de vert qu'on tousse quand on a une bronchite, lança-t-elle en direction du plafond.

Vincent fit semblant de retirer une poussière de son costard. Ed le Silencieux caressait son ombre de moustache.

— Ah mais non, c'est vrai, les morts n'ont pas d'opinion, continua Molly.

Vincent, un peu désemparé, recula d'un pas.

— Elle voulait un cercueil en osier, maman.

— Non, Grace, ce qu'elle voulait, c'est vivre.

La gorge soudain serrée, Molly se mordit la lèvre inférieure et, le temps de se ressaisir, se concentra sur le cercueil en osier devant elle, le touchant, le palpant réellement, sans se départir de son expression dégoûtée.

— Franchement. Un panier, Grace ?

— Ah, c'était assez bien pour Moïse, intervint Vincent sur un ton allègre.

— Moïse a été abandonné tout seul sur une rivière, le rembarra Molly.

— Pour lui sauver la vie, répliqua Vincent avec autorité.

— Et cet affreux panier en osier verdâtre, est-ce qu'il va sauver ma Rabbit ?

— Non, concéda Vincent dans un souffle avant de se retirer à côté d'Ed le Silencieux.

Grace se retourna vers sa mère.

— Tu avais promis.

— Elle voulait juste nous faire faire des économies, Grace, et moi, tout ce que je veux, c'est claquer jusqu'à mon dernier sou pour lui faire honneur.

Molly Hayes avait un langage de charretier, un caractère farouche, une volonté d'acier et un cœur immense, et elle savait obtenir ce qu'elle voulait.

Grace la serra dans ses bras.

— D'accord, maman, j'abandonne.

Molly la serra, fort, et l'embrassa sur la joue. Grace leva les yeux vers le plafond.

— Pardon, Rabbit, j'ai fait ce que j'ai pu.

Molly se tourna alors vers Vincent.

— Désolée, Vincent, je peux être casse-pieds à mes heures, mais mes intentions sont bonnes. (Elle leva les bras vers les cieux.) Et je suis comme je suis, alors il va falloir vous y faire !

Vincent hocha gravement la tête.

— Vous traversez des moments difficiles.

Grace retraversa la pièce aux côtés de sa mère.

— C'est un très joli cercueil, maman, dit-elle.

Exactement ce que je voudrais pour moi. Bon Dieu, Grace, arrête ! Quand on cherche les ennuis, on les trouve. Mon cul, oui. Arrête. Reprends-toi. Il ne s'agit pas de toi, là.

Exactement, Grace, il ne s'agit pas de toi, et par ailleurs le marron ne te va pas... La voix de sa sœur résonnait dans sa tête.

Je te préviens, Rabbit...

— On le prend, dit-elle.

— Très bon choix, commenta Vincent.

— Et un très mauvais, ce serait quoi ? demanda Molly.

— Pardon ?

— Vous avez dit : « Très bon choix. » C'est lequel, le mauvais ?

Vincent semblait sur le point de fondre en larmes.

— C'est l'osier, pas vrai ?

— Il n'y a pas de mauvais choix.

Elle lui tapota l'épaule.

— C'est une bonne chose que vous soyez dans les pompes funèbres, vous savez. Si vous deviez vendre des frigos, vous crèveriez de faim.

Sur ces mots, elle sortit en laissant derrière elle un Vincent abasourdi.

Dans la voiture, sur le trajet du retour, Grace se tourna vers sa mère.

— Maman, ça t'arrive d'avoir peur ?

— J'ai tout le temps peur, Grace.

— Comment ça se fait que tu ne le montres jamais ?

— Pour inquiéter tout le monde ? Quel intérêt ?

Grace réfléchit à cela quelques instants.

— Moi aussi, j'ai tout le temps peur.

Molly eut un hochement de tête compréhensif.

— C'est notre secret.

— Notre secret, répéta Grace.

— Et maintenant, parlons colombes. Daisy Quirk en a lâché quelques-unes devant la tombe de son Joseph, et à part celle qui a paniqué et qui est allée s'emplafonner contre l'abribus, ça s'est très bien passé.

— Maman, avec tout le respect que je te dois, ferme-la.

— Bon, d'accord.

Elles gardèrent le silence pendant un petit moment, mais une fois la voiture garée, Molly pivota pour faire face à sa fille.

— On ne sait jamais ce qui nous attend, alors tout ce qu'on peut faire, c'est garder espoir.

Grace ne répondit rien, mais hocha la tête. Molly soupira et gémit en s'extirpant de son siège.

J'ai le gène, maman.

10

Marjorie

Marjorie prit le relais au beurrage des sandwichs aussitôt arrivée chez les Hayes, chassant un Davey de plus en plus frustré. Il était furieux d'avoir été relégué à la cuisine pendant que sa mère et sa sœur prenaient les décisions importantes.

— Et même ça, elles ne s'en sortent pas, dit-il. Rabbit est toujours dans sa housse immonde en satin bleu.

Elle lui prépara un café et lui intima l'ordre de s'asseoir. Il fut dispensé de disposer le jambon sur le pain, puisque visiblement le cœur n'y était pas. Marjorie, au contraire, était prête à tout pour éviter de penser, et préparer des mini-sandwichs était une distraction qui en valait une autre.

— Je peux te poser la question ?

Il répondit par un regard interrogateur.

— Quand est-ce que tu repars ? demanda-t-elle, incapable de le regarder dans les yeux.

— Bientôt.

Elle hocha la tête.

— Comme ça, quoi.

— Il n'y a pas de « comme ça ». L'Amérique, c'est chez moi, j'ai ma vie là-bas.

— Et Juliet ?

— Sa vie est avec moi, maintenant.

Il n'avait pas l'air convaincu. Il ne pouvait se résoudre à la regarder en face.

Une fois qu'elle eut mis sous film un cinquième plat de mini-sandwichs, elle se rassit devant lui. Il garda les yeux dans le vague, perdu dans son monde à lui, un monde empli de douleur, de chagrin et d'inquiétudes.

— On a fait beaucoup d'erreurs, tous les deux, pas vrai ?

— Je t'en prie, Marjo, pas ça. Je suis à cran, là.

— Toi et moi, on est de pauvres couillons, continua-t-elle, mais pas Rabbit. Elle t'a choisi, donc je te soutiens.

— Pourquoi ? souffla-t-il. Pourquoi est-ce qu'elle m'a choisi ?

Marjorie serra les dents.

— Arrête.

— Je voudrais savoir, c'est tout.

Marjorie poussa un gros soupir. Il attendit qu'elle parle, mais elle resta muette. Cela angoissa Davey : peut-être qu'elle ne trouvait aucune raison. Puis elle reprit la parole, lentement et en choisissant soigneusement ses mots.

— Elle t'a choisi parce que tu étais son idole, tu ne sais pas ça, Davey ?

— Non, c'était Johnny, son idole. Moi j'étais juste le type à côté de lui.

Davey visualisa Johnny Faye, son meilleur pote, l'auteur-compositeur-interprète exotique et génial qui s'était approché tout près du soleil mais qui était parti trop tôt, et de manière terrible. Johnny Faye était une vraie rock star, avec l'âme d'un poète et le cœur d'un lion. Rabbit était tombée amoureuse de lui avant même de savoir ce qu'était l'amour. Il était son aîné de quatre ans, et pourtant elle avait toujours été sa petite pote. Il avait vu avant tout le monde ce qu'elle était et ce dont elle était capable. C'était lui qui avait trouvé son nom. « Ce n'est pas une Mia, c'est une Rabbit », avait-il dit un jour.

« Ça me plaît », avait-elle répliqué, tout le monde était tombé d'accord, et voilà. Il avait raison, elle était née pour devenir Rabbit. À l'époque, Davey ne voyait en elle qu'une petite sœur casse-pieds, mais Johnny, lui, avait compris son potentiel. Elle n'avait que quatorze ans quand il l'avait promue ingénieure du son du groupe, pour le plus grand dégoût de Davey.

— Elle est nulle, avait-il rouspété.

— Ils le sont tous, avait rétorqué Johnny, mais il n'y a qu'elle qui soit libre.

Davey avait été jaloux de leurs rapports jusqu'au jour où Johnny avait contracté une sclérose en plaques. À ce moment-là, Rabbit avait été la seule capable de supporter ses sautes d'humeur et ses exigences. Sans elle, le groupe n'aurait pas tenu. Sans elle, Davey n'aurait jamais goûté à la possibilité du succès. Johnny avait duré juste assez longtemps pour lui donner l'énergie de réussir contre vents et marées. Le temps que Rabbit soit assez grande pour être en couple avec Johnny, ce dernier était déjà très handicapé. Ils avaient quand même eu leur moment. Un moment lumineux, un couple d'amoureux, jusqu'au jour où Johnny avait fait ce qu'il fallait, c'est-à-dire la pousser dehors avant que tout ne parte en vrille. Il n'avait pas voulu qu'elle le voie se dégrader et mourir, et Rabbit ne s'en était jamais complètement remise. Même sur son lit de mort, Davey l'avait entendue deux fois parler avec son ex décédé, l'amour de sa vie. La première fois, c'était à propos de Juliet. « Tu vois, Johnny Faye, si tu ne m'avais pas jetée tu aurais pu être le père de Juliet, au lieu de ce routard australien de passage ; remarque, dans les deux cas elle se serait retrouvée sans père. Ma pauvre Bunny. » Elle n'avait pas le moral, ce jour-là.

La deuxième fois, c'était à propos de la religion. Johnny était croyant ; c'était une vraie pomme de discorde entre eux.

« Tu es sous terre, Johnny, donc si je dois te rejoindre, c'est là que je te rejoindrai, et tu pourras arrêter de chanter… espèce d'irrésistible salopard ! »

Elle avait eu un petit rire. Davey avait fait comme s'il venait d'arriver, comme s'il n'avait rien entendu. Elle avait souri toute la soirée, malgré la douleur et l'angoisse. Marjorie se trompait : l'idole de Rabbit, ce n'était pas lui, mais bien Johnny Faye.

Est-ce que vous êtes ensemble, maintenant, Rabbit ? Est-ce que Rabbit Hayes et Johnny Faye ont enfin droit à leur happy end ?

T'aimerais bien le savoir, hein ?

Tu m'étonnes.

— Oui, il était son idole, mais toi encore plus, dit Marjorie.

La gorge de Davey se serra.

— Elle t'a toujours trouvé génial, continua-t-elle. Donc, si difficile que ce soit – et ça l'est, crois-moi –, je te soutiens.

Il savait à quel point Juliet comptait pour Marjorie. Il savait qu'elle l'aimait comme sa fille. Il savait qu'elle ne perdait pas seulement Rabbit, mais Rabbit *et* Juliet. Il la regarda, les joues mouillées de larmes.

— Et si elle s'était trompée ?

— Mais non, trancha Marjorie avant de se remettre à beurrer du pain.

11

Juliet

Une fois sa tête extirpée de la rampe d'escalier, Juliet fut installée sur le canapé entre Bernard et Ryan, absorbés dans un jeu de console quelconque. Ils ne prononçaient pas de mots, mais les coups de feu et les explosions venus de l'écran étaient assourdissants, et les éclairs brûlaient les yeux douloureux de Juliet. Un long moment s'écoula ainsi. Les garçons jouaient à combattre des soldats patibulaires et à démolir l'ennemi. Elle n'enregistrait rien, à part peut-être quelques couleurs, des taches rouges, des lumières grises et blanches. Rien n'avait de sens, c'était juste du mouvement, des tirs, des bombes, des détonations, et de temps en temps les garçons qui entrechoquaient triomphalement leurs poings. Elle ferma ses paupières, juste pour reposer ses yeux, en restant assise. Elle ne pouvait pas parler : la drogue l'avait engourdie. Elle ne pouvait pas non plus penser clairement ; tout était flou et un peu irréel. Sa langue lui semblait énorme dans sa bouche. Sa peau picotait et brûlait. Son cou était lourd, son visage comme du caoutchouc et l'air autour d'elle dense comme de l'eau. Elle se contenta de rester sans bouger pendant que les garçons jouaient interminablement.

À un moment, Marjorie entra dans la pièce.

— Poussez-vous, les garçons.

Ryan et Bernard se laissèrent glisser au sol sans rater un tir. Marjorie s'assit à côté de Juliet, la prit dans ses bras. La jeune fille, se laissant aller contre elle, soupira de soulagement, ferma les yeux et s'endormit en quelques secondes.

12

Jack

Jack passa la matinée au grenier. Sur le coup de midi, il retrouva ses carnets des années 1954 à 1968. 1969 et 1970 étaient manquants, mais il mit la main sur 1971 à 1984. Il cherchait encore 1984 à 1987, les grandes années du groupe Kitchen Sink, celles où Davey et ses meilleurs potes – Johnny Faye au chant, Francie à la guitare, Jay à la basse et Louis au clavier – répétaient à longueur de journée et de soirée dans le cabanon du jardin. À l'époque, Rabbit passait sa vie dans ce cabanon ; elle aimait la musique, mais encore plus Johnny Faye et sa manière désinvolte d'être cool. Cela le fit sourire – Davey s'escrimant à se débarrasser de sa petite sœur et Johnny la ramenant toujours à eux. Il avait beaucoup écrit sur ces années-là et sur la tragédie qui avait suivi, beaucoup écrit à quel point il était fier de son fils et de sa fille dans ces moments difficiles. L'histoire d'amour entre Johnny et Rabbit défiait le temps et l'espace. Il était mort à vingt-six ans et Rabbit avait tenu dix-huit années de plus sans lui. *Tu t'es bien débrouillée, chérie.*

Merci, papa.

Johnny et Rabbit étaient vivants dans les journaux de Jack. Il y avait consigné l'ascension et la chute du groupe ainsi que les amours tragiques de Johnny et de Rabbit. C'étaient des années particulières, magiques même, juste avant qu'il tombe malade, quand tout était encore possible. *Nous avions tout, à l'époque*, songea-t-il. *Le monde entier entre les mains.* Il l'avait toujours su, il avait toujours aimé sa cadette de toutes ses forces. Mais il se demandait s'il avait compris à quel point elle était spéciale avant le jour où son cancer et sa mort lente lui avaient permis, à lui, de prendre un peu de recul avec le quotidien et de l'examiner comme un individu à part entière, et sa vie dans son entièreté. *Ma Rabbit.*

Il était encore en train de vider des cartons et de classer des papiers lorsque son téléphone sonna. Il décrocha immédiatement en voyant que l'appel venait de Derek, l'ancien patron de Rabbit. Elle avait travaillé dix ans pour lui, à rédiger des portraits et des articles pour la rubrique art de vivre. C'était lui qui lui avait suggéré de tenir un blog sur son cancer, au début, avant que quiconque ait commencé à imaginer que sa maladie puisse lui être fatale. Lorsque le public du blog était devenu considérable, ses billets s'étaient étoffés, et c'est ainsi que son journal du cancer était né. Le volume de courrier qu'elle recevait d'autres malades et de survivantes les avait tous deux stupéfiés. Rabbit s'était trouvé une nouvelle communauté, et sa disparition n'allait pas passer inaperçue.

— Derek ?

— Jack, mes sincères condoléances.

— Merci, Derek, ça me touche beaucoup. Je sais que Rabbit avait énormément d'estime pour vous.

— Et moi pour elle. À propos, Jack, j'espère que ce n'est pas trop tôt pour que je vous en parle, mais Rabbit m'a envoyé il y a quelques jours tous ses textes pour le livre.

— Ah. Je ne savais pas.

— Son blog était très populaire, Jack.

— Oui oui, je sais qu'il était très suivi.

— L'étape suivante, c'était un livre. Vous savez que je lui ai promis d'aller jusqu'au bout.

— D'accord.

— Ça avance bien. J'ai encore un peu de travail dessus, pour structurer le récit de sa vie autour de ses billets sur la maladie, mais j'y travaille.

— Merci, Derek, c'est formidable.

— C'est une histoire d'amour, au fond, Jack.

— Je ne vous suis pas.

— Au bout du compte, ça ne parle pas vraiment du cancer, mais d'une fille qui aime un garçon. C'est l'histoire d'une famille chaleureuse, vibrante, et d'amitiés durables, attendrissantes. C'est un texte sur la joie, Jack.

Jack, bouleversé, se renversa en arrière dans le fauteuil poire. Il sanglota et se moucha tandis que Derek restait silencieux au bout du fil.

— Merci pour vos paroles, Derek, finit-il par murmurer une fois vidé de ses larmes.

— C'est un plaisir de participer au projet. En tant qu'ayant droit de Rabbit, vous serez signataire de tout contrat passé avec une maison d'édition.

— Oui oui. Ce sera un honneur.

— Il n'y a rien de garanti. Bien sûr, je reçois des marques d'intérêt, étant donné le succès de son blog hebdomadaire, mais la route sera longue.

— Je comprends. Vous ferez ce que vous pourrez.

— Quoi qu'il en soit, c'est une belle histoire, Jack, une belle vie.

— Vous allez encore me faire pleurer.

— Je ne pourrai pas être à la veillée ce soir, malheureusement, mais je vous verrai à l'enterrement.

— Encore merci, Derek.

Jack raccrocha. Après sa crise de larmes, il se sentait vidé, épuisé. Comme il n'avait pas réellement mangé depuis une semaine, toutes ses réserves avaient fini par se tarir. Cela posait problème, maintenant qu'il était enfoncé dans un fauteuil poire moelleux et mou, sans énergie pour s'en extirper. Après s'être débattu pendant ce qui lui parut une éternité, il se vit obligé d'appeler à l'aide.

— Hé, ho ! Y a quelqu'un ? C'est Jack… C'est papa… Là-haut… Au grenier… Je suis coincé… Hé ! Répondez-moi !

La tête de Molly surgit par la trappe.

— Ah, Molls, te voilà, dit-il tandis qu'elle évaluait la situation.

— T'es coincé dans la poire ?

Il fit oui de la tête.

— Je vois.

Elle disparut. Il entendit sa voix résonner dans la maison :

— Davey, monte au grenier aider ton père, tu veux ?

— Qu'est-ce qu'il a ?

— Il est comme une tortue retournée, lâcha-t-elle pour seule explication.

Jack se détendit dans sa carapace et attendit. *C'est un texte sur la joie*, songea-t-il, et il sourit. *Moi, ça me va.*

13

Marjorie

Marjorie laissa Juliet dormir sur le canapé. En haut, elle entendait Davey se démener pour extirper son père du fauteuil.

— Un, deux, trois, ho, hisse !

— Aïe, aïe, aïe, mon dos ! Attention à mon dos, fils.

À l'étage, Molly regardait vers la trappe au-dessus d'elle, les mains sur les hanches, en secouant la tête.

— Fais attention, Davey, on n'a pas de temps à perdre avec monsieur et ses histoires de dos.

— Je fais ce que je peux, maman ! lui lança Davey.

Marjorie alla la rejoindre.

— Qu'est-ce je peux faire ?

— Rien, tu en as assez fait, répondit Molly, évoquant les vingt-cinq mille petits sandwichs empilés dans la cuisine.

— Et la tenue de Rabbit ?

— J'ai envoyé Grace acheter quelque chose.

Marjorie posa les poings sur ses hanches.

— Non.

— Pardon ?

— Non, Molly. Désolée. C'est hors de question.

C'était insolite que Marjorie s'oppose ainsi à Molly ; d'habitude, elles étaient toujours d'accord. Marjorie était quelqu'un d'angoissé, et elle n'aurait jamais voulu manquer de respect à la femme qui l'avait quasiment élevée, surtout dans ces moments terribles. Mais si on ne défend pas les choses importantes, autant ne plus se battre pour rien… c'était ce que Molly Hayes disait toujours.

Elle chercha ses mots.

— Vous savez très bien ce qu'il faut lui mettre, c'est simplement que vous ne voulez pas.

Molly pinça les lèvres et se mordit l'intérieur des joues. Elle faisait cela quand elle était dans une position difficile.

— Tu parles d'AC/DC, lâcha-t-elle sans desserrer les dents.

Marjorie acquiesça.

— AC/DC.

— Et tu avais quelque chose de précis en tête ?

— La tournée *Highway to Hell*, 1979.

— Tu veux que ma pauvre enfant aille dans la tombe avec un tee-shirt *Highway to Hell* sur le dos.

— On se fiche de ce que je veux ou de ce que vous voulez, répliqua Marjorie sans se démonter.

— Alors pourquoi est-ce qu'elle m'a demandé de choisir pour elle ?

Molly était en train de perdre la bataille, même dans sa propre tête.

— Parce qu'elle savait que vous finiriez par prendre la bonne décision.

— C'est-à-dire ?
Marjorie sourit.
— Venir m'en parler.
Molly s'appuya au mur et y cogna doucement sa tête trois fois, en même temps que Davey se remettait à compter.
— Un, deux, trois, ho, hisse !
— Allez, mon gars, du nerf ! l'encourageait Jack.
— Mais c'est comme soulever un éléphanteau, papa !
Molly retira lentement de sa poche la clé de la maison de Rabbit et la tendit à Marjorie. Au même moment, Francie Byrne entrait par la porte de derrière, comme s'il était chez lui. Francie avait passé une grande partie de sa jeunesse à entrer et sortir de cette maison pour aller répéter dans le cabanon. La maisonnée Hayes était un vrai foyer pour beaucoup de jeunes, à l'époque.
— D'accord, céda Molly.
Marjorie sourit.
Francie apparut au pied de l'escalier et regarda vers le haut.
— Qu'est-ce que je peux faire ?
— Tu viens avec moi, lui dit Marjorie.
— D'accord, mais pas de bêtises, hein !
Il décocha un clin d'œil à Molly.
— Vous tenez le coup, m'dame Hayes ?
— À peu près, Francie.
— Il est où, Quasi ?
Dans le passé, avant que Davey ait trouvé son physique d'adulte, ses amis proches l'avaient surnommé Quasimort la fois où, atteint d'une diarrhée foudroyante, il était sorti d'une audition hagard, se

traînant dans son pantalon souillé et puant. Avec le temps, c'était devenu Quasi, et c'était resté.

— Je suis là ! Mon père a trouvé le moyen de se coincer dans la poire ! cria-t-il du grenier.

— Tu peux venir nous donner un coup de main, Francie ? Je crois que j'ai le dos qui tétanise, ajouta Jack.

— Il y a des choses qui ne changent pas, commenta Francie. J'arrive dans une minute, Marjorie.

Francie Byrne et son frère jumeau Jay étaient membres honoraires de la famille depuis que Davey avait rejoint leur groupe à l'âge de douze ans. Ils avaient fait les quatre cents coups ensemble. Francie et Jay étaient aussi anéantis par la perte de Rabbit que la famille et que Marjorie, mais Francie comprenait bien son rôle, qui était d'aider les autres à tenir – de les faire sourire, et même rire si possible – et il n'y avait pas meilleur que lui pour cela.

Après avoir promptement aidé Davey à arracher son père aux griffes du fauteuil maudit, il conduisait maintenant sa camionnette comme un candidat au suicide. Marjorie ne disait mot mais se cramponnait à son siège. Pour passer le temps, il donnait à Marjorie des nouvelles d'un jeune type qui avait perdu une main dans un incident avec un sabre de samouraï, à l'usine, quelques jours plus tôt.

— Une démonstration de sabre… On n'a pas revu le couillon qui a fait ça : il s'est barré en pleurant et maintenant il est en arrêt de travail pour stress post-traumatique.

— Et celui qui a perdu sa main, il va comment ?

— La Griffe, on l'appelle… Tu connais la gamine de Sheila B ?

— Sandra ?

— Oui, c'est ça. Elle a mis la main dans une serviette entourée de glace et ils ont pu la regreffer. Jusque-là, tout se passe bien.

— Et Sheila B, tu la vois de temps en temps ?

— Houlà non, je garde mes distances, même si elle est sortie de l'asile, à ce qu'il paraît.

— Elle sera sans doute à l'enterrement.

— Manquait plus que ça : ma nouvelle chérie face à ma dingue d'ex. Va falloir que je me trouve une combinaison en Kevlar pour y aller, à ce foutu enterrement.

Marjorie se rappelait les rapports hystériques entre Francie et Sheila B, à la grande époque du groupe. Sheila était cintrée, mais elle était drôle, et toujours sympa avec Marjorie, qui était plus jeune et timide.

Il continua de rouler, non sans hurler de temps en temps des invectives à des conducteurs qui, enfermés dans leurs véhicules, ne pouvaient pas l'entendre : « C'est vert, vert, putain, ça pourrait pas être plus vert ! » TÛÛÛÛÛÛT ! « T'attends quoi, bordel, un carton d'invitation ? » TÛÛÛÛÛÛÛÛT ! Après avoir montré ses deux majeurs à un minibus rempli de voyageurs qui avaient osé lui couper la priorité, être monté sur un trottoir et avoir pris la contre-allée pour surprendre un piéton à sa gauche, descendant la vitre pour lui crier « Kess tu fous sur la chaussée, toi ?! », il se détendit enfin.

— Bon et alors, Davey et toi ? demanda-t-il.

Marjorie poussa un gémissement.

— Il n'y a pas de Davey et moi.

— C'est ça, continue de te mentir si ça te chante, moi je m'en fous, hein.

— Je ne me mens pas. On a couché ensemble une poignée de fois au fil des années, c'est tout.

Elle mentait. Ils s'étaient embrassés dans le parc du centre de soins pendant que sa meilleure amie était en train de mourir. *Mais qu'est-ce qu'on a dans le crâne ?*

— D'accord, lâcha-t-il, l'air absolument pas convaincu.

— Et ne fais pas comme si tu savais mieux que moi.

— Mais je sais mieux que toi. Je suis Francie Byrne, et Francie Byrne sait tout.

Elle n'était pas d'humeur.

— Comme tu veux.

Dans la maison, Francie se prépara un café pendant que Marjorie allait chercher le bon tee-shirt, l'un des cinq jeans noirs moulants que possédait Rabbit, son soutien-gorge et sa culotte en dentelle noire, et deux vieux bracelets de concert marqués « Kitchen Sink » et « The Sound ». Elle ne resta pas longtemps dans la chambre de son amie : c'était trop perturbant d'être entourée des affaires de Rabbit. Elle prit un instant pour respirer son parfum, mais elle savait que si elle s'attardait elle allait s'effondrer. *Serre les dents et tiens bon… Allez, Marjorie.*

Les larmes lui vinrent dans l'escalier. *Eh merde.* Elle entendait Francie tripoter les boutons de la radio dans la cuisine. Sentant ses genoux faiblir, elle s'assit sur les marches, le visage enfoui dans le tee-shirt de Rabbit. Juste une minute. Juste le temps de sécher ses yeux et son nez.

Lorsqu'elle entra dans la cuisine, Francie regarda les vêtements dans sa main et vint lui enlacer les épaules.

— Quand je serai mort, je veux que ce soit toi qui m'habilles.

Elle sourit. Francie avala son café en vitesse.

— Et maintenant, chef ? s'enquit-il.

— Au funérarium.

— Allons-y.

Marjorie le suivit jusqu'à la camionnette. Kyle fit son apparition.

— Juliet est chez sa grand-mère ? demanda-t-il.

— Oui.

— Ça va ?

— Non, dit Marjorie.

— Embrassez-la de ma part… Non, dites-lui que je suis désolé… Non, dites-lui bonjour et…

Francie se pencha par la fenêtre.

— Ho, Roméo, pousse-toi.

— Ah oui, bien sûr. Dites-lui juste… cria-t-il encore tandis qu'ils démarraient.

Francie répondit à un coup de fil de boulot dans la camionnette pendant que Marjorie entrait au funérarium et tendait les vêtements à Vincent et à Ed le Silencieux. Vincent parut perplexe en dépliant le tee-shirt.

— Vous êtes sûre ?

— Certaine.

— Et Mme Hayes ?

— Elle a donné sa bénédiction.

— Très bien, dans ce cas…

— Je peux la voir ?

— Nous n'avons que très peu de temps.

— Juste une minute, s'il vous plaît.

Vincent hocha la tête.

— Une seconde.

Il disparut dans une petite pièce. Ed le Silencieux garda le silence. Francie arriva à ce moment-là.

— Tout va bien ?

— Je vais juste la voir une minute, dit Marjorie.

Elle tremblait.

— Tu veux que je t'accompagne ?

— Non. Ça t'embête ?

Il l'entoura de ses deux bras.

— Pas du tout.

Puis il se tourna vers Ed le Silencieux et le toisa de la tête aux pieds.

— Tu sais quoi, petit ? Si tu veux pécho, tu ferais bien de raser ces poils de cul.

Ed le Silencieux caressa machinalement sa moustache virtuelle.

— Je t'assure, insista Francie.

Vincent réapparut à ce moment-là et fit entrer Marjorie dans la petite pièce sombre, éclairée uniquement par des bougies. Le satin bleu n'était plus là ; un drap recouvrait Rabbit jusqu'aux clavicules et ses mains étaient placées dessus, le long de son corps. Son crâne chauve était lisse, rasé de près. Vincent avait retiré le lourd maquillage, remplacé par un ombrage plus léger, à la Kardashian. Elle était redevenue elle-même.

— Te voilà, toi, dit Marjorie.

Les larmes lui piquaient les yeux. Elle prit la main de Rabbit dans les siennes.

— Je voulais juste avoir un petit moment rien que pour nous deux. Bon, je me suis occupée de tes fringues, et sans vouloir me jeter des fleurs, je pense que c'est parfait. Il reste un truc ou deux dont il faut qu'on parle. Primo, je suis furax que tu ne m'aies jamais encouragée à me faire plus d'amis. Je n'ai que toi, et c'est ta faute. Qui pourrait arriver à la cheville de la puissante Rabbit Hayes ? Certainement pas les neuneus de la banque avec qui j'ai travaillé toute ma vie. Oui, je sais que tu m'as dit de quitter la banque il y a des années mais va te faire foutre, Rabbit. Bon, ça, c'est fait. Ensuite ? Comment va ta mère ? Eh bien, elle tient le coup. Jack est en pause-déjeuner mais tu savais qu'il trouverait un moyen de disparaître. Il reviendra. Et Grace ? Bah, elle fait ce qu'elle peut. Davey est Davey, il panique en silence, mais il va s'en sortir. Juliet ? Je t'entends demander comment va Juliet. Bon, elle ne va pas bien, Rabbit. Elle a un chagrin terrible, et je donnerais n'importe quoi pour le lui enlever mais je ne peux pas, personne ne le peut, même pas ta mère – qui l'a droguée, au fait. La petite fait n'importe quoi, elle se coince la tête dans la rampe d'escalier et elle raconte que les sentiments ont des couleurs. Je fais de mon mieux pour l'aider. Seulement, je ne sais pas combien de temps il me reste avec elle.

Les larmes lui brûlaient les joues. Elle essuya du dos de sa main le mucus qui coulait de son nez en quantités alarmantes.

— Et moi ? Ça va, tu me connais. Donc évidemment ça ne va pas, mais tu sais… ça va, quoi. On n'est que le deuxième jour et je déteste déjà le monde sans toi, donc tout roule. Attends, tu vas rire : hier je suis restée assise une heure en face de chez ma mère comme une cinglée, c'est nouveau, ça. Quoi d'autre ?

Vincent toqua à la porte, un coup léger.

— Merde, faut que j'y aille, Vincent doit t'habiller. Je pourrais me passer d'imaginer la scène… l'avantage, c'est que comme tu es morte, tu n'as pas à endurer ça. Il est bizarre, ce type, sans parler de son assistant… le pauvre gamin ! La bonne nouvelle, c'est que Francie l'a conseillé sur son look au bout de dix secondes. Il est là, à côté, et il est génial.

Encore un léger coup à la porte.

— Oh là là, Vincent ne plaisante pas. Faut que j'y aille, ma belle.

Elle renifla un grand coup, aspirant résolument toute morve résiduelle. Puis elle embrassa la tête froide de son amie.

— T'es vraiment dégueulasse de m'avoir quittée.

Elle lâcha sa main. Vincent poussa la porte, indiqua sa montre.

— Il faut qu'on s'y mette.

— Pardon.

En sortant, elle tomba sur Ed le Silencieux qui bombait ses biceps minuscules pour Francie.

— Ouah, c'est mou, tout ça. (Il lui tendit une carte.) Viens nous voir au club de boxe, on va te remplumer en moins de six mois.

Ed le Silencieux prit la carte.

— Et ne te pointe pas avec cette moustache, les mecs se foutraient de toi !

Ed le Silencieux la couvrit de sa main et hocha vigoureusement la tête. Marjorie et Francie regagnèrent la camionnette.

Une fois à l'intérieur, il lui tendit un mouchoir pris dans la boîte à gants. Elle se débarbouilla et, l'espace d'un instant, le masque joyeux de Francie tomba.

— J'ai hâte que ce soit terminé, tout ça, dit-il à mi-voix en démarrant le moteur.

14

Grace

Grace et Davey passèrent une partie de l'après-midi à déplacer les meubles de la salle à manger pour faire de la place à Rabbit, tandis que Molly s'occupait de Jack et de son dos mal fichu. En son absence, ses enfants étaient chargés de trouver le meilleur emplacement pour que Rabbit soit baignée de lumière, mais suffisamment loin de la fenêtre pour échapper aux regards indiscrets.

— Elle détesterait cette histoire de cercueil ouvert, râla Davey.

— Je sais, dit Grace.

— Et que tout le monde la regarde.

— Je sais.

— On pourrait l'enlever et s'enfuir avec elle.

Grace ne répondit pas.

— Ou alors je pourrais dire à Francie de prendre un pistolet à colle dans la camionnette et sceller le couvercle.

— Tu pourrais le coincer avec un rocher, maman trouverait quand même le moyen de l'ouvrir.

— C'est pas juste.

— Sauf que tant que le cercueil est ouvert, Rabbit est encore avec nous.

Davey comprit aussitôt et capitula. Il se racla la gorge.

— T'as pas tort.

Grace se fourra dans la bouche un mini-sandwich triangulaire entier pour tenter de combler le vide accablant qui grandissait en elle. Ils ne reparlèrent plus de fermer le cercueil.

Le corps arriva chez les Hayes à dix-sept heures précises. Les voisins sortirent de chez eux en voyant le corbillard se garer. Ils se signèrent pendant que les deux hommes en costard poussaient Rabbit sur un chariot. Molly, cette force de la nature, attendait sur le perron, entourée de sa famille ; Jack, à sa gauche, portait son brassard noir et pleurait comme un nourrisson ; Davey, chevreuil pris dans les phares, se tenait à côté d'une Grace profondément triste, en la tenant par la main comme quand ils étaient petits et qu'elle l'emmenait à l'école. Les fils de Grace – Stephen, Bernard, Ryan et Jeffery – étaient derrière. Marjorie était assise sur les marches avec Juliet. La petite, encore dans les vapes, fixait le mur.

Grace regarda sa petite sœur approcher dans une boîte marron pendant que les voisins, dans leurs jardins, la tête baissée en signe de solidarité, remerciaient muettement le Seigneur que ce ne soit pas tombé chez eux. C'était extraordinairement difficile pour elle. *J'ai le gène.* Elle n'en montrait rien. Elle enfouissait cela très profondément. Les entrepreneurs des pompes funèbres s'arrêtèrent au niveau du portail et Grace fut soudainement transportée dans les années quatre-vingt : Johnny Faye, seize ans, en jean troué, longue veste de cuir, longs cheveux ondulés, était assis sur le muret devant elle. Elle revit Rabbit, douze ans, gauche et dégingandée avec ses longues couettes, ses grosses lunettes et son cache-œil pour corriger un strabisme. Elle pleurait. Il la tenait par les épaules. Elle pleurait parce qu'à l'époque, à dix-huit ans, Grace avait des formes voluptueuses, une crinière rousse et un visage ravissant, et que Rabbit était jalouse. « Personne ne sera aussi belle que toi, Rabbit », lui disait-il. Il avait raison. Rabbit avait eu toute sa vie un charme particulier, même avec de grosses lunettes et un œil qui disait merde à l'autre. Grace, par contraste, ne s'était sentie belle que pendant une période très brève. Ed le Silencieux trébucha sur une dalle fendue, la ramenant au présent. Vincent lui lança un regard assassin. Il baissa la tête. Tout le monde s'écarta pour les laisser passer. Personne ne savait trop où se mettre. Molly supervisait les mouvements du cercueil comme si elle faisait la circulation au carrefour.

— Par ici. Non. Un peu à gauche. Non, ma gauche. Non, pardon. À droite. Un peu à droite. Stop.

Elle recula d'un pas.

Une fois Rabbit installée dans la pièce, Vincent retira le couvercle du cercueil. Tout le monde recula et se signa automatiquement. Les deux hommes sortirent discrètement, laissant la famille à son chagrin. Molly se tenait au-dessus de sa cadette qui gisait habillée de ses propres vêtements, légèrement maquillée, parfaitement coiffée avec sa perruque blonde, sa préférée. Elle était exactement elle-même.

— Te voilà, ma chérie.

Submergée par l'émotion, Molly eut besoin d'une chaise. Davey courut à la cuisine en chercher une, qu'il plaça sous le derrière de sa mère.

— Parfait, dit-elle avant de se tourner vers Marjorie. Qui est-ce qui t'aime, Marjorie ?

— C'est Molly, répondit la jeune femme.

Molly prit sa main, l'embrassa et la tint contre elle.

— C'est parfait, murmura-t-elle, et il se passa une minute ou deux avant qu'elle lâche la main de Marjorie.

Grace était malade de chagrin mais elle resta sur place, la tête en proie au vertige, le cœur serré. Lorsque ce fut le moment pour que les enfants voient le corps, Juliet arriva accompagnée de Ryan. Bernard, Stephen et Jeffery traînaient derrière.

— Elle assure, constata Ryan.

Juliet était pétrifiée, les bras le long du corps, les yeux écarquillés, la bouche ouverte. Davey posa les mains sur ses épaules. Elle s'adossa contre lui et regarda fixement sa mère pendant un temps infini, puis elle hocha la tête comme pour elle-même.

— Elle fait signe à qui ? chuchota Ryan à Grace.

Celle-ci n'en savait rien, et elle se demanda si c'était lié au Valium. Elle haussa les épaules. Ils attendaient tous que Juliet ait absorbé la scène.

— Je veux rentrer à la maison, maintenant, dit-elle.

Mais je dois rester pour la veillée et on ne peut pas te laisser toute seule, objecta Davey.

— Je peux y aller avec elle, proposa Ryan.

Davey chercha des yeux la permission de Grace. Elle s'agenouilla et releva les yeux vers sa nièce.

— Tu es sûre, Bunny ?

— Ne m'appelle pas Bunny

Grace tourna les yeux vers Davey.

— Depuis que Rabbit n'est plus là, elle ne veut plus être Bunny, expliqua-t-il.

Elle prit les mains de sa nièce.

— Ah. C'est toi qui choisis.

— Je veux rentrer à la maison.

Grace regarda Davey, puis acquiesça.

— D'accord. D'accord.

Ryan haussa les épaules.

— Vous voyez, y a pas de problème.

— Lenny est en chemin, il pourra les déposer avant le début de la veillée.

Davey chercha de l'argent au fond de ses poches. Il tendit à Ryan un billet de cinquante euros.

— Achète des pizzas, et je veux ma monnaie.

— Ça marche.

Ryan posa les mains sur les épaules de Juliet et la poussa vers le salon. Le téléphone de Davey sonna au moment où il entrait dans la cuisine.

— Francie ?

Il pâlit légèrement.

— Tu plaisantes.

Il écouta encore, dit merci et raccrocha.

— Qu'est-ce qui se passe ? demanda Grace.

— La radio ne parle que de la mort de Rabbit.

Marjorie était en train de laver des assiettes dans son coin. Elle s'arrêta et fit volte-face.

— C'est venu d'un tweet d'un membre de la famille, ajouta Davey.

Molly entra dans la cuisine, regarda Davey, puis Marjorie.

— Qu'est-ce qui se passe ?

— Quel membre de la famille ? demanda Grace.

— Ryan.

Grace sentit ses genoux céder pour la seconde fois en deux jours.

— Oh, c'est pas vrai. Qu'est-ce qu'il a fichu, encore ?

Elle avait besoin d'une chaise, sans quoi elle allait simplement se rouler en boule par terre.

— Davey ? fit Molly.

Davey trouva le tweet sur son téléphone et le lut à haute voix.

— « L'athée et journaliste Rabbit Hayes est morte aujourd'hui. »

— Mais pourquoi a-t-il fallu qu'il la présente avant tout comme une athée ? demanda Molly avec contrariété.

— Et… ? dit Grace.

— Il y a un hashtag.

— Qu'est-ce que c'est qu'un hashtag ? s'impatienta Molly.

— C'est un peu comme une blague, en fait.

— Une blague ?

La voix de Molly était montée d'une octave.

Davey se racla la gorge et relut le tweet.

— « L'athée et journaliste Rabbit Hayes est morte aujourd'hui #SurMon31EtNullePartOùAller. »

Grace crut un instant qu'elle allait vomir.

— Jésus Marie Joseph.

— Et ça fait le buzz.

— Le quoi ? demanda Molly.

Lenny entra à ce moment-là avec une caisse de vin et quatre sacs de supermarché. Il comprit immédiatement qu'il y avait un problème. Molly Hayes semblait au bord de l'explosion, mais ce fut la tête de sa femme qui le terrifia.

Il posa la caisse sur la table et les sacs par terre.

— Qu'est-ce qui se passe ?

— Ton fils a intérêt à ramener ses fesses ici tout de suite. Va le chercher.

Grace bouillait littéralement et soufflait de plus en plus fort. Un vrai taureau enragé. Lenny n'eut pas besoin de demander de quel fils il s'agissait.

— Alerte rouge, alerte rouge ! lança-t-il par la porte. Ryan, file à la voiture.

Ryan entra et Grace se tourna vivement vers lui.

— Sur mon 31 et nulle part où aller ?!! hurla-t-elle.

— Cours, Ryan. Aucune idée de ce qui se passe, mais cours, dit Lenny.

Ryan prit son manteau et s'enfuit. Lenny embrassa sa femme.

— Du calme, d'accord, chérie ? Marjorie, trouve-lui à boire, quelque chose de fort.

Il courut rejoindre Ryan dehors puis attendit au volant, moteur allumé, que Davey lui amène Juliet. Grace sortit dans le jardin, ouvrit la cabane à outils de son père et y prit une vieille crosse de hurley[1] tout éraflée qui traînait par terre. Elle se mit à défoncer les bennes de recyclage en plastique. Marjorie s'approcha de Molly et toutes deux la regardèrent faire par la fenêtre ouverte.

— On ne devrait pas intervenir ?

— Non, elle va se fatiguer toute seule.

— Elle a déjà fait ça ?

1. Sport d'équipe très populaire en Irlande *(N.d.T.)*.

— Avant les bennes de recyclage, on gardait un vieux lave-linge-sèche-linge au même endroit, juste pour qu'elle ait quelque chose de solide à massacrer.

— Ah ! Je m'étais toujours demandé ce qu'il faisait là.

Toutes deux parlaient devant Grace comme si elle n'était pas là. Elle s'en fichait. Elle avait besoin de taper sur quelque chose. D'anéantir quelque chose. Il lui fallut dix minutes de massacre, des ampoules dans les mains, un whisky bien tassé et une conversation avec le père Frank, arrivé sur ces entrefaites, pour se calmer. Elle était vidée – émotionnellement, physiquement, psychologiquement –, et la veillée n'avait même pas commencé.

15

Jack

Le père Frank arriva une demi-heure avant le gros des invités. Après avoir dissuadé Grace d'aller se jeter d'une falaise, il serra la main de Jack.

— Je viens juste lui rendre hommage comme tout un chacun.

— C'est gentil d'être venu.

— Il faut que vous parliez à Molly, dit le père Frank, elle réclame un rosaire.

— Je lui parlerai, mon père, mais pour être honnête, je ne serais pas contre non plus.

— Rabbit y était très fermement opposée, vous savez.

— Rabbit n'est plus là, répliqua Jack à mi-voix.

Le père Frank soupira.

— Bien sûr, je dirai très volontiers le rosaire.

— Merci, père Frank.

Ils allèrent voir Rabbit ensemble.

— *Highway to Hell*, lut le prêtre en esquissant un sourire.

— Elle aurait aimé ça, dit Jack.

— C'est bien elle, en effet.

Molly tint absolument à ce que le père Frank goûte quelques sandwichs et, puisqu'il conduisait, tout le thé dont Marjorie pouvait l'abreuver. Elle alla ensuite prendre des nouvelles de Grace, qui était montée se rafraîchir et se changer après sa crise de nerfs dans le jardin. Davey, pendant ce temps, ne savait pas bien quoi faire de lui, et finit par simplement disparaître dans une autre pièce. Les deux doyens s'assirent face à face aux côtés de Rabbit, qui reposait les mains croisées, un pass « Accès aux coulisses » entre les doigts en guise de chapelet.

Le père Frank indiqua l'objet du menton.

— Jolie attention.

— C'est Marjorie, ça, dit Jack. Elle nous a ramené notre fille.

— En effet.

— Je voudrais vous parler de quand elle sera partie.

— Je ne vous suis pas…

— Eh bien, j'aimerais la garder, au moins en partie, avec moi.

— Mais ce sont les pompes funèbres qui s'occupent des cendres, Jack.

— Oui oui, je comprends bien, mais je me posais la question d'un point de vue spirituel, je me demandais ce que vous en pensiez, un peu de ma fille dans une urne, peut-être au columbarium de Glasnevin ou dans le Jardin du souvenir, un peu d'elle ici avec sa maman et moi, un peu pour Juliet, Davey et Grace.

— Le corps n'est qu'une enveloppe, Jack.

— Alors ça ne pose pas de problème ?

— À moi ? Aucun.

Jack sourit.

— C'est bon à savoir, mais je pensais plutôt à ce qu'en dirait Dieu, à supposer qu'il soit bien là.

— Vous aussi, vous perdez la foi, Jack ? demanda le père Frank avec un air de découragement.

— Oh non, enfin, vous savez, ma foi a toujours eu des hauts et des bas. Mais je suis toujours encarté, ne vous en faites pas.

— Je dirais que Dieu appréciera tout ce que vous choisirez de faire pour rendre hommage à Rabbit.

— D'accord, très bien, on conserve les gens sous toutes les formes, de nos jours – dans des bijoux, des pierres, des pots… On peut même avoir un collage de leurs cendres, à moins que ce soit juste pour les animaux de compagnie.

Il se leva, lentement, douloureusement, en se tenant les reins, et serra la main du père Frank.

— Mal au dos, Jack ?

— Un problème de poire, mon père.

Si le prêtre se demanda de quoi Jack pouvait bien parler, il ne le montra pas.

— Je vois.

— Vous êtes un ami précieux pour Molly et moi depuis bien des années, ajouta Jack en se rapprochant du cercueil pour contempler sa fille. Vous avez supporté beaucoup de choses.

Le père Frank vint se tenir à côté de lui.

— De la part de Molly ou de Rabbit ?

— Des deux.

Ils sourirent tous les deux. Molly avait accablé le père Frank de jurons un nombre incalculable de fois, et ils avaient eu bien des débats féroces, mais il n'avait jamais eu le sentiment de perdre son temps avec cette femme à la fois charitable et formidable.

— Je considère Molly comme une grande amie.

Jack lui donna une tape dans le dos.

— Quant à Rabbit, vous savez que Molly m'a fait entrer en douce dans sa chambre pour lui donner l'extrême-onction, n'est-ce pas ?

— Oh oui, je suis au courant ! Marjorie et Grace étaient dans le coup.

— Rabbit était à moitié dans le coma.

— Eh oui.

— Et elle a quand même réussi à se réveiller pour me faire « bouh » ! Dieu tout-puissant, dit-il en se signant, j'ai cru mon heure venue.

Jack eut un petit rire.

— Elle n'a jamais résisté à une bonne blague.

— Surtout aux dépens du Seigneur.

Le sourire de Jack s'effaça.

— C'est lui qui a eu le dernier mot, on dirait bien.

Le père Frank était mortifié.

— Ce n'est pas ce que je voulais dire.

— Je sais bien, vous avez été très patient avec ma fille au fil des années, surtout à l'époque où Johnny était malade.

— Johnny est mort avec la foi en Dieu et en la vie éternelle, Jack, il était convaincu qu'il reverrait Rabbit un jour. J'aime à me dire que ce jour est arrivé.

— Oh, ce qu'ils auront à se raconter !

— Johnny Faye serait ravi de pouvoir lui dire : « Tu vois ? J'avais raison. »

— Et Rabbit Hayes l'accepterait de bonne grâce, juste pour pouvoir être encore une fois dans ses bras.

Ils restèrent à regarder Rabbit, en hochant la tête.

— Que diriez-vous d'une tranche du gâteau au yaourt de Pauline ? proposa Jack.

— La voisine d'en face ?

— Elle-même.

— Son gâteau au yaourt est légendaire.

— Tout à fait. Allons-y avant que le monde arrive.

Alors, pendant que les femmes de la maison s'habillaient et se maquillaient et que Davey Hayes s'absorbait dans un épisode d'*Arabesque*, le père Frank et Jack Hayes se goinfrèrent du célèbre gâteau au yaourt de Pauline.

16

Molly

Molly s'était entretenue avec Dieu toute la journée. Lorsque les gens commencèrent à arriver, elle lui demanda de lui donner la force. *Seigneur, aide-moi, là. Tu fais ça et je donnerai dix euros pour les pauvres.* La maison se remplit d'un seul coup, juste après dix-huit heures. Elle fut bondée en l'espace de quelques minutes. C'était le chaos. *Seigneur, aide-moi à tenir sur mes pieds et je ne dirai pas un juron de la journée.* Elle s'affaira à servir des sandwichs, du thé, du café, du vin rouge, du vin blanc, du whisky, et du sherry pour les personnes âgées.

Un quart d'heure plus tôt, elle avait tenu une rapide réunion d'équipe.

— Grace et Marjorie, vous êtes de service aux sandwichs et aux gateaux. Jack gère les liqueurs. Lenny, le vin blanc et rouge, et Davey, le thé et le café.

Davey avait levé la main.

— Je pourrais plutôt être au vin ?

Seigneur, donne-moi la patience. Je Te ferai une prière en plus avant d'aller me coucher.

— D’accord, mais ne bois pas tout. Je prendrai les commandes.

Grace prit Jeffery à part un instant pour lui rappeler qu’elle voyait tout et qu’elle le surveillerait de près.

— Deux sandwichs au maximum, et pas de gâteau.

— Mais, maman !

— D’accord, une tranche – et fine, ne m’oblige pas à te courir après.

Il savait qu’elle n’était pas d’humeur à plaisanter. Il avait entendu dire qu’elle avait massacré les poubelles à coups de crosse.

Stephen voulut se rendre utile.

— Qu’est-ce que je peux faire, mamie ?

— Sois gentil comme tu sais faire, c’est tout, mon chéri.

— Et moi ? demanda Bernard.

— Toi aussi, mon cœur.

— Je m’occupe de laver la vaisselle.

— J’essuierai.

— Merci, les garçons.

Seigneur, prends-en soin, de ces deux-là, ou Tu auras affaire à moi.

Les gens faisaient la queue pour voir Rabbit et lui dire un dernier adieu. Ensuite, ils étaient accueillis par un membre de la famille Hayes leur proposant à boire et à manger, et cette organisation semblait fonctionner : il y avait le temps pour des mots gentils et des condoléances sincères, une anecdote ou deux sur le bon vieux temps. Personne ne parlait du tweet, mais Molly ne doutait pas qu’ils étaient tous au courant. Il était suspendu comme un nuage au-dessus de sa tête, mais elle s’occupait en veillant aux besoins des autres, comme elle aimait à le faire.

Elle passa beaucoup de temps à répéter les mots thé, café, vin, une petite goutte ? Ou bien : Vous devez goûter le gâteau au yaourt de Pauline, jusqu'au moment où la Pauline en question mit fin elle-même à sa course folle.

— Je prends le relais.

— Tout va bien.

— On n'est pas au restaurant, et tu n'es pas serveuse. Détends-toi un peu, parle avec les gens.

Molly n'avait pas vraiment envie de parler aux gens, mais comme sa meilleure amie ne voulait rien savoir, elle céda.

— D'accord, alors Monica Leary veut un sandwich œuf-mayo, un café et un petit coup de whisky.

— Ah oui ? Eh bien elle attendra un peu.

N'ayant plus rien à faire, Molly décida de s'asseoir un instant.

— Ça aurait pu être pire, lui dit alors un inconnu, la petite soixantaine.

— Pardon ?

— Ma Tracy est morte dans un carambolage.

Seigneur, retire-moi ces idées de meurtre avant que je Te déshonore de la pire manière.

— En quoi est-ce que c'est pire ? demanda-t-elle, les dents serrées.

— Eh bien, on n'aurait pas pu l'exposer dans la salle à manger, répondit l'homme avec sincérité.

— On se connaît ?

— Non, dit-il, j'ai vu le hashtag SurMon31EtNullePart OùAller, et comme j'habite à moins de deux kilomètres…

— Vous ne connaissez personne ici ?

— Je connais le père Frank.

— Je vois.

Elle se tourna alors vers l'assemblée.

— Un petit mot de la direction !

Tout le monde se tut et attendit que la mère de la défunte prononce des paroles profondes. *Seigneur, pardonne-moi pour ce que je suis sur le point de dire.*

— Tous ceux qui sont là uniquement parce qu'ils ont entendu les nouvelles, hashtag BarrezVous !

Comme presque tout le monde dans la salle connaissait bien Molly Hayes, il y eut une explosion de rires. Même Grace réussit à sourire, alors qu'elle fulminait toujours. La glace était bel et bien rompue, et les gens se mirent soudain à bavarder.

— Rabbit Hayes aux infos, dit Pauline. Et il faut voir les belles choses qu'ils ont dites sur elle en tant que journaliste et blogueuse !

Grace était encore furibonde.

— Ryan n'aurait pas dû faire ça.

— N'empêche, vous avez vu le nombre de retweets ? Plus de trois mille. C'est incroyable ! intervint Justin, un voisin.

— Je lui parlerai, chérie, dit Lenny, voyant la contrariété de sa femme.

— J'ai entendu ça à la radio, dit Gerry, le plus vieil ami de Jack. Je ne comprends rien aux réseaux sociaux. Je n'arrive pas à m'y faire : un gamin peut communiquer avec le pays entier depuis sa chambre ? Ça me dépasse.

— Pas seulement le pays, précisa Bernard. Il y a quelques retweets en Allemagne, en France et au Royaume-Uni.

— Complètement fou.

Grace en était malade.

— Je ne comprends pas que Ryan ait fait ça.

— C'était pour frimer, lâcha Stephen.

— N'empêche, trois mille quarante-quatre retweets – non, attends, trois mille quarante-cinq –, c'est cool, commenta Bernard en regardant son téléphone.

— Ce n'est pas cool, Bernard, c'est immonde, dit Grace. Et ton frère…

— … essaie de nous faire rire, compléta Molly.

— Eh bien, il s'y prend très mal, s'entêta Grace.

— Ça aurait fait rire Rabbit.

Marjorie acquiesça.

— Elle a raison.

Grace avait les larmes aux yeux.

— Mais ce n'est pas drôle, maman.

Molly enlaça les épaules de son aînée.

— Je sais, chérie.

Elle l'embrassa sur le crâne, et les larmes roulèrent sur les joues de Grace.

— Rabbit n'est pas une blague, dit-elle en pleurant dans le giron de sa mère.

Seigneur, aide-moi. Je t'en prie, aide-moi. Tout le monde se tut dans la pièce, la douleur à vif de Grace rappelant aux gens le chagrin de ceux qui leur servaient à boire et à manger.

Les vieux copains musiciens de Davey – Francie, Jay, Louis et Kev – se tenaient tous ensemble avec leurs épouses. Jay s'avança, leva son verre et réclama l'attention de l'assemblée. Francie l'imita, et en quelques secondes toute la pièce se retrouva à attendre en silence, le verre levé.

— À Rabbit Hayes, tu étais aimée et tu vas nous manquer, que tu sois ici, ailleurs ou nulle part, dit Jay.

Rabbit n'avait pas seulement été leur ingénieure du son, elle était leur mascotte et faisait aussi office de videuse à la moindre occasion. C'était sincère, et Jay étouffait d'émotion.

— Amen ! lança Francie, et tout le monde but à la mémoire de Rabbit, après quoi la pièce se remit à bourdonner du bruit des conversations.

Lorsque la plupart des gens furent partis et qu'il ne resta que les proches, environ trente personnes, les garçons sortirent leurs guitares, Louis se mit au piano et Davey joua sur le vieux bodhrán[1] de son père. Gerry, l'ami de Jack, alla chercher son accordéon dans sa voiture. « Je l'avais pris au cas où », dit-il lorsqu'il passa devant Molly en le tenant en l'air. La femme de Francie, Lorraine, avait un beau brin de voix, et Francie lui-même savait tenir un air. Jay et Kev également, et même Grace se joignit au chœur lorsqu'elle eut suffisamment de whisky dans les veines. Ils chantèrent des chansons sur la liberté, l'amour et la perte. Ils chantèrent sur la guerre, l'espoir et le désespoir. Puis Louis plaqua un accord qu'ils connaissaient bien et tous les autres se turent. Il joua alors la chanson d'amour que Johnny avait écrite pour Rabbit tant d'années auparavant, et lorsque Lorraine se mit à chanter à cœur joie il n'y eut plus un œil sec dans la maison. Molly resta assise, les mains sur les genoux. Elle ne pleurait ni ne chantait, elle ne faisait qu'inspirer et expirer, en répétant dans sa tête *Seigneur, Seigneur, Seigneur…* Elle ne trouvait rien d'autre à dire.

1. Instrument à percussion irlandais, proche du tambour *(N.d.T.)*.

Au moment où le père Frank se leva pour partir, elle se sentit un peu désemparée. *Seigneur... Seigneur... Seigneur.*

— Juste une dizaine du rosaire avant de partir, mon père, demanda-t-elle.

Il tourna les yeux vers Rabbit, les musiciens, les amis et la famille.

— Ce n'est pas ce qu'elle voulait, Molly. Ni moi ni Dieu.

— Vous avez raison, Frank, mais Rabbit est partie. Je vous demande de prier pour nous, pour ceux qu'elle a laissés derrière elle.

Il soupira et retira son écharpe.

— Vous auriez dû faire de la politique, Molly.

Elle promena son regard sur les proches assemblés dans la pièce.

— Allez, juste une dizaine.

Jack intervint depuis le coin où il se tenait avec Gerry et son accordéon :

— Bon, mais rien qu'une.

— Je suis pour, déclara Marjorie.

Davey lui envoya un regard noir, qu'elle chassa d'un haussement d'épaules.

— Vous êtes sérieux, là ? On va prier sur le corps de Rabbit ? bougonna-t-il.

— Je suis consciente de l'ironie de la situation, mon garçon, lui répondit Molly avant de s'agenouiller sur le sol.

Grace, Jack et Marjorie l'imitèrent, suivis par les autres, laissant Davey debout à côté de sa sœur au visage de marbre. Le père Frank se signa, et tout le monde l'imita.

— Au nom du Père, du Fils et du Saint-Esprit, dit Molly en terminant son signe de croix.

C'est parti. Détends-toi, Molly, inspire, expire, et tout se passera bien.

Le père Frank commença à réciter le Credo.

— Je crois en Dieu, le Père tout-puissant, Créateur du ciel et de la terre. Et en Jésus-Christ…

— Je crois en Dieu, le Père… commença Molly avant de s'arrêter net.

Mais est-ce que j'y crois, au fond ? Combien de fois faut-il frapper à la porte avant d'admettre qu'il n'y a personne ? Et l'Église catholique ? Est-ce que je crois vraiment en elle et en son message ? Encore ? Après tout ce qu'elle a fait ? Tous les péchés qu'elle a commis ? Tous les mensonges qu'elle a racontés ? Toutes les obstructions à la justice ? Pourquoi ces hommes et ces femmes se livreraient-ils à la corruption s'ils croyaient vraiment à un Dieu le Père tout-puissant, créateur du ciel et de la terre ?

Pendant que les autres priaient, elle resta muette et immobile, et tourna les yeux vers son fils qui se tenait debout à côté de sa sœur morte comme pour la protéger des catholiques. *C'est une escroquerie, maman*, lui avait dit mille fois Rabbit. *Cathos Inc… C'est juste une combine de pognon. Tu le sais, en plus. Tout au fond, tu le sais.* Elle n'avait pas écouté. *Je veux bien écouter, maintenant. Parle-moi, Rabbit ? Dis-moi que je suis une vieille imbécile ? Où es-tu, ma chérie ?* Mais Rabbit ne dit pas un mot. Elle était partie, et il semblait qu'elle ait emporté avec elle l'espoir et la promesse d'éternité. *Pardon.*

Molly écouta le père Frank prononcer la formule « à la rémission des péchés, à la résurrection de la chair, à la vie éternelle ». À l'entendre en regardant sa fille morte, dans ce contexte qui la rendait totalement dénuée de sens, Molly Hayes eut soudain une révélation profonde : elle n'en croyait pas un mot. Avec la mort de Rabbit, le vide s'était insinué en Molly, et dans ce vide aucun dieu ne pouvait résider. *Tu avais raison, chérie, c'est une foutue arnaque, tout ça.* Pendant que le père Frank disait le rosaire et que les personnes réunies marmonnaient le Notre-Père et le Je vous salue Marie, Molly Hayes, profondément attristée, dit une courte prière de son cru : *Seigneur, j'en ai terminé avec Toi.*

17

Davey

Il était un peu plus de vingt-deux heures. Les autres étaient tous partis, mais Marjorie avait tenu à rester jusqu'à ce que la dernière assiette soit lavée, séchée et rangée. Elle vit le bus arriver de l'autre côté de la rue.

— Il faut que j'y aille, dit-elle.

— Prends un taxi.

— Je vois l'arrêt de bus d'ici.

— Tu ne vas pas prendre un bus à cette heure-ci. Il est tard.

— Ça ira très bien, Davey.

Elle prit son manteau et alla dire au revoir à Molly, qui était assise à côté de Rabbit, une main sur son cœur froid, l'autre tenant une tasse de thé chaud. Jack s'était endormi.

Grace l'embrassa ensuite.

— Merci.

Sa gratitude était réelle. Elles se tombèrent dans les bras, assez longtemps pour que Davey prenne son manteau et son portefeuille.

— Où vas-tu ?

— Le bus.

— Davey !

— Laisse-le faire, intervint Grace. Il te suivrait dans une mine en train de s'écrouler, du moment que ça lui permet de sortir d'ici.

Davey haussa les épaules. Sa sœur avait raison. C'était déjà dur de contempler le cadavre de Rabbit dans une maison pleine de monde, de jour, mais là, dans le noir, avec juste les Hayes… eh bien… ça n'était pas possible.

Ils s'assirent ensemble au fond du bus à demi plein. La chaleur du moteur, soufflée par une grille, leur réchauffait l'arrière des jambes avant de monter lentement.

— Comme au bon vieux temps, dit Davey en regardant le ciel nocturne.

Le bus en mouvement, les lumières qui défilaient, l'air chaud circulant autour de ses parties intimes et le whisky, tout cela avait un effet hypnotisant sur son esprit surchargé, accablé, épuisé.

— Tu as la langue pâteuse.

— Désolé.

— Tu ne comptes pas finir dans mon pieu, hein, Davey ?

Il rit.

— Rien n'est plus éloigné de mes pensées, là.

Elle sourit.

— Moi pareil.

— Je croyais que la mort était censée exciter les gens

— Peut-être seulement l'imminence de la mort, dit Marjorie.

Il réfléchit. Elle devait avoir raison. C'était vrai qu'ils avaient échangé ce baiser maladroit dans le parc du centre de soins…

— Hmmm, vu comme je me sens en ce moment, je me dis que je ne ferai peut-être plus jamais l'amour, dit-il.

— Bah, tu as une enfant à charge, maintenant… Il paraît que ça a un effet terrible sur la libido.

— Comment c'est arrivé, déjà ?

Il eut un sourire, mais qui n'atteignit pas ses yeux. Il était terrifié, vraiment. *Qu'est-ce que j'ai fait ? Qu'est-ce que j'ai fait ? Qu'est-ce que j'ai fait ?*

La sonnerie du téléphone de Marjorie étouffa dans l'œuf ce qui aurait pu devenir une légère crise de panique. Elle regarda l'écran : « Maman ». Elle rejeta le téléphone au fond de son sac comme elle l'aurait fait d'une patate brûlante.

— Tu ne vas pas lui parler, commenta Davey.

— Elle n'est même pas venue à la veillée, cracha Marjorie avec colère. Rabbit était la seule véritable amie que j'aie jamais eue. Molly Hayes a pris soin de moi. J'ai passé plus de temps chez vous que chez moi, et ça lui convenait parfaitement. Elle habite au bout de la rue, bon Dieu. La moindre des choses aurait été de passer.

— Tu sais comment elle est.

— Exactement, c'est bien le problème.

— Et Rabbit n'était pas ta seule véritable amie.

— Ne commence pas, Davey.

— Tu as moi, aussi.

— Je parlais au téléphone avec elle tous les jours. Quand est-ce que je t'ai parlé pour la dernière fois, toi ?

— À l'instant, hier, avant-hier…

— Au téléphone, je veux dire.

— Je ne suis pas très téléphone.

— Oui, eh bien, si on était amis, tu aurais probablement fait une exception le jour où mon mari a appris qu'on avait couché ensemble. Ou peut-être celui où il m'a virée de chez moi. Ou quand l'accord de séparation a été signé. Ou la première nuit que j'ai passée seule dans un petit studio…

— OK, c'est bon, message reçu.

Il n'était pas en état d'entendre la liste de ses comportements égoïstes et de ses défauts. Pas maintenant.

— Ou peut-être quand le diagnostic de Rabbit est passé au stade terminal, le pire jour de ma vie.

— Je suis absolument désolé, Marjorie. Désolé pour tout.

Il parlait sincèrement. Et peut-être était-ce le bus en mouvement, les lumières qui défilaient, l'air chaud circulant autour de ses parties intimes et le whisky, mais en tout cas des larmes s'échappèrent de ses yeux. Il les essuya du dos de la main. Son nez se mit à couler. Marjorie sortit un mouchoir de son sac.

— Je serai un meilleur ami à l'avenir, dit-il en se mouchant.

Puis, quand il se fut un peu ressaisi :

— Je t'appellerai toutes les semaines.

Il entendit le rire de Rabbit.

— C'est ça, oui, dit Marjorie.

Il lui enlaça les épaules, elle se blottit contre lui, et peut-être était-ce le bus en mouvement, les lumières qui défilaient, l'air chaud circulant autour de ses parties intimes et le whisky, mais il sut qu'il tiendrait cette promesse coûte que coûte.

T'as intérêt, lui dit Rabbit dans sa tête.

18

Juliet

Les instants, les minutes et les heures se mêlaient indistinctement. Le temps faisait des embardées et des crochets, et par endroits disparaissait même dans un trou noir. Juliet se rappelait tout de même des bribes, assez clairement. Lorsqu'elle vit sa mère morte, étendue dans une boîte dans la salle à manger de ses grands-parents, ce fut un choc. Malgré les vêtements et le maquillage, elle ne se ressemblait pas du tout ; on aurait plutôt dit un mannequin de vitrine déguisé en Rabbit Hayes, ou une statue de cire censée évoquer Rabbit Hayes, mais sans expression ni signe de vie : ça n'allait pas, quoi. Si elle s'était trouvée dans un musée de cire, Juliet aurait demandé à être remboursée. Les lèvres étaient trop minces et jaunâtres sous le rouge à lèvres rose pâle. L'expression était sinistre. Juliet se fichait que sa mère ne soit pas très jolie. Elle était habituée, à force. La maladie lui avait souvent volé sa beauté pour ne la lui rendre que par instants, dans un sourire, un clin d'œil, ou quand elle allait un peu mieux, qu'elle mettait un joli vêtement et que sa perruque était bien droite. Vivante, elle avait encore un peu de sa beauté, mais à présent il n'en restait pas trace. Ce qu'elle regardait, c'était une coquille vide et flétrie. Elle ne dit rien – Davey l'observait – et se contenta de parler à sa mère dans sa tête : *Vas-y*, dit-elle, et elle entendit Rabbit prononcer les paroles de leur film préféré de tous les temps, *Thelma et Louise :* « Tu es sûre ? » Elle hocha la tête pour elle-même : « Oui… oui. » Elle pivota vers son oncle.

— Je veux rentrer à la maison, maintenant.

Pendant le trajet, Lenny fulminait contre Ryan à cause de son tweet. Il ne prononça pas un mot. Ils roulèrent dans un silence complet, mais Juliet se dit que s'ils avaient été dans un dessin animé, Lenny aurait eu les joues écarlates et de la fumée lui sortant des oreilles. Elle savait qu'il pensait que les choses allaient déjà assez mal sans qu'il faille en plus se disputer sur l'opportunité d'annoncer la mort de Rabbit sous le hashtag SurMon31EtNullePartOùAller. Au début elle n'avait pas compris, mais il faut dire qu'elle avait le cœur brisé, le cerveau pesant, les pensées embrouillées, qu'elle était larguée, perdue, et qu'elle avait mal partout. Assise dans la voiture, elle y réfléchit un instant, puis comprit et se mit à sourire. *C'est une chose que maman aurait dite.*

Lenny laissa Ryan et Juliet seuls dans la maison.

— Qu'est-ce que tu veux faire ? lui demanda Ryan alors que son père repartait en marche arrière.

— Rien.

Juliet avait souvent dit cela, mais jamais sincèrement. Cette fois, c'était vrai, elle ne voulait rien. Elle ne pouvait même pas imaginer manger, boire, marcher, parler, bouger, s'asseoir, aller aux toilettes… même dormir, c'était beaucoup lui demander. Elle restait plantée, paralysée, au milieu de la cuisine.

— Cool. Je vais au salon regarder la télé.

Ryan passa dans l'autre pièce, la laissant tranquille.

Elle prit conscience qu'elle se trouvait exactement là où la jambe de sa mère s'était brisée sous elle, il y avait de cela un peu plus de quinze jours. Le sang était resté plus d'une semaine par terre parce qu'elles étaient parties en ambulance et qu'on n'avait pas laissé Juliet repasser chez elle pour autre chose que prendre ses affaires. Elle avait nettoyé pendant que sa mère était au centre de soins, un jour où Davey l'avait déposée pour qu'elle aille chercher quelques vêtements. Il l'avait attendue dans la voiture, en somnolant, en écoutant la radio. En entrant, elle avait marché dans une flaque de sang poisseux, figé, malodorant. Elle avait passé la serpillière de son mieux. Davey était entré et l'avait surprise à la tâche. Il en avait été choqué, bouleversé. La scène n'était pas recommandée aux âmes sensibles. Davey n'avait pas l'estomac très solide, contrairement à Juliet. Elle pouvait tout affronter, sauf peut-être la mort. La mort l'avait désarçonnée. Elle chercha par terre la moindre trace du sang de sa mère : rien. C'était propre. Elle se demanda si, sous une de ces lumières bleues qu'on voit dans *NCIS* ou dans *Bones*, on le verrait apparaître comme une araignée géante et noire. Puis, enfin, elle aperçut une gouttelette sur la plinthe blanche. Elle s'en rapprocha, se baissa, pencha la tête. *C'en est ?* Elle toucha la gouttelette, avec précaution pour ne pas l'effacer. Un résidu infime resta sur son doigt. Elle essaya de le renifler. *Pas d'odeur*. Elle contempla de nouveau ce qui restait – ce n'était pas rouge vif mais rubis, plus proche du noir.

— Qu'est-ce que tu fous ? lui demanda Ryan depuis la porte.

— Je regarde le sang de maman.

Il s'avança, s'arrêta à côté d'elle. Se baissa.

— Où ?

— Là, dit-elle en indiquant la tache.

— T'es sûre que c'est pas juste de la crasse ?

— Pas complètement certaine, reconnut-elle. Mais je crois bien que c'est du sang.

— Tu veux que je nettoie ?

— Non.

— Qu'est-ce que tu veux faire, Juliet ?

— Je veux marquer l'endroit.

— Je vois pas bien où ça va mener.

Elle se leva, sortit un feutre du tiroir, encercla la goutte de sang et ajouta une flèche et le mot « maman » dans une seconde bulle.

— T'es sûre que ça va ? s'enquit Ryan.

Il était inquiet, elle le voyait bien, car pour une fois il ne faisait pas le malin.

— Ça va, répondit-elle.

Et dans sa hâte d'échapper à toute autre question, elle se cogna contre la porte.

Les obsèques

19

Grace

Grace entra dans la cuisine à six heures du matin. Molly était déjà en train de faire du thé, et Davey était sous la douche. Elle entendait son père s'affairer au grenier. Elle étira son dos fatigué, fit rouler sa nuque raide, se pencha sur le cercueil et embrassa sa petite sœur.

— Il faut que je passe à la maison, à plus tard, dit-elle.

Puis elle dit au revoir à sa mère, monta en voiture et rentra chez elle.

Un calme inhabituel régnait dans la maison. Bernard avait dormi chez sa grand-mère, dans la chambre d'amis. Ryan était encore avec Juliet, chez Rabbit. Et c'était une bonne chose, car même une bonne nuit de sommeil n'avait pas suffi à apaiser la rage qui brûlait en elle lorsqu'elle pensait à lui. Elle alla voir Jeffery. Il dormait à poings fermés dans sa chambre. Elle éteignit sa veilleuse. *Tu deviens un peu grand pour ça, mon coco*. Elle passa ensuite voir la chambre de Stephen.

Personne. Elle ne s'en fit pas. Il était sans doute avec une fille, ou endormi par terre chez un copain. *Tu es jeune. Vis un peu... non, en fait, vis à fond. Je regrette de ne pas l'avoir fait, moi.* Lenny ronflait ; il avait le ronflement léger, comme un mignon chiot carlin. Il était en paix. Elle ne voulut pas le déranger.

Elle se déshabilla dans la salle de bains et entra dans la douche. En se lavant, elle baissa les yeux vers son corps, et en particulier ses seins – que l'on ne pouvait pas rater, à vrai dire. Elle avait toujours aimé ses nénés. Ils étaient parfaitement ronds, le téton bien centré, et même s'ils étaient tombés après quatre enfants, ils avaient gardé une jolie forme ; ils étaient encore spectaculaires, et, pour être honnête, une source de grande fierté. *Et maintenant ?* pensa-t-elle. Les couper, juste comme ça ? Elle ne pouvait pas l'imaginer. C'était simplement trop radical. Après tout, ses seins faisaient partie intégrante de sa personne. « Pare-Chocs Hayes », c'était ainsi que les garçons l'appelaient autrefois. Ses seins étaient la première chose que son mari avait remarquée le jour où ils s'étaient rencontrés à la cafétéria de la banque. Ses seins, ses cheveux, ses yeux, son sourire, dans l'ordre – il lui disait qu'elle était une bombe. La bombe Pare-Chocs, voilà qui était Grace Hayes avant les enfants. Après les enfants, c'était encore une belle femme : ses courbes n'étaient peut-être pas exactement aux mêmes endroits, et certaines étaient plus marquées que d'autres, mais elle avait toujours ces seins qui avaient été pendant de longues années un restaurant cinq étoiles pour ses fils et un terrain de jeux privé pour son mari. Elle leur devait beaucoup, à ses nénés. *Et maintenant ?*

L'identité de Rabbit résidait dans sa force et sa vitalité. Ses répliques acérées, son amour débordant et, bien sûr, son talent. Quoi qu'elle se soit mis en tête, cette gamine, elle pouvait l'accomplir. Quand Johnny lui avait acheté un billet pour qu'elle parte en Amérique, pour qu'elle le laisse et commence une nouvelle vie, elle avait résisté. Elle voulait rester avec lui à jamais, mais il n'avait pas cédé d'un pouce. C'est dire à quel point il était déterminé à la libérer. Alors, elle avait fait tout ce qu'il lui avait demandé. Elle avait vécu, survécu, et prospéré. À son retour des États-Unis, Rabbit était journaliste, et non des moindres, du moins de l'humble avis de Grace, mais bon, qu'est-ce qu'elle y connaissait, une banquière barbante comme elle ?

Rabbit était davantage qu'une sœur, une mère, une amie : elle était Rabbit Hayes. Et Grace, elle était quoi ? Des ados l'avaient traitée de MILF, un jour. Quand elle avait appris que cela signifiait *Mother I'd Like to Fuck* – « une mère que je me taperais bien » –, elle en avait eu un haut-le-cœur. Depuis, elle était hantée par cette idée – Une MILF ! *C'est ça que je suis ? C'est tout ce que je suis ? Juste une jolie chose à regarder ?* Si Rabbit avait encore été en vie et si sa sœur lui avait confié ses peurs, elle lui aurait dit qu'elle était bien plus que cela : qu'elle était drôle, intelligente, aimante et bonne. Elle lui aurait rappelé son attention aux détails et sa capacité à presque tout réparer. Rappelé aussi qu'elle était la mère aimée de quatre garçons, une épouse compréhensive et une fée du logis. Grace était l'héritière naturelle de la couronne de Molly, ce qui n'était pas un mince exploit. Elle était celle à qui tous les membres de la famille se confiaient, et celle sur qui ils comptaient. Elle avait aidé Rabbit à élever sa fille bien avant qu'elle ne tombe malade. Elle avait permis à Rabbit de voler de ses propres ailes, et avait toujours été là quand celle-ci avait besoin de se poser quelque part. Grace, comme sa mère, était efficace : elle savait tout faire, rien n'était au-dessus de ses forces. Grace était importante. Rabbit lui aurait dit tout cela et plus encore, mais Rabbit n'était plus là. Grace se retrouvait seule avec ses soucis. *Et maintenant ?* Elle ne pensait même plus à ses ovaires, à ce stade. Elle n'était même pas certaine qu'ils doivent être jetés. Peut-être pas, mais si oui, elle ne se souciait pas tant de ce qu'ils contenaient, elle en avait fini avec la maternité, elle pouvait s'accommoder de ça – du moins, elle le pensait. Mais ses seins… *Pare-Chocs*.

Elle n'entendit pas Lenny entrer dans la pièce. Il y avait trop de buée pour qu'elle y voie, et en plus elle pleurait. Elle sentit une bouffée d'air froid lorsqu'il ouvrit la vitre de la douche, puis le frôlement des poils de ses jambes contre elle, ses mains sur ses hanches et un souffle sur sa nuque.

— Tu me manquais, dit-il.

— Lenny ?

— Oui, fit-il en l'embrassant dans le cou.

— Qu'est-ce que tu préfères chez moi ?

— Hein ?

— Tu m'as bien entendue.

Il cessa de l'embrasser.

— C'est un piège ?

— Non.

— Ça ressemble à un piège.

Après deux cents ans de mariage – c'était du moins l'impression qu'il avait –, Lenny flairait les pièges à un kilomètre.

— Qu'est-ce que tu préfères chez moi ?

— Tout. J'aime tout, sauf tes questions idiotes.

— Mes seins ?

— Je les adore, répondit-il.

Et, souriant comme un gamin, il les trouva et s'en emplit les mains.

— Et s'ils n'étaient plus là ?

— Dis pas n'importe quoi, gronda-t-il, soudain sérieux.

— Je ne dis pas n'importe quoi. Je te demande.

— Eh bien, ça me foutrait un gros cafard.

— À moi aussi, murmura-t-elle.

— Mais ils sont là et bien là. Profitons !

Elle se tourna face à lui – maladroitement, la douche n'étant pas très grande.

— J'ai le gène, annonça-t-elle.

Aussitôt qu'elle le vit se décomposer, elle s'en voulut d'avoir dit quoi que ce soit. C'était le jour de Rabbit. *Tu t'étais promis d'attendre. Imbécile !* Lenny la lâcha. Il resta les bras ballants, embarrassé, figé sur place.

— Je suis désolée.

— Tu t'es fait tester ?

Elle fit oui de la tête.

— Quand ?

— Il y a un petit bout de temps.

— Pourquoi ?

— Parce que je ne veux pas que ma famille se batte pour savoir quoi faire de mes gosses quand je serai morte.

— Ils m'ont, moi.

— Tu penses que ça suffit ?

— Non, bien sûr que non.

Il sortit de la douche, prit une serviette et s'assit sur la baignoire. Il tremblait.

— Tu as le gène ? dit-il en relevant les yeux vers elle. Mais tu n'as pas de cancer ?

— Non.

— Mais tu as le gène ?

— Oui.

— Et maintenant, on fait quoi ?

Elle fondit en larmes. *Et maintenant ?*

Plus tard, dans la voiture, ils ne se parlèrent pas vraiment. Lenny alluma la radio et ils écoutèrent les DJ de 2FM blaguer et bavarder. Lenny pouffa même une fois ou deux.

— Il est trop fort, ce Bernard O'Shea.

— Oui, il est top, répondit Grace sans conviction, n'ayant pas entendu un mot de ce qu'avait dit le Bernard O'Shea en question.

Lenny conduisait. Grace regardait le monde défiler derrière la vitre, chacun vaquant à ses affaires. Elle se demanda quelles souffrances avait endurées dans sa vie la femme au dos courbé qui tirait son Caddie, marchant d'un pas lent et régulier dans les rues de Dublin avec ses chaussures marron, l'une plus haute que l'autre. Sa bosse et ses chaussures anormales étaient sans doute les moindres de ses problèmes, et pourtant elle était là, à tirer son Caddie, à avancer. Et la jeune fille aux superbes sourcils peints, à demi dévêtue et couverte de chair de poule, qui faisait défiler l'écran de son téléphone avec des ongles d'une longueur ridicule en attendant le bus : quels manques et quels désespoirs avait-elle connus jusque-là dans sa vie ? Elle se tourna vers son mari, qui pleurait.

— Lenny ?

— Pardon.

— Ça va aller.

— Je n'arrive pas à croire qu'elle ne soit plus là, dit-il.

— Moi non plus.

— Oh merde, Grace. Oh merde.

— Ça va aller, promit-elle. Je ferai tout pour.

Il essuya ses larmes du dos de la main juste au moment où Bernard O'Shea entonnait une chansonnette très drôle. Il passa sur la chaîne d'infos. Il y était question du prix de l'eau courante.

— Non, dit-il, et il éteignit.

La maison était une ruche d'activité. Molly préparait le petit déjeuner et nourrissait Bernard. Celui-ci était tout beau dans son costume bien repassé. C'était étrange de le voir porter autre chose qu'un survêtement.

— Dis donc, Sporty Spice, quelle élégance ! lui lança Lenny.

Bernard rit parce qu'il aimait que son père l'appelle Sporty Spice – c'était une de ses bizarreries. Il cessa de manger le temps d'embrasser sa mère.

— Où est Stephen ?

— Il s'est pointé il y a une demi-heure avec une meuf. Je l'ai envoyé à la maison chercher Jeff.

— C'est pas vrai, on a oublié Jeff ! dit Grace à Lenny.

Prenant son téléphone, elle constata qu'elle avait huit appels en absence. Elle brandit l'appareil.

— Il était sur silencieux !

— T'en fais pas, dit Bernard, de toute manière Stephen avait oublié sa cravate.

— Bon. Ça va, maman ?

— Des saucisses ? demanda Molly.

— Oui, d'accord.

— Ton père s'est installé dans le grenier, et je vais te dire une chose, s'il se coince encore dans ce foutu fauteuil poire, je...

Elle passa dans le couloir et cria dans l'escalier, en direction de la trappe.

— Mets un costume, l'ancien ! Ne m'oblige pas à monter, je te préviens !

Elle retourna vers Grace, puis, comme si elle venait de se rappeler quelque chose, pivota sur ses talons et repartit sous la trappe.

— Tu pourras te mettre en pause-déjeuner quand ta fille sera enterrée. Pas une seconde plus tôt, tu m'entends, Jack ?

Elle attendit un instant avant de taper du pied. La tête de Jack apparut dans le plafond.

— Je t'entends, Molly, je t'entends, dit-il en descendant lentement. Même les anges dans les cieux t'ont entendue.

— Si c'est le cas, tu n'as qu'à leur dire qu'ils peuvent...

— Molls, ça suffit.

Les gros mots ne dérangeaient pas Jack, mais envoyer les anges se faire voir, ça dépassait les bornes.

— Très bien.

Elle retourna dans la cuisine alors que Grace garnissait des assiettes de toasts et de saucisses pour Lenny et pour elle-même.

— Où est Davey ?

— Il est passé déposer Juliet et Ryan il y a une heure et il a disparu.

Grace sentit sa nuque se hérisser.

— Ryan est là ?

Lenny se leva.

— Du calme, Grace.

— Je suis calme.

Elle se leva, s'épousseta et sortit de la cuisine. Ryan était dans le canapé du salon, seul et silencieux. Elle s'assit dans le fauteuil en face de lui, effrayée de ce qu'elle serait capable de faire si elle s'approchait trop.

— Pourquoi ? demanda-t-elle. Et ne me réponds pas : « Parce que Rabbit aurait trouvé ça drôle. »

— Mais si c'est la raison ?

— Ça ne suffit pas.

— Pourquoi ?

— Parce que Rabbit est partie, et que faire une blague, c'est un manque de respect, dit Grace, la voix tremblante de colère et de chagrin.

— Je voulais juste la rendre fière.

— Comment ça ?

— Mon job, c'était de la faire rire, de dire ce que personne d'autre n'aurait dit.

Grace poussa un profond soupir, venu des tréfonds d'elle-même.

— Ton job.

— Oui, mon job, tu sais… depuis qu'elle était malade. Juliet se chargeait de ses médocs, tu l'emmenais à ses rendez-vous, mamie la nourrissait, papy lui apportait de petits cadeaux. Moi je disais des horreurs qui la faisaient rire.

— Viens ici.

Ryan eut l'air indécis.

— Viens ici, répéta Grace en se levant.

Ryan s'approcha de sa mère, les mains levées. Elle le prit dans ses bras et le serra, fort. Il n'était pas aussi à l'aise avec les câlins que son grand frère Bernard.

— Tu n'es pas de tout repos, Ryan, mais tu en vaux la peine, dit-elle.

— Merci maman, répondit-il en se dégageant. Bon, pendant qu'on y est, j'ai quelque chose à te dire.

Grace s'affaissa.

— Quoi ?

— Juliet a un œil au beurre noir.

— Qu'est-ce que tu as fait ? demanda-t-elle, alarmée.

Il leva de nouveau les mains.

— Rien ! Je sais que ça ressemble à ce que disent les victimes de violences domestiques, mais elle s'est pris une porte. Je te le jure !

— Dieu tout-puissant.

Elle entra dans le couloir juste à temps pour voir apparaître Juliet, un œil enflé et meurtri. La jeune fille tenait un paquet de petits pois congelés contre sa tempe.

— Je crois que c'est un peu tard pour ça, Juliet.

— Je sais, mais ça me fait du bien.

Grace embrassa le sommet de sa tête, puis la prit par la main pour l'amener dans la cuisine, et montra du doigt sa figure meurtrie.

— Voilà ce qui arrive quand on donne des psychotropes à des gosses, maman.

— J'ai compris la leçon, ne t'en fais pas. Bon, au moins elle a dormi comme une bûche, pas vrai, ma chérie ? répondit Molly avant de poser un plat de saucisses toutes chaudes au centre de la table.

— Oui, mamie.

Molly, Juliet, Ryan, Bernard, Lenny et Grace mangèrent des sandwichs à la saucisse et burent leur thé ensemble. Grace ordonna à tous de se gaver le plus vite possible pour ne pas tenter Jeffery.

— Qu'est-ce qu'il va manger, lui ? voulut savoir Juliet.

Grace sortit de son sac une barre de petit déjeuner et la posa sur la table.

— Pauvre Jeffery, soupira Juliet l'éborgnée.

Tout le monde acquiesça.

— Mais bon, à choisir j'aimerais mieux être au régime qu'orpheline, ajouta-t-elle, ce qui fit rire Ryan.

Molly haussa les sourcils, interloquée, mais vit que sa petite-fille esquissait un sourire.

— C'est bien, dit-elle tandis que Grace plantait sa fourchette dans la dernière saucisse pour se la fourrer dans la bouche.

Plus tard, à l'étage, dans le débarras, Grace appliqua du fond de teint sur le coquard de sa nièce.

— Tu veux un peu d'ombre à paupières ?

Les épaules de Juliet se voûtèrent. Elle s'en fichait. *Comme ta maman.* Grace tenta de l'encourager à mettre une jolie robe, mais elle se sentait plus à l'aise en jean et tee-shirt.

— Si maman peut porter un tee-shirt AC/DC, alors moi aussi.

— Ça se tient, reconnut Grace en brossant ses longs cheveux châtains, tout comme elle brossait ceux de Rabbit des années plus tôt. Tu peux tout me dire, tu sais ? hasarda-t-elle.

— Je sais.

— J'aimerais pouvoir changer les choses.

J'ai le gène.

— Moi aussi.

— En dehors de la vie de ta maman, tu changerais autre chose ?

— Quoi, par exemple ?

— L'endroit où tu veux vivre ?

— Non.

— L'Amérique, c'est loin…

— Je sais.

— Stephen et moi, on a acheté une caravane, elle est garée devant la maison.

Ah oui mais attendez, j'ai le gène.

— Je sais, mamie dit qu'elle est moche comme tout.

— Toujours sympa, hein !

— Stephen comptait vraiment s'installer dedans pour me donner sa chambre ?

— Eh oui.

Juliet sourit.

— Qu'est-ce que vous allez en faire, du coup ?

— La revendre, j'imagine.

— Ou alors, vous pourriez partir en vacances à Wexford. Maman adorait Wexford.

— Tu pourrais venir avec nous.

— Impossible, je serai en Amérique avec Davey.

Et moi, je ne sais pas où je serai. J'ai le gène.

Grace n'insista pas davantage. La petite était décidée. Rabbit avait tranché, mais tout en elle hurlait : ÇA NE VA PAS DU TOUT ! Elle termina de coiffer sa nièce.

— Je t'aime, tu sais, dit-elle.

— Moi aussi, Grace.

Les yeux de la jeune fille s'emplirent de larmes, qui menacèrent de faire couler son maquillage.

— C'est bon, je peux y aller ?

Grace acquiesça, et Juliet se leva d'un bond pour dévaler l'escalier. Bernard et Ryan étaient devant la télé.

— Qu'est-ce que tu fais ? lui demanda Ryan pendant que Grace allait retrouver sa mère qui errait dans le couloir.

— J'attends Davey, répondit Juliet en regardant par la fenêtre.

— Il est introuvable depuis ce matin, dit Molly.

Le cœur de Grace menaça de se briser. *Où es-tu passé, Davey ?*

20

Davey

Davey s'était réveillé la tête pleine de questions et le cœur plein de chagrin. Il avait besoin de s'échapper – ne fût-ce que pour respirer, pour réfléchir, pour planifier, pour préparer, pour déterminer la meilleure chose à faire. Après avoir déposé Juliet et Ryan, il remonta dans la voiture de sa mère avec l'intention d'aller se balader vers la plage de Dollymount, mais l'auto avait une autre idée en tête et il se retrouva en route vers le cimetière. Là, il se gara et partit à pied. Il y avait des années qu'il n'était pas venu. Il ne savait même pas bien de quel côté aller ; il pensait que c'était peut-être à gauche au bout de l'allée, puis encore une longue marche et un virage à droite, et ensuite il ne savait pas trop. Lorsqu'il tomba enfin sur la tombe de Johnny, il s'assit par terre alors que la pluie commençait à tomber dru.

— Salut, mec, désolé, ça fait un bail, mais il faut dire que tu nous as quittés tellement…

Il essaya de plaisanter, mais le cœur n'y était pas. Il avait très envie de boire quelque chose, n'importe quoi, au goulot, une bouteille cachée dans un sac en papier. Ça semblait être la chose à faire.

— Bon alors, Rabbit est morte avant-hier. Tu l'as croisée ? (Il s'appuya contre la pierre tombale froide.) Si tu la vois, dis-lui… Non… Demande-lui ce qui lui est passé par la tête. Me filer sa gosse ? Je sais que c'est moi qui avais demandé, mais je suis un sale con égoïste. C'était elle l'adulte, tu le sais, tu te rappelles, même quand on était mômes, quatre ans de moins que nous, et c'était quand même elle la patronne. Tu étais croyant, Johnny, tu pensais que tu allais quelque part et que ce n'était pas la fin. Alors ? Tu es arrivé quelque part ? Est-ce que tu m'entends ? Envoie-moi un signe, s'te plaît. Dis-moi que je ne suis pas seul dans cette histoire.

Il ne s'attendait pas à recevoir un signe, pas vraiment.

— Mouahaha ! fit une voix sonore distordue mais familière, juste derrière lui.

— BORDEL DE MERDE !

Il se cogna la tête contre le marbre. Francie jaillit de derrière la pierre, mort de rire.

— C'est trop facile avec toi…

— Qu'est-ce que tu fous là ? demanda Davey en massant la bosse qui grandissait à toute vitesse à l'arrière de son crâne.

— Comme toi.

Francie s'assit à côté de lui.

— Qu'est-ce que tu as entendu ?

— Toi, en train de faire le con.

Francie posa une main sur la sépulture.

— Mon cher, tu seras content d'apprendre que question physique il a fini par prendre forme humaine, mais dans la tête, c'est toujours le même abruti qu'à l'époque. (Il tapota la pierre et se tourna face à Davey.) Johnny te dit d'arrêter de faire le con.

— J'ai la trouille.

— Pas étonnant.

— Je ne peux pas foirer, sur ce coup-là.

— Mais si, et parfois tu le feras, et parfois non.

— Je ne suis pas doué pour affronter le changement.

— Ta vie change tous les jours.

— Mes idées changent. Ma vie reste la même.

Francie réfléchit à ces derniers mots.

— Tu devrais mettre ça dans une papillote de Noël.

— Et si je ne suis pas à la hauteur avec elle ?

— Je te défoncerai la tronche.

— Bon, je vais éviter, alors.

— Exactement. (Francie se leva.) Allez viens, je suis trempé.

Davey se remit debout tant bien que mal.

— Je ne suis pas encore prêt à rentrer chez ma mère.

— Alors heureusement qu'on va ailleurs, hein ?

Ils traversèrent le cimetière en courant, sautant par-dessus les tombes et les obstacles, en direction de la camionnette de Francie.

Une fois dans la camionnette, Davey sortit son téléphone de sa poche : quatre appels en absence. Il restait deux heures avant l'enterrement de Rabbit.

— On a le temps, lui dit Francie en s'engageant dans une rue qu'ils connaissaient bien.

Davey n'eut pas besoin de demander où ils allaient : il le savait déjà. Francie se gara devant chez Johnny Faye. Ils restèrent assis quelques minutes dans la voiture avant de frapper à la porte, en observant la rue, le petit alignement de maisons en brique marron aux huisseries blanches, sauf une qui était peinte d'un jaune hideux. Les deux maisons qui la flanquaient arboraient des statuettes en plâtre de la Vierge du Rocher dans chacune de leurs quatre fenêtres.

— Ça n'a pas changé, constata Davey, ébahi. Même les vierges sur leurs cailloux ! Johnny disait que c'était le signe de quelque chose, tu te rappelles ?

— Ouais, un bordel ou un repaire de drogués.

— Ethel, au nº 24, est aveugle de naissance et prof de piano. Donc avec le recul, c'est peu probable.

— Brendan est un ancien curé et il a été laitier pendant quarante ans.

— Peut-être qu'il fourguait de la came en faisant sa tournée, dit Davey.

— C'est aussi un militant antialcoolisme et il donnait la communion à la messe, donc c'est clairement un dealer : ne fais jamais confiance à un non-buveur qui distribue des hosties. Maintenant que j'y pense, il doit bosser pour Ethel.

Davey eut un petit rire. Francie déboucla sa ceinture et descendit de voiture.

— Tu viens ?

Davey le suivit.

Il sonna, et Mme Faye vint ouvrir. Elle sourit en les voyant, puis écrasa une larme.

— Toutes mes condoléances.

— Merci, madame Faye.

— Ah, quand arrêterez-vous de m'appeler comme ça ? fit-elle en les embrassant tour à tour.

— Impossible, dit Davey. Ça me ferait trop bizarre de vous appeler Karen.

Elle insista pour qu'ils entrent et leur proposa du thé.

— Comment va ta maman, Davey ?

— Ça peut aller.

— Bien sûr que non, elle est anéantie. J'espère que ça ne va pas la tuer, dit Mme Faye sans sourciller.

Davey ne sut pas bien comment réagir.

— Merci, finit-il par lâcher.

Ils refusèrent le thé.

— Ça ne vous dérange pas si on monte en vitesse dans la chambre de Johnny ?

— Bien sûr que non, mon cher Francie, dit-elle. Ça se comprend.

Elle lui tendit la clé de la chambre et il monta l'escalier quatre à quatre, suivi par Davey.

— Et pas de jeux de mains, là-haut ! cria-t-elle dans l'escalier.

— Toujours hétéro, madame Faye, mais si jamais je suis pris de curiosité, ça ne sera pas avec ce laideron ! répondit Francie.

— Bien vu. Pardon de rire, Davey, mais sans le sens de l'humour, on ne serait pas grand-chose, dit-elle avant de redisparaître dans sa cuisine.

Francie ouvrit la porte, et Davey le suivit dans une chambre où le temps s'était arrêté. On était en 1989, pendant les derniers jours avant que Johnny n'entre en maison de repos. À ce moment-là, il savait au fond de lui qu'il ne retournerait jamais dans cette maison inadaptée à ses besoins croissants, avec cette mère à la volonté forte mais au dos fragile. Il avait vu arriver le changement avant tout le monde. Des paroles de chansons s'étalaient sur les murs de sa chambre ; il avait dû mettre des heures à les calligraphier. Davey voyait le tremblement de ses mains dans le lettrage.

Il sentit le chagrin qui flottait encore dans l'air. Le marqueur noir saignait sur le mur blanc. Il imaginait Johnny sur sa couette à rayures marine et blanc, en train d'écouter les cassettes empilées sur le plancher et contre le mur à côté d'un vieux *ghetto blaster* à deux pistes. Il y avait deux grandes affiches, dont l'une, de Kitchen Sink, représentait Johnny au premier plan, chanteur fort et convaincant, entouré de Francie, Jay, Louis et Davey souriants, heureux, enthousiastes, naïfs. L'autre vantait le deuxième groupe de Davey avec Johnny, celui qu'ils avaient formé alors qu'ils savaient déjà qu'il était malade : The Sound. Les musiciens étaient les mêmes, sauf que Kev avait remplacé Louis. Johnny était toujours au premier plan mais il semblait lointain, à l'écart, intouchable, et une tristesse inhérente flottait dans ses yeux. Personne ne souriait sur cette photo. Pour les jeunes filles de l'époque, c'était sans doute sexy, mais pour des hommes adultes, c'était déchirant. La joie s'était envolée.

Francie était à la fenêtre. Davey s'approcha du meuble de chevet de Johnny. Il contenait encore des effets personnels – une brosse à cheveux, de la mousse coiffante, une médaille sur une chaîne –, mais ce que Davey contemplait, c'était la photo collée sur le vieux miroir fêlé. On y voyait Johnny et Rabbit, bras dessus bras dessous, souriant tous les deux d'une oreille à l'autre. Elle était déjà grande à l'époque, ses longs cheveux lisses étaient éclaircis par un balayage, ses lunettes avaient disparu, elle était gracile et jolie sans effort. Lui était beau comme toujours. *Ils étaient comme ça*. Il toucha la photo avec une douceur infinie, craignant d'abîmer une si précieuse relique.

— Rien n'a changé, ici. On dirait qu'il vient de sortir faire un tour et qu'il va revenir d'une minute à l'autre. Qu'il va passer cette porte et nous demander ce qu'on fout là, constata Davey avant de rejoindre son ami à la fenêtre.

Derrière la rangée de maisons, il y avait un haut vieux mur gris hérissé de tessons de bouteilles. Davey visualisait très bien son ami courant sur le faîte de ce mur dans son jean moulant, son blouson de cuir, ses grosses godasses cloutées et toujours un chapeau ou un autre. Il n'avait aucun problème d'équilibre à l'époque : agile comme un chat, il courait sur ce mur jusque derrière chez les Byrne.

— Je le vois encore nous appeler, Jay et moi : « Allez venez ! » tapant du pied sur les tessons, et ma mère lui criant : « Descends avant de t'empaler, espèce de crétin ! »

Davey hocha la tête et pouffa.

— Il ne s'est jamais fait mal. Il riait et courait le long de ce mur, il franchissait douze maisons et jardins en disant bonjour au passage, continua Francie d'une voix épaissie par l'émotion.

— Te voilà, Johnny ! Alors, tu as des concerts en ce moment ? fit Francie d'une voix haut perchée, imitant une vieille dame.

— Ah oui, madame T, on joue au Baggot, venez nous voir ! enchaîna Davey.

— Oh, je suis trop vieille pour tout ça, mais je le dirai à ma Tina, elle t'adore, Johnny.

Francie renifla.

— Toutes les filles aimaient Johnny, mais il n'en a jamais aimé qu'une.

Davey hocha la tête et se tordit le cou pour voir jusqu'au bout du mur.

— Il courait tout le long de ce mur, sautait par terre et détachait son vélo attaché au lampadaire de l'allée, et il attendait que vous le rejoigniez en faisant tout le tour.

— Oui, bon, les frères Byrne n'étaient pas doués pour les acrobaties. Sinon, je serais entré dans un cirque, dit Francie.

— Johnny disait que vu ta tronche, t'avais pas besoin d'être acrobate pour entrer dans un cirque.

Francie rit doucement dans sa barbe.

— Il avait pas tort.

Davey entendait et voyait son ami décédé aussi clairement que s'il avait été devant lui. Rien n'avait changé : le haut mur moucheté de gris, les tessons verts qui dépassaient, le vieux cabanon de jardin adossé à ce mur, même le ciel couvert. Il ne manquait que Johnny.

Une bougie était à demi consumée dans la vieille cheminée en fer forgé, et sur le manteau reposaient une bible du roi James et une statuette en laiton de Jésus portant sa croix. Il y avait un vieux fauteuil en cuir défoncé dans un coin et deux guitares sur un support à côté. Davey s'assit dans le fauteuil, s'empara d'une guitare et joua quelques accords. Francie s'étendit sur le lit et ferma les yeux avant de réciter les paroles inscrites au-dessus de lui sur le mur.

Seigneur, tu m'as abandonné, moi qui t'aimais sans condition
Les dévots disent que tu entends mes plaintes, mais es-tu là, Seigneur, tandis que je meurs ?

Par ta volonté mes rêves de rêveur s'achèvent comme ils ont commencé,
Enfant béni par la chance, à l'âge d'homme elle s'enfuit,
Une lumière aveuglante, un ventilateur qui bourdonne, une main tendue,
Un homme défait mais dont la maladie n'est plus.

Davey se tourna pour observer les inscriptions au-dessus de la petite cheminée noire. Francie les connaissait toutes par cœur. Il récita les paroles que Davey avait devant les yeux, dans cette écriture penchée, instable, incertaine.

Seigneur, je serai à nouveau.
Avec elle, mon amour, mon refuge.
Sa langue de diablesse, son visage d'ange,
Un cœur brisé guérit dans la mort, celui qui aime ne peut rien regretter.

Mme Faye entra, un plateau de cupcakes entre les mains.

— Ce ne sont pas des chansons, vous savez, ce sont des prières, dit-elle. Davey, prends un gâteau. (Elle le lui mit dans la main avant qu'il ait pu dire non.) Mange, dit-elle encore avant d'en jeter un à Francie, qui l'attrapa au vol. Et enlève tes pieds du lit.

Il se leva aussitôt et prit une bouchée de cupcake.

— Il y a tant de tristesse dans ce monde, dit-elle.

Ils acquiescèrent en silence. Mme Faye regarda Davey qui tenait le gâteau et attendit qu'il se le mette en bouche. Il mordit dedans. Elle sourit, satisfaite.

— Mon Johnny a eu une fin terrible, n'est-ce pas, les garçons ?

Davey opina de la tête, la bouche pleine.

— Si j'avais été plus forte, j'aurais pris un oreiller et je l'aurais étouffé bien avant son dernier souffle.

— Mon Dieu, murmura Davey.

— Pas physiquement, vous comprenez, je veux dire plus forte psychologiquement. Si j'avais été plus forte dans ma tête, je l'aurais étouffé ou drogué ou empoisonné, ou j'aurais engagé quelqu'un. Je me suis même renseignée. Internet, c'est formidable pour tant de choses. Engager un tueur, acheter une cage à oiseaux… on peut tout faire en ligne, de nos jours.

Davey interrogea Francie du regard. *C'est quoi, ces conneries ?* Francie répondit par un sourire.

— Je suis sûre que ta maman, elle, aurait fait le nécessaire, Davey.

— Euh, je ne sais pas, quand même, répondit-il en crachant des miettes.

— Si elle avait vu ce que j'ai vu, je pense qu'elle l'aurait fait. Elle est meilleure que moi.

— C'est du meurtre, madame Faye.

— Ah… oui et non. Vous avez tous les deux senti l'odeur des escarres.

Ils firent oui de la tête.

— Ça fait vingt ans que je n'ai pas approché une escarre à moins de cinquante pas, et je sens encore leur odeur.

Ses yeux se noyèrent et le bout de son nez rougit, mais elle sourit.

— Pour beaucoup de gens, mon garçon n'est qu'une triste histoire, mais il y a eu de bons moments, des moments formidables, quand il était en pleine envolée, avec un avenir si prometteur. Pas vrai, Francie ?

— Si, c'est vrai, concéda Francie en la prenant par les épaules.

— Tu crois qu'ils sont ensemble, Davey ?

— Je n'en sais rien, madame Faye, mais j'aime à le penser.

— Moi, oui. J'y crois. Je pense que notre Rabbit a quitté ce monde en avance pour le rejoindre. Sinon, pourquoi seraient-ils morts tous les deux si jeunes ?

Davey et Francie n'avaient pas de réponse à cela.

— Reprends une bouchée, Davey, dit-elle en indiquant le cupcake.

— Ça va très bien, merci.

— Rien qu'une.

Il mordit dans le gâteau.

— C'est bon, non ? Ce sont les petits demeurés qui les font, ils les vendent sur un stand.

Davey toussa et bafouilla quelque chose.

— Quoi ?

— Je crois qu'on n'est plus censés dire « demeurés », vous savez.

— Ah bon ? Depuis quand ?

— Je ne sais pas, un moment.

— Et pourquoi donc ?

— Je crois que c'est insultant.

— Mon Dieu, loin de moi cette intention. Ils sont formidables, ces petits, avec leurs gâteaux, et toujours le sourire. Qu'est-ce que je dois dire, alors ?

— Handicapés mentaux, je crois.

— D'accord, mais s'ils sont bousillés physiquement aussi ?

Francie éclata de rire.

— Handicapés mentaux et physiques.
— Seigneur Dieu, ça n'en finit plus.
— Ne l'écoutez pas, madame Faye, dites ce que vous voulez, vous ne faites de mal à personne.
— Ah non, Francie. Il faut que je reste avec mon temps, dit-elle en lui prenant son reste de cupcake. N'empêche qu'ils font de délicieux gâteaux, vous ne trouvez pas ?
— Excellents.
— Bien, une dernière chose avant que vous partiez : aidez-moi à écarter ce lit du mur.
Francie s'exécuta. Le mur était poussiéreux. Mme Faye prit son temps pour sortir un chiffon de sa poche et chasser les toiles d'araignée.
— Penche-toi, dit-elle, à Francie, qui obéit.
Davey l'imita. Derrière la tête de lit, il y avait encore un texte.
— Il a écrit ça le dernier jour qu'il a passé dans cette chambre. Il voulait que personne ne le voie à part Rabbit. C'est une chose que je respecte, mais étant donné le jour dont ça parle…
Ils lurent tous les deux. Davey regarda Mme Faye, puis Francie, puis à nouveau le mur.
— Lis-le-moi, Francie, dit-elle.
Elle s'assit sur le lit de son fils, ferma les yeux et écouta, un léger sourire aux lèvres.

Seigneur, elle ne croit pas en toi, ni en ce que tu dis, fais et ne fais pas.
Pour elle il n'y a pas d'autre vie, nulle part où aller, pas d'amour différé.
Mais moi, je crois, je conçois un monde où je suis Johnny Faye, le chanteur, et ce garçon sur scène

avec elle, ma Rabbit à mes côtés, qui me fait rire, qui fait ma vie.
Seigneur, si ma vie doit être souffrance, ouvre cette porte, laisse-moi prendre mon envol et quand viendra son temps de se poser, Seigneur, laisse-moi la prendre par la main.

Johnny Faye, 30 avril 1989

— Putain de Dieu, fit Davey.
— La date, lui souffla Francie.
— La date d'hier !
— À vingt-cinq ans près, dit Mme Faye.
— Putain de Dieu, répéta Davey à voix basse.
— Le monde est fou, dit Mme Faye.
Sur ces mots, elle ramassa son plateau et fit mine de sortir.
— Vous remettrez tout en place, n'est-ce pas, les garçons ?
— Bien sûr, madame Faye.
— C'est bien.
Et elle s'en alla.
Francie aida Davey à ranger, reposant chaque objet là où il était avant qu'ils ne le touchent. Enfin, il lissa le dessus-de-lit. Il promena son regard autour de lui, satisfait que tout soit comme ils l'avaient trouvé – un musée, désormais consacré à Johnny mais aussi à Rabbit. Davey s'assit au bord du lit et ferma les yeux.
— Tu l'as eu, ton signe, dit Francie.
— Je crois bien que oui.
— Bon, maintenant tu vas arrêter de déconner.
Alors qu'ils partaient, Mme Faye apparut avec un sac en plastique rempli de cupcakes.

— Tiens, Davey, rapporte à ta maman ces gâteaux des handicapés mentaux et physiques et dis-lui que je la verrai à l'enterrement.

— Merci, madame Faye.

Il l'embrassa, fort.

— Le monde est fou, pas vrai, mon petit ? dit-elle en s'accrochant à lui.

— En effet.

Puis, lorsqu'ils s'écartèrent l'un de l'autre, il ajouta :

— Je l'aimais, lui aussi, vous savez.

— Je sais. Allez, file, on a un enterrement tout à l'heure.

Francie le déposa chez sa mère. Elle était visiblement contrariée, tout comme Marjorie et Grace, mais il s'en fichait. Juliet ne disait rien ; il remarqua immédiatement son coquard.

— Mais qu'est-ce que…

Molly leva les deux mains.

— J'ai fait une bêtise, passons à autre chose.

Lorsque Vincent et Ed le Silencieux arrivèrent, Juliet, de son œil intact, les regarda se garer par la fenêtre du salon.

— C'est le moment de dire au revoir, Davey ? demanda-t-elle.

— Oui, Bun… Juliet.

— Et après ?

— On ira au crématorium écouter de la musique et des gens qui raconteront des histoires sur ta mère. Ce sera bien.

— Et là, ils vont la brûler.

— Oui.

— Et ensuite, il se passe quoi ?

— Eh bien, on va aller dans un hôtel avec les amis et la famille…

— … non, je veux dire, pour ma mère ?

— Ah ! Euh, ils nous enverront ses cendres dans quelques semaines.

— Et qu'est-ce qu'on en fera ?

— Ce qu'on voudra.

— Mais quoi ?

— Je ne sais pas, Bunny.

Elle le foudroya du regard.

— Essayons déjà de survivre à aujourd'hui.

— D'accord, dit-elle.

Elle lui prit la main, et les pensées de Davey Hayes, au lieu de vouloir fuir, commencèrent à se tourner vers des projets d'avenir.

21

Jack

Jack dormit cinq heures par intermittence. Il passa deux de ces heures dans le grenier, entouré de journaux intimes, de vieux cartons, de toiles d'araignée et de poussière. Une fois douché et en costume, il passa quelques minutes seul dans la salle à manger avec sa fille. Il tira une chaise à côté d'elle, s'assit dessus, sortit un de ses carnets et le lui montra.

— Regarde, Rabbit, c'est un vieux journal intime des années cinquante. J'écrivais, moi aussi, tu sais. Pas comme toi, bien sûr, mais à une époque j'écrivais un petit quelque chose tous les jours sans faute.

Il l'ouvrit et lut à voix haute.

— « Aujourd'hui j'ai invité la femme de mes rêves à danser. Elle m'a regardé une fois, m'a envoyé sur les roses, s'est fourré un bonbon dans la bouche et a tourné la tête. Je ne vais pas renoncer si facilement. Quand je pose les yeux sur elle, je vois mon avenir, une maison, des enfants, nous contre le monde. Elle ne le comprend peut-être pas encore, mais moi, si. »

Il referma le carnet.

— Ta mère m'a fait travailler dur pour l'avoir, Rabbit, je peux te le dire. (Il promena son regard dans la pièce.) Mais nous voilà, toutes ces années plus tard, et on a été très heureux tous ensemble, pas vrai, Rabbit ? On avait tout, en fait, même dans les mauvais moments, je me rends compte maintenant qu'il ne se passait pas une journée sans rires – c'est quand même quelque chose, non ? Tu te rappelles ? Moi oui. Je me rappelle. On a eu de la chance, Rabbit, et je sais qu'il t'est arrivé des malheurs terribles, ma chérie, mais je sais aussi que tu étais née pour tirer le meilleur de tout. C'est ce que tu faisais toujours, alors on va essayer de continuer.

Ses joues étaient mouillées. Son col aussi. Ses mains, touchant son visage, également.

— Oh, Rabbit, dit-il en pleurant à chaudes larmes.

Ça va aller, papa, respire. Je t'aime, papa.

Je t'aime, Rabbit.

Jack sentit une main sur son épaule. Il se retourna et vit sa femme.

— Où est-elle partie, Molls ?

Elle secoua la tête.

— Elle n'est partie nulle part, Jack. Elle est ici, dans nos cœurs, dans nos têtes, et c'est là qu'elle restera, avec toi et moi, Davey, Grace, Juliet et tous ceux qui l'ont connue et aimée.

Il agrippa la main de sa femme.

— Je t'aime, Molly.

— Ah, bah, c'est normal, on ne s'ennuie jamais avec moi.

Il rit doucement et lui embrassa la main, mais elle resta de marbre. Elle avait les yeux secs et la peau froide.

— Comment vas-tu ? lui demanda-t-il.

— Ne me demande pas.

Elle lui tapota l'épaule et s'en alla.

Le moment venu, Vincent et Ed le Silencieux emmenèrent tout le monde dans la salle à manger, où ils entourèrent Rabbit. Personne ne savait bien quoi dire. Ils guettaient un signal de Molly. Elle n'en donna pas. Elle resta plantée là, à contempler son enfant. Jack se signa. Davey tenait la main de Juliet, et y posa un petit baiser. Marjorie pleurait. Grace aussi. Lenny ne pouvait pas regarder, il se concentrait sur ses pieds. Stephen posa une main sur l'épaule de Grace, elle la tapota et il la retira. Ryan et Bernard gardaient la tête baissée. Jeffery était tourné face au mur opposé. Enfin, Molly regarda autour d'elle.

— C'est bon pour tout le monde ?

Ils hochèrent la tête ou murmurèrent « Oui ».

— Bon. Vincent, si vous voulez bien…

Elle sortit de la pièce avant la fermeture du cercueil.

— Au revoir, maman, dit Juliet lorsque le couvercle fut abaissé.

Ils sortirent un à un, laissant Jack seul avec sa fille. Celui-ci posa une main sur le bois dur. Elle était partie. La douleur flambait, palpitait en lui, et soudain il traversa le couloir, la cuisine, sortit dans le jardin, et voilà qu'il hurlait – un cri guttural venu des tréfonds de son être. La voisine d'à côté, Tess Collins, attendit qu'il ait terminé avant de passer la tête par-dessus le mur.

— Ça va, Jack ?

— Pardon, Tess, pardon pour le bruit, dit-il.

Tess vit Molly, Grace et Bernard à la fenêtre, qui le regardaient d'un air inquiet.

— Il faut que ça sorte.

— Je crois que j'ai fini, dit-il.

Sur ces mots, il se laissa glisser au sol comme une poupée de chiffon, dans son costume propre.

Molly fut dehors avant que Tess ait pu ajouter un mot. Elle serra son mari contre elle.

— Je crois que je n'ai pas été à la hauteur, Molly, dit-il, pleurant comme un bébé.

Tess n'était pas à l'aise en présence d'un homme en larmes. Ne sachant quoi faire, elle se cacha derrière son mur. Elle s'enfuit à quatre pattes, se cognant dans une jardinière et marmonnant « Merde ». Elle se leva lorsqu'elle atteignit sa porte, épousseta ses vêtements et fila se cacher chez elle.

Molly tenait toujours Jack contre elle.

— Il faut que tu te reprennes, maintenant, Jack, juste pour aujourd'hui, pour Rabbit.

Il se ressaisit, et Molly le nettoya avec le torchon qu'elle avait sur l'épaule. Alors qu'ils rentraient dans la maison, il arrêta sa femme.

— Et après aujourd'hui, Molly, comment on va faire ?

Les épaules de Molly se voûtèrent.

— Va savoir, dit-elle tristement, et son désespoir le traumatisa encore plus que tout son chagrin à lui.

22

Molly

Les obsèques se tenaient au cimetière de Glasnevin, dans une chapelle, malgré le caractère laïque de la cérémonie. Tout le monde participait, y compris Marjorie, et même Francie et Jay. Molly avait demandé aux gars s'ils voulaient dire quelques mots. Francie avait immédiatement dit oui, mais Jay était plus hésitant.

— Je ne sais pas, madame Hayes, qu'est-ce que je pourrais dire, à part que c'est un foutu gâchis ?

— Eh bien voilà, tu dis ça, avait-elle répondu.

Marjorie avait accepté de lire le poème « Ne reste pas là à pleurer devant ma tombe, je n'y suis pas, je n'y dors pas » par Mary Elizabeth Frye, du moins si elle y arrivait sans pleurer.

— Pense à des choses gaies, lui glissa Davey.

C'était sa manière d'essayer d'aider.

— Des choses gaies ! Ma meilleure amie est morte !

— Tais-toi un peu, Davey, avait tranché Molly. Marjorie, pleure tant que tu veux.

Elle lui caressa le dos.

L'éditeur de Rabbit, Derek, avait accepté de préparer quelque chose lorsque Molly l'avait appelé.

— Avec grand plaisir.

— Merci, elle aimerait ça.

— Et le livre. Je pensais approcher…

— Je me fiche du livre, Derek. Je veux juste enterrer ma fille.

— Oui, bien sûr.

Molly lut à voix haute la liste de ceux qui allaient prendre la parole : Marjorie, Francie, Jay et Derek.

— Il faudra que l'un de nous dise quelque chose, dit-elle en cherchant des volontaires du regard.

Grace était incapable de parler. Davey également. Jack, pas mieux. Juliet, idem.

— Très bien, dit-elle, je vais le faire.

Davey s'était chargé de la musique. Il en avait discuté avec Rabbit et savait exactement ce qu'elle voulait.

— Je suppose qu'il n'y a pas le moindre cantique là-dedans ? dit Molly.

— Non, maman.

— Bon, d'accord.

Ça n'a pas d'importance, de toute manière.

La chapelle était pleine à craquer. Il y avait même du monde dehors, écoutant la cérémonie retransmise par un haut-parleur.

— Bon Dieu, notre Rabbit est une vraie Lady Di, ils sont venus de partout, fit observer Kev en s'asseyant sur un banc derrière Molly, avant de se pencher vers elle. Encore désolé, madame Hayes, ma femme n'a pas pu venir, on dirait bien que le petit dernier a la rougeole.

— C'est pas vrai, Kev ! Il n'est pas vacciné, cet enfant ?

— Ne me parlez pas de vaccins, elle est persuadée qu'ils injectent de l'ADN d'extraterrestres aux enfants. Elle est folle à lier.

— Sans aucun doute, puisqu'elle t'a épousé.

C'était bon de voir Kev, surtout habillé correctement. Du temps où il faisait partie du groupe, il avait porté un bleu de chauffe trois années durant. C'était son look. Il se radossa à côté de Francie, qui était concentré sur son speech.

— Qu'est-ce que t'as ?

— Je veux juste trouver le ton juste quand je parlerai.

— Ah oui ? Et c'est quoi, le ton juste ?

— Je sais pas… triste mais pas déprimant. Tu crois que je devrais dire une blague ?

— Non ! intervint Jay.

— T'es sûr ?

Molly se retourna sur son banc et lui donna une tape sur l'oreille.

— Pas de blague. J'en ai par-dessus la tête, des blagues.

— D'accord, madame Hayes.

Louis remonta l'allée centrale en serrant la main de chacun. Il embrassa Davey.

— Ça va ?

— Tu t'occupes du son, lui rappela Davey.

— Tout est sous contrôle.

— Bien joué, Louis, dit Francie lorsque ce dernier s'assit à côté de lui.

Kev le salua de la tête ; Louis et lui n'avaient jamais été dans le groupe ensemble.

— Salut, les gars.

Ils se voyaient rarement ces derniers temps, mais cela n'avait pas d'importance. Ils étaient copains d'enfance, à l'aise les uns avec les autres, quel que soit le temps qui s'écoulait. Cela plaisait à Molly. Ces garçons étaient sa famille élargie. Elle les aimait tous. Chacun portait en lui un petit morceau de Rabbit. Cette idée ne suffisait pas à alléger son fardeau, mais c'était au moins quelque chose.

Elle avait contacté, par l'intermédiaire des gens de Glasnevin, une officiante civile pour diriger la cérémonie. Celle-ci lui avait fait bonne impression. Elle avait des enfants, un mari et un chien. Elle avait une voix affable au téléphone et avait posé beaucoup de questions sur Rabbit. Molly lui avait parlé de sa fille pendant plus d'une heure. Elle avait écouté patiemment et pris des notes.

— C'est suffisant ? avait demandé Molly à la fin de la conversation.

— Plus que suffisant.

Ils étaient tous assis dans la chapelle, à attendre l'arrivée de Rabbit. Vincent et Ed le Silencieux devaient l'amener séparément, Molly ignorait pourquoi. La coutume voulait que la famille suive le corbillard, mais le véhicule avait fait un détour et la voiture familiale n'avait pas suivi. Molly n'avait même pas remarqué. Elle avait passé le trajet concentrée sur ses chaussures, pour la simple raison qu'elle n'arrivait pas à tenir sa tête droite. Lorsqu'ils étaient arrivés à la chapelle, Grace les avait vite fait entrer avant l'arrivée du corbillard. Molly supposait que c'était ainsi que faisaient les laïques, juste pour se distinguer. Sur un signe de Vincent, les musiciens du groupe plus Jack et Lenny s'avancèrent vers l'entrée. En chemin, Louis lança la première chanson. L'assemblée se leva et attendit de voir Davey, Lenny, Francie, Jay, Louis et Kev porter le cercueil en osier de Rabbit dans l'allée centrale. C'est alors que Molly comprit que Grace l'avait entourloupée.

— Un panier pouilleux, grommela-t-elle.

— C'est ce qu'elle voulait, maman.

— Et le cercueil, où est-il passé ? demanda Jack, désarçonné par le changement.

— Il était en location.

— Je vais te tuer, dit Molly.

— Je lui avais promis, maman.

Molly secoua la tête et poussa un gros soupir.

— Alors amen, Grace. (Elle posa une main sur le cercueil en osier et le tapota.) Tu peux compter sur ta sœur, ma chérie, dit-elle à Rabbit.

La maîtresse de cérémonie s'appelait Caroline. Elle se présenta devant l'assemblée en tailleur impeccable, lunettes rondes, chignon. Elle accueillit tout le monde et commença son discours sur Rabbit par le coup de téléphone de Molly. Elle dit à quel point il était évident que Rabbit était aimée et admirée. Pendant qu'elle parlait, Molly observa Juliet. La drogue avait cessé de faire effet, et pourtant elle était encore hagarde. *Est-ce qu'elle comprend seulement ce qui se passe ?* Davey tenait l'enfant par la main. *Davey est son parent, maintenant. Moi-même, je ne comprends rien à ce qui se passe.*

Caroline présenta une chanson.

— C'était une des préférées de Rabbit, dit-elle.

Elle fit un signe du menton à Louis, qui leva le pouce et appuya sur *play*. C'était les Pogues,

« A Rainy Night in Soho ». La mélodie familière démarra, et sans un encouragement de Caroline ni aucune discussion, la moitié des personnes présentes se mirent à chanter, les autres attendant le refrain pour faire de même. Toutes ces voix chantant à l'unisson avec Shane MacGowan, c'était quelque chose à voir et à entendre. Molly sentit son cœur se déchirer tandis que son mari hochait la tête en cadence.

— Elle aurait adoré ça, dit Jack en se tournant vers sa femme, perchée au bord de son banc.

Pendant tout ce temps, la main de Molly resta posée sur l'osier et battit la mesure.

L'ancien patron de Rabbit, Derek, fut le premier à monter sur l'estrade. Il se présenta et expliqua à ceux qui ne le connaissaient pas que Rabbit et lui avaient travaillé ensemble pendant des années. Il évoqua son esprit brillant, son empathie et sa compréhension profondes. Il dressa le portrait d'une employée qui ne se laissait pas marcher sur les pieds. Il mentionna la fois où un acteur qu'elle interviewait avait posé une main sur son genou et s'était penché pour l'embrasser ; elle l'avait attrapé par le nez et lui avait donné trois secondes pour retirer sa main. Il n'avait mis qu'une seconde à le faire. Tout le monde rit. Il précisa qu'il était en train d'éditer ses écrits sur le cancer ainsi que des mémoires qu'elle avait écrits pendant les derniers mois et les dernières semaines de sa vie. Il enjoignit tout le monde à guetter la sortie du livre qui en résulterait. Il acheva son bref discours par ces mots : « Rabbit est peut-être morte, mais elle n'est pas partie. » Tout le monde applaudit et Caroline fit un signe discret à Louis qui lança la chanson suivante, « Blowin' in the Wind » de Bob Dylan. Certains pleuraient, d'autres souriaient, certains remuaient ou tapaient du pied, tout le monde chanta.

Ensuite, c'était le tour de Francie.

— Je m'appelle Francie Byrne, et quand j'ai connu Rabbit, elle n'arrivait pas aux genoux d'une sauterelle. Elle a été d'abord la petite sœur du batteur de mon groupe, puis la gamine casse-pieds qui nous suivait partout, puis notre roadie, puis notre ingénieure du son. À quatorze ans, elle nous suivait en tournée, tenant tête à des vieux poilus et contrôlant la régie. Elle était adulte avant l'heure, sage mais pas blasée, et personne ne pouvait parler comme elle à Johnny Faye. Il n'était pas facile, bien avant sa sclérose en plaques. C'était un chanteur, après tout.

Tous ceux qui connaissaient Johnny, y compris sa mère, hochèrent vigoureusement la tête.

— Il pouvait être franchement casse-pieds, confia-t-elle à sa voisine de banc, un grand sourire plaqué sur le visage.

— Rabbit était franche, elle appelait un chat un chat. Elle ne tournait pas autour du pot – pour ça, elle tenait de sa mère. Personne ne cherchait Rabbit, mais si vous aviez besoin de quoi que ce soit elle était là, impliquée, en train de tout arranger.

Il baissa les yeux vers Molly, qui lui répondit par un hochement de tête et un sourire.

— Elle représentait beaucoup de choses pour beaucoup de gens – sa fille, sa sœur, sa mère –, mais elle était mon amie. Elle me manquera. Merci.

Les gens applaudirent et il souffla un baiser vers le cercueil en osier. Caroline fit signe à Louis et la chanson suivante démarra, « I'm on Fire » de Bruce Springsteen.

Molly entendait l'écho d'une Grace adolescente ordonnant à Rabbit d'appuyer sur « *rewind, play*... non, pas trop loin, je ne veux pas entendre le DJ, avance... non, retourne en arrière.

— Ah, Grace ! À force, ça ne sera pas seulement Bruce qui sera en feu, la cassette aussi va finir par cramer ».

Grace fondit en larmes ; Lenny la consola de son mieux.

— Trouvez un mouchoir propre pour votre mère, dit-il aux garçons en voyant que son nez commençait à couler.

Les personnes assemblées ne connaissaient pas aussi bien les paroles de cette chanson-là que celles des deux précédentes, mais une fois le refrain arrivé, tous chantèrent comme si leur vie en dépendait.

— C'est ouf, dit Ryan en tendant un mouchoir à son père.

Jay monta sur l'estrade et dit quelques mots.

— C'est n'importe quoi, dit-il avant de se détourner pour repartir, puis de se raviser. Pas la cérémonie, je veux dire. La mort de Rabbit.

Molly approuva et lança une salve d'applaudissements le temps qu'il regagne sa place.

— Bien dit, mon grand, lui glissa-t-elle au passage.

C'était ensuite le tour de Marjorie. Elle lut le poème en pleurant à chaudes larmes, perdit le fil deux fois, murmura « Merde » trois fois et renifla bruyamment.

— C'était magnifique, chérie, dit ensuite Molly à la pauvre Marjorie hors d'haleine. Respire, respire.

— Je peux pas.

— Mais si. Davey, frotte-lui le dos.

Caroline fit signe à Louis, qui lança une nouvelle chanson. Britney Spears, « Hit Me Baby One More Time ». Tous éclatèrent de rire et chantèrent en tapant dans leurs mains. Molly, elle, ne rit pas. Elle ne tapa pas dans ses mains. *Nom d'une pipe, Rabbit !* Juliet sourit, et pouffa même en voyant ses cousins Ryan, Bernard et Stephen chanter en chœur. Jeffery avait l'air un peu abasourdi.

C'était au tour de Molly de parler. Elle se leva, lissa ses vêtements et tapota l'osier.

— J'y vais, ma chérie.

Elle monta sur l'estrade, dans la chapelle bondée ; elle connaissait énormément de visages, mais il y en avait aussi qu'elle n'avait jamais vus. Sa main lui faisait mal à force d'avoir été serrée avec componction par des gens affligés. Elle était même peut-être un peu enflée, Molly n'en était pas sûre. Ça n'avait pas d'importance.

— Je m'appelle Molly Hayes, je suis la mère de Rabbit.

Elle se tut ; nul ne bougea, on aurait entendu voler une mouche. Elle resta là, à fixer l'assemblée. Grace fit un mouvement pour aller à son secours, mais Jack lui posa une main sur le genou et secoua la tête.

— Laisse-lui une minute.

Elle resta où elle était. Ils regardèrent et attendirent. Molly sortit une enveloppe de sa poche et l'éleva en l'air.

— J'ai ici une lettre, de Johnny Faye à Rabbit.

Elle scruta la foule.

— La maman de Johnny est ici, quelque part. Où êtes-vous, Karen ?

Karen Faye leva la main.

— Vous voulez bien ? demanda Molly.

Mme Fayes se leva.

— Au contraire, ça me touche beaucoup, dit-elle avant de se rasseoir.

Molly s'éclaircit la gorge.

— Je pourrais vous raconter toute la journée mes souvenirs de Rabbit. Je pourrais vous dire combien je l'aimais et combien elle m'émouvait. Je pourrais dire à quel point je vais être perdue sans elle, dire que rien ne sera plus jamais aussi bon. Je pourrais essayer de la résumer en quelques lignes, mais je ne suis pas poète et Rabbit mérite de la poésie. Voici donc une des nombreuses lettres écrites à Rabbit par l'amour de sa vie alors que lui-même était mourant.

Chère Rabbit,

Je sens que je m'éloigne, imperceptiblement, et c'est lent et douloureux. Mon corps n'est plus qu'un sac d'os mais c'est encore moi, tout au fond. J'ai les boyaux noués ; ma vessie est reliée à un cathéter accroché par un Velcro à une jambe morte. Ma vue a baissé peu à peu, si bien qu'à la fin tout est simplement devenu flou et noir, mais de temps en temps j'aperçois des étoiles. J'ai du mal à parler maintenant, les mots ne coulent plus, ma langue tordue est un obstacle difficile à surmonter. Dicter cette lettre me prend une semaine. Je me fatigue énormément, et les infirmières n'ont pas un temps infini, mais bien qu'elles ne me connaissent pas, elles sont bonnes avec l'homme fragile et terrifié qui se cache à l'intérieur de ce sac d'os bafouillant, pourrissant. Elles disent que c'est un cœur de jeune homme qui me maintient là-dedans, mais il ralentit ; je ne sens plus grand-chose ces temps-ci, mais ça, je le sens. Tu me manques, Rabbit, mais pas assez pour que tu rentres et pas assez pour que je te demande de briser ta promesse de ne jamais revenir ici. Pas encore, mais bientôt, je sais que je serai en ta présence une fois de plus, quand le temps pressera et que j'aurai droit à un au revoir. Il n'y aura pas de vrais mots prononcés alors, juste un peu de conversation de ta part et des larmes salées de la mienne mais ce seront des larmes de joie. En attendant, sache que tu as été mon univers. Merci d'avoir gardé une lumière allumée bien après que tout a viré au noir, d'avoir poussé, tiré et combattu l'inconnu. Merci d'être restée honnête et vraie, et de m'avoir suffisamment respecté pour te disputer avec moi, pour me faire des reproches, et merci de faire ce que je te demande depuis le fin fond de ce sac d'os. Merci d'être toi.

Molly se tut, reprit son souffle. Elle ne pleurait pas. Elle n'avait même pas l'air sur le point de le faire. Il lui fallait juste une seconde pour se ressaisir. Elle releva les yeux de la lettre et fit face au cercueil en osier de sa fille.

— Alors maintenant j'aimerais te dire merci, Rabbit, d'avoir été mon univers, d'avoir gardé la lumière allumée, d'avoir poussé et tiré et combattu l'inconnu. Merci d'avoir été honnête et vraie et de t'être disputée avec nous tous jusqu'à la fin, et j'espère que tu es contente dans ton foutu panier.

Les pleurs tournèrent au rire dans l'assistance. Ce rire était un soulagement : comme une canalisation qui éclate, il jaillit en explosion et se dissipa rapidement.

— Merci d'être toi.

Alors qu'elle se hâtait de regagner sa place, les personnes présentes se levèrent et l'applaudirent comme au spectacle. Elle se rassit à côté de son mari, qui tint sa main tremblante. Il pleurait. Tout le monde pleurait, mais pas Molly ; elle était confortablement engourdie, et, bien qu'elle n'eût absorbé ni calmants ni alcool, elle ne retint rien du restant de la cérémonie.

23

Juliet

En sortant de la chapelle, Juliet se sentait petite et perdue dans la foule nombreuse. Elle lâcha un instant la main de Davey et fut emportée par le mouvement de marée de l'assemblée. Comme elle avait du mal à revenir en arrière, elle resta au milieu des adultes, des inconnus pour la plupart, attendant qu'un passage s'ouvre pour aller se terrer en sûreté. C'est alors que Kyle lui tapa sur l'épaule.

— Salut, dit-il.

Elle pivota vers lui.

— Salut.

— J'ai croisé ta grand-mère hier, elle a failli m'écraser.

— Ah bon.

Il lui montra une coupure sur son coude en guise de preuve.

— Ça a l'air de faire mal.

— Della est ici, dit-il. Tu veux lui dire bonjour ?

Elle fit oui de la tête. Della était sa meilleure amie. La dernière fois qu'elle l'avait vue, c'était quelques jours auparavant, quand elles s'étaient assises ensemble sur le terrain de football du collège. Della avait évoqué l'idée que Juliet vienne vivre un peu chez elle si besoin était. Juliet n'avait pas encore accepté l'idée que sa mère allait mourir et, comme toute sa famille lui mentait à ce sujet, la proposition l'avait choquée tel un coup de tonnerre dans un ciel bleu. Bouleversée, elle était partie en courant, laissant Della dans la poussière soulevée par ses pieds. Son amie lui avait envoyé quelques SMS alors que sa mère agonisait, mais Juliet n'avait pas répondu. À présent, Della était la personne qu'elle avait le plus envie de voir au monde, à l'exception peut-être de Kyle.

Ce dernier la guida, ou plutôt la traîna, dans la foule des gens venus présenter leurs condoléances ; quelques-uns les arrêtèrent.

— Désolée pour ta maman, lui dit une femme en passant à côté d'elle.

— Merci beaucoup.

— Elle est au paradis, maintenant, ajouta un vieux monsieur.

— Elle ne croyait pas au paradis, lâcha Juliet en continuant son chemin.

— Imagine-la comme une étoile brillante, conseilla une vieille dame en lui agrippant la main.

— Euh non, ça serait bizarre.

Kyle continua de la tracter vers un coin tranquille. Sortie de la foule, elle respira profondément.

— Ça va ?

— Ça va, dit-elle.

Della apparut derrière une voiture et vint l'embrasser.

— Désolée de ne pas être venue à la veillée, dit-elle. Mes parents étaient en train de s'engueuler à mort pour une histoire de carte de crédit et c'était un peu le drame.

— C'est pas grave, j'étais défoncée, de toute manière.

— Arrête !

— Non, c'est vrai !

— Qui t'a filé de la came ?

— Ma grand-mère.

— Elle est incroyable.

— Ouais.

— Il paraît que tu vas aller vivre avec Davey ? demanda Della, visiblement bouleversée.

— N'y va pas, dit Kyle.

Della lui donna un petit coup de poing.

— Elle fait bien ce qu'elle veut. C'est ce que tu veux, Juliet ? Parce que ma mère était sincère quand elle a proposé que tu viennes chez nous.

— Je ne peux pas.

— Pourquoi ?

— Ma mère voulait que je parte chez Davey.

— Et toi, tu veux quoi ?

— Je veux ma mère.

Cette fois, les larmes roulèrent sur ses joues.

— Je suis désolée pour toi.

— C'est cool, l'Amérique, dit Kyle en sortant un mouchoir de sa poche.

On voyait clairement qu'il s'était déjà mouché dedans. Il voulut le tendre à Juliet, qui refusa d'un geste.

— C'est dégueu, commenta Della.

— Pardon, murmura le garçon, penaud.

Juliet éprouva soudain le besoin de s'asseoir, ce qu'elle fit. Elle se posa par terre. Ses amis l'imitèrent. Un de chaque côté, épaule contre épaule.

— Et si je déteste ? chuchota Juliet.

— Impossible, c'est l'Amérique, dit Della.

Kyle acquiesça et répéta que l'Amérique, c'était cool.

— Et puis tu peux toujours rentrer chez toi, ajouta Della.

À ces mots, les larmes de Juliet redoublèrent. *C'est où, chez moi ?* songea-t-elle. *Chez moi, c'est là où est maman. Je n'ai plus de chez-moi, comme Davey.*

Après une fouille approfondie de ses poches, Kyle trouva un mouchoir propre et le lui tendit. Elle sécha ses larmes. *Je suis comme Davey*, pensa-t-elle.

— Ça va ? lui demanda Della.

— Non, mais ça s'arrangera. Je serai avec Davey.

— Tu vas beaucoup me manquer, mais on se parlera tout le temps sur Skype, sur WhatsApp et sur Viber.

Juliet acquiesça, mais elle sentait déjà la distance se creuser entre son amie et elle.

24

Marjorie

Après la chapelle, l'assistance était conviée à se rassembler à l'hôtel Clontarf Castle pour un vin d'honneur. Marjorie était au bar. Davey lui mit un verre de vin dans la main.

— Tu tiens le coup ? s'enquit-il.

— Plus ou moins.

— Le poème était très beau.

— La ferme, Davey.

— Je commence à en avoir marre qu'on me dise de la fermer.

Elle eut un petit sourire. Il s'assit sur le tabouret à côté du sien.

— Et ce soir, ça va aller ? lui demanda-t-il.

— Comment ça ?

— C'est juste une question.

— C'est ça, oui.

— Quoi ? Ça voulait dire quoi, à ton avis ?

— Je ne sais pas, Davey. Je suis fatiguée.

Elle regardait, un peu plus loin, son ex-mari et la nouvelle compagne enceinte de ce dernier, l'effervescente Debbie.

— Je vois que Neil est venu.
— Eh oui.
— C'est sympa de sa part, quoi qu'on en dise.
— Il aimait beaucoup Rabbit, dit-elle avant d'avaler une grosse gorgée de vin.
— Donc c'est elle, la nouvelle.
— C'est ça.
— Jolie.

Marjorie prit son temps pour se tourner vers Davey avec un regard assassin.

Il sourit.

— Elle ne t'arrive pas à la cheville.
— Qu'est-ce qu'elle fait là, Davey ?
— Soutien moral.
— Pourquoi ils sont venus au vin d'honneur ?
— Aucune idée.

Neil, tournant les yeux vers eux, sourit. Il donna un coup de coude à Debbie, et voilà que le couple se dirigea vers eux. *Oh merde, c'est pas vrai !*

Davey sauta de son tabouret. Les deux hommes se retrouvèrent face à face. Neil tendit la main.

— Toutes mes condoléances, Davey.

Ce dernier serra la main tendue.

— C'est gentil à toi.

Il y avait de la tension entre eux, mais au bout du compte Davey n'avait été qu'un petit rouage dans le naufrage du couple, et Neil était un type bien – et de surcroît visiblement heureux.

— Toutes mes condoléances, dit Debbie à Davey en lui serrant la main avec un peu trop de vigueur.

Puis elle se tourna vers Marjorie.

— Bonjour.

C'était la première fois qu'elles se voyaient.

— Bonjour, dit Marjorie en serrant sa main tendue.
— Je suis profondément désolée pour ta meilleure amie.

Marjorie fondit en larmes. Debbie voulut la prendre dans ses bras, un geste gauche qui fut un peu gênant : Debbie était hésitante, Marjorie eut un léger mouvement de recul, et puis il y avait ce gros ventre entre elles deux. Marjorie lui tapota le dos et se dégagea.

— Merci, dit-elle, avec sincérité.

Et maintenant, je t'en prie, va-t'en.

— On va y aller, annonça Neil.

Davey et Marjorie hochèrent tous les deux la tête. Neil commença à partir, mais se retourna à la dernière seconde.

— Tous mes vœux à vous deux, dit-il.

Enlaçant les épaules de sa compagne enceinte, il s'éloigna avec elle. Davey se tourna vers Marjorie et se rassit.

— Ne dis rien, souffla-t-elle.

Les épaules de Davey s'affaissèrent un peu.

— Je n'allais rien dire.

Elle termina son verre.

— Tant mieux.

— Je vais boire un coup avec les gars plus tard, tu veux te joindre à nous ?

— Non.

— Ce sont tes potes aussi, Marjorie.

— Pas du tout. J'ai toujours été en dehors de ce monde-là.

— C'est faux.

— C'est vrai, Davey, et ce n'est pas grave. Ça m'a toujours été un peu égal.

— Je ne veux pas que tu restes seule.

Elle se leva et l'embrassa sur la joue.
— À plus, Davey.
Il lui prit la main.
— Ne pars pas.
— Bonne nuit, dit-elle avant de s'éloigner.
Elle croisa Molly dans le lobby de l'hôtel, assise seule sur une chaise longue.
— Tu rentres, ma belle ?
Marjorie fit oui de la tête.
— Journée pourrie, ajouta Molly.
— On ne peut pas faire pire.
— Tu as perdu Rabbit, Marjorie, et je sais combien vous étiez proches, mais tu as le reste de ta vie à vivre.
— À ce qu'il paraît, oui.
Molly eut un petit sourire.
— Journée pourrie, répéta-t-elle.
— On ne peut pas faire pire.
Le taxi arriva peu après. Marjorie embrassa Molly.
— Donne des nouvelles, Marjorie. Tu fais partie de la famille.
Marjorie promit de donner des nouvelles, monta dans le taxi, donna son adresse au chauffeur et sanglota sur tout le trajet du retour.

25

Juliet

Les parents de Kyle partirent de l'hôtel avant lui, vers quinze heures. En fin de journée, il rentra dans la voiture de Lenny, partageant la banquette arrière avec Juliet. Ils ne se touchaient pas, mais elle sentait sa proximité. C'était une sensation étrange et un peu électrique. Les poils de ses bras se hérissaient. *Qu'est-ce qui se passe ?*

Lorsqu'ils furent devant la maison, elle demanda à Kyle s'il voulait entrer un moment. Du regard, il demanda la permission de Lenny. Celui-ci acquiesça.

— Jusqu'au retour de Davey.

Lenny réchauffa des lasagnes et les laissa manger dans la cuisine pendant qu'il regardait un match à la télévision.

Juliet chipotait dans son assiette. Elle n'avait pas réellement mangé depuis des jours ; son estomac était noué et douloureux, et sa gorge lui semblait plus étroite qu'avant. Kyle, lui, dévora.

— C'est super bon, c'est Grace qui a fait ça ?

— C'est quelqu'un qui l'a déposé chez ma grand-mère. Son congélo est plein, à force.

— J'aimerais bien que ma mère fasse des plats italiens. Elle ne fait que de la cuisine irlandaise.

— C'est quoi, au juste ?

— Patates, légumes et viande.

— Ah.

— Ouais, c'est toujours patates, légumes et agneau, côtes de porc ou bacon, ou viande hachée, ou dinde, ou jambon, ou alors un steak ultracuit dans les grandes occasions.

— Ça ne fait pas envie.

— Non, c'est tout pourri. Papa dit qu'on se croirait dans les années quatre-vingt.

— Comment ça ?

— Je sais pas. Je crois que la vie était un peu plus merdique à l'époque.

— Ma mère adorait les années quatre-vingt.

— Oui, mais elle était cool, ta mère.

Juliet sourit.

— Ouais, elle était trop cool.

Ensuite, Juliet et Kyle passèrent au salon et firent une partie sur la Xbox de Juliet. Ils ne parlèrent pas vraiment, juste un commentaire sur le jeu de temps en temps.

— T'es crevée, dit-il. Je vais rentrer.

Elle ne protesta pas.

— Merci d'avoir été là.

— Pas de problème.

Elle le raccompagna à la porte. Ils s'arrêtèrent sur le seuil, et il était debout tout près d'elle, et lorsqu'il lui ouvrit ses bras, elle sentit sa peau la brûler. Elle se dégagea.

— Tu es vraiment obligée de partir ? demanda-t-il.
— Oui.
— Pourquoi ?
— Parce que, c'est tout.
Il semblait au bord des larmes.
— Tu vas me manquer à fond.
— Toi aussi.
Il pleurait, maintenant. Il pleurait, et la seule chose qu'elle trouva à faire pour qu'il arrête fut de l'embrasser sur les lèvres.
— Oh, fit-il.
Juliet était pétrifiée. Elle se demanda un instant si elle était encore droguée. *Qu'est-ce que je fais ? Ça va pas, la tête ?*
— Pardon, dit-elle.
— Non non. Je crois que c'est la meilleure chose qui me soit jamais arrivée.
Elle sentit la panique monter en elle.
— Il faut que tu partes.
— À demain, alors ?
Elle fit signe que oui. Il traversa la route en gambadant pour rentrer chez lui. Elle referma, le cœur au bord des lèvres. *Maman est morte, et moi j'embrasse un garçon. Oh non. Pardon, maman. Oh non, oh non.* Elle monta en courant, se rua dans la chambre de sa mère, ouvrit son armoire en coup de vent et attrapa l'un de ses tee-shirts à manches longues qu'elle respira profondément, puis elle s'assit sur le lit et le serra de toutes ses forces contre elle. Elle s'endormit tout habillée à part ses chaussettes et chaussures, le tee-shirt Blondie de Rabbit pressé contre la joue, en suçant son pouce pour la première fois depuis ses cinq ans.

26

Marjorie

Il faisait froid dans l'appartement. Marjorie retira ses hauts talons à la porte et monta le chauffage. Elle prit une bouteille de vin, un verre et une couverture, et s'assit dans le canapé. Elle alluma la télé : *De la politique, non. Un soap, surtout pas. Une rediff de série judiciaire – pitié.* Elle se décida pour un documentaire animalier sur l'accouplement chez les lions. *La vache, c'est agressif.* Elle allait changer de chaîne lorsque son téléphone sonna. C'était un numéro inconnu, et elle se dit un instant que cela pouvait être Juliet – la petite avait peut-être besoin d'elle. Elle décrocha avec un « Allô » pressant.

— Marjorie, c'est ton père.

Son sang se glaça. La dernière fois qu'elle avait entendu cette voix, elle avait seize ans et il lui disait qu'il avait une autre famille en Angleterre, une famille avec laquelle il voulait vivre à plein temps. Il lui parlait d'une femme qu'il aimait plus que sa mère et d'enfants qu'il aimait plus qu'elle. « Tu es assez grande pour comprendre, maintenant », tels avaient été ses derniers mots avant qu'il s'en aille dans la nuit pour ne jamais revenir. Il la laissait seule avec une mère hystérique qui menaçait de se suicider. Marjorie savait qu'elle ne le ferait pas : sa mère était trop dévote pour envisager un instant de s'exposer aux feux de l'enfer. Mais cela ne rendait pas les choses plus faciles. C'était quand même terrifiant. Il la laissait avec une femme qui lui en voulait, à elle, d'avoir détruit sa vie. Une femme qui pouvait être cruelle et méchante, et qui crachait des paroles de haine, de dépit. Juste après son départ, avant même qu'il soit arrivé au bout de la rue, Vera avait hurlé qu'elle regrettait de lui avoir donné le jour. Après cela, Marjorie avait culpabilisé de souhaiter que sa mère crève, tout simplement. De temps en temps, et pendant des années, cette femme avait rappelé à Marjorie que papa avait quitté maman parce que Marjorie l'avait abîmée et qu'elle n'avait pas pu lui donner de fils.

— Eh ben, c'est pas du tout traumatisant, tout ça ! avait commenté Rabbit la première fois que Marjorie lui avait confié son histoire.

Ça l'avait fait rire.

— Écoute, Marjo, tu es mal tombée : ta mère est cinglée, avait-elle dit.

Puis elle avait fait asseoir Marjorie avec Molly Hayes, qui lui avait expliqué que la zézette abîmée de sa mère n'était pas sa faute, mais celle du médecin qui avait foiré l'accouchement.

— Et pour être franche, ma belle, ta maman était déjà un chameau avant ta naissance. Je suis désolée de le dire, mais c'est vrai.

Cela avait rendu le sourire à Marjorie.

— Theresa Shea a eu la même chose ; elle est bousillée aussi, mais elle aime ses enfants, elle, et tu sais pourquoi ?

La petite Marjorie, dix ans, avait fait non de la tête.

— Parce que Theresa Shea n'est pas un chameau.

Marjorie avait encore ri, puis pleuré, et Molly l'avait serrée fort, et pour la première fois elle avait regardé Marjorie au fond des yeux et avait prononcé ces mots plus importants que tout au monde :

— Qui est-ce qui t'aime, Marjorie ?

— C'est Molly !

Rabbit, Molly et la famille Hayes avaient sauvé Marjorie d'une vie entière de solitude et de douleur avant et après la désertion de son père.

— Marjorie, tu m'entends ? C'est ton père.

— J'ai entendu.

Elle se demanda fugacement s'il avait appris la mort de Rabbit et prenait de ses nouvelles, jouant enfin son rôle de père. Puis elle réfléchit : où avait-il eu son numéro ?

Il devait lire dans ses pensées :

— Un de tes collègues à la banque m'a donné ton numéro quand je lui ai expliqué la situation, dit-il.

— Quelle situation ?

— Ta mère a fait un AVC aujourd'hui.

— Pardon ?

— Elle a fait un AVC.

— Comment tu le sais ?

— Je suis encore noté comme personne à prévenir en cas d'urgence.

Deux pensées vinrent se fracasser sur le crâne de Marjorie : *1. Oh merde, un AVC. 2. Évidemment qu'il l'est, ça ne fait que vingt-cinq ans, bon Dieu.*

— Tu m'as entendu, Marjorie ?

— Je t'ai entendu, répondit-elle d'une voix morne. Elle était encore en train d'encaisser la nouvelle.

— Elle est à l'hôpital Mater.

— Comment as-tu su que je travaillais à cette banque ?

— Ça a une importance ?

— Oui.

— Ton amie Rabbit a retrouvé ma trace il y a quelques années. Elle m'a écrit, m'a parlé de toi, m'a donné de tes nouvelles.

— Pourquoi ?

— Elle disait qu'elle voulait que je sache ce que je ratais.

— Elle ne t'a pas demandé de venir me voir ? demanda Marjorie, abasourdie.

— Non, elle m'a demandé très explicitement de ne pas t'approcher.

Marjorie fondit en larmes. Il resta silencieux et attendit qu'elle s'arrête.

— Tu as vu maman ? demanda-t-elle sans réfléchir.

— Je vis en Angleterre, Marjorie, répondit-il sur un ton qui laissait penser qu'il la prenait pour une idiote.

— Oui, bien sûr.

— Je voulais juste te prévenir, pour qu'elle ne soit pas toute seule.

Marjorie finit par trouver un peu de sarcasme en elle.

— Comme c'est généreux de ta part.

— Désolé.

— C'est bon.

— Vraiment, je suis désolé.

— Papa ?

— Oui, Marjorie.

— Va te faire foutre, dit-elle d'une voix forte et fière, façon Molly Hayes.

Elle raccrocha. *Qui est-ce qui t'aime, Marjorie ?*

Elle termina la bouteille de vin à elle seule. *C'est Molly.*

27

Jack

Jack était fatigué, mais tendu aussi. Molly regardait fixement la télévision, les yeux dans le vague, sans avoir l'envie ou la capacité de parler. Il savait où il aurait voulu être : dans le grenier avec ses vieux carnets, de retour dans le monde d'avant que sa cadette accablée par le cancer ne soit morte dans des souffrances atroces, de retour au début. C'est là qu'il avait besoin d'aller. Molly ne fit pas mine de l'entendre déplier l'escabeau du grenier. Il monta dans le noir et alluma la petite lampe. Davey avait remplacé le fauteuil poire par une chaise que Molly gardait habituellement dans le couloir pour pouvoir monter dessus quand il fallait changer une ampoule. Il s'y assit et prit un carnet de 1962, l'année où il avait rencontré Molly. Il sourit pour lui-même.

On avait l'avenir devant nous, se dit-il, après quoi il leva les yeux vers le plafond. *Tu n'étais encore qu'une étincelle dans mes yeux, Rabbit. Oh, mais tu aurais dû voir ta maman à l'époque. Elle valait le coup d'œil, mon amoureuse, c'était quelque chose d'extraordinaire. Je n'avais jamais rencontré personne comme elle – ni depuis, d'ailleurs, à part toi et ta sœur.*

Il ouvrit le carnet et s'installa. Il se mit à lire tout bas, transporté dans l'espace et dans le temps. Il resta assis en silence, consumé par ses propres mots, revoyant le passé, puis, comme s'il venait de se rappeler la présence de sa fille, il regarda de nouveau vers le ciel.

Ne t'en fais pas, Rabbit, je ne lirai tout haut que les bons morceaux.

C'est ce qu'il fit : une fois de temps en temps, il lisait un passage sur la vie dans l'Irlande des années soixante et ajoutait une ou deux observations.

Des champs à perte de vue à l'époque, Rabbit, et juste à côté du centre-ville, tu sais.

Je t'ai déjà dit ce que j'avais comme apport pour cette maison ? Un billet de cinq livres. Cinq livres ! De nos jours, ça ne paie même pas la moitié d'un paquet de cigarettes, mais à l'époque, c'était une fortune.

Le vieil homme lut et parla au plafond par intermittence pendant une grande partie de la nuit, et quand sa vue se brouilla d'épuisement, quand son dos fut raide, sa nuque calcifiée et ses jambes transformées en gelée, il marqua la page et remit le carnet dans le carton. Il essaya de se lever, les genoux dans les mains.

Il faut que j'y aille, ma fille, mais je te dis à demain.

Bonne nuit, p'pa.

Bonne nuit, ma chérie.

Il savait qu'elle n'était pas vraiment là, mais, seul avec ses carnets au point le plus élevé de la maison, il se sentait plus proche d'elle.

28

Davey

Au pub, Kev offrit la première tournée. Jay et Francie firent une partie de billard pendant que Davey les observait avec Louis.

— Est-ce que ça t'arrive de repenser à Kitchen Sink, maintenant que tu joues dans la cour des grands ? lui demanda Louis.

— Tout le temps.

— Ouais, bon, on n'était que des petits crétins qui croyaient tout savoir. Bon Dieu, on ne savait rien du tout.

— On en savait assez.

— Je regrette d'être parti comme ça.

— Pourquoi ?

— J'ai l'impression d'avoir abandonné le navire. Johnny etait malade, on n'allait nulle part. J'avais ma copine et un gosse en route.

— Tu n'as pas à te justifier. Tu as fait ce que tu avais à faire.

— Enfin bref, ils ont gagné au change ! se vanta Kev en posant les bières sur la table.

— Ouais, c'est ça, fit Louis. Comme s'ils ne galéraient pas déjà assez avec un chanteur handicapé, ils se sont retrouvés avec un guitariste en bleu de chauffe.

— Oh, ça va, Captain Synthé ! Je l'adorais, mon bleu de chauffe.

Francie battit Jay deux manches à une ; ils vinrent chercher leurs pintes.

— Vous parlez de quoi ?

— Louis chambre Kev à cause de son bleu de travail, Kev chambre Louis parce qu'il jouait du synthé, résuma Davey.

— Fais pas attention, Louis, dit Francie. Nik Kershaw ne crachait pas sur le synthé, et regarde ce qu'il est devenu.

Kev releva la tête.

— Il est devenu quoi ?

— Rien du tout ! répliqua Jay.

Les garçons éclatèrent de rire.

— Au fait, Louis, je t'ai raconté pour mes couilles ? demanda Francie.

— Ah non, tu ne vas pas commencer avec tes foutues couilles ! s'impatienta Jay.

— Qu'est-ce qu'il leur est arrivé ?

Kev fit la grimace et mima des ciseaux.

— Couic couic.

— Grosses comme des navets, et de la même couleur, putain, précisa Francie.

— Tu devrais porter plainte, marmonna Davey.

C'était la seconde fois en une semaine qu'il entendait parler de la vasectomie ratée de Francie.

— C'est moi qui devrais faire un procès, vu que c'est moi qui ai dû me cogner d'en entendre parler à longueur de temps ! nota Jay.

— Purée c'est vrai, je devrais peut-être attaquer. Merde, je savais que j'aurais dû faire des photos. Ma femme n'a pas voulu, elle disait que mes couilles finiraient dans le cloud et que je m'exposerais au chantage.

Jay éclata de rire.

— Qui voudrait vous faire chanter, toi et tes couilles ?

— Des cinglés. Ils sont partout, au cas où t'aurais pas remarqué.

— Au fait, pas de nouvelles de Sheila B aujourd'hui ? s'enquit Jay.

Francie hocha la tête, soulagé que son ex-copine de l'époque ne se soit pas pointée pour faire une scène.

— Heureusement ! J'étais mort de trouille.

Plus tard, Davey alla rejoindre son pote qui fumait dehors. Francie lui proposa une cigarette.

— Vaut mieux pas, dit-il.

Il aimait bien s'en griller une de temps en temps quand il était stressé, mais vu que sa petite sœur était morte d'un cancer…

— T'es surveillé ? demanda Francie.

Marjorie et Grace l'avaient menacé de le tabasser à mort si elles le reprenaient à fumer.

— Ouais, quelque chose comme ça.

Elles ne plaisantaient pas. Elles étaient enragées.

— C'est de bonne guerre.

Ils restèrent ensemble, à contempler le ciel étoilé.

— Ça ne sera plus jamais comme avant.

— Rien n'est jamais comme avant, Davey. Le changement, c'est notre seule constante.

— T'as lu ça dans une salle d'attente ?

— Non, une papillote de Noël.

— Bon, alors tu sais, j'ai une gamine à charge, maintenant.

— Bienvenue en enfer.

— Je vais y arriver.

— Bien sûr que tu vas y arriver.

— Tout va bien se passer.

— Eh non : ça va te briser ton petit cœur.

— Mais merde, Francie, j'essaie de rester positif.

Francie souffla une fumée grise, qui monta en volutes dans l'air frais.

— Ça en vaudra la peine, Davey.

Il partit après deux pintes. Quand il arriva chez Rabbit, Lenny était parti depuis longtemps et Juliet dormait. Il ouvrit son ordinateur et réserva deux billets de première classe pour les États-Unis, départ une semaine plus tard. *Si le changement doit venir, qu'il vienne.*

29

Grace

Grace était perdue dans ses pensées pendant que Lenny conduisait en écoutant la radio.

Il pleuvait. L'asphalte brillait devant eux, éclairé par les lampadaires et les phares. La route semblait graisseuse, comme recouverte d'une membrane de vinyle violacé. Lenny passa dans une grosse flaque, l'eau gicla et une vague s'arrondit avant de s'écraser. Ils étaient seuls. Stephen raccompagnait les garçons à la maison dans une voiture empruntée à un copain. Ils les avaient perdus de vue depuis un moment dans la circulation.

— Et s'il n'est pas assuré ? demanda tout à coup Grace.

— Qui ?

— Stephen.

— Bah, il n'y a même pas deux kilomètres.

— On pourrait perdre les quatre d'un coup dans une boule de feu.

— Mais enfin, Grace ! Ça ne va pas arriver.

— Remarque, si ça arrivait, l'assurance serait le dernier de nos soucis.

Lenny tenta d'alléger l'atmosphère.

— Espérons juste qu'ils se fassent arrêter par les flics et que Stephen se prenne une amende, alors.

— Ça vaut mieux que de mourir carbonisés.

Ils retombèrent dans le silence. Grace se concentrait sur la course des gouttes de pluie le long du pare-brise et sur le petit bruit pressé, légèrement râpeux, des essuie-glaces. Dix minutes s'écoulèrent avant que Lenny éteigne la radio.

— Il faut qu'on parle de ce matin.

— Je suis trop crevée.

— S'il te plaît, Grace.

— Qu'est-ce que tu veux que je te dise ?

— Je veux savoir ce qui te passe par la tête.

— Je te l'ai dit, en ce moment c'est pour les garçons que je m'inquiète.

— Grace !

— Stephen conduit comme une patate, Lenny, tu le sais comme moi.

— Grace ?

— Quoi ?

— Parle-moi.

— Il y a une opération possible, pour retirer mes seins et mes ovaires.

Il pâlit ; même dans le noir, elle vit ses couleurs disparaître.

— Mais tu n'as pas de cancer.

— Pas encore.

— Peut-être jamais.

— Et peut-être demain.

— Tu ne peux pas faire ça.

— Je n'ai pas dit que j'allais le faire, mais de toute manière, ce sont mes seins.

— Ah, alors quand il s'agit de me couper les couilles, on a tous notre mot à dire…

— J'ai le putain de gène, Lenny.

Il arrêta la voiture contre le trottoir, les mains crispées sur le volant.

— Mais ça ne veut pas dire que tu vas avoir un cancer, si ? Tu ne peux pas te faire charcuter juste au cas où… c'est complètement fou.

Lenny avait vu l'effet que ses mastectomies avaient eu sur Rabbit. Il avait vu les infections postopératoires, les dégâts sur ses nerfs, le choc psychologique… et encore, Rabbit était une guerrière. Grace, elle, se décomposait à l'idée d'une simple prise de sang.

Elle se tourna vers lui.

— J'ai besoin de réfléchir, c'est tout.

Il la regarda fixement.

— Tu as besoin de réfléchir.

— Oui. Moi. J'ai besoin de réfléchir.

— D'accord. T'as qu'à faire ça.

Il redémarra. Ils n'échangèrent plus un mot.

Lenny se coucha tard ce soir-là : il regardait le résumé d'un match de foot. Grace resta allongée seule dans son lit, les yeux grands ouverts, à contempler les derniers jours de Pare-Chocs Hayes.

30

Molly

Molly ne put pas dormir pendant la nuit qui suivit l'enterrement de sa fille, mais elle garda les yeux hermétiquement fermés. Elle resta allongée à côté de la grosse bosse brûlante et ronflante que formait son mari comateux. Elle démêla ses pensées embrouillées et les réduisit à une série de questions succinctes et inquisitrices.

Q : Pourquoi ai-je cru en Dieu ?

R : Parce qu'on m'avait dit de le faire.

Q : Pourquoi est-ce que je priais ?

R : Parce qu'on m'avait dit de le faire.

Q : Ai-je jamais vécu une expérience susceptible de confirmer ma foi ?

R : Non.

Q : Ai-je jamais vécu une expérience susceptible d'ébranler ma foi ?

R : Oui.

Q : Suis-je encore croyante ?

R : Non.

Q : Qu'est-ce que ça veut dire ?
R : Je n'en sais rien.
Q : Qu'est-ce que je sais ?
R : Que la vie est injuste.
Q : Qu'est-ce que je peux y faire ?
R : Ce que je fais toujours. Me battre.
Q : Et après ?
R : Je meurs.
Q : Et après ?
R : Rien.

Je suis d'accord avec toi, Rabbit. Tu m'entends, ma chérie ? Rien que des conneries, tout ça... Je t'en prie, chérie, parle-moi comme tu parles à Grace. Elle m'a dit que tu étais tout le temps dans sa tête. Parle-moi.

Mais Rabbit ne parla pas à sa mère. En partant, elle avait emmené Dieu avec elle. *Pardon*.

Le lendemain matin, quand elle ouvrit ses yeux las pour affronter le monde, Molly était une version légèrement modifiée d'elle-même : un peu moins optimiste, un peu plus féroce. Le glissement serait imperceptible pour ses simples connaissances, mais pour ceux qui la connaissaient bien, le renversement était de taille.

Première année

31

Juliet

Juliet était à l'aéroport, une semaine après l'enterrement de sa mère. Le poids de son sac à dos sur ses épaules l'ancrait aux dalles ternes du sol. Elle cherchait sur les visages alentour des indices sur l'attitude à adopter. Molly, stoïque, refusait de montrer la moindre émotion. Grace avait l'air d'un fantôme. Lenny semblait contrarié. Stephen n'était pas là : il avait une révision de groupe ou autre chose de plus urgent que dire au revoir à sa cousine. Marjorie avait l'air d'une folle, un large sourire plaqué sur les lèvres, les yeux écarquillés. Chacun luttait à sa manière. Bernard, Ryan et Jeffery étaient silencieux. Ils restaient les bras ballants, comme des marionnettes aux fils coupés. Jack était assis la tête dans la main. C'était la même ambiance qu'à la veillée, sauf que cette fois il n'y avait ni gâteau, ni alcool, ni conversations polies, juste des gens se regardant fixement dans un vaste espace ouvert, attendant l'inévitable et souhaitant que tout se termine vite. Juliet, l'esprit embrumé, se complaisait dans son confortable engourdissement.

— Il faut qu'on y aille, dit Davey.

C'est alors qu'un tsunami d'émotions vint engloutir la jeune fille. De grosses larmes jaillirent de ses yeux, elle frissonna et trembla, les genoux flageolants, la cervelle en feu. *Qu'est-ce que je fais ? Où es-tu, maman ? S'il te plaît, reviens. Je ne veux pas partir.* Davey lui empoigna la main et l'attira contre lui. Il la tenait fermement, mais elle sentit que lui aussi tremblait. Molly s'accroupit.

— Il suffit d'un coup de fil. D'un billet d'avion. Si tu as besoin de moi, je serai là.

Juliet serra sa grand-mère contre elle jusqu'à ce que ce soit finalement Molly qui se dégage.

— Tout va bien, ma belle.

Mais ça n'allait pas. Elles le savaient toutes les deux. Grace la prit dans ses bras, pleura, l'embrassa sur la tête, puis ce fut le tour de Lenny.

— Nous aussi, on sera toujours là, Juliet.

— Merci, Lenny.

Ensuite, les jeunes se firent leurs adieux.

— On te voit à Noël, dit Jeffery.

— C'est dans pas trop longtemps, ajouta Bernard.

Ryan lui chuchota à l'oreille :

— Ne te laisse pas abattre par les connards.

— D'accord.

Il serra le poing et le brandit en hochant la tête.

— D'accord ! répéta-t-elle.

Puis ce fut le moment de faire ses adieux à Marjorie. Celle-ci pressait un mouchoir contre son nez coulant, et lorsqu'elle bafouilla sur les mots « Je t'aime », Juliet l'attira contre elle et lui dit à l'oreille :

— N'aie pas peur, Marjorie.

Car c'était le genre de chose que sa mère aurait dite. Marjorie craqua et dut se tenir à Lenny pendant que Grace la guidait vers un siège. *Merde. Pardon.*

Enfin, Juliet s'approcha de son grand-père, qui lui fit signe de s'asseoir sur son genou. Elle s'installa, et ils se retrouvèrent bien vite en sanglots dans les bras l'un de l'autre.

— Bon, ça suffit, dit Molly, qui prit Juliet par la main. Ce vieillard va te noyer si tu le laisses faire. C'est une quoi, ton papy ?

— Une grande andouille.

— Une grande andouille, répéta Molly avec un clin d'œil qui fit sourire Juliet.

Elle se tourna ensuite vers Davey.

— Tu sais ce que je vais dire.

— « Ne foire pas, ce coup-ci. »

— C'est bien. Je t'aime, mon fils.

— Moi aussi, maman.

— Allez, souffla Molly, la gorge serrée. Allez-y.

Et ils y allèrent.

Ces premiers mois en Amérique furent très flous dans sa tête ; une chose se fondait dans une autre, puis une autre encore. Les lieux, les choses, les gens, les paysages, les bruits, les lumières et même la météo étaient nouveaux et différents de tout ce qu'elle avait connu jusque-là. Tout était plus grand, plus criard, plus bruyant, plus spectaculaire. On aurait dit un monde d'exagération et d'excès par endroits, et de privations ailleurs. La crasse était plus crasseuse, les gens esseulés un peu plus seuls. Peut-être était-ce simplement la petite Juliet, venue d'une petite banlieue de

Dublin, en Irlande, qui ne se faisait pas à ce nouveau monde coloré empli de musique et d'âme, d'activité et de passion, de rues animées et de vastes espaces ouverts, de chevaux et de limousines, d'agriculteurs et d'industriels, de musiciens de classe mondiale et d'entreprises multinationales, ou peut-être était-elle juste une petite fille en deuil de sa maman dont les yeux las étaient brûlés par la lumière la plus chiche. Quoi qu'il en fût, elle sut dès la fin de la première semaine qu'elle ne serait jamais à sa place là-bas. Cependant, elle refusait de baisser les bras ; elle était têtue comme sa mère, et de surcroît elle redoutait ce qui l'attendait au retour à Dublin. *Rien.* Sa mère était morte et sa maison n'était plus là, louée à un couple avec un petit garçon de deux ans, d'après Kyle avec qui elle parlait tous les jeudis sur Skype.

Elle tint trois mois au collège avant de mettre K-O une fille de sa classe. La police fut appelée et elle fut renvoyée.

— Pourquoi tu as fait ça, ma belle ? lui demanda Molly par Skype.

— Elle était horrible, mamie.

— Mais quand même…

— Elle avait trouvé le blog de maman sur le Net, et elle l'a lu devant toute la classe en se payant sa tête, dit Juliet, les yeux pleins de larmes. Elles se moquaient toutes des paroles et des inquiétudes de maman.

— Ah, bon ! Dans ce cas, j'espère qu'elle a une commotion cérébrale.

Davey étant souvent en tournée, le plus simple était qu'il engage une prof particulière et qu'ils l'emmènent. Il loua un petit bus à six couchettes équipé du WiFi, de la télé par satellite, d'une kitchenette et d'un salon, ainsi que d'un chauffeur appelé Bob. Davey dormait dans la première couchette et Juliet dans la dernière, les quatre autres entre eux donnant une illusion d'intimité. Ce n'était pas parfait, mais ils faisaient de leur mieux.

— Et ça ne te manque pas d'avoir des copains de ton âge ? lui demanda Grace par Skype.

— Je ne m'en suis pas vraiment fait au collège, avoua Juliet.

— Tu ne parlais avec personne ?

— Non.

— Pourquoi ?

— Maman est morte.

— Tu n'as pas tort. Et donc ? Ça te manque, des copains de ton âge ?

— Pas vraiment. Parfois. J'ai pas le temps.

— Ah bon, qu'est-ce qui t'occupe tellement ?

— Les devoirs, et passer du temps avec Davey et les autres. Son copain Trevor, l'ingénieur du son, m'apprend à utiliser une console, comme maman.

— Et il a quel âge, ce Trevor ? demanda Grace, soupçonneuse.

— Enfin, Grace ! s'esclaffa Juliet.

— Tu es heureuse ?

Les épaules de Juliet se voûtèrent.

— Maman est morte.

— Tu veux rentrer ?

— Non.

— D'accord. Je t'aime, n'oublie pas.

La vérité, c'était qu'elle n'avait pas envie de rentrer, mais pas envie non plus de vivre dans un bus. Rouler de ville en ville était assommant et l'isolait des autres, mais elle n'aurait jamais quitté Davey.

On est faits l'un pour l'autre, pas vrai, maman ? Je veille sur Davey et il veille sur moi. Ils passaient beaucoup de temps ensemble, à discuter, à lire, à écouter de la musique et à prendre des repas immondes dans des *diners* crasseux. Parfois, c'était marrant. C'était Davey qui avait pensé qu'il lui fallait un hobby. Il l'avait donc présentée à Trevor. Elle avait été immédiatement attirée par la régie dans tous les stades où ils débarquaient. Cela n'avait pas échappé à Davey. Trevor était patient et gentil avec elle, toujours d'accord pour la laisser rester avec lui pendant la balance et prêt à répondre à ses nombreuses questions. Il lui montrait des photos de sa femme et de son enfant. Il savait ce que c'était qu'être loin de ceux qu'on aime. Elle pouvait parler avec lui, et, assise derrière la console à écouter le son qui en sortait par vagues, elle se sentait plus proche de sa mère que pendant les derniers jours passés à son chevet. Elle parla de Trevor à Kyle, lors d'une de leurs conversations par Skype.

— Tu sais, quand je te racontais que ma mère faisait la régie son pour Davey et pour le groupe quand elle avait mon âge.

— Oui…

— Eh bien, Trevor, l'ingé son, il est super cool, il me permet de le regarder travailler et, pendant la balance, il me laisse bidouiller. Parfois, il m'apprend des trucs, et son matos est bien plus gros que celui qu'utilisait maman : elle avait une console dix voies, celle de Trevor en a quatre-vingt-seize.

— Wow, fit Kyle avec un enthousiasme clairement forcé.

— Tu t'en fous.

— Mais je ne me fous pas de toi, répondit-il avec un petit sourire.

Là, elle sut qu'il était sincère, et elle rougit. L'écran le vieillissait légèrement. Ils se parlaient beaucoup, alors qu'elle n'avait plus aucun contact avec Della. Cette dernière lui manquait, mais elle comprenait que certaines amitiés ne pouvaient survivre qu'en présence et dans le monde réel. Juliet ne vivait plus là-bas.

Elle rêvait beaucoup de sa mère. Des rêves bizarres, flous, tristes, qui la hantaient pendant des jours. Dans un rêve récurrent, sa mère l'appelait à l'aide, par terre dans la cuisine de leur vieille maison de location, tandis qu'un sang abondant s'écoulait de son corps et formait une flaque autour d'elle. Elle s'efforçait de l'atteindre, en vain. Une barrière invisible les séparait l'une de l'autre.

Je suis là, maman, tu me vois ? J'arrive.

Aide-moi, Juliet.

Je suis là.

Où es-tu, Juliet ?

Je suis là, tout près.

BUNNY !!!

MAMAN !

Puis elle disparaissait dans le sol, ne laissant que des traces de brûlures.

C'était un rêve profondément perturbant, et pendant une période, le sommeil devint son ennemi.

— Est-ce que ça va ? lui demanda un jour Davey en la voyant pâle et boudeuse à force de ne pas dormir.

— Qu'est-ce que ça peut te faire ?

— Ça m'intéresse, enfin ! Qu'est-ce qui te prend ?

Il était blessé. Ils étaient tous les deux dans le bus. C'était la deuxième heure d'un trajet qui en comptait six.

— T'as disparu pendant deux jours ! cria-t-elle.

— J'avais des choses à faire à New York entre deux concerts.

— Tu ne m'as même pas dit au revoir !

— Mais putain, on n'était pas dans le même bus ! Qu'est-ce que tu voulais que je fasse ?

— Téléphone, Skype, WhatsApp, Viber, SMS…

— D'accord, d'accord, message reçu. Pardon.

— J'ai cru qu'on t'avait perdu.

Les larmes montèrent aux yeux de Juliet, et Davey se décomposa.

— Merde. Bien sûr. Pardon.

La paternité ne lui venait pas naturellement, mais il faisait des efforts.

Elle passait beaucoup de temps avec Gemma, sa prof particulière. C'était une jeune femme de vingt-huit ans, mariée à un militaire. Il était en Afghanistan. Parfois, Juliet rêvait que sa mère était retenue en otage dans une grotte, vêtue d'une burqa frappée du logo *Highway to Hell* d'AC/DC. Gemma allait et venait. Davey la faisait venir par avion pour une journée ou deux, elle donnait ses cours et laissait des devoirs ; elle était toujours disponible sur Skype. C'était bien. Tout allait bien.

Le jour de ses treize ans, Juliet entendit en se réveillant son ordinateur qui sonnait. Elle ouvrit Skype. Molly apparut à l'écran.

— Coucou, chérie ! lança cette dernière en agitant les mains. Joyeux anniversaire !

— Merci, mamie.

— Et regarde qui est là !

Molly tourna l'ordinateur pour lui montrer une série de bustes sans tête.

— Plus haut, maman, fit une voix.

— Plus haut quoi, Grace ?

— L'ordi – la petite ne voit que des ventres, là.

Grace se baissa.

— Salut, Bunny… Juliet, pardon… Bon anniversaire !

— Merci, Grace.

L'ordinateur bougea et Juliet put soudain voir ses grands-parents, Grace, Lenny, Stephen, Bernard, Ryan et Jeffery. Ce dernier avait encore perdu du poids.

— Waouh, Jeff ! dit-elle en levant le pouce.

Tout le monde lui chanta « Joyeux anniversaire », même Ryan.

— Où est Davey ? demanda Molly.

— Il a une réunion avec le groupe dans l'autre bus.

— Comment allez-vous fêter l'événement ?

— Oh tu sais, on enchaîne les concerts, donc on ira juste dîner quelque part, sans doute.

— C'est tout ?

— Casey a fait venir un gâteau et elle a chanté pour moi pendant le concert.

— Un gâteau et une chanson de sa patronne ? dit Molly, visiblement contrariée.

— C'est la meilleure amie de Davey, et elle est sympa avec moi.

— Mais lui, qu'est-ce qu'il fait ?

— Bah, c'est juste mes treize ans, pas de quoi en faire un foin.

Juliet eut soudain la gorge nouée.

— Ta maman serait très fière de toi, dit Molly.

Jack fondit en larmes.

— Oh, ne pleure pas, papy, dit Juliet en pleurant elle aussi.

Molly donna un coup de coude à son mari.

— C'est malin, regarde ce que tu as fait.

— Maman, fais un peu attention avec papa, intervint Grace, après quoi tout le monde se mit à se disputer et à parler en même temps.

Eh bien, c'était réussi ! Cela se termina par Molly disant à sa petite-fille qu'elle la verrait pour Noël. Juliet fit semblant d'avoir hâte de rentrer, mais ce n'était pas le cas. L'idée lui faisait peur parce qu'à Dublin sa mère était réellement absente, plus que n'importe où aux États-Unis. En vivant loin de chez elle, Juliet pouvait se raconter que là-bas elle était en vie, entourée de musique, d'amis, de la famille et de tout ce qu'elle aimait. Elle pouvait se raconter qu'un de ces jours elle la reverrait.

Ils ne rentrèrent pas pour Noël ; les dates de concert s'enchaînaient sans répit, ce qui empêcha le voyage, et Juliet en fut soulagée. *C'est trop tôt.* Sa grand-mère avait l'intention de venir les voir, mais son médecin lui interdit l'avion, ayant diagnostiqué une thrombose veineuse profonde après la pose de ses stents. C'était très bien comme ça. Juliet ne pouvait pas imaginer Molly Hayes tassant sa personne plus grande que nature à bord d'un bus de tournée trop petit pour tenir le choc.

Puis arriva la nouvelle catastrophique selon laquelle Grace avait le gène. Davey le lui annonça pendant le dîner, tandis qu'elle restait muette, jouant avec sa nourriture dans son assiette, piquant les morceaux avec sa fourchette pour leur faire décrire des cercles et des huit dans la sauce. Il lui parla de se faire tester quand elle en aurait l'âge. Comme cela faisait trop à absorber, elle rangea aussitôt cette information dans les replis les plus lointains de son cerveau, quitte à retourner la chercher plus tard, quand elle serait d'attaque.

Les jours, les semaines, les mois s'enchaînèrent, et en un clin d'œil l'anniversaire de la mort de Rabbit se mit à approcher.

Il se passa deux choses le jour où Davey apprit à Juliet qu'ils allaient rentrer pour l'occasion. La première fut un incident minuscule, mais qui la mit dans tous ses états. Trevor était en train de lui montrer comment régler le niveau d'entrée lorsque, de la main, il avait effleuré son sein. Il l'avait regardée bizarrement et avait poursuivi comme si de rien n'était, et en effet il ne s'était rien passé, sauf que ça n'allait pas du tout. Elle trouva le réglage, puis la femme de Trevor appela par FaceTime. Juliet dit rapidement au revoir et envoya un baiser à Ashley, leur petite fille de quatre ans.

Davey l'informa que Grace serait opérée la semaine suivant le premier anniversaire de la mort de Rabbit dans un bus en mouvement, alors qu'ils mangeaient un repas tout prêt.

— On va y aller, dit-il.

— Non.

— Il est temps.

— Grace se fait opérer la semaine après l'anniversaire de la mort de maman ?

— Ça s'est trouvé comme ça, Bun… iet.

— Tu vas arrêter de m'appeler Buniet ?

— Tu vas arrêter de m'obliger à t'appeler Juliet ?

— C'est mon prénom ! s'écria-t-elle.

— Non, pas pour moi ! répondit-il sur le même ton.

Ils auraient tous les deux voulu partir en claquant la porte, sauf que c'était impossible.

— On rentre à la maison, Juliet.

— Je te déteste, Davey !

Après cela, ils mangèrent dans un silence gêné.

32

Grace

Pendant l'année qui suivit la mort de Rabbit, la vie de Grace se résuma à une série de rendez-vous médicaux et de débats théoriques sur les choix qui s'offraient à elle et les décisions qu'elle devait ou ne devait pas prendre. Elle passa des mammographies, des IRM, des séances de psychothérapie, des consultations en oncologie puis d'autres pour avoir un deuxième avis, et encore des mammographies, des IRM, de la psychothérapie et ainsi de suite. Son existence se réduisait à un dossier qui grossissait à vue d'œil et à un emploi du temps rempli d'hôpitaux et de cabinets de médecins, et pendant tout ce temps une bombe tictaquait en elle. Les mammographies étaient douloureuses, les IRM terrifiantes et les séances de psy pénibles non seulement parce que Grace devait y parler de ce qu'elle ressentait, mais aussi parce qu'elle devait écouter Lenny qui était absolument contre faire autre chose que surveiller la bombe en attendant qu'elle explose. La dispute sur ce point était aussi répétitive que stérile. « Tu n'as pas de cancer. Tu n'en auras peut-être jamais. » Et : « Tu ne peux pas te faire découper en morceaux. C'est de la folie. » Et : « C'est le chagrin qui parle – le chagrin et la culpabilité. » Cet argument en particulier surgit après une séance chez le psy plutôt intense, où Grace avait avoué qu'elle culpabilisait de la mort de Rabbit. Elle culpabilisait parce qu'elle n'avait pas été là pour sa sœur lorsque celle-ci avait eu besoin d'elle, juste après son diagnostic. Sa peur des hôpitaux, du sang et des aiguilles l'avait empêchée d'enfourcher tout de suite le problème, mais elle avait fini par le faire, et cela avait été dur car la vie de Rabbit n'était plus qu'hôpitaux, sang et aiguilles. Elle avait fait de son mieux, mais elle avait quand même eu des remords de ne pas pouvoir panser une plaie, ou de détourner la tête après avoir aperçu le corps malade, tordu, à vif, couturé, meurtri et sanglant de sa sœur. Elle culpabilisait d'être en vie alors que sa petite sœur était morte, et d'être soulagée de n'avoir pas connu le même sort. Elle ne voulait pas mourir.

— Tu n'es pas en train de mourir ! cria Lenny dans la voiture après la séance.

Mais le tic-tac de la bombe était si sonore qu'il couvrit ses paroles. Lui ne l'entendait pas. Peut-être parce qu'il ne voulait pas. Elle se sentait paralysée et infiniment triste. L'avantage d'avoir passé le test était qu'elle était désormais dans le système, qu'elle était surveillée ; il y avait une équipe prête à intervenir en permanence. Pour certaines, cela aurait suffi, mais pas pour elle – elle n'arrivait plus à dormir, à penser, à rire ni même à sourire. *J'ai le gène*. Bien sûr, elle était en deuil, mais en plus du manque de sa sœur, de l'inquiétude pour ses parents, pour Juliet, pour Davey, en plus de la culpabilité qu'elle trimballait avec elle comme un bagage, c'était ce tic-tac omniprésent qui détruisait sa confiance en elle et lui volait sa tranquillité. Évidemment qu'elle ne voulait pas se découper en morceaux ; elle était terrifiée, horrifiée, écœurée, et, pire que tout cela, elle était complètement, absolument seule.

Quatre mots décuplaient son sentiment d'isolement : « C'est vous qui décidez. » L'oncologue lui détaillait la situation et ce qui *pouvait* être fait, mais jamais ce qui *devait* être fait. Il avait commencé par lui expliquer pourquoi elle était à haut risque et parler de pourcentages qui, sur le moment, n'avaient aucun sens. Lenny avait pris des notes en hochant la tête ; elle était restée sans réaction pendant que l'homme de science lui détaillait ce qu'impliquait une IRM. *Une aiguille !* Elle l'entendit dire qu'une teinture serait injectée dans son bras, et le reste n'avait été que bruit indistinct. Il avait recommandé des mammographies et des IRM deux fois par an pour contrôler la situation. Le suivi psychologique était indispensable, surtout si elle envisageait la chirurgie préventive. Il avait longuement parlé des implications d'une double mastectomie, y compris différentes procédures de reconstruction qui semblaient toutes barbares et douloureuses. Puis il était passé à la salpingo-oophorectomie bilatérale. Grace se sentait hagarde. Elle avait du mal à se concentrer sur autre chose que la lourdeur de l'air autour d'elle, mais Lenny ne perdait pas le fil.

— Oophorectomie – ça s'écrit comment, s'il vous plaît ?

Le médecin avait épelé le mot pendant qu'il l'écrivait en lettres majuscules.

— Et qu'est-ce que c'est, au juste ?

— Le retrait des ovaires et des trompes de Fallope.

— Mais Rabbit a eu un cancer du sein. Le seul endroit où elle n'avait pas de cancer, c'était dans ses ovaires.

— Rabbit ?

— Ma sœur, s'entendit dire Grace. À la fin, tout était envahi.

— Le gène de Grace fait qu'elle est considérée à haut risque pour le cancer du sein et des ovaires.

— Donc vous voulez lui couper les seins et lui prendre ses ovaires ? avait dit Lenny.

— Non, je ne veux pas faire ça.

C'est alors que ces mots étaient sortis :

— C'est vous qui décidez, avait dit le médecin en regardant Grace.

— Mais c'est ce que vous recommandez ? avait insisté Lenny.

— Je ne peux que vous dire ce qui est possible. C'est vous qui décidez, avait-il répété.

— Je vous demande votre avis.

— Personne n'est pareil. C'est un choix ; certaines choisissent l'opération, d'autres préfèrent augmenter la fréquence des contrôles et se reposer sur le dépistage. C'est vous qui décidez, avait-il réitéré en regardant Grace.

Le psychothérapeute, le médecin-conseil, son infirmière, le radiologue, le thérapeute, le chirurgien qu'ils avaient sollicité pour avoir un second avis, même la fille de l'assistance téléphonique… Absolument tout le monde dans le système lui disait que le gène risquait de la tuer. Mais dès qu'il s'agissait de prendre une décision sur la chirurgie préventive, tous prononçaient ces quatre mots. Elle aurait voulu que quelqu'un – n'importe qui – lui dise de le faire. « Faites-vous opérer. Sauvez votre peau. » Ils ne le faisaient pas. « C'est vous qui décidez. »

— Si c'était indispensable, ils ne te laisseraient pas le choix, avait dit Lenny. Il n'y aurait pas de décision à prendre.

Elle avait fait des recherches partout, passé des heures sur Internet à comparer les protocoles d'un pays à l'autre. *Tic tac. C'est vous qui décidez. Tic tac…*

L'IRM fut pour elle la première occasion d'affronter sa terreur paralysante des aiguilles. C'était aussi une manière de tester sa force et son endurance. Cela ne se passa pas bien. Il lui fallut rassembler toutes ses forces mentales et physiques pour entrer dans la salle. Lenny était là ; il l'aurait portée sur son dos s'il avait fallu. Elle pleurait en silence, tremblait, et était si livide qu'elle dut placer sa tête entre ses genoux pendant cinq minutes. *Quel bébé. Bon Dieu, Grace, un peu de courage. Rabbit faisait ça pendant sa pause-déjeuner.* Elle finit par tendre le bras ; elle regarda ailleurs, ses larmes redoublant, la goutte au nez, les jambes si lourdes qu'elle craignait que la pression ne fasse sauter ses rotules. *Tic tac. C'est vous qui décidez. Tic tac…* Il devint immédiatement évident que ses veines étaient des petites choses fragiles, étroites, profondément enfoncées. Elles étaient difficiles d'accès, ne supportaient pas trop de pression et lâchaient facilement. Lorsque la teinture eut enfin été injectée et qu'elle fut couchée sur le ventre, pleurant encore et toujours, dans un tunnel de science-fiction, elle comprit qu'elle ne pourrait pas refaire cela deux ou trois fois par an. C'était tout simplement trop.

— Ça ne s'est pas trop mal passé, commenta Lenny après, pendant le déjeuner qu'elle mangeait en n'utilisant que sa fourchette parce que l'œdème de sa veine abîmée dans l'autre bras l'empêchait de plier le coude pour se servir d'un couteau.

Il faisait peu de cas de son traumatisme.

— Ce n'était qu'une radio, Grace. Si une simple IRM te bouleverse déjà autant, tu imagines, une opération ?

Elle l'imaginait, oui. L'image infectait toutes ses pensées. Elle réveillait ses pires terreurs, leur donnait vie et pouvoir sur elle. C'était un cauchemar. *Tic tac. C'est vous qui décidez. Tic tac...*

Cela ne lui faisait pas l'effet d'une décision, mais plutôt d'un fardeau à porter. Lenny refusait de voir plus loin.

— Tu n'as pas de cancer.

Elle demanda à être mise tout de suite sur liste d'attente pour l'opération, car la liste était longue et cela lui donnait du temps pour réfléchir. Elle pourrait toujours se désister. Mieux valait prévenir que guérir, mais tout au fond d'elle-même, sous des couches de questions et de terreur, elle savait depuis le début ce qu'elle allait faire. Il fallut quatre mois de tests, de conseils, de mammographies, une IRM et un appel à sa nièce sur Skype avant qu'elle prenne enfin sa décision.

— Je t'en supplie, Grace, ne meurs pas.

Et voilà.

— Je vais me faire opérer, dit-elle, couchée au lit à côté de Lenny.

Il était en train de lire un roman de Tom Clancy tandis qu'elle contemplait une mince fissure dans le plafond. Il laissa tomber son livre et retira ses lunettes. Elle les entendit cogner contre la table de chevet et craignit qu'elles ne se cassent – c'étaient des verres progressifs qui coûtaient plus de cinq cents balles. Il ne dit pas un mot ; il éteignit la lumière et se détourna d'elle.

Grace annonça la nouvelle à ses parents pendant le déjeuner du dimanche. Seuls les adultes étaient présents. Molly avait fait un poulet rôti et envoyé Lenny chercher des frites à emporter en constatant qu'elle avait oublié la garniture.

— J'ai la tête dans le fion, dit-elle pour toute explication.

Ça n'avait pas d'importance ; Grace et Lenny n'étaient pas là pour manger. Ils étaient en guerre et se cherchaient chacun des alliés.

— Papa, maman, j'ai une nouvelle à vous annoncer.

— Une bonne, j'espère, avait dit Molly.

— Pardon, maman. Malheureusement non. J'ai le gène.

— De quel gène parles-tu, ma grande ? avait demandé Jack.

— Celui qui a donné son cancer à Rabbit.

Jack lâcha sa fourchette. Molly resta pétrifiée.

— Tu as fait le test.

— Oui.

— Et tu as le gène.

— Oui.

— Et maintenant, elle veut se faire retirer les seins et les ovaires, intervint Lenny, lui volant la réplique.

— Je ne veux pas, le corrigea-t-elle.

— Mais tu vas le faire.

— Je n'ai pas le choix !

Elle n'en pouvait plus de se répéter.

— Tu as le choix, tu peux rester comme ça et faire des contrôles plus souvent. Dites-lui, Jack. Dites-lui, Molly, bon sang, de ne pas aller se faire charcuter sans raison.

Jack se leva en faisant grincer les pieds de sa chaise et sortit de la pièce.

— Papa ! l'appela Grace avant de fondre en larmes une fois de plus.

Elle n'en pouvait plus de pleurer.

— Je ne peux pas, dit-il, et la porte se referma derrière lui.

Lenny et Grace tournèrent les yeux vers Molly, cherchant tous les deux son soutien.

— S'il vous plaît, Molly. Essayez de la raisonner, plaida Lenny.

— Fais-le. Sauve ta peau.

Grace fut tellement soulagée qu'elle sanglota dans ses mains. *Enfin. Merci.*

Molly se leva, débarrassa les assiettes et s'approcha de l'évier. Lenny la suivit.

— Vous savez comme c'est grave, ces opérations ? Vous savez toutes les complications qui peuvent surgir ? Combien elle est vulnérable aux infections ? Et les dangers de l'anesthésie ? Les conséquences sur sa santé en général ? Même sans complications, c'est une opération qui bouleverse toute la vie, elle va devenir plus fragile, elle sera malade, endolorie, mentalement en vrac, et encore, là, je ne parle que de la mastectomie.

Il crachait ses mots, luttant pour faire triompher la raison, se battant pour la vie de sa femme. Celle qui vivait en ce moment. Pas une sorte de fantôme qui se serait défiguré juste au cas où. « Juste au cas où », ça ne suffisait pas. Molly se mit à laver la vaisselle pendant qu'il continuait de déblatérer.

— Et quand ils lui prendront ses ovaires et ses trompes, vous pensez à la ménopause ? Qu'est-ce que ça va lui faire ? Molly, je vous en supplie.

Molly cessa sa vaisselle. Elle s'essuya les mains sur sa jupe et les posa sur les épaules de son gendre.

— La ménopause, c'est pour bientôt de toute manière, mon cher. Quant au reste, tu as raison : notre Grace n'a même pas pu se faire percer les oreilles sans tomber de la table et se fendre le crâne, et l'opération chamboule en effet la vie, mais le cancer y met fin. Donc, il faut que tu te poses une question, et une seule. Es-tu vraiment prêt à prendre ce risque ?

Il se laissa tomber sur une chaise, la tête entre les mains, et c'était maintenant lui qui sanglotait comme un bébé.

— Je suis désolé, hoqueta-t-il.

— Ne sois pas désolé, sois un soutien, dit Molly alors que Grace était toujours en larmes dans la salle à manger. Et pour l'amour du ciel, vous allez arrêter les pleurnicheries, tous autant que vous êtes ? Je n'en peux plus de toutes ces larmes.

Solliciter des avis sur la chirurgie était une chose ; y penser et en parler réellement, c'en était une autre. Chaque fois que ses pensées l'emmenaient par là, elle avait un haut-le-corps, ses mains se mettaient à trembler et ses jambes devenaient faibles comme les pattes d'un faon. Elle devait se montrer forte. *Il faut que ce soit fait.* Maintenant que Lenny était enfin convaincu, elle ne pouvait plus se dédire. Elle ne voulait pas en parler.

Qu'est-ce qu'il y aurait à dire, Rabbit ?

Rien, Gracie. Rien du tout.

Pour ne rien arranger, Lenny surveillait tout ce qu'elle mangeait et buvait. Si elle ne faisait qu'essayer d'ouvrir une bouteille de vin le vendredi soir, elle le voyait brandir l'index.

— L'alcool augmente le risque de cancer.

— Ça vaut le coup.

— Oh, alors tu es prête à renoncer à tes seins, mais pas à un verre de merlot.

— Va te faire foutre, Lenny, disait-elle avant de descendre la bouteille entière.

Il la harcelait pour qu'elle se mette au régime et fasse de l'exercice.

— Il faut que tu restes en forme si tu veux bien te remettre.

Puis il découvrit les antioxydants. Si Grace devait passer sur le billard, il allait veiller à ce qu'elle s'entraîne comme une athlète pour l'opération. Elle rejoignit donc Jeffery dans le cachot du régime et du sport, et cela ne l'amusa pas un instant.

Un mois plus tard, ils décidèrent de le dire aux garçons. *MERDE. Stephen, ça ira. Il est assez grand pour comprendre. Le pauvre Bernard va être anéanti. Jeffery aura peur, mais tant que je fais bonne figure et que je le rassure, il me croira.* C'était la réaction de Ryan qu'elle redoutait. *Comment va-t-il le prendre ?* Elle n'en savait rien. Il réussissait si bien depuis qu'il prenait des cours pour enfants précoces le week-end ! On lui donnait assez de devoirs pour que sa vie reste intéressante, et ses camarades de classe le stimulaient intellectuellement. Il était occupé, bien trop pour se livrer à des activités criminelles, même s'il continuait à gérer le portefeuille d'actions qu'il s'était constitué avec des gains mal acquis. Ledit portefeuille était d'ailleurs si florissant que son père l'avait chargé de ses propres investissements. Cela allait être un coup dur. Il prétendrait que tout allait bien, mais cela pourrait le déstabiliser. Tout le bon travail des cinq derniers mois serait annulé s'il faisait des bêtises. Jeffery aussi allait bien. Il avait perdu du poids, il présentait bien et se sentait encore mieux. Il risquait de régresser, mais ça, elle pouvait le gérer. Ryan, c'était une autre paire de manches. *Désolée, Ryan. Ne fais rien d'idiot, je t'en prie. Et s'il te plaît, ne me déteste pas. S'il te plaît, ne gâche pas ta vie. Ce n'est qu'une opération. Rien de grave. Je m'en remettrai très bien.* Sauf que si, c'était grave, et Grace n'était pas certaine de s'en remettre un jour.

Lenny avait préparé son fameux chili végétarien, qui n'avait de fameux que le nom. Grace et les enfants s'assirent à la table de la cuisine pendant qu'il en remplissait les bols. La vapeur s'élevait, et les garçons étaient armés de leurs cuillers.

— Toujours pas de viande ? demanda Ryan. Tu sais que je peux en trouver pour pas cher.

— Dans cette famille, on ne mange pas ce qui est tombé du camion, Ryan, dit Lenny.

— On est végétariens, maintenant ? demanda Stephen.

— Non, mais c'est bien d'avoir deux jours sans viande dans la semaine.

— Depuis quand ? s'insurgea Ryan.

— Depuis maintenant.

— Moi j'aime bien, dit Jeffery en attaquant le chili avec l'appétit d'un homme qui a souffert de privations.

— Alors tout ça parce que Gros-Lard est un gros lard, il faut qu'on vive comme des adorateurs de la nature ? insista Ryan.

— Ne traite pas ton frère de gros lard, dit Grace.

— En plus, j'ai perdu douze kilos, rappela Jeffery. Je ne suis plus gros.

— Si tu le dis, bouboule, lâcha Ryan.

Stephen lui jeta un peu de chili brûlant. Il poussa un cri.

— Aïeuh !

Lenny se servit et s'assit.

— Si on mange moins de viande, c'est pour un certain nombre de raisons, dont une dont nous voulons vous parler maintenant. Maman a le gène qui a donné son cancer à Rabbit.

L'atmosphère dans la pièce changea aussitôt.

— Ce n'est pas un cancer. Elle n'a pas de cancer, mais elle a plus de risques d'en souffrir un jour.

— Quel pourcentage en plus ? s'enquit Ryan.

— Cinquante-cinq pour cent.

— Parmi les gens nés après 1960, un sur deux va avoir un cancer sous une forme ou une autre au cours de sa vie, dit Ryan.

— Comment tu sais ça, toi ? demanda Stephen.

— *Unis contre le cancer* sur la 4ᵉ chaîne.

Bernard pleurait déjà.

— Ça veut dire quoi, maman ?

— Ça veut dire qu'elle a beaucoup plus de risques que les autres, et vu que c'est déjà une chance sur deux, ça veut dire qu'elle est foutue, expliqua Ryan.

— Merde, souffla Stephen.
— Ah non ! fit Bernard.
— Mais ça va, mon grand, dit Grace. On a un plan.
Jeffery repoussa son bol.
— Quel plan ?
— Ta maman va se faire opérer pour retirer ses seins et ses ovaires, ça réduira le risque qu'elle attrape un cancer.
— De combien ?
— Assez pour que ça vaille le coup, dit Lenny en s'étranglant légèrement.
— Quand ?
— Je suis sur liste d'attente, donc quand on m'appellera, dit Grace.
— Je trouve ça malin, commenta Stephen. Je pense que c'est la bonne décision.
— Merci, fils.
Elle tourna les yeux vers Bernard qui sanglotait et Jeffery qui se tirait sur l'oreille, un geste qu'il avait bébé, quand il était désemparé. Ryan, lui, regardait droit devant lui.
— Des questions ? demanda Lenny.
— Est-ce que maman va mourir ? demanda Bernard.
— Non, mon grand. Du moins pas avant longtemps.
— C'est ce que vous disiez de Rabbit.
— Rabbit avait un cancer. Maman, non.
— Pas encore, dit Ryan.
— La ferme, Ryan, répliqua sèchement Lenny.
— Non, il a raison, dit Grace. Je n'ai pas encore de cancer, et si Rabbit avait trouvé le gène avant d'avoir le sien et avait eu l'opération que je vais avoir, elle serait peut-être encore là.

— Et nous ? demanda Ryan. Si Rabbit avait le gène et que maman l'a aussi, ça veut dire quoi pour nous ?

Le cœur de Grace s'arrêta. Évidemment, Ryan y avait pensé.

— Vous pourrez tous faire le test quand vous serez grands, dit Lenny d'une voix qui se brisa un peu. Stephen, tu as l'âge, si tu veux.

— Mais on n'a pas de seins, objecta Jeffery.

— Ça change rien, on est foutus aussi.

— Arrête de dire ce mot, je te prie, Ryan, dit Lenny.

Grace hocha la tête.

— Si vous avez le gène, vous courez plus de risques d'avoir un cancer.

— Eh merde, dit Stephen dans un profond soupir. Moi qui viens de trouver une nouvelle copine.

— Je suis navrée, fils.

Le poids de la situation s'abattit sur Grace et elle se retrouva en larmes. Bernard se leva d'un bond pour lui faire un câlin.

— Je t'aime, maman.

— Moi aussi, mon grand.

Jeffery se leva à son tour pour embrasser sa mère. Stephen s'approcha et lui déposa un baiser sur le sommet de la tête.

— Ça va aller, maman. On va se débrouiller.

Ryan resta sur sa chaise et, lorsque ses frères s'écartèrent enfin de sa mère, il la regarda, les épaules voutées.

— Il faut juste que je digère, maman.

Sur ces mots, il sortit de table et s'en alla.

Deux semaines plus tard, Ryan, au réveil, alla trouver sa mère avec une grande enveloppe matelassée en papier brun, alors qu'elle décrochait le linge sec.

— Je sais que tu as peur des aiguilles et tout, alors je t'ai trouvé quelque chose.

Il lui tendit l'enveloppe.

— Qu'est-ce que c'est ? demanda-t-elle en l'ouvrant.

Deux sacs en toile en tombèrent. Ils étaient décorés d'une image de lapin, et les noms de Lenny et des quatre garçons étaient brodés dessus.

— Ce sont des cache-drains, expliqua Ryan. Quand tu te feras opérer, tu vas avoir des drains.

Elle sentit ses jambes céder sous elle ; il la rattrapa et la stabilisa.

— Tu n'auras pas besoin de les voir, maman. Ils seront cachés là-dessous.

Il lui montra.

— Tu vois, j'ai fait mettre un lapin et nos noms, pour te rappeler pourquoi tu fais ça.

Elle fondit en larmes.

— C'est la chose la plus gentille qu'on ait jamais faite pour moi.

Il sourit.

— Cool.

Il commença à s'éloigner, puis se retourna vers sa mère.

— Et t'en fais pas pour moi : si l'un d'entre nous récolte le gène, ce sera Bernard ou Jeff. Forcément, ce sera un de ces deux crétins, ou les deux.

Il cligna de l'œil et elle éclata de rire.

— Merci, mon fils, dit-elle.

Et, cinq mois après la mort de Rabbit, elle souffla enfin.

La lettre de convocation arriva un mardi de la fin mars. L'opération était prévue pour le 5 mai. Cinq jours après l'anniversaire de la mort de Rabbit. Cela faisait beaucoup. Une année de chagrin et de peine, un tourbillon de médecins, de douleur, d'angoisse, de discussions, d'écoute et de terreur. La guerre de Grace contre son gène porteur de cancer était sur le point de commencer.

33

Davey

Rien n'est facile quand on est responsable d'un enfant. C'est ce qu'apprit Davey immédiatement après la mort de sa sœur, et ce n'était pas seulement l'isolement de Juliet, son renvoi du collège et la recherche d'un nouveau mode de vie sur la route, c'étaient aussi les tâches banales du quotidien en tant que parent. C'est difficile d'être en permanence le tonton marrant, ouvert d'esprit et au grand cœur ; ça l'était encore plus d'être un confident et de communiquer librement alors qu'il incarnait désormais la loi, les règles, le parent redouté. C'était épuisant. Il sentait la tristesse de Juliet l'éloigner de lui, comme c'était prévisible, mais la quantité de colère et d'amertume qu'elle lui opposait souvent était une mauvaise surprise. Il avait du mal à trouver comment gérer son propre chagrin et celui de sa nièce, sans même parler de veiller à sa sécurité. Il n'avait jamais été responsable de rien dans sa vie, à l'exception d'un plant de cannabis, qu'il avait entièrement fumé. Il s'inquiétait perpétuellement ; chaque instant de sa vie était occupé à songer à ce que Juliet mangeait, buvait, faisait, pensait, disait, ressentait. Ses besoins physiques, c'était une chose, ses besoins émotionnels une question bien plus compliquée. Quand elle n'était pas en colère et qu'elle ne le repoussait pas, elle se montrait polie et réservée. Leurs relations, naguère faciles, étaient désormais tendues, ardues, et il savait qu'il ne se montrait pas à la hauteur. Il ne savait tout simplement pas quoi faire.

Au départ, il avait essayé de se consacrer entièrement à elle, mais elle n'avait pas voulu de cela. Elle désirait être seule, donc il l'avait laissée tranquille et avait tâché de respecter son intimité. Il n'avait pas voulu insister, et chaque jour elle s'était un peu éloignée. Il avait échoué chaque jour un peu plus. Quand elle avait été virée du collège et l'avait supplié de l'emmener en tournée, il n'avait pas protesté bien longtemps. Davey avait toujours été connu pour choisir la facilité. Il avait engagé une prof particulière et s'était persuadé que Juliet serait mieux sur la route.

Dans les premiers temps, elle avait paru aller mieux, en effet. Elle était de meilleure humeur. Elle s'entendait bien avec l'équipe et semblait apprécier de passer d'une ville à une autre, de ne jamais rester au même endroit, toujours sur le départ… Peut-être était-elle comme lui et avait-elle besoin de bouger sans cesse, ou peut-être était-ce une fuite en avant. Il ne savait pas trop. Elle prétendait aller « très bien ». Il faisait de son mieux.

Puis Grace avait appelé.

— J'ai le gène. Tu pourrais l'avoir aussi, et Juliet, et mes fils, nous tous.

— La vache.

— Ouais.
— Putain, Grace !
— Ouais.
— Je suis désolé.
— Ça ne sert à rien. Va faire le test.
— Je l'ai fait, Grace. Je ne l'ai pas.
— Comment ça ?
— Quand Rabbit a reçu son diagnostic, j'ai ajouté le test à ma visite médicale. Je ne peux pas partir en tournée sans, je la fais tous les ans.
— Ah bon. Très bien. Tant mieux pour toi.
Elle avait l'air déçue.
— Tu aurais préféré que je l'aie ? avait-il demandé, plaisantant à moitié.
— Ne sois pas con.
— Je parlerai à Juliet. Elle est trop jeune, pour l'instant.
— Je suis d'accord. Tu devrais appeler maman, lui dire que tu ne l'as pas.
— Dis-lui, toi.
— Bon Dieu, Davey, elle est folle d'inquiétude, appelle-la.
Il essaya de conclure la conversation avec sa sœur :
— Allez, je t'embrasse.
— Qu'est-ce que je dois faire, à ton avis ? demanda-t-elle de but en blanc, alors qu'il allait raccrocher.
— C'est toi qui décides.
— Davey ?
— Oui ?
— Va te faire foutre.
Rien de nouveau sous le soleil, songea-t-il.
Il téléphona à sa mère tout de suite après.

— Je suis bien soulagée, mon chéri. Quelle bonne nouvelle ! Merci. Merci.

Elle semblait brisée.

— Tu te sens bien, maman ?

— Comme un étron sur une balançoire, mon fils.

— Qu'est-ce que ça veut dire ?

— Rien, mon cœur, je dis n'importe quoi. Elle va être démolie, Davey.

— Je voudrais pouvoir faire quelque chose.

— Tu l'as fait. Au moins, je n'ai pas à m'inquiéter pour toi.

Il aborda le sujet d'un test pour Juliet. Ils tombèrent d'accord pour dire qu'elle était trop jeune. C'était une conversation horrible. Il se sentait physiquement malade. *Et si elle a le gène ?* C'était inimaginable.

— Tu te débrouilles bien, mon fils.

— Tu n'en sais rien du tout.

— La petite est encore en vie, non ? En ce moment, ça me suffit, conclut Molly.

Davey avait souvent la nostalgie des siens, jusqu'à ce qu'il leur parle.

Le rôle de parent avait beau être dur, il y avait de bons moments, des jours où Davey et Juliet se baladaient simplement dans une nouvelle ville, s'achetaient de jolies choses et allaient visiter les curiosités locales. Ils discutaient, mangeaient une glace ou des donuts ou des cronuts ou des steaks et des cheeseburgers ou la spécialité du coin, quelle qu'elle soit. Leur limite à tous les deux était les *cheese grits* – une sorte de polenta de maïs au fromage fondu typique des États du Sud – et le *spam* – du jambon en boîte. C'était comme au bon vieux temps, deux potes simplement ensemble. Parfois, pendant ces rares instants, elle entrouvrait la porte, juste un peu. Alors qu'ils étaient assis côte à côte sur un rocher à Central Park, ou en train de pêcher au lac Tahoe ; en se goinfrant d'*enchiladas* de bœuf dans une rue animée du Colorado ou en parcourant la passerelle aérienne du Grand Canyon, elle l'avait accueilli, ne fût-ce qu'une minute ou deux, avant que la porte ne se referme et que les stores ne redescendent d'un coup.

— Tu crois que c'est à ça que ressemblerait le paradis s'il existait, Davey ? demanda-t-elle, les yeux plongés dans les mille deux cents mètres d'à-pic du canyon.

Davey avait les jambes en coton et le cœur au bord des lèvres.

— J'espère que non, répondit-il, les yeux fermés, en luttant contre l'envie de se coucher de tout son long sur la passerelle de verre en gémissant.

Sois fort, Davey. Elle s'assit à côté de lui, le front appuyé contre la vitre, le regard tourné vers le bas.

— Tout est tellement beau, vu de loin.

Il s'était porté volontaire pour l'accompagner en excursion, en complément de ses études à distance. Maintenant, il le regrettait amèrement. La prof aurait pu le faire à sa place, il la payait assez cher. *Pitié, petit Jésus, aide-moi.*

— Oui, magnifique, marmonna-t-il.

— Comme le paradis, Davey.

— Tu crois au paradis ?

— Non, mais il y a peut-être un autre endroit qui y ressemble, sans toutes les bondieuseries.

— Quel endroit ?

— Je sais pas, peut-être un autre monde, pareil que celui-ci sauf que les gens qui y habitent connaissent notre existence et se souviennent de nous. Ils vivent leur vie tranquillement, mais de temps en temps ils viennent dans un endroit comme celui-ci et c'est un portail pour voir ceux qu'ils aiment, juste une minute ou deux, juste pour prendre des nouvelles. Tu crois que c'est possible, Davey ?

— Tout est possible.

— Et peut-être qu'un jour, quand je mourrai, j'irai dans le nouveau monde où vit maman, et quand on voudra aller voir les gens qu'on aime, on viendra dans un endroit comme ça ensemble et on regardera en bas.

Il rouvrit les yeux et entoura lentement ses épaules de son bras lourd.

— Je trouve que ça serait fantastique.

Elle agita la main en direction de l'à-pic.

— Je t'aime, maman. Tu me manques. On aimerait bien que tu sois là, pas vrai, Davey ?

— Si, c'est vrai.

Il l'embrassa sur le crâne, et elle posa la tête sur son épaule.

— Tout va bien, maman, dit-elle. Je travaille bien au collège, avec une prof particulière. Je serai toubib en un rien de temps. Je trouverai le remède contre le cancer, comme je l'ai promis.

Elle était enivrée de possibilités. C'était une bonne journée.

Juliet travaillait plusieurs heures par jour. Elle triomphait haut la main de tous ses contrôles. Son enseignante était sincèrement impressionnée, mais Davey craignait qu'elle ne se noie dans les devoirs parce qu'elle n'avait pas d'amis de son âge.

Il ne savait pas comment y remédier, du moins quand elle se laissait faire. Après tout, personne ne s'était jamais tué ni détruit à force de travail scolaire et, comme le lui avait appris sa mère, on ne lui mettait pas la barre très haut. *Aime-la, Davey, c'est tout.*

Et si ça ne suffit pas, Rabbit ?

Sa vie sexuelle avait subi des dommages irréparables, et pas parce qu'il était désormais un parent à plein temps obsédé par des inquiétudes réelles et concrètes, ni parce qu'il circulait sans cesse de ville en ville, d'État en État : cela ne l'avait jamais arrêté. Simplement, il constatait à présent que l'intimité avec des quasi-inconnues lui laissait un sentiment de frustration, d'insatisfaction, de froid, et pire, de gêne. Marjorie avait bien ri de ses tourments lorsqu'il s'était lamenté sur sa lamentable vie sexuelle lors d'une conversation par Skype.

— Bienvenue dans l'âge adulte, Davey.

C'était bon de retrouver une proximité avec Marjorie. Ils discutaient de beaucoup de choses, du bon vieux temps où ils étaient jeunes et où la vie semblait tellement plus colorée, même si, quand on y pensait, l'Irlande était un endroit bien gris et vieux. Ils parlaient de la réalité de leur présent. Marjorie se plaignait amèrement de son horrible mère et de son horrible job.

— Ta mère ne te mérite pas. Cette banque non plus.

— Ce qu'elles méritent ou pas, ça ne change rien, Davey, je suis là où je suis.

Il parlait de son inquiétude à élever une adolescente tout en étant en tournée.

— Ça ne durera pas, la tournée s'arrête l'an prochain.

— Oui, mais pour combien de temps ?

C'était bon de parler, même si ni elle ni lui n'avaient les réponses aux problèmes de la vie. Il avait hâte de la revoir. Il pensait beaucoup à elle. Il fantasmait souvent sur elle. Il essayait d'arrêter, en se disant que ça n'avait pas de sens. Il s'exhortait à la laisser tranquille, il avait déjà fait assez de dégâts dans sa vie, et puis soudain il se surprenait à penser à ses seins. *Ah là là, qu'est-ce qu'ils sont beaux.* Puis il se demandait pourquoi il n'avait jamais pleinement apprécié ce détail chez elle jusque-là.

Qu'est-ce que je fous, Rabbit ?

Tu fais ton Davey.

Il promit à sa sœur décédée qu'il n'allait absolument, certainement pas coucher avec sa meilleure amie quand il rentrerait au pays, car ce serait égoïste et mal et qu'il avait beaucoup mûri depuis sa mort.

Menteur, l'entendit-il répondre.

34

Marjorie

Marjorie alla voir sa mère deux jours après son AVC. Il s'avérait qu'elle avait eu de la chance : se sentant mal, elle avait eu le temps d'appeler une ambulance avant de s'effondrer. Les sauveteurs, la voyant par terre à travers la fenêtre, avaient enfoncé la porte. Se trouvant à dix minutes seulement de l'hôpital Mater, elle avait été prise en charge à temps, d'après le médecin. Lorsqu'il vit enfin Marjorie, il lui expliqua que Vera avait retrouvé quatre-vingts pour cent de ses capacités dans les vingt-quatre heures, mais que la faiblesse dans ses jambes allait demander du temps et de la rééducation.

— Est-ce qu'elle peut marcher ?

— Pas sans assistance.

— Vous voulez dire, une canne ? Un déambulateur ?

— Elle va être en fauteuil pendant un certain temps.

— Combien de temps, au juste ?

— Ça dépend du patient.

— Mais on parle… d'une semaine, un mois, un an ?

Sa voix montait dans les aigus, la panique s'installant. *Et maintenant ? Et MAINTENANT ? ET MAINTENANT ???*

Il posa une main sur son épaule.

— Ne vous en faites pas, elle se rétablira.

— Oh, ce n'est pas pour elle que je m'en fais, docteur, c'est pour moi !

Il recula légèrement avec une expression quelque peu horrifiée.

— Jugez-moi si vous voulez, mais si elle était votre mère, vous la piqueriez tout de suite.

Sur ces mots, elle s'en alla, laissant le médecin bouche bée. Elle avait envie de fuir, de prendre ses jambes à son cou, de partir pour ne jamais revenir, comme ces hommes des années cinquante qui sortaient acheter des cigarettes… en fait, tout à fait comme son père. *À bientôt.* Mais elle n'en fit rien, elle se força à entrer dans la chambre où reposait sa mère. Elle se sentait lourde, comme si elle pataugeait dans la boue. *Pourquoi est-ce que je fais ça ? Parce que c'est ma mère, tiens. Une mère nulle, vraiment pourrie. Si c'était Molly, je camperais sur place. Si c'était Molly, j'achèterais un mini-frigo et je m'installerais ici, mais Vera ? Saleté de Vera.* En cet instant, elle la haïssait plus qu'elle ne l'aurait cru possible. *Tu survis alors que Rabbit est morte. Comment oses-tu, bon Dieu ?*

Vera Shaw paraissait petite dans le lit. Marjorie ne l'avait pas vue depuis un moment, peut-être un mois ou même deux. Dans l'intervalle elle avait vieilli, apparemment, mais il faut dire qu'elle n'était pas maquillée. Marjorie ne se rappelait pas l'avoir vue un jour sans maquillage. Celui-ci faisait office de peintures de guerre, une façade soigneusement composée, et elle ne sortait pas de sa chambre sans être apprêtée. Alors que là, elle gisait le visage à nu, hagarde et vulnérable, fixant du regard sa fille qui gardait la tête basse. Marjorie ne se pencha pas pour l'embrasser. Elle se contenta de s'asseoir et de poser un sac en papier contenant quelques effets par terre à ses pieds.

— Je t'ai apporté des chemises de nuit propres et quelques sous-vêtements.

— Merci.

— Comment tu te sens ?

— Mieux.

— Tant mieux.

— Il paraît que Rabbit est morte.

Marjorie fit oui de la tête.

— Je suis désolée, dit Vera sur un ton convaincant. Je comptais aller à l'enterrement, mais j'ai fait mon AVC, donc…

— Dans le genre excuses, celle-ci n'est pas mal, commenta Marjorie.

Sa mère renifla.

— J'imagine. J'aurais voulu lui faire mes adieux. J'aimais bien Rabbit.

Cela fit mal à Marjorie, car elle savait que sa mère ne l'aimait pas, elle.

— T'as qu'à envoyer une carte d'offrande de messe.

— Oh, j'y compte bien. Dès que je serai sur pied.

Un silence s'ensuivit. Elle aurait besoin de soins jusqu'à ce jour-là, et Marjorie n'avait aucune intention de proposer son aide. *Trouve-toi un autre pigeon.*

Elle resta trois quarts d'heure. Elle fut soulagée lorsque l'infirmière vint lui dire que les visites étaient terminées. Elle se levait pour partir lorsque sa mère lui agrippa la main.

— Merci d'être venue, dit-elle. Ça me touche beaucoup.

Et voilà, c'est parti : le chantage aux sentiments.

— De rien, lâcha Marjorie.

Elle sentit une première bouffée de culpabilité éclore dans son cœur et filer droit dans son ventre. *Eh merde.*

— Je te reverrai ? demanda Vera d'une voix douce que Marjorie eut du mal à reconnaître.

— Je passerai demain, concéda-t-elle à contrecœur.

Sa mère sourit et lui tapota la main. *Eh merde. Vera, quinze-zéro.*

En rejoignant la porte, Marjorie fut arrêtée par une adorable petite vieille qui se présenta comme « Janet, quatre-vingt-quatre ».

— Pardon ?

— Je m'appelle Janet, quatre-vingt-quatre ans, dit la dame en s'inclinant.

— Félicitations !

— Alors comme ça, vous êtes Marjorie, la fille de Vera, dit-elle.

Marjorie fut abasourdie. *Comment elle sait ça ?*

— Oui, c'est moi.

— Oh, elle n'arrête pas de parler de vous, elle dit que vous faites une belle carrière dans la banque.

Ah bon ?

— Et vous êtes aussi belle qu'elle le prétendait. Dieu vous bénisse. Moi aussi, j'étais une beauté dans le temps.

Une grande carrière dans la banque ? Belle ? Le plus grand compliment que ma mère m'ait jamais fait, c'est que j'étais une de ces rares enfants qu'on peut habiller en blanc sans craindre qu'ils se tachent. Trente-zéro pour Vera.

— Merci, dit-elle en essayant de passer.

Mais Janet n'en avait pas terminé avec elle.

— Elle disait que vous étiez en voyage. C'est bien que vous ayez pu rentrer. Elle va avoir besoin de vous, maintenant.

Quarante-zéro. Les vieux se serrent les coudes. Janet avait dit ce qu'elle avait à dire. Elle tourna les talons et s'en alla. *Jeu, set et match pour Vera Shaw. MERDE !*

Pendant les semaines qui suivirent, Marjorie fut forcée d'interagir avec sa mère à un degré bien plus intime que ce à quoi elles étaient préparées l'une comme l'autre. Tout était difficile. Les jambes de la femme n'étaient pas assez fortes pour la soutenir et elle avait besoin d'aide pour s'asseoir sur les toilettes et s'en relever. Cela n'avait rien d'amusant, d'autant plus que Vera avait enduré toute une vie de complications après la symphysiotomie pratiquée pendant la naissance de Marjorie, complications qui comprenaient une incontinence fécale. À quarante ans, Marjorie n'avait jamais changé une couche ni eu de chien, si bien que nettoyer ou ramasser de la merde n'avait jamais fait partie de son quotidien jusqu'à l'attaque de sa mère. Il ne lui était jamais venu à l'esprit que des visiteurs puissent être forcés d'endurer le nettoyage des jambes, des draps, des chemises de nuit, des culottes et du derrière d'une patiente… le personnel hospitalier était là pour ça, sûrement ? Mais elle comprit rapidement que si vous ne pouvez pas supporter l'odeur ou si vous ne voulez pas que votre mère reste dans ses déjections plus de cinq minutes, la tâche vous incombe, et à vous seule. Donc, en luttant contre la nausée, Marjorie se débattait avec sa mère pour la débarrasser de ses excréments, et ce n'était pas beau à voir.

— Lâche-moi ! Ne me touche pas ! dit Vera en essayant de taper sa fille.

— Elle ne fait que son devoir, Vera, intervint la vieille fouine du lit n° 3.

— Vous, mêlez-vous de ce qui vous regarde.

— Votre crotte, ça me regarde quand ça sent tellement que non seulement j'en ai plein le nez mais j'en ai le goût dans la bouche, répliqua Janet.

C'est trop, là. Marjorie eut un petit haut-le-cœur. Elle souleva sa mère du lit, la déposa dans un fauteuil roulant, puis la poussa dans le cabinet de toilette.

— Sors, je vais me débrouiller seule.

— D'accord, super, lève-toi et je sors.

Elle ne put pas se lever.

— Bon, on y va, pour être débarrassées ? demanda Marjorie.

Vera acquiesça et laissa sa fille la nettoyer et l'asseoir sur les toilettes pour qu'elle essaie d'évacuer ce qui restait. Marjorie portait des gants, mais elle se lavait quand même les mains à l'eau brûlante et utilisait tellement de savon antibactérien qu'elle commençait à peler. Ce premier soir, elle s'arrêta aussi dans un magasin pour acheter une bouteille de whisky parce que le vin ne suffirait pas. Par la suite, ce fut comme si Vera attendait qu'elle passe la porte pour programmer une défécation. Pendant qu'elle lavait et nettoyait les parties intimes de sa mère, elle se criait dessus dans sa tête. *Elle le fait exprès. Qu'est-ce que tu fous là, de toute manière ? Elle ne le ferait pas pour toi.*

Si tu étais en feu, elle ne prendrait pas la peine de te pisser dessus. Et pourtant, te voilà. Maintenant, non seulement tu bouffes sa merde, mais tu la nettoies aussi. Tu es une imbécile, Marjorie. Elle se parlait à elle-même parce qu'elle n'avait personne d'autre à qui parler, personne à part Davey. Il avait enfin tenu une promesse. Il l'appelait par Skype toutes les semaines.

— Je la hais, Davey.

— Ta mère ?

— Oui, ma mère.

— Difficile de la laisser en plan, quand même.

— Tout à coup, elle a besoin de moi ; où était-elle quand moi, j'avais besoin d'elle ?

— Pas là.

— Et maintenant je devrais être son esclave ?

— Non. Pose des limites. Essaie de t'y tenir.

— Aujourd'hui, elle a passé dix minutes à parler de Sodome et Gomorrhe, à dire que la fin du monde est pour bientôt et qu'on l'a bien mérité. Elle a hâte que ça arrive, putain, Davey. Elle ne s'est arrêtée que quand Janet lui a dit de la boucler.

— C'est qui, Janet ?

— La vieille chouette du lit n° 3.

— Ils vont la garder combien de temps ?

— Jusqu'à ce que j'aie tout préparé chez elle. J'embauche une infirmière pour un moment.

— Ça va coûter combien, ça ?

— Je préfère ne pas te le dire. Tout se barre en couilles, Davey.

Jadis, Marjorie avait un mari, une meilleure amie et un métier qu'elle adorait. À présent elle était seule, sans amis et détestait son travail. Depuis la récession, elle passait le plus clair de son temps à tuer les rêves des gens et à mettre leur vie en pièces. Elle n'avait pas signé pour ça. Elle avait de plus en plus de mal à dormir la nuit et à sortir de son lit le matin. Elle voulait une issue. Elle en avait besoin, mais les besoins de son ingrate de mère rendaient toute fuite impossible.

— C'est mal si je fantasme sur l'idée d'échanger ma mère contre Rabbit ?

— Oh non, les morts adoreraient ta mère, elle est déjà comme eux !

Elle pouffa.

— Ça dépend des morts.

— Les mecs du Septième Cercle de Dante.

— Elle serait chez elle.

— On joue au bridge dans le Cercle ?

— Pour l'éternité.

— Tu ne dois rien à ta mère, ne gâche pas ton avenir pour elle, dit Davey.

Des larmes vinrent piquer les yeux de Marjorie car, pour autant qu'elle en avait envie, elle ne pouvait pas simplement bazarder sa propre mère. *Ça doit être ce que tu ressentais pour moi, maman*, pensa-t-elle, et pour la première fois de sa vie elle eut un aperçu des pensées tordues de Vera. Elle n'avait plus envie de parler.

Des semaines s'écoulèrent, pendant lesquelles les soins à sa mère occupèrent l'essentiel de son temps. Quatre mois plus tard, Vera avait repris des forces et retrouvait peu à peu l'usage de ses jambes. Marjorie passait chez elle presque tous les jours ; elle était devenue l'esclave de cette femme pratiquement sans s'en rendre compte. Elle avait installé un lit au rez-de-chaussée et un roulement d'aides à domicile, mais sa mère n'aimait aucune des « étrangères » qui passaient la porte. Donc, une fois ou parfois deux fois par jour, Marjorie recevait un coup de fil de Vera exigeant sa présence par ces mots : « Je suis invalide, tu sais. » Marjorie la bonne pâte la haïssait pour cela et se haïssait encore plus de toujours finir par céder. En arrivant, elle trouvait sa mère en colère, en train d'humilier une aide à domicile parfaitement gentille.

— Je ne la comprends même pas, disait-elle d'une femme croate qui parlait un anglais impeccable mais grommelait le mot *kuja* de temps en temps quand Vera Shaw se montrait particulièrement insupportable.

Elle n'aimait pas la Thaïe parce qu'elle était trop petite, Vera soutenait qu'elle ne se sentait pas en sécurité avec elle, et que quand elle parlait, c'était en chuchotant.

— Si je dois vous faire répéter encore une fois, bon sang ! Plus fort ! rugissait-elle dans le vide.

Aucune des femmes ne fut renvoyée. Toutes partirent volontairement. Il y eut une Serbe qui ne tint qu'une journée parce qu'elle n'était pas venue en Irlande « pour travailler pour un dictateur ».

Où étaient passées les Irlandaises ? se lamentait Vera.

— Tu crois qu'une Irlandaise tolérerait ta comédie ? demanda Marjorie après une journée particulièrement stressante.

— Évidemment. Nous, les Irlandaises, nous supportons tout. C'est ce qui nous rend supérieures.

Le pire, c'est qu'elle y croyait. *Une folle.*

Marjorie se languissait de Rabbit. Elle aurait voulu prendre son téléphone et entendre sa voix. Ses conseils et son rire lui manquaient, sa manière de tout transformer par une réplique amusante ou un bon conseil. Marjorie aurait bien eu besoin de ses conseils en ce moment. Sa mère lui en faisait voir de toutes les couleurs. Tout au fond d'elle-même, elle savait ce que Rabbit lui aurait dit. *Ne la laisse pas s'en tirer à si bon compte, Marjo, tu n'es plus une gamine. Mets-lui le nez dans son caca et ne te laisse pas faire.*

Facile à dire quand on est morte, tiens !

Avec le temps, l'état de santé de Vera s'améliora. Marjorie voyait sa mère reprendre des forces et tenir plus longtemps debout. Elle pouvait maintenant traverser le salon en s'appuyant sur une canne. Elle soutenait qu'elle avait encore besoin du fauteuil roulant pour sortir. Elle refusait même d'essayer sans.

— Tu veux que je me brise une hanche ?

— Bien sûr que non, tant qu'à faire je préférerais que tu te brises le cou.

Vera éclata de rire. C'était la première fois depuis des années que Marjorie la voyait rire. Elle ne pouvait plus s'arrêter, ronflant par le nez, c'était contagieux. Marjorie rit aussi.

— Elle était bonne, celle-là, dit Vera lorsqu'elle arrêta enfin. Merci, ajouta-t-elle en lui pressant le bras.

Marjorie faillit en faire elle-même une attaque.

Davey s'inquiétait pour sa propre mère ; il demanda à Marjorie d'aller la voir, ce qu'elle fit. Molly n'était plus tout à fait elle-même. Ses cheveux étaient parfaitement coiffés, ses ongles faits, et elle avait l'air en bonne santé, mais il y avait quelque chose qui clochait, sans que Marjorie puisse mettre le doigt dessus. Elles s'assirent ensemble dans la cuisine, burent un thé et partagèrent un beignet. Molly reconnut qu'elle était affreusement triste.

— Sa voix me manque.

— Je l'entends tout le temps, dit Marjorie.

— Elle te parle ?

— En permanence.

Molly eut l'air sur le point de fondre en larmes.

— Elle parle à Grace, à son père, à Davey et à Juliet aussi, mais pas à moi. J'essaie, Marjorie, j'essaie, mais elle ne me dit pas un mot.

Ne sachant comment réagir, Marjorie la serra fort dans ses bras.

— Qui est-ce qui vous aime, Molly ?

— C'est Marjorie, répondit Molly avec un chaud sourire pour lui montrer que la femme qu'elle connaissait était encore là, derrière tout ce chagrin. Bon, maintenant, parle-moi de ta cinglée de mère.

Marjorie lui raconta tout et Molly écouta en silence.

— Dites quelque chose.

— Ta mère est complètement narcissique, elle te saignera à blanc si tu la laisses faire. Aucune aide à domicile, quelle que soit son expérience, ne lui suffira jamais, tant que tu seras là pour prendre le relais en leur absence. Je le sais d'expérience, ma belle. Fais le nécessaire. Coupe le cordon.

— C'est un bon conseil.

— C'est plus facile à dire qu'à faire, je te l'accorde. J'espère que la vieille ne va pas te mettre un coup de fusil.

Dès le lendemain, Marjorie entra chez sa mère et, sans lui laisser le temps de dire un mot, posa des règles claires.

— La prochaine aide qui passera cette porte, tu vas être gentille et polie avec elle et tu vas faire attention à tes manières. Tu ne te comporteras pas comme une garce. Tu seras respectueuse et reconnaissante, et contente de son aide.

— Je n'ai pas besoin de leur aide : je t'ai, toi !

— Eh non. Je viendrai te voir deux fois par semaine, je te ferai tes courses, mais c'est tout.

— Alors tu me jettes au milieu des loups ?

Marjorie garda son sang-froid.

— Je ne sais pas si tu es vraiment capable d'amour, maman…

— C'est vrai ?

— C'est vrai.

— Va-t'en, alors.

— C'est ce que je vais faire. À samedi.

— Ne prends pas cette peine.

— Je te vois samedi, maman, et quand je passerai, essaie de coller un sourire sur ta sale bobine.

Sur ces mots, elle sortit de chez sa mère la tête haute et la poitrine légèrement moins oppressée.

Huit mois après la mort de Rabbit, en arrivant à la banque, elle apprit qu'un plan social allait être mis en place. Elle sauta sur l'occasion.

Pendant cette année-là, Davey Hayes devint son seul vrai ami. Elle sortait boire des verres avec quelques-unes de ses collègues de la banque, mais elle sut, aussitôt qu'elle fut partie, qu'elles allaient se perdre de vue. Elle s'en fichait. Sa vie était déjà assez remplie. Davey se montra ravi pour elle quand elle lui parla de son chômage imminent.

— Et maintenant ? demanda-t-il.

Elle n'en savait rien. Pour la première fois de sa vie, rien n'était tracé d'avance, et pourtant, bizarrement, elle n'avait jamais autant eu l'impression qu'elle le contrôlait.

35

Molly

La mère de Molly disait : « Tu prends sur toi ou tu prends la porte. » Après la mort de Rabbit, elle appliqua ce précepte. Elle ne se sentait plus chez elle dans sa maison. Son instinct la poussait à rester en mouvement, à s'occuper, à saturer ses journées de tâches, de courses, de bénévolat pour l'association d'aide aux sans-abri – collectes, ménage, distribution de repas aux défavorisés, aux alcooliques, aux toxicomanes, aux pauvres âmes qui n'avaient nulle part où aller. Avant la mort de Rabbit, elle allait à l'église une ou deux fois par semaine en apportant toujours un peu de cire et un plumeau pour nettoyer tout en priant. Elle s'asseyait parfois, mais jamais longtemps. Comme elle savait où était rangé le balai, elle s'en emparait fréquemment pour chasser la poussière.

C'était pendant son petit ménage contemplatif qu'elle bavardait avec le père Frank ; il n'était pas rare qu'ils prennent le thé dans l'arrière-cuisine qui jouxtait la sacristie. Au fil des ans, cette petite pièce avait entendu bien des conversations existentielles, des disputes et des rires entre eux ; ils y avaient même versé quelques larmes. Le père Frank était friand de ragots. Il prétendait le contraire, mais il était tout ouïe chaque fois qu'elle lui racontait ce qui se passait entre tel paroissien et tel autre. Il feignait d'être choqué alors que rien ne le choquait. Certaines confessions qu'il entendait devaient être bien plus ébouriffantes. Quoi qu'il en soit, c'était un chic type et, en fin de compte, un bon ami. Il lui manquait, mais pas suffisamment pour qu'elle y retourne. Pas encore. Pas en cette ère d'après Rabbit, maintenant que Molly était une femme changée. Dès l'instant où sa fille était morte, une marque indélébile s'était gravée en elle. Elle avait enduré les obsèques en s'abstenant de penser, en se contentant d'agir. *Tu prends sur toi ou tu prends la porte.* Mais ensuite, quand les gens s'en étaient allés, que les bruits s'étaient tus et que sa fille était bel et bien partie, ses pensées s'étaient réveillées en rugissant, des idées noires exacerbées par le silence de Rabbit. *Pardon.*

En cette ère d'après Rabbit, l'Église représentait pour elle toute l'injustice du monde, si bien qu'elle préférait chercher la paix ailleurs. Le bénévolat l'aidait à tenir : le lundi et le mercredi matin, elle triait des vêtements pour la boutique de charité ; le mardi et le jeudi après-midi, elle déposait des repas aux personnes âgées qui ne pouvaient plus cuisiner ; le vendredi soir, elle s'occupait de la Soupe populaire dans les rues de Dublin. C'était le seul de ces travaux qui posait un problème à Jack.

— Ça se passe la nuit, en plein Dublin, Molly, et tu vas t'en aller dans les rues distribuer de la soupe et des sandwichs à Dieu sait qui.

— Je ne suis pas seule, Jack, et puis ces pauvres diables ne feraient pas de mal à une mouche.

— Ce ne sont pas les pauvres diables sous les porches qui m'inquiètent. Ce sont tous les autres dingues.

— Bah, qui va aller chercher noise à une vieille dame ?

— C'est trop dangereux.

En cette ère d'après Rabbit, Molly s'en fichait. Parler avec les malheureux la distrayait de ses propres soucis. Ceux-ci paraissaient modestes, comparés à ceux des personnes ravagées par une addiction ou par une maladie mentale. Elle servait la soupe, et tôt ou tard ils se mettaient à lui parler du temps, de la politique ou des fesses de Kim Kardashian. Certains étaient plus retors que d'autres.

— On s'en fout de ton sandwich, file-nous de la came ! lui lança un soir une vieille en fauteuil roulant.

— J'ai l'air d'une dealeuse, peut-être ? répliqua-t-elle.

— Ma dernière avait à peu près ton âge, même si c'étaient ses petits-enfants qui faisaient le gros du boulot.

— C'est du joli, dites-moi !

— Allez, quoi, donne un peu de pognon ou je te crève tes pneus.

La femme lorgnait la voiture garée derrière Molly, qui n'était pas du tout la sienne. Molly ne se retourna même pas ; au contraire, elle se concentra sur le fauteuil roulant.

— Si je crève les tiens en premier, tu auras l'air maligne, dit-elle.

La vieille éclata de rire.

— Bah, donne ta soupe, va.

Le bénévolat l'aida à tenir pendant un moment, mais il lui fallait autre chose, une cause pour laquelle se battre ou contre laquelle tempêter. Sa meilleure amie, Pauline, avait exactement ce qu'il lui fallait. Elles étaient inséparables depuis la nuit pluvieuse où Pauline avait frappé à sa porte, dans les années quatre-vingt, le visage tuméfié et deux enfants en larmes aux basques. Molly avait été là pour elle quand elle avait mis dehors son mari violent, et quand le prêtre avait essayé de la convaincre de le reprendre, c'était Molly qui l'avait envoyé balader. Elle avait donné à son amie la force de se débarrasser de son homme pour de bon. Pauline aussi avait été là pour Molly ; pendant toute la période de traitement de Rabbit, au moment des régressions et des déceptions, elle s'était tenue prête avec un thé chaud, une tranche de son fameux gâteau au yaourt et son oreille attentive. En tant que présidente du comité de quartier, elle avait mené les manifestations contre la facturation de l'eau courante, et plus particulièrement le refus de laisser les installateurs creuser les terrains privés pour poser des compteurs. Elle était dépassée et avait besoin de sa bonne copine. Elle invita Molly un lundi matin et lui proposa de rester déjeuner : elle avait fait un gâteau au yaourt spécialement pour l'occasion. Elles se retrouvèrent autour d'une soupe à la tomate maison et de saumon fumé sur du pain bis maison.

— Qu'est-ce que j'ai fait pour mériter ça ? demanda Molly, bien consciente que la crème fraîche dans la soupe était le signe que Pauline avait une idée derrière la tête.

— J'ai besoin d'aide.

— Pour quoi faire ?

— Cette manif, Molly, j'ai promis à tout le monde qu'on ne laisserait pas ces brutes creuser nos jardins et nos rues pour installer leurs fichus compteurs, mais qu'est-ce que je peux faire ? Je suis haute comme trois pommes et je pèse moins lourd qu'un paquet de chips.

— Enfin, Pauline, tu ne vas quand même pas te battre avec ces saligauds !

— Mais que faire, alors ?

— Tu rassembles un groupe, comme pour une grève, avec des pancartes, un bon slogan bien senti, comme ils font dans les autres quartiers.

— Ah, mais les gens travaillent, Molly, et il y en a beaucoup dans le coin qui sont trop vieux pour ce genre de choses.

— Trop vieux, tu parles ! Trop fainéants, oui ! Va sur Facebook, dis-leur à quelle heure ces bonshommes vont venir et prends les noms de ceux qui sont prêts à leur tenir tête.

— Tu en es, Molly ?

— Bon, on verra, j'ai beaucoup à faire.

— Tu vois ! Les gens sont occupés.

— Oui, mais la différence, c'est qu'ils ne se fichent pas de cette histoire-là.

— Et toi, si.

— Je ne sais plus de quoi je me soucie, Pauline.

— Très juste, bien sûr. Pardon.

Pauline lui coupa une grosse part de gâteau.

— Tiens, dit-elle en la noyant sous la crème.

Cinq jours plus tard, Pauline posta un message sur Facebook pour informer les résidents que les compteurs devaient être installés un jeudi matin. Elle demandait à tous ceux qui étaient motivés pour faire blocus de la contacter. Deux personnes s'inscrivirent : un ex-bibliothécaire de quatre-vingt-quatre ans appelé Thomas Kelly qui marchait avec deux cannes et portait une prothèse auditive, et Nicole Donohoe, une commerçante sexagénaire à la retraite qui s'ennuyait un peu et avait de la colère à revendre. Le post de Pauline reçut cent vingt et une mentions « J'aime », et deux volontaires en tout et pour tout.

— On ne peut pas faire ça à trois, se lamenta Pauline, assise sur le muret du jardin de Molly tandis que cette dernière profitait d'un après-midi libre pour tailler sa haie.

— Je viendrai, alors.

— Tu es sûre ?

— Mais oui, allez. Ils ne manquent pas d'air, de venir comme ça détruire notre propriété privée. J'ai lu un article sur un terrain où ils sont intervenus comme ça : ils ont mis leurs compteurs, et il y a eu une fuite aussitôt qu'ils sont partis. C'était il y a six semaines, et la mairie n'a pas encore levé le petit doigt.

Elle était contrariée, Pauline le voyait bien.

— Je te retrouve, Molly ! dit-elle, comblée par la combativité de son amie.

— Ne commence pas. Comme si notre eau n'était pas déjà payée par les impôts et la TVA… ils ne manquent pas d'air, j'te jure.

— Ce n'est pas seulement les compteurs qu'on nous impose, Molly. Ils ont monté la compagnie Irish Water pour pouvoir privatiser au bout du compte.

Molly soupira et hocha la tête pour elle-même.

— Pauline, ils peuvent nous prendre nos retraites, mais ils ne nous prendront jamais notre eau.

Pauline applaudit et tapa du pied.

— Dieu te bénisse, Molly Hayes !

Sans même avoir le temps de réfléchir, Molly s'était engagée dans une révolution irlandaise.

Elle s'efforçait de ne pas trop penser à Rabbit, à quoi bon ? *Pardon.* De temps en temps, elle ouvrait le tiroir de sa table de nuit où se trouvait la petite boîte métallique en forme de cœur qui contenait une pincée des cendres de sa fille, et une douleur aiguë la parcourait. *Nom d'un petit bonhomme, comment ai-je pu accepter que les cendres de ma fille soient réparties entre une grande boîte et quatre petites ? Ce fichu Jack, avec ses idées farfelues. Mon enfant divisée en morceaux, ça ne va pas.* Elle cessa d'essayer de parler à Rabbit, sauf pour demander pardon. Elle n'avait pas su protéger sa fille, et les remords la broyaient lentement. Elle faisait la vaisselle. *Pardon.* Elle servait de la soupe à un inconnu. *Pardon.* Elle tenait bien haut une banderole avec le mot « compteur » inscrit sur une paire de fesses tout en scandant le slogan : « Vos compteurs à la con, mettez-les-vous bien profond. » *Pardon.* Elle ne prononçait jamais le nom de Rabbit. Elle demandait juste pardon, et elle reprenait ses affaires. Elle se cachait quand le père Frank frappait à la porte. Elle ne voulait pas lui parler. Dans l'ère d'avant Rabbit, il avait le chic pour lui faire dire ce qu'elle voulait taire. *Pas aujourd'hui, mon père.* Dans l'après-Rabbit, leurs discussions lui manquaient, mais elle ne pouvait pas lui faire face. *Pardon.*

Un stent avait été posé dans son artère branlante en septembre. Elle était sortie de l'hôpital au bout de trois jours. Ça s'était passé vite, sans histoires. Jack avait été soulagé quand tout avait été terminé.

— On avance, Molly, avait-il dit quand elle s'était réveillée de l'anesthésie.

— Hmm, avait-elle marmonné. Je suis encore en vie, alors.

— Hourra !

— Les vieilles carnes ont la peau dure, maman, avait fait remarquer Grace en se penchant pour l'embrasser sur le front.

— C'est vrai, ma chérie. (Elle avait agrippé la main de sa fille.) Donc toi et moi, on est tranquilles.

Elle avait fait un clin d'œil, et Grace avait chancelé. *Saloperie de gène.*

Le gène était constamment dans ses pensées ; depuis que Grace lui avait annoncé la nouvelle, c'était devenu une obsession. Elle s'inquiétait pour Grace, pour Lenny et les garçons, mais aussi pour sa petite-fille. *Est-ce qu'elle l'a ? devra-t-elle se faire charcuter, elle aussi ? Le gène aura-t-il sa peau avant ?* Elle se souciait beaucoup de la manière dont Davey choisissait d'élever Juliet, mais elle s'efforçait de garder une distance respectueuse. Avant Rabbit, elle s'en serait fichue : elle aurait débarqué dans leurs vies comme un bulldozer et elle aurait tout arrangé, à la Molly. Après Rabbit, elle comprenait qu'elle n'avait pas réponse à tout et qu'elle était aussi impuissante que tout un chacun. Elle ne s'en mêlait donc pas, en espérant que c'était le bon choix, et de temps à autre elle levait les yeux vers le ciel et murmurait *Pardon.*

Lorsque les installateurs des compteurs arrivèrent, Molly, Pauline, Thomas et Nicole se garèrent autour de leur camionnette, la bloquant avant même qu'ils en soient descendus. Un type chauve et rondouillard, qui leur dit s'appeler Paul Preston, descendit sa vitre, un café à emporter dans une main et un donut dans l'autre. Un autre, plus petit et plus mince, était assis à l'avant, une demi-barre de chocolat entre les doigts. Un grand costaud se pencha par-dessus l'épaule de son collègue depuis l'arrière. Celui-là tenait une clé à molette.

— À quoi vous jouez ? demanda Preston à Molly, qui descendit sa propre vitre.

Elle aurait préféré être au même niveau que lui, mais sa voiture était minuscule et basse. Elle leva la tête vers lui.

— À votre avis ?

— Vous ne pouvez pas nous coincer comme ça dans la camionnette.

— Bah, apparemment n'importe qui peut faire n'importe quoi, de nos jours, alors autant suivre le mouvement.

Il remonta sa vitre. Une demi-heure s'écoula, pendant laquelle il but son café, mangea un second donut et répondit à des coups de fil. Le type à l'arrière commençait à s'agiter. Il fit coulisser la portière arrière, mais la voiture de Molly était garée trop près pour qu'il puisse se faufiler dehors. Il cogna sur son toit.

— Laissez-moi sortir ! Si je ne peux pas passer, je vous préviens, je traverse, dit-il en tirant sur la portière arrière verrouillée de Molly. Je vais arracher cette foutue portière.

— Essayez toujours.

— Écoutez, on peut résoudre ça simplement, ou on peut se battre.

— En effet, répliqua Molly avec un grand sourire.

Il continua de tirer sur la portière. Quand Molly commença à craindre qu'il n'arrive à l'arracher de ses gonds, elle la déverrouilla d'une pression sur un bouton, si bien que le type tomba en arrière, cul par-dessus tête dans la camionnette. Son collègue assis à l'avant éclata de rire. Elle empoigna sa portière et la reverrouilla avant qu'il parvienne à se relever. Il se tenait la cheville et gémissait de douleur.

— C'est une agression ! clama Paul Preston.

— Agression, mon œil. Vous le sauriez, si je vous agressais. Je pourrais vous briser le dos sans me fatiguer, rétorqua Molly.

Le grand baraqué se rencogna à l'arrière ; il voyait bien qu'elle avait le cœur rempli de haine.

Le petit maigrichon se pencha par-dessus le dénommé Preston.

— Il faut vraiment que j'aille aux toilettes.

— Dommage.

— Quand est-ce que ça va finir ? s'impatienta Preston.

À l'arrière, le grand baraqué essayait maintenant de se lever en boitillant.

— Je crois que j'ai la cheville foulée.

— Quand vous accepterez de partir pour ne plus revenir.

— Et sinon ?

— Sinon, la prochaine fois, je mets le feu à la camionnette.

— Vous entendez ça, vous autres ? cria Preston aux autres manifestants, qui acquiescèrent. Et vous trouvez ça normal ?

— Ça nous enchante, même, répondit Nicole en soufflant de la fumée par sa vitre entrouverte.

— Et vous ?

Il se tourna vers Thomas, qui réfléchit un instant.

— Le vrai soldat se bat non parce qu'il hait ce qu'il a devant lui, mais parce qu'il aime ce qu'il a derrière lui, proféra-t-il avec une autorité souveraine avant d'entraîner les autres à scander leur slogan : « Vos compteurs à la con, mettez-les-vous bien profond. »

La police mit encore deux heures à arriver, tandis que les installateurs restaient enfermés dans leur camionnette. Deux flics descendirent du véhicule : une jolie fille de moins de trente ans et un bonhomme hideux, la petite cinquantaine. Ils jaugèrent la situation.

— J'aurai vraiment tout vu dans ma vie, Edel, dit l'homme à sa collègue. Qui est le responsable, ici ?

Paul et Molly répondirent « Moi » en même temps.

Le policier renifla et s'approcha de Molly. Il ne se présenta pas ; elle le connaîtrait plus tard sous le nom de sergent Kevin Fogarty.

— Molly Hayes.

— Il va falloir déplacer votre véhicule, Molly.

— Et si je refuse ?

— Alors je devrai vous arrêter selon l'article 15, privation délibérée de liberté de mouvement.

— Sous quel motif ?

— Séquestration.

— Ils ne sont pas séquestrés.

— Ils sont libres de partir ?

— Non.

— Alors ils sont séquestrés.

— Ils vandalisent une propriété privée.

— Ils font leur travail et moi aussi. Allez, il est temps de rentrer chez vous.

— Bouclez tout ! lança-t-elle aux autres, en remontant sa vitre si brusquement que le policier dut vivement en retirer ses mains.

— Molly Hayes et les autres, dit-il d'un air consterné, je vous arrête conformément à l'article 15, pour privation délibérée de liberté de mouvement.

Le commissariat était plutôt calme quand Jack arriva, essoufflé et blême, le passeport de Molly à la main. Elle n'avait pas eu le choix, elle avait dû l'appeler ; elle ne pouvait pas rentrer chez elle tant qu'elle n'avait pas prouvé son identité.

— Bon Dieu, Molly, mais qu'est-ce que tu as dans le crâne ?

Moi, au moins, je ne me cache pas dans un grenier, l'ancien.

Pauline vola au secours de son amie.

— On s'est tous un peu emportés.

Grace, folle de rage, arriva sur les talons de son père.

— Emportés ? Maman, tu t'es fait embarquer pour séquestration et l'un des types menace de te poursuivre pour agression ! s'égosilla-t-elle.

— Pardon, dit Molly.

Pardon.

Tout le monde était silencieux sur le trajet du retour. Molly et ses complices devraient comparaître au tribunal dans les trente jours. Ce n'était pas rien. *Pardon.*

— Il va nous falloir un avocat, dit Jack.

— Tu n'as qu'à appeler Maurice.

— Maurice ne connaît rien au droit criminel.

— Tant mieux, parce que je ne suis pas une criminelle.

— Ce n'est pas ce que dit l'acte d'accusation ! éclata Grace.

Après cela, le silence retomba.

Dans la cuisine, Molly se prépara un thé dont elle avait bien besoin pendant que Jack et Grace bouillaient de rage aux deux bouts de la table. *Pardon.* Elle posa la théière entre eux, quelques tasses, du lait, du sucre. Elle s'assit.

Au bout d'un moment, lorsqu'il eut une demi-tasse de thé dans le ventre, Jack commença à se radoucir.

— Je suis sûr que ce n'est pas si grave, dit-il pour tenter d'alléger l'atmosphère. C'est quoi, exactement, la séquestration ?

— C'est quand une vieille folle coince trois bonshommes pendant cinq heures dans une foutue camionnette, gronda Grace.

Décidément, elle ne le prenait pas bien du tout.

— Bah, ça m'est déjà arrivé d'être coincé plus longtemps dans un ascenseur, tu te rappelles, Molly, à Blackpool ?

— Oh oui, sept heures ! On a bien cru qu'on ne le sortirait jamais de là.

— Une chance que j'aie été seul, j'avais un peu de place et il faisait bien chaud. Je me suis endormi, hein, Molls ?

— Je devenais à moitié folle, à attendre que ces portes s'ouvrent, et on l'a trouvé en chien de fusil, en train de ronfler.

— Je pouvais m'endormir n'importe où, à l'époque.

— C'est encore vrai maintenant.

C'était leur première conversation agréable depuis des semaines. Avant Rabbit, ils étaient comme cul et chemise, les meilleurs amis du monde ; après Rabbit, soit ils se bouffaient le nez, soit ils s'éloignaient peu à peu.

— Je crois qu'on s'éloigne du sujet, dit Grace.

— J'appellerai Maurice demain matin, promit Jack.

— Tu es prête pour ton opération, chérie ? s'enquit Molly.

— Non.

— Tu vas être formidable, pas vrai, Jack ?

Jack trouva une excuse pour se lever de table.

— Je vais peut-être essayer de le joindre maintenant, ou de lui laisser un message.

Salopard. Il refusait toute discussion relative à l'opération. C'était un de leurs nombreux points de friction.

— Il est inquiet, c'est tout, dit Molly.

— Je sais, répondit Grace, mais sa mère vit bien que le silence de Jack l'avait profondément blessée.

Je vais le tuer.

— Je t'ai déjà dit à quel point je te trouve courageuse, Grace ?

Elle sourit à sa fille et posa une main douce sur sa joue.

— Tu dis toujours que la différence entre le courage et l'imbécillité, c'est le résultat, fit remarquer Grace.

— Dans mon cas, pas dans le tien. Je pense que tu es une héroïne.

— Arrête, maman.

— C'est vrai ! Mon héroïne.

Grace eut un demi-sourire.

— Eh bien, moi, je pense que tu es folle.

— Dans le climat actuel, ça me paraît assez juste, chérie.

— Je t'aime, maman, dit Grace en l'embrassant.

— Moi aussi, ma Gracie, répondit Molly en serrant son aînée contre elle.

Pardon.

L'anniversaire de la mort de Rabbit était dans cinq jours, l'opération de Grace dans treize, et Molly n'en avait plus rien à faire de rien.

36

Jack

Jack passa seul une grande partie de l'année qui suivit la mort de sa fille. Au début, il s'enferma au grenier pour relire ses vieux carnets, ce qui l'occupa du mois de mai au mois d'août. Lorsqu'il en sortit, il trouva une maison vide : sa femme était introuvable la plupart du temps. Une femme qui autrefois aimait tellement sa maison qu'il fallait l'en extirper de force pour qu'elle sorte semblait maintenant déterminée à se trouver n'importe où rien que pour y échapper. *Mettre le corps de Rabbit dans la salle à manger n'était peut-être pas l'idée du siècle.* Pendant que le monde de Molly se dilatait, le sien à lui se contractait. Elle était toujours accaparée par des amis à voir, des affiches et des pancartes à rédiger, des réunions. Bizarrement, elle s'était lancée dans la politique pendant son absence. Elle avait désormais des centres d'intérêt en dehors de la famille, des choses plus larges et plus vastes, comme le droit de protéger la distribution d'eau contre le secteur privé. Elle militait, manifestait, se rebellait avec les masses irlandaises. Elle avait une cause, une raison de se lever et de sortir. Lui, pendant ce temps, restait enfermé avec ses souvenirs. Sa femme lui manquait, mais en même temps il était mieux tout seul. Il ne se sentait pas de taille à affronter le nouveau monde. La pluie était trop mouillée, le vent trop fort, le soleil trop vif, et la nuit extrêmement longue et noire. C'était plus facile de rester muet que de parler, et de rester assis que de marcher. Il aimait mieux lire que regarder la télé. Il y avait tant de souffrance, à l'intérieur comme à l'extérieur. Partout où il se tournait, des gens appelaient à l'aide, désespérés. Ils étaient fauchés ou brisés, à la rue ou à quelques chèques de l'expulsion. Des cadavres ambulants, seuls, perdus, terrifiés, et le pays entier qui hurlait : « À l'aide ! » Ils avaient exhorté le gouvernement à cesser de les accabler pour qu'ils paient les banques, mais n'avaient pas été entendus. Pendant l'agonie de Rabbit, les peines de ses concitoyens n'avaient pas pénétré son esprit ni son âme, mais ensuite leur souffrance collective s'était entremêlée avec la sienne et c'était tellement intolérable qu'il s'en était complètement abstrait.

En septembre, il reçut un coup de fil de Derek, qui éditait le livre de sa fille. Celui-ci avait des nouvelles.

— Nous sommes sur le point de conclure, dit-il.

Il travaillait sur l'ouvrage depuis la mort de Rabbit, et par l'intermédiaire d'un agent, l'avait envoyé à un certain nombre de maisons d'édition. Deux l'avaient refusé, mais deux autres rivalisaient pour l'obtenir.

— C'est formidable, dit Jack.

— La maison que nous visons n'est pas celle qui propose la plus grosse somme au départ, mais mon agent et moi pensons qu'elle a une meilleure politique commerciale, et c'est ce que nous voulons, n'est-ce pas, Jack ?

— Faire connaître ma fille, absolument.

— C'est bien.

Puis il parla chiffres. Derek toucherait un pourcentage sur les ventes – après tout, il était la voix de Rabbit maintenant qu'elle n'était plus là. Ils s'étaient formellement mis d'accord là-dessus au préalable. Jack n'avait pas besoin de connaître les détails. Cela le laissait indifférent. Toutes les recettes du livre iraient à Juliet, et, qu'il s'en vende un exemplaire ou un million, elle ne manquerait de rien. Ce n'était pas une question d'argent. L'important, c'était de faire revivre Rabbit.

— Des questions ? s'enquit Derek après avoir longuement parlé.

Jack avait décroché ; il était occupé à imaginer l'ouvrage terminé, avec une belle photo de sa fille en couverture.

— Non.

— Ce sont de bonnes nouvelles, insista Derek, apparemment déçu par son indifférence. Est-ce que ça va, Jack ?

Ce dernier poussa un gros soupir.

— Je crois que ça n'ira plus jamais, Derek.

— Je suis absolument navré.

— Ne le soyez pas, vous et ce livre êtes mon seul rayon de lumière dans ce monde bien noir.

— Dieu tout-puissant, ça ne met pas du tout la pression !

Jack avait eu un petit rire.

— Molly dit toujours que je fais un cinéma pas possible.

Ce fut au tour de Derek de rire doucement. Il comprenait, en effet, sauf qu'il savait qu'elle aurait plutôt dit « un foutu cinéma », mais le pauvre Jack, même dans ses heures les plus sombres, ne pouvait pas se résoudre à employer les gros mots de sa femme.

— Vous voulez le lire, Jack ?

— Oui, mais j'ai peur.

— C'est bien compréhensible.

— Est-ce que ça va me briser le cœur, Derek ?

— Sans doute, mais ça va aussi vous réconforter.

— Elle me réconfortait toujours, quoi qu'il arrive.

— Ce livre ne vous décevra pas, affirma Derek avec une grande assurance. Quand j'y travaille, c'est comme si elle était dans la pièce.

— Envoyez-moi ça.

Il reçut le livre fin septembre et lut un chapitre par jour pendant vingt jours. Les quatre derniers, il les espaça, se contentant d'un demi-chapitre tous les deux jours. Il ne voulait pas que cela se termine. Il voulait rester avec elle dans l'instant, et c'était une lecture infiniment belle et personnelle, bien meilleure que ses vieux carnets banals. Derek avait ramené sa fille à la vie, même si ce n'était qu'entre les pages d'un livre. Molly allait être un obstacle ; ils avaient été très unis autrefois, mais à présent ils s'opposaient sur tout ce qui était important. L'opération de Grace et le livre de Rabbit étaient deux grands sujets de discorde. Molly voulait que le souvenir de Rabbit reste préservé dans la sphère intime.

— Le livre n'était pas terminé, Jack.

— Derek le termine.

— Et qu'est-ce qu'il connaît de notre Rabbit ?

— Il travaillait avec elle depuis plus de vingt ans, Molls.

— Il faut laisser les morts reposer tranquilles, Jack. Et en plus de cela, elle était contente que Grace se mutile.

— Ce n'est pas normal, Molly ! répétait-il jusqu'à plus soif.

Elle n'était pas malade. Elle ne le serait peut-être jamais. *Ce n'est pas normal.*

Ils s'engueulaient au sujet de Rabbit et de Grace jusqu'à s'en faire mal à la gorge et à la tête ; loin de se rapprocher, ils dérivaient de plus en plus loin l'un de l'autre.

Puis il y avait la question de la division des cendres, qui avait aussi provoqué une dispute. L'essentiel dans une urne, et le reste réparti dans quatre cœurs de métal. Il avait accepté sans vraiment y réfléchir à fond. *Où est-ce qu'on va te mettre, Rabbit ? Dans ta petite boîte en argent. Quel est le meilleur endroit ?*

Je te préviens, papa, je ne vais pas aller sur la cheminée à côté de la collection de canards de maman, avait-elle répondu, et il avait écouté.

Bien vu, ma chérie.

Ils déambulaient tous les deux dans la maison en se disputant sur sa foutue idée idiote de répartir Rabbit dans des petits cœurs en métal, sans compter la grande boîte contenant l'essentiel de ses cendres, qui se trouvait en ce moment dans l'armoire de leur chambre.

— On aurait mieux fait de la mettre simplement dans le mur du souvenir, disait Molly.

Mais Jack levait les yeux au ciel et chuchotait à sa fille :

— Moi vivant, pas question.

Il retournait à la messe toutes les semaines. Pendant longtemps, il ne s'était pas mouillé : chez eux, toute la ferveur religieuse était instillée par sa femme. Maintenant qu'elle avait abandonné l'Église pour la révolution, il reprenait le flambeau et représentait la maison Hayes. Le père Frank ne tarda pas à remarquer qu'il venait seul. Un dimanche, il parvint à l'attraper dans le parking, toujours dans ses habits sacerdotaux, essoufflé parce qu'il avait couru depuis l'autel en passant par la sacristie.

— Vous êtes là ! lança-t-il d'un air aussi détaché que possible en tâchant de reprendre son souffle.

Jack ouvrit sa portière, s'assit au volant et indiqua le siège à côté de lui.

— C'est bon de vous voir à l'église, continua le père Frank.

— Mais Molly vous manque.

— Elle m'a dit qu'elle avait perdu la foi, Jack.

— Et pourquoi pas, franchement ?

— Mais vous, vous êtes là.

— Peut-être que je garde juste sa place.

Le père Frank sourit.

— Vous pensez qu'elle nous reviendra ?

Jack secoua la tête.

— Il n'y a rien de garanti, avec ma Molly.

— J'ai vu qu'elle était très engagée dans le militantisme.

— Comme une furie.

— Et vous, qu'en pensez-vous ?

— Si elle cesse de se battre pour quelque chose, qu'est-ce qu'il restera d'elle ?

— Au moins, là, elle a une chance de gagner. Dites-lui que j'ai demandé de ses nouvelles. Ce n'est pas pareil, ici, sans ses visites.

— C'est promis.

Le père Frank avait frappé à leur porte bien des fois au cours de cette première année, mais Molly avait refusé d'ouvrir quand elle était là, et en son absence le père Frank ne voulait pas déranger Jack trop longtemps ; mais Jack voyait bien que son amie lui manquait. *À moi aussi, elle me manque, Frank.*

L'opération

37

Molly

Molly, parfaitement éveillée dans son lit, écoutait Jack ronfloter. Elle n'avait pas fermé l'œil de la nuit. Comment aurait-elle pu dormir ? Sa fille entrait à l'hôpital pour se faire retirer les seins. C'était la bonne décision. Si Rabbit avait su qu'elle avait le gène, si on lui avait donné l'occasion de sauver sa peau, elle l'aurait fait. Molly le savait, désormais. Parfois, il fallait un décès pour remettre la vie en perspective. Même si elle était convaincue, elle s'inquiétait. La médecine avait fait tant de progrès en si peu d'années qu'elle avait du mal à suivre. Les seins de Grace allaient disparaître, mais ils seraient remplacés. Elle ne serait plus jamais exactement la même ; elle serait estropiée mais pas brisée, et surtout, elle serait en vie.

Molly aurait voulu que la journée soit déjà terminée. C'était dur d'être reléguée sur le banc de touche, ç'aurait été bien plus facile pour une femme comme elle d'être au cœur de l'action, de tenir la main de Grace, de lui enfiler sa blouse d'hôpital, de mettre des chaussons à ses pieds, de lui brosser les cheveux et de lui chuchoter des paroles de réconfort jusqu'à l'instant où elle disparaîtrait derrière une porte. Elle visualisa le brancard, poussé sur ses roulettes dans une salle stérile, sous la lumière, et Grace endormie pendant que des inconnus tranchaient dans son corps et en retiraient des morceaux. Elle aurait préféré être celle qui fait les cent pas dans le couloir de l'hôpital, son téléphone sur la hanche, prête à sauter sur le premier infirmier ou médecin qui arrive avec des nouvelles. Elle aurait désespérément voulu être là quand Grace ouvrirait les yeux sur un nouveau monde flou, empli de douleur et de peur. Elle aurait su quoi dire et quoi faire. Elle l'avait fait pour Rabbit chaque fois et elle était la mère de Grace, bon sang, mais Grace avait Lenny, dont la place était auprès de sa femme. *Ne foire pas, Lenny.* La journée allait être longue, et elle refusait de la passer à attendre la sonnerie du téléphone. L'arrivée de Davey et de Juliet serait une excellente diversion en fin de matinée. Francie et Jay Byrne avaient organisé une petite réunion en l'honneur de Rabbit le soir même, si bien qu'elle n'avait plus qu'à survivre au début de la matinée.

Si Molly avait dû choisir un jour pour retourner à l'église, ç'aurait été celui-là. Elle était passée trois fois devant en errant dans le quartier, et peut-être que si le père Frank avait été là et l'avait vue, il aurait pu l'attirer à l'intérieur, mais ça n'avait pas été le cas, et elle ne s'était pas arrêtée. Il était cinq heures du matin. *Pardon.*

38

Grace

L'opération était une mastectomie préventive bilatérale avec lambeau dermique et implant. Le médecin avait expliqué que Grace allait perdre ses mamelons. Il pratiquerait une incision en T inversé et, pour produire une forme naturelle, les implants seraient placés sous le muscle et non au-dessus.

— Pourquoi est-ce que je dois perdre mes mamelons ? avait-elle demandé.

Il avait évoqué une histoire d'aréoles migrant ou flottant. Elle n'avait pas compris, bien qu'elle ait assuré le contraire quand il lui avait posé la question. Elle avait du mal à l'entendre par-dessus le puissant bourdonnement dans sa tête. Plus tard, en se renseignant à tête reposée, elle avait compris : ses mamelons risquaient de pendre si elle les conservait ; mieux valait s'en débarrasser et en tatouer de nouveaux au bon endroit. Il était même possible de créer des tétons en relief, en pinçant la peau, en la tordant et en faisant une couture. Cela semblait assez pénible et fastidieux, mais ça en valait peut-être la peine. Elle y réfléchirait dans un deuxième temps.

Il était six heures et demie du matin. Le ciel était bleu et au moins deux oiseaux chantaient.

Un grand ciel bleu, comme tu aimais – c'est peut-être bon signe, Rabbit.

Encore mieux, Grace, tu vas avoir les nénés d'une minette de vingt ans.

Le parking de l'hôpital était presque désert. Grace resta assise sur le siège passager, à regarder fixement l'imposant bâtiment gris devant elle, pendant que Lenny allait chercher un ticket au parcmètre. Il revint et le posa derrière le pare-brise en grommelant que c'était du vol. Il claqua sa portière et attendit qu'elle bouge, mais ses jambes étaient deux poids morts et elle ne pouvait pas quitter le bâtiment des yeux. Il fit le tour et alla lui ouvrir.

— Grace ?

— Oui, chéri ?

— Il est temps.

— D'accord.

Elle ne bougea pas. Il se baissa et lui prit les deux mains.

— On pourrait attendre, dit-il, les yeux humides. Reporter à plus tard, je ne sais pas…

Elle secoua vigoureusement la tête.

— Non.

— Grace, tu n'arrives même pas à sortir de la voiture.

— Alors aide-moi, souffla-t-elle, les dents serrées.

Il se redressa, inspira un bon coup, hocha la tête. Il tendit une main, qu'elle attrapa, et la hissa jusqu'à ce qu'elle soit debout, appuyée contre lui. Elle avait les jambes molles, mais sa volonté était ferme.

La consultation préopératoire eut lieu dans une petite chambre dépouillée. On demanda poliment à Grace de se déshabiller jusqu'à la taille devant le médecin référent, l'anesthésiste, un interne, un chef de service et une infirmière qui était la seule femme. Grace resta debout, muette, en tâchant d'empêcher ses genoux de trembler, pendant que les hommes mesuraient et marquaient ses seins en vue de les retirer et de les remplacer. Ils parlèrent de ptose naturelle et d'alignement, et, une fois d'accord sur les mesures, les inscrivirent au feutre sur sa poitrine. Ils convinrent que la taille et le volume leur permettraient de bien travailler.

Lorsqu'ils eurent terminé, le médecin lui sourit :

— Ne vous en faites pas, Grace, ça va être joli.

Elle essaya de parler, mais ne parvint qu'à émettre un gargouillis, un vague « hmmrci ». Rabbit aurait plaisanté ou peut-être engagé une conversation médicale avec eux ; elle aurait été présente, alerte, elle aurait pu leur demander des comptes. Grace, pour sa part, aurait aussi bien pu être un morceau de viande. Elle ne trouvait pas de point de contact, elle était à demi nue et quatre hommes conspiraient pour la dépouiller de ses seins : ce n'étaient pas les circonstances idéales pour commencer de nouvelles amitiés.

L'infirmière, Lisa, était tranquille et calme, avec un sourire chaleureux. Elle parla de la météo en aidant Grace à se rhabiller.

— Il ne fait pas trop froid, mais il paraît qu'il faut s'attendre à de la pluie… comme toujours, quoi.

— Non, pas trop froid.

— Vous avez hâte d'être à l'été ?

— Pas vraiment, non.

Lisa la fit asseoir.

— Ça ne va pas être facile, mais vous allez surmonter tout ça et vous serez contente après. D'accord ?

Grace fit oui de la tête et versa quelques larmes.

— C'est l'heure.

Grace s'exhorta à se lever. Ses jambes refusèrent de coopérer.

— Vous voulez bien demander à mon mari de venir, s'il vous plaît ?

— Bien sûr.

Lisa disparut et revint dans la minute avec Lenny. Celui-ci la hissa selon la technique qu'il avait employée dans le parking et elle se retrouva traînée dans le couloir, glissant sur ses talons. *Mon Dieu, qu'est-ce que je suis en train de faire ?*

Dans la zone d'attente, elle se retrouva en blouse d'hôpital, en train de regarder autour d'elle des hommes et femmes de tous âges, assis sur des chaises, signant des formulaires. Elle prit soudain conscience qu'elle était la seule en blouse, sous un peignoir en tissu-éponge bleu ciel. *Pourquoi ? Ça sert à quoi ? Pourquoi suis-je la seule avec du feutre sur les nichons et les fesses à l'air ?* L'hôpital était bien chauffé, et pourtant elle était glacée. Lenny était adossé au mur, elle assise sur un fauteuil capitonné. Elle avait une envie pressante.

— Il faut que j'aille aux toilettes. Où sont mes chaussons ? demanda-t-elle, se rendant compte qu'elle était pieds nus.

— Euh… ne crie pas, mais je crois que je les ai laissés dans l'entrée, à la maison.

Elle eut envie de l'assassiner. La petite valise n'était pas assez grande pour ses chaussons. Elle lui avait demandé de monter chercher la grande au grenier, mais il avait refusé. « Pour une paire de chaussons ? Pas la peine, je les prendrai à la main », avait-il dit.

— Nom de Dieu, Lenny, je ne vais quand même pas entrer au bloc pieds nus.

Il alla chercher les escarpins qu'elle avait tenu à mettre. Il ne comprenait pas pourquoi elle voulait des talons pour aller à l'hôpital.

— Parce que c'est ce que je veux, c'est tout, avait-elle tranché.

Maintenant, en faisant la queue devant les uniques toilettes de la zone, elle se sentait idiote avec sa blouse d'hôpital, son peignoir en éponge bleu ciel et ses talons aiguilles rouge vif.

Une femme bossue, au visage comme du caramel mâché, regarda les chaussures, puis releva la tête.

— Vous êtes très élégante, dit-elle.

— Merci.

Lenny la soutenait, ses genoux s'entrechoquaient et, bien qu'elle fût gelée, elle transpirait.

— Tout va bien ? lui demanda la femme.

— Super.

— Passez devant moi, si vous voulez, proposa-t-elle gentiment.

— Non, je vous assure, ça va.

— On ne dirait pas.

— Si si, j'ai une santé de fer. Pas vrai, Lenny ?

— Tout va bien.

— Si vous le dites.

Lorsqu'elle regagna la salle, son siège était pris. Elle s'adossa au mur à côté de Lenny, attendant toujours. Elle aurait voulu s'affaler par terre, mais le personnel de l'hôpital n'aurait sans doute pas été d'accord. *Les microbes, tout ça.* Il y avait maintenant quelques patients en blouse, comme elle ; ils parlaient à voix basse avec leurs conjoints ou amis. Elle avait mal au cœur. *Mon Dieu, qu'est-ce que je suis en train de faire ?*

À l'appel de son nom, elle cessa de respirer l'espace d'une milliseconde, juste le temps de bafouiller un son indistinct et de se racler la gorge. *Mon Dieu.* Voilà que Lisa, tout sourire, se tenait devant elle.

— Allez, c'est l'heure.

— C'est bon, je la soutiens, montrez-nous le chemin, dit Lenny.

Lisa tourna les talons et marcha suffisamment loin devant eux pour leur laisser encore quelques minutes tous les deux avant l'opération. Il la tint fermement tandis qu'elle avançait en titubant vers une porte battante qui s'ouvrit puis se referma derrière Lisa. Elle ralentit jusqu'à presque s'arrêter. *Mon Dieu.* Il l'entraîna vers l'avant. *Mon Dieu.* Elle traîna les pieds. *Mon Dieu.*

— Ça va aller, Gracie, dit-il d'une voix larmoyante.

— Ça va aller, répéta-t-elle, mais à ce moment-là ses genoux cédèrent et elle fondit en larmes. Je ne le fais pas exprès, ajouta-t-elle. Pardon.

— Je sais, chérie, je sais.

Il l'embrassa sur le front, la souleva dans ses bras et la porta jusqu'au bout du couloir. Elle se cramponna à lui comme si sa vie en dépendait, et il la posa au sol devant la porte. Elle reprit appui sur ses talons aiguilles rouges, inspira, expira et posa la main sur la porte. Elle se tourna vers lui.

— Merci.
— Je t'aime.
— Moi aussi.

La porte se referma derrière elle, laissant son mari au-dehors, dans le couloir.

Dans la salle d'anesthésie, Lisa la prit par la main et elles s'approchèrent ensemble du lit.

— Sympa, comme look, dit l'infirmière en indiquant les chaussures.

Grace s'assit sur le lit et Lisa l'aida à retirer ses chaussures et à les ranger, ainsi que son peignoir, sur un plateau en dessous. Pendant tout ce temps, Grace inspirait et expirait consciemment pour se calmer. *Ça va aller, tu vas t'en tirer. Tu es là, Rabbit ? Tu es avec moi ?*

Je suis là, Gracie.

Lisa la présenta de nouveau à l'anesthésiste qu'elle avait vu quand ses seins avaient été marqués au feutre. Ils firent une check-list pour la troisième fois de la matinée.

— Qu'est-ce qu'on vous fait ?
— Une mastectomie préventive bilatérale avec lambeau cutané et implant.
— Pas d'appareil dentaire ?
— Non.
— Des allergies ?
— Non.
— Des anesthésies dans le passé ?
— Non.

Lisa vérifia son identité sur son bracelet et baissa doucement sa blouse, révélant deux grandes flèches sur sa poitrine. *Les flèches sont vraiment nécessaires ?* Une fois satisfait de la check-list, l'anesthésiste lui posa un cathéter. Il lui dit de fermer les yeux et de bien respirer.

— Voilà, doucement – moins vite, je ne veux pas vous retrouver en hyperventilation.

Facile à dire pour toi, salopard.

— Quand avez-vous compté les moutons pour la dernière fois ?

— Je devais avoir dix ans, dit-elle, les paupières hermétiquement fermées, entre deux grandes inspirations.

— Bon, j'allais vous proposer de les compter maintenant, mais ce n'est pas la peine, on a fini.

Rouvrant un œil, elle vit une capsule jaune qui dépassait de son bras. *Espèce de...*

— Très courageuse, dit-il.

— Il est temps de dormir, Grace, dit Lisa pendant que l'anesthésiste insérait une aiguille dans le cathéter.

Grace éprouva une sensation bizarre et chaude, puis elle sombra.

39

Juliet

L'angoisse de Juliet ne fit que croître pendant tout le vol. Aucun film, aucune musique ne put l'en distraire. Elle sentait sur sa langue le goût amer de l'appréhension qui suintait de ses os et entrait dans ses veines. Elle eut mal au crâne et les larmes aux yeux pendant tout le voyage. Dublin se découpant au loin lui déchira le cœur, comme pendant les semaines qui avaient suivi la mort de sa mère. Elle ne voulait pas regarder, mais à l'approche de cette côte bien connue, elle fut incapable d'en détourner les yeux. Le ciel était bleu clair, et lorsqu'ils traversèrent un nuage blanc moelleux et que le sol jaillit soudain vers eux, une douleur immense la traversa. Au moment du débarquement, elle dut faire un effort conscient pour mettre un pied devant l'autre sur le tarmac afin de rejoindre le terminal. Des accents familiers la suivirent sur le tapis roulant : des gens riant, blaguant. De jeunes types de retour d'un enterrement de vie de garçon, suivant le futur marié dans leurs tee-shirts qui proclamaient « Decko se marie – RIP p'tit Decko » et chantant « Il n'y a qu'un Decko ».

Un inconnu arrivant en sens inverse leur lança :

— Pardon les gars, mais moi aussi je m'appelle Decko.

— Alors il n'y a que deux Decko !

— Et mon père aussi, continua-t-il en indiquant un petit vieux tout souriant.

— Alors il n'y a que trois Decko !

Les Irlandais sont vraiment blagueurs, songea-t-elle. Elle ne s'en était jamais rendu compte. Elle poursuivit son chemin, suivit son oncle qui la guidait avec assurance, elle, étrangère en son pays. Au contrôle de police, l'homme regarda son passeport, puis releva les yeux vers elle.

— Partie longtemps ?

— Oui.

— Bon retour, Juliet. (Il poussa vers elle une boîte de bonbons.) C'est mon anniversaire, prends-en un.

— Non merci, dit-elle, un peu rassérénée quand même.

Puis elle passa la douane, et là, enfin, à travers la porte en verre dépoli, elle distingua son grand-père. La douleur reflua dans son cœur et elle courut dans ses bras. Que cela lui plaise ou non, Juliet Hayes était de retour chez elle.

40

Jack

Jack attendait dans la zone des arrivées, les yeux rivés sur les portes coulissantes en verre dépoli, impatient d'apercevoir son fils et sa petite-fille. Davey apparut, poussant deux valises sur un chariot. *Avant, il débarquait avec un sac à dos. Tout change.* Tout de suite après, ce fut Juliet qui apparut. Elle avait grandi, mûri. Elle ne souriait pas, elle semblait maussade, mais lorsqu'elle le vit, son regard s'illumina, un sourire se dessina sur ses lèvres et elle bondit vers lui comme un chiot joueur.

— Papy !

— Ah, ma Bunny.

— Plus personne ne m'appelle comme ça.

— Moi, si. Moi, je t'appelle Bunny.

— D'accord, fit-elle en le serrant contre elle. Tu m'as manqué, papy.

— Oh, toi aussi, Bunny.

Davey observa la scène en retrait avant de tendre la main à son père.

— Ne sois donc pas guindé comme ça, lui dit Jack en lui donnant l'accolade. Comment ça va, mon fils ?

— Mieux en te voyant, papa.

Dans la voiture, Jack leur apprit que Molly avait passé la nuit à faire les lits et qu'elle faisait mijoter le ragoût irlandais que Davey adorait.

Davey avait été informé de l'arrestation de sa mère quelques jours auparavant, quand il avait appelé pour confirmer l'heure de leur arrivée.

— Qu'est-ce que c'est que ces histoires, papa ? demanda-t-il.

— Elle est convoquée au tribunal dans trois semaines, l'avocat va demander à voir le dossier de l'accusation. Selon ce qu'il y a dedans, on décidera de ce qu'elle plaide.

— Oh là là.

— Je sais. Ta mère traverse une phase, Davey, comme quand elle a fait sa ménopause, mais en plus énervée.

— Ça va s'arranger pour mamie ? s'enquit Juliet.

— Mais oui, c'est une retraitée, ils ne vont quand même pas la jeter en prison.

— Vous imaginez maman en taule ? dit Davey, ce qui les fit tous rire.

— Elle ferait la loi au bout d'une semaine, plaisanta Jack.

— Et Grace, comment elle va ? s'inquiéta Juliet.

— Oui, papa, des nouvelles ?

— Elle est entrée à l'hosto ce matin. Lenny appellera quand il en saura plus.

— Quand est-ce qu'on pourra la voir ?

— Oh, je pense qu'il faut attendre demain. Bien sûr, ta mère y va ce soir.

— Et toi ?

— Bah, tu me connais. Le sang, c'est pas mon truc.

— Tu l'as fait avec maman ! lui rappela Juliet, penchée vers l'avant entre son grand-père et son oncle.

— Je n'avais pas le choix. Je verrai Grace quand elle rentrera chez elle.

Davey et Juliet échangèrent un regard. Plus personne ne dit rien dans la voiture.

Molly passa la porte avec des sacs de supermarché, qu'elle lâcha aussitôt qu'elle vit sa petite-fille.

— Ma grande !

Elle ouvrit les bras, et Juliet courut s'y blottir.

— Bonjour, mamie.

— Coucou, ma chérie. Attends un peu que je te regarde, dit Molly en se reculant pour l'admirer. Le portrait de ta mère ! (Elle l'embrassa une fois de plus.) C'est bon de t'avoir à la maison.

Elle ne salua pas son mari. Lui ne la salua pas non plus.

— Vous êtes fâchés ? demanda Davey. Parce que si oui, on va à l'hôtel. Très peu pour moi.

Molly regarda Jack.

— Pas fâchés, non.

— Moi, je n'ai pas de problème, dit Jack.

Il renifla et regarda par la fenêtre.

— On dirait qu'ils sont fâchés, quand même, dit Juliet à Davey.

Molly embrassa son fils.

— Bienvenue. Juliet, mets la table. J'ai fait le ragoût préféré de Davey.

Juliet obéit. Davey déroula une des banderoles de Molly et indiqua du doigt la paire de fesses.

— Subtil, commenta-t-il.

Jack secoua légèrement la tête.

— Évitons les sujets qui fâchent, dit Molly.

Davey s'assit en face de son père, qui continua de regarder par la fenêtre, les yeux perdus dans les nuages.

— Bon, c'est quoi, le sujet de l'engueulade ?

— Une fois de plus, il traîne les pieds pour aller voir sa fille à l'hôpital, expliqua Molly.

— Qu'est-ce que tu racontes ? intervint Jack, blessé. J'ai toujours été là pour Rabbit.

— Alors pourquoi tu ne peux pas être là pour Grace ?!

— Parce que Grace n'est pas malade ! rugit-il.

Il se leva et sortit en coup de vent.

— Et ton ragoût ? lui lança Molly.

— Tu peux te le mettre au cul !

Sur ces mots, il donna un coup de pied dans la banderole et prit sa veste et ses clés.

— Je rêve ou papa vient de jurer ? demanda Davey, stupéfait.

— Je crois que papy est cassé, fit observer Juliet.

Jack sortit en claquant la porte et monta en voiture.

En tout cas, il y a quelque chose de cassé, pensa-t-elle tandis qu'il s'éloignait.

41

Davey

Davey reçut un SMS de Francie :

Appelle-moi quand tu atterris.

Ce qu'il fit.

— Ah super, t'es arrivé. J'avais peur que tu sois retardé par la tempête à Atlanta.

— Depuis quand tu te tiens au courant de mes vols ?

— Depuis que j'ai organisé un concert contre le cancer et la sclérose en plaques au nom de Rabbit et de Johnny.

— Pardon ?

— Tu m'as entendu, on se reforme – un combo entre Kitchen Sink et The Sound, avec le neveu de Louis, Jason, au chant.

— Non.

— T'as pas le choix.

— Trouve quelqu'un d'autre.

— Il n'y a personne d'autre. Tu es notre batteur. Que ça te plaise ou non.

— Ne fais pas ça.

— C'est fait, et toutes les places sont vendues.

— Bon Dieu.

— Je préfère qu'on m'appelle Dieu tout court, mais c'est comme tu veux.

— Quand ?

— Ce soir.

— Tu déconnes… Forcément, tu déconnes, parce que c'est n'importe quoi.

— Oui, euh, non. Il y a quelques raisons : on est vendredi soir, le jour où tout le monde sort. La salle est prise vendredi prochain pour un congrès de développement personnel. Tu seras reparti le vendredi suivant.

— Je n'ai rien répété.

— Tu es super pro. Tu vas déchirer.

— Ça fait vingt ans que je n'ai pas joué ces morceaux.

— Écoute, mon pote, t'étais naze à l'époque, tu le seras maintenant. Tout le monde s'en fout, c'est pour rigoler, pour une bonne cause, et c'est en souvenir de Rabbit et Johnny, alors remonte-toi les manches et ramène-toi. On a cinq heures de répète avant la balance.

— Qui d'autre est au courant ?

— Tout le monde. Grace est d'accord. Tes parents viennent.

— Marjorie ?

— Elle avait juré le secret. Je sais que vous vous skypez à mort.

— Ne commence pas, l'avertit Davey.

— Pas le temps, je te vois dans une heure à l'entrée des artistes de l'Escape.

Sur ces mots, Francie raccrocha.

Davey s'assit sur son vieux lit, dans sa chambre d'enfant. Les murs étaient repeints de frais et il y avait un édredon à fleurs. Par la fenêtre, il regarda un bambin de cinq ans donner des coups de pied dans un ballon pendant que sa mère, assise sur le muret, parlait au téléphone.

Merde alors, se dit-il, mais il souriait. *Rejouer avec les gars. Comme au bon vieux temps. Ce serait quelque chose.* Il songea aussi à Juliet. *Elle va adorer. C'est exactement ce qu'il lui faut.*

Neuf jours plus tôt, pour l'anniversaire de la mort de Rabbit, il avait pris sa journée et lui avait dit qu'ils feraient tout ce qu'elle voudrait. Elle avait eu une réponse inattendue.

— Je veux aller au Jardin du souvenir de Hendersonville. Ce n'est pas trop loin. Je peux apporter un pique-nique.

— Qu'est-ce qu'il y a, au Jardin du souvenir de Hendersonville ?

— Des morts.

— Quelqu'un en particulier que tu veux aller voir ?

— Johnny Cash et sa femme, June Carter Cash.

— Pourquoi ?

— Maman et moi, on a vu le film, *Walk the Line*.

— D'accord, et… ?

— On a adoré, c'était notre préféré après *Thelma et Louise*.

— Et ?

— Et puisque je ne peux pas aller sur la tombe de ma mère, je me suis dit que j'allais prendre cette pincée de cendres qu'ils ont mise dans cette foutue boîte en forme de cœur et que j'amènerais ma mère voir des gens dans de vraies tombes.

— Tu ne crois pas que ça va lui foutre le cafard ? dit-il pour plaisanter.

Elle sourit.

— Andouille.

Il attrapa ses clés.

— On y va.

Le fait que sa mère n'ait pas une tombe ni même une inscription sur un mur posait un vrai problème à Juliet.

— C'est comme si elle n'avait jamais été là, ou comme si on s'en foutait.

La famille ne faisait que respecter le souhait de Rabbit, mais ce n'en était pas moins douloureux. Il accepta l'excursion à Henderson parce qu'il fallait marquer ce jour-là.

Ils étaient arrivés peu après quatorze heures. Davey se dirigea vers le bâtiment.

— Qu'est-ce que tu fais ?

— Je vais chercher un plan à l'accueil.

— J'en ai un, dit-elle en le sortant de sa poche. Je l'ai trouvé sur le site *Find a Grave*. (Elle consulta le plan.) On est dans le Jardin de Matthieu, latitude 36…

Elle tapa les données sur son téléphone, qui prit le relais.

— Suis-moi, dit-elle.

Les tombes des deux artistes étaient disposées côte à côte : de grandes dalles de marbre noir à bordure dorée et inscriptions à l'or. Un vase de belles fleurs fraîches était posé sur chacune.

— Joli, dit Juliet.

Sur celle de Johnny Cash, il était écrit « 26 février 1932 » et « 12 septembre 2003 », puis, en dessous, le psaume 19 : 14. Juliet lut à haute voix : « Fais bon accueil aux paroles de ma bouche et aux sentiments de mon cœur, ô Éternel, mon rocher et mon rédempteur. »

Elle regarda son oncle.

— Ça veut dire quoi, à ton avis ?

— Qu'il espère que Dieu est content de ce qu'il a été, de ce qu'il a dit – des histoires de pensée et d'action, tu vois, quoi.

— Pas trop, non, je n'ai jamais appris la religion.

— Ta mère était très claire sur ce point.

— Johnny Cash a fait beaucoup de conneries, la boisson, la drogue et tout, mais ça avait l'air d'être un type bien, donc croisons les doigts.

— Je suis sûr qu'il est pardonné.

— S'il existe, Dieu ne doit pas être très content de maman, vu qu'elle ne croyait pas en lui.

— Je suis sûr qu'il lui pardonnerait.

— Ça m'étonnerait. Je me suis renseignée, on peut faire les quatre cents coups et s'en sortir quand même, du moment qu'on demande pardon et qu'on y croit, mais le plus important, c'est de croire. Les athées, eux, sont… foutus, dit-elle en chuchotant le dernier mot.

Elle passa à la tombe de June Carter Cash et lut tout haut : « 23 juin 1929 – 15 mai 2003. Psaume 103 : 1 : Bénis l'Eternel, mon âme ! Que tout ce qui est en moi bénisse son saint nom. » Elle se tourna ensuite vers Davey et pointa le doigt.

— Tu vois ? Ça, là, « bénis l'Éternel », c'est du fayotage, carrément. Les chrétiens savent tous que leur dieu aime les fayots.

— Pour être honnête, je crois que tous les dieux aiment les fayots, dit-il avec un sourire pour lui-même.

La petite avait raison. *Notre Père qui êtes aux cieux, que votre nom soit sanctifié...*

Les tombes portaient comme touche finale les signatures de Johnny et de June dorées à la feuille. Il regarda Juliet contempler les deux belles sépultures dans lesquelles ils reposaient pour l'éternité dans un lot bien à eux. *Chez eux.* Elle posa le petit cœur métallique qui contenait une pincée de sa mère entre les deux pierres.

— Maman, je te présente Johnny et June ; Johnny et June, je vous présente ma mère, Rabbit Hayes. S'il y a une vie éternelle, vous pourriez peut-être dire un mot à Dieu, vous voyez, pour qu'il la laisse entrer.

Elle s'assit sur le banc de pierre devant les tombes.

Une douleur soudaine poignarda Davey. *Oh purée, comment j'ai fait pour ne rien voir ?* Il s'assit à côté d'elle.

— Tu t'inquiètes pour ta maman ? lui demanda-t-il avec douceur.

Elle haussa les épaules.

— Ça ne peut pas faire de mal d'avoir deux dévots de son côté juste au cas où, si ?

Davey hésita.

— Tu crois en Dieu ? Il n'y a pas de mal à ça, tu sais.

— J'en sais rien. Maman était certaine qu'il n'existait pas, et Johnny et June certains que si. Si maman avait raison, ça ne change rien pour eux deux : ils vont juste rester là pour toujours. Si elle se trompait, par contre, ils sont auprès de Dieu et elle en enfer.

— Qu'est-ce qui te fait croire ça ?

— J'en rêve. Elle est dans les flammes et dans le noir, et elle supplie de pouvoir rentrer chez elle.

Davey en resta coi. Il ignorait si Dieu existait ou non. Il s'en fichait un peu : il n'embêtait pas Dieu, qui ne l'embêtait jamais non plus. Il n'avait pas de réponse. Il ne pouvait même pas faire semblant d'en avoir une. Il y alla donc à l'instinct.

— Elle ne souffre pas.

Juliet se leva et le toisa.

— Qu'est-ce que tu en sais ?

— Je le sais, c'est tout.

— Ce n'est pas une réponse.

— C'est la seule que j'aie.

— Ce n'est pas suffisant.

— Bon, alors en raison de ce qu'elle était, de sa manière d'avancer dans le monde, des gens qu'elle a touchés, de la gentillesse dont elle faisait preuve, du fait qu'elle était drôle, douce, honnête et aimante.

Juliet pleurait à présent, des larmes muettes, en hochant la tête.

— Oui.

— Ta mère portait en elle tout un monde d'amour, de joie et de rire ; où qu'elle soit, c'est quelque chose qui ne changera jamais.

Juliet regardait l'inscription sur la tombe de Johnny.

— Les sentiments de son cœur…

— Exactement, et je ne sais pas si c'est acceptable pour un dieu, mais ça l'est pour moi. Et toi ?

— Plus qu'acceptable.

Davey se leva et prit dans ses bras la jeune fille en pleurs.

— Il est temps d'arrêter de t'en faire pour elle, Juliet.

— Je ne suis pas sûre de pouvoir, Davey.

— Je sais, ma puce, certaines habitudes ont la vie dure.

Sa veste était mouillée et Juliet avait les yeux bouffis lorsqu'elle se dégagea, mais elle semblait allégée, un peu plus gaie.

Davey ne s'était jamais douté qu'elle s'inquiétait autant pour l'âme de sa mère. Bien sûr qu'elle s'inquiétait, elle l'avait fait toute sa vie, c'était tout ce qu'elle connaissait. *Grace l'aurait vu, elle. Elle aurait compris. Bon sang, une année entière. Quel con ! Je ne suis pas à la hauteur. Qu'est-ce que j'ai raté d'autre ?* Les yeux maintenant grands ouverts, il comprit autre chose ce jour-là, alors que, assis ensemble à l'arrière du pick-up, ils attaquaient le pique-nique qu'elle avait soigneusement préparé avec tous ses mets préférés. Avant cela, elle lui avait rappelé son rendez-vous chez le coiffeur et il lui avait demandé si son linge était revenu du pressing. Sans s'en rendre compte, il l'avait peu à peu laissée endosser le rôle de celle qui veillait sur lui, même si ce n'était évidemment pas de la même manière qu'elle avait veillé sur sa mère. Il n'avait pas besoin qu'on le lave, qu'on le soulève, qu'on le nettoie, mais quand ils n'étaient pas sur la route, c'était elle qui tenait la maison, qui faisait la cuisine, qui gardait son agenda à jour, qui le réveillait le matin, qui s'assurait qu'il mangeait… toutes sortes de petites choses qui s'accumulaient alors que c'était lui qui était censé s'occuper d'elle. *Non mais qu'est-ce que j'ai dans le crâne, putain ? Qu'est-ce que je rate encore ? Combien de fois par jour est-ce que je la déçois ? Elle, et Rabbit ?*

Mais maintenant ils étaient de retour à la maison, avec du temps pour se reposer, et grâce aux efforts de ses meilleurs potes, Juliet allait avoir un aperçu du passé de sa mère, quand ils étaient jeunes et qu'elle avait encore la vie devant elle. Davey et les gars allaient la ramener à une époque où il n'y avait pas de place pour la peur ni pour l'échec. *Merci, les mecs*, se dit-il en souriant, puis il songea au fait qu'il allait revoir Marjorie.

42

Marjorie

Marjorie passa la matinée chez le coiffeur à se faire laver, couper et sécher les cheveux. Gillian, sa coiffeuse, lui signala qu'elle avait quelques cheveux blancs et évoqua l'idée de lui faire des reflets blonds la prochaine fois. *Eh merde. Ça va commencer d'un jour à l'autre, maintenant… la ménopause.* Puis elle alla chez son esthéticienne se faire épiler le maillot et vernir les ongles.

Elle se disait qu'elle se donnait tout ce mal parce qu'elle commençait dans son nouvel emploi le lundi suivant. *Une bonne présentation, ça compte.* Son indemnité de licenciement lui avait donné le temps et l'espace pour réfléchir à la tournure qu'elle voulait donner à sa vie. Finalement, après des semaines de recherches, elle avait entendu parler de ce poste par l'intermédiaire d'une ancienne collègue à la retraite. Le groupe Irish Entrepreneurs Enterprise cherchait quelqu'un avec de l'expérience dans la finance. L'objectif de ce groupe était d'aider des start-up à réaliser leur montage financier, à obtenir un capital de démarrage, de les présenter à des investisseurs et, plus généralement, de veiller à ce qu'elles soient connectées aux bonnes personnes pour mettre toutes les chances de leur côté. Ce n'était pas la boutique à laquelle elle avait rêvassé, mais en ce moment cela lui semblait idéal.

Lorsqu'elle avait décroché l'entretien d'embauche, elle avait cherché informations et conseils auprès de tous ses contacts et étudié l'entreprise pendant deux bonnes semaines. En arrivant, elle en savait plus sur la boîte que le P-DG qui la questionnait. Elle sut qu'elle avait le job avant de repasser la porte.

— On vous rappellera, lui avait dit le P-DG en lui serrant la main.

Je n'en doute pas.

Vingt-quatre heures plus tard, elle recevait la nouvelle.

— Vous êtes embauchée.

Elle avait de l'argent en banque, un nouveau boulot enthousiasmant ; le pays et l'économie franchissaient enfin un cap et, encore mieux, sa mère remarchait, avec l'aide d'une canne. Elle n'avait pas torché de crotte depuis des mois. « *It's a new dawn, it's new day it's a new life for me* », chantait-elle sur la chanson de Nina Simone, *Feeling Good.* Une nouvelle aube, un nouveau jour, une nouvelle vie. Pour la première fois depuis très longtemps, Marjorie Shaw se sentait bien.

Au fil de l'année, elle avait construit avec sa mère des relations nouvelles, fondées sur une honnêteté cinglante et une légère agressivité. Lorsqu'elle arriva chez Vera en apportant la nouvelle de son nouvel emploi, la femme parut presque heureuse pour elle.

— Le groupe Irish Entrepreneurs Entreprise ! On dirait un emploi inventé.

— Tous les emplois sont inventés.

— Pas traire les vaches, non.

— Très bien, alors je vais traire des vaches.

— C'est mieux que le chômage, j'imagine, conclut Vera.

Marjorie ne pouvait pas espérer tellement mieux en guise de félicitations.

— Oui, maman, exactement, dit-elle gaiement. Et si tu as un peu de chance, je t'emmènerai déjeuner dimanche.

— D'accord, mais dans un endroit correct. Le dernier où tu m'as emmenée sentait le vieux.

— C'était toi, maman.

— Je m'appelle mammy, la reprit Vera.

Elle détestait être appelée maman, mais elle concéda presque un sourire.

Leurs nouveaux rapports n'étaient pas idéaux, mais ça fonctionnait, et c'était bon d'avoir quelqu'un dans sa vie, fût-ce une mère difficile.

Elle l'appela de chez l'esthéticienne. Vera mettait un point d'honneur à répondre au téléphone par ces mots :

— Résidence Shaw.

— Je n'aurai pas le temps de passer aujourd'hui, mais le supermarché va te livrer entre quatorze et dix-sept heures.

— Et pourquoi tu n'as pas le temps ?

— Parce que j'ai une vie.

— Depuis quand ?

— Depuis aujourd'hui.

— Bon, bon, tant mieux pour toi.

— Merci, maman.

Elle raccrocha.

Après son épilation, elle avait du shopping à faire en vue de son nouvel emploi – du moins, c'est ce qu'elle se raconta pendant qu'une pipelette originaire de Cork lui arrachait les poils pubiens.

— J'en vois quelques blancs, donc si jamais vous songez à l'épilation au laser, c'est maintenant ou jamais.

Mais enfin, c'est pas vrai !...

Ensuite, elle se ruina dans les magasins, principalement en tenues de bureau, mais elle s'acheta aussi une robe pour le concert de ce soir. Elle reçut un SMS de Davey dans l'après-midi :

J'en reviens pas que tu ne m'aies rien dit. À toute ! ☺

Elle était surexcitée, comme une enfant le matin de Noël. Elle se racontait que c'était à cause du concert. Ce serait un voyage au pays des souvenirs. Revoir tout le monde, surtout Juliet. Elle avait hâte de voir sa petite pote. Elle avait souvent pensé à sauter dans un avion pour lui rendre visite, mais entre l'AVC de sa mère, le fait de quitter son boulot et son amitié avec Davey… cela paraissait trop compliqué. Mieux valait se retrouver à domicile. Les gars seraient tous là, l'ancienne bande, jouant et plaisantant, et ce serait parfait comme hommage à Rabbit et à Johnny. Elle s'en faisait une joie depuis des semaines. Elle essayait de ne pas penser aux retrouvailles avec Davey ; les sentiments que cela remuait étaient trop réels. Elle l'avait toujours aimé d'une manière ou d'une autre, mais au cours de l'année elle était tombée très amoureuse de lui, même si elle cultivait le déni. *On n'est pas faits l'un pour l'autre. C'est idiot. C'est juste que je suis seule et en deuil. J'ai perdu ma meilleure amie. Il vit aux États-Unis. Si ça avait dû se faire, on serait déjà ensemble.* Il y avait foule d'arguments contre ses sentiments, mais cela ne l'empêchait pas de les éprouver. *On est amis, c'est tout*, pensait-elle en faisant les boutiques à la recherche des chaussures idéales à assortir à sa robe idéale, la foufoune à vif et poisseuse de cire. *J'espère qu'il en vaut la peine, ce nouveau boulot.*

43

Grace

Grace se réveilla dans une quinte de toux lorsqu'on la désintuba.

— Oh mon Dieu, j'ai un poids sur la poitrine, je ne peux pas respirer.

— Vous pouvez respirer, Grace, ce sont juste des contractures musculaires. Vos implants ont été insérés sous le muscle pectoral : ça tire un peu, c'est tout. Allez-y tout doux, respirez calmement et ouvrez lentement les yeux.

Grace entrouvrit les paupières, vit une tête floue et les referma aussitôt.

— Je m'appelle Alison, je suis votre infirmière en réanimation.

— Alison, ça fait mal, oh là là, ça fait mal.

— Bon, je vois, je vais vous donner de la morphine en perfusion. Vous avez mal au cœur, Grace ?

— Non, juste de la douleur, de la vraie douleur, ô Seigneur.

— Patientez une seconde ou deux, ou trois ou quatre… dit Alison.

Grace sentit un petit soulagement, comme une vaguelette apportant un peu de réconfort.

— La bonne nouvelle, c'est que votre tension, votre rythme respiratoire, votre pouls et votre saturation en oxygène sont exactement comme on les veut.

— Et mes seins ?

— Vous pouvez regarder si vous voulez.

Grace avait peur de bouger le moindre muscle ; des larmes emplirent ses yeux hermétiquement fermés. *Pas prête.*

— Je peux pas.

— Ça ne fait rien, il n'y a aucune urgence, mais ils se présentent bien.

— J'ai encore mal, vraiment mal. J'ai senti comme une vaguelette de soulagement au début, mais ce qu'il me faudrait, c'est carrément un tsunami.

Alison rit.

— Faites-moi confiance, Grace, je vous donne le maximum permis. D'accord ?

— D'accord.

— Pas de nausée ?

— Non.

Alison colla un disque adhésif sur la poitrine de Grace.

— Il y en a un qui essaie de se sauver, dit-elle.

Grace releva la tête, alarmée.

— Un de mes nénés ?

— Non, un de vos capteurs.

— Ah, ouf. J'ai cru qu'il était tombé, j'ai l'impression qu'ils se font la malle.

— Ils ne se font pas la malle.

— C'est déjà arrivé qu'ils tombent ?

— Non.

— C'est sûr ?

— Certain.

En réalité, Grace était encore dans les vapes. Le monde autour d'elle était bourbeux et irréel, seule sa douleur était bien réelle. Ses pensées lui échappaient et étaient difficiles à fixer ; dans sa tête, elle les poursuivait avec un filet à papillons.

— Comment est la douleur ?

— Douloureuse. Je peux vous demander quelque chose ?

— Tout ce que vous voulez.

— *Jurassic Park*, ça pourrait vraiment arriver ?

— Je serais tentée de dire non.

— Tant mieux, car ce serait un souci.

— Ah bon ?

— J'ai quatre fils – je ne les vois pas vivre dans un monde rempli de foutus dinosaures.

— Ce serait problématique, en effet. Pas de nausée ?

— Quoi ?

— Vous avez mal au cœur ?

— Non. Ryan s'en tirerait bien, il trouverait sûrement le moyen de les exploiter, Bernard les battrait à la course, Stephen, il se cacherait sous terre : il a été champion de cache-cache deux années de suite. Jeffery se ferait dévorer dès le premier jour : même avec sa perte de poids, il est encore lent.

— Je suis sûre que ses frères l'aideraient. Comment est la douleur ?

— Chaude.

— Votre douleur est chaude ?

— Oui.

— Toujours pas mal au cœur ?

— Non.

C'est alors que l'oxymètre clipsé sur le doigt de Grace alerta Alison sur un problème de saturation en oxygène. L'alarme résonna. *Jingle bells, jingle bells...*

Alison vérifia si le capteur n'avait pas glissé du doigt, ce qui aurait pu entraîner une fausse alerte, mais il était bien en place, et il indiquait une saturation à quatre-vingt-six pour cent. Alison appuya sur la sonnerie d'urgence et inclina le lit pour mettre Grace la tête en bas. *Jingle bells, jingle bells...* L'anesthésiste fut là en un clin d'œil. Grace sentit un masque à oxygène sur son visage et, lorsqu'elle entrouvrit un œil, vit la silhouette floue d'un homme qui mettait quelque chose dans son cathéter.

— Désolé, Grace, dit-il.

Alors, elle ressentit une douleur brûlante, infernale, insupportable. Elle ne pouvait pas ouvrir les yeux tant ses paupières étaient lourdes, il faisait noir et elle hurlait. *Oh non, je suis morte. Je suis en enfer. Quelle connerie d'avoir couché avant le mariage.*

— Tout va bien, du calme, Grace.

Ce fut un soulagement d'entendre la voix d'Alison, car cela indiquait qu'elle était toujours en vie, à moins qu'Alison ne soit morte aussi. *Non, ce n'est pas possible. À moins que si ?*

— Grace, vous êtes en sûreté. Je suis là.

— Bon sang de bonsoir, Alison, qu'est-ce qu'il m'a fait ?

Mon Dieu, mon Dieu, mon Dieu.

— La morphine a fait tomber votre taux d'oxygène en dessous de quatre-vingt-huit, nous avons dû vous administrer un agent de réversion.

— Ah non, pas possible. Il me faut de la morphine. Je vous en supplie. C'est insupportable.

— Je sais, je sais, respirez.

— Je voudrais vous y voir !

— D'accord. On va respirer toutes les deux, d'accord ?

— Non non, pas d'accord.

Oh non, non, non, je connais trop bien ça.

— Ça, c'était Rabbit quand elle était mourante, je l'ai vu, j'y étais, je l'ai vue supplier qu'on la soulage, et les infirmières lui disant que tout allait bien.

Sa respiration s'accéléra, ses poings se serrèrent ; la douleur était étourdissante, mais au moins elle pouvait attraper ses pensées et s'y accrocher.

— Mais ça n'allait pas, elle était en train de mourir.

— Vous n'êtes pas en train de mourir, Grace. Vous êtes en parfaite santé.

— Elle est morte, elle.

— Mais pas vous.

— Mais elle est morte.

Grace sentait des larmes fraîches et mouillées rouler dans son cou et tomber sur le lit.

— Quand est-elle morte, Grace ?

— Il y a tout juste un an.

— Je suis désolée.

— Moi aussi.

Moi aussi.

Après quelques exercices de respiration, l'anti-inflammatoire et le paracétamol en perfusion commencèrent à faire effet.

— Ça va mieux ? s'enquit Alison.

— Hmmm.

— La douleur, sur une échelle de un à dix ?

— Onze.
— Vous disiez que ça allait mieux.
— Mais c'était à vingt-cinq.
Le médecin vint voir comment allait Grace et autorisa un autre type d'antidouleur.
— Vingt-cinq microgrammes de fentanyl en PCA avec cinq minutes de période réfractaire.
— Ça va me débarrasser de la douleur ?
— Tout à fait.
— Entièrement ?
— Je l'espère.
— Pas tant que moi.
— Non, Grace, pas tant que vous, mais ça s'est bien passé, vraiment bien. Je sais que vous n'en avez pas l'impression pour l'instant, mais ça se présente bien, ma belle. Vous pouvez vous détendre, maintenant. C'est fini.
— Fini ?
Il avait raison : une année entière de stress, d'inquiétude et de peur était désormais derrière elle, la décision avait été prise et c'était fait. C'était terminé. Il y avait encore l'ovariectomie, mais elle s'en préoccuperait un autre jour. *C'est fini.*
Là-dessus, elle s'endormit.

44

Jack

Jack roula au hasard pendant une heure avant de se garer devant chez son vieil ami Sean Murphy. Il fulminait encore, et s'en voulait aussi d'avoir dit le mot « cul », surtout au moment où sa petite-fille rentrait d'une année aux États-Unis. Toujours poli, il appela Sean de sa voiture. Celui-ci décrocha à la troisième sonnerie.

— Je pensais justement à toi ! dit-il.

— Ah bon ?

— Oui, j'étais en train de dire à Flo que l'anniversaire de la mort de Rabbit devait être ces jours-ci.

— C'était il y a neuf jours.

— Il y a neuf jours ? Mon Dieu, comme le temps passe, Jack.

— Oui et non.

— Comment vas-tu ?

— Pas bien, à vrai dire.

— Ah… J'aimerais pouvoir te proposer d'aller boire une pinte, mais tu connais la situation. Si tu passais un de ces jours ?

— Que dis-tu de maintenant ?

— Tout à l'heure ?

— Non, maintenant – je suis devant.

— Flo, fais bouillir de l'eau, tu veux bien ? dit-il à sa femme. À tout de suite.

À la porte, Jack fut accueilli par la femme de son ami, Flo, qui le serra dans ses bras.

— C'est bon de te voir. Entre, il est là. (Elle indiquait la porte du salon.) Du lait, du sucre ?

— Du lait, un sucre. Merci, Flo.

Il frappa et entra. Sean était dans son fauteuil, sa bonbonne d'oxygène posée à côté de lui et de petits tuyaux lui sortant par le nez.

— Mes petits-enfants m'appellent le Morse, dit-il.

Jack lui serra la main, puis s'installa dans le canapé.

— Comment tu te sens ? s'enquit-il.

— J'ai connu mieux.

Sean avait de l'emphysème depuis quatre ans. Il avait fumé toute sa vie, et avait choisi de continuer à le faire jusqu'à ce que la maladie ravage ses poumons à tel point qu'il était désormais consigné chez lui et qu'il respirait avec difficulté. Il ne pouvait plus fumer ; il ne pouvait plus faire grand-chose. Le châtiment était rude.

— Et toi, Jack, comment ça va ?

— Grace se fait opérer aujourd'hui.

— Qu'est-ce qu'elle a ?

— Rien, elle est en pleine forme.

— Je ne te suis pas, Jack.

— Elle se fait retirer les seins.

— Dieu du ciel ! s'exclama Sean en se signant. Pourquoi faire une chose pareille ?

— Elle a le gène, celui qui a rendu Rabbit malade. Ça ne veut pas dire qu'elle aura un cancer, mais juste qu'elle a plus de risque. Alors elle a décidé de tout enlever, les seins d'abord, puis ses ovaires.

— Dieu du ciel, répéta Sean en prenant une dose d'oxygène. Je suis désolé d'entendre ça.

— Sa mère est à fond pour, elle trouve que c'est une excellente idée. Le pauvre Lenny, on lui a dit quoi en penser, pour ce que j'en vois, mais moi je n'en reviens pas qu'elle se mutile comme ça, après tout ce qu'elle a vu Rabbit traverser, après tout ce qu'on a vécu, ce n'est pas normal.

Il sentit sa gorge se serrer mais ne pleura pas.

Sean s'adossa dans son fauteuil.

— Justement, elle le fait peut-être à cause de ce que Rabbit a traversé, de ce que vous avez tous vécu.

— C'est ce que dit Molly, mais Rabbit avait un cancer. Grace, non.

— Je t'ai déjà raconté que mon père aussi souffrait d'emphysème ?

— Non.

— Eh bien, si, et c'est ce qui l'a tué. Je fumais alors que je savais qu'il ne fallait pas. J'ai continué de fumer longtemps après mon diagnostic. Je ne sais pas pourquoi. Il faut croire que j'aimais vivre dangereusement.

— Arrêter la cigarette, ce n'est pas la même chose que se défigurer.

— Sachant ce que je sais maintenant, si quelqu'un venait me voir et me glissait à l'oreille « Tu as une chance sur deux de faire de l'emphysème », non seulement j'arrêterais de fumer, mais je me couperais les deux poumons si ça pouvait aider.

— Ça te tuerait, grommela Jack.

— Tu vois ce que je veux dire.

— Oui.

Flo arriva avec le thé et du cake maison au beurre.

— Tenez, servez-vous, je vous laisse tranquilles.

Elle sortit. Jack servit du thé à Sam et lui tendit l'assiette de cake.

— Non merci.

Jack serra les doigts autour de son mug de thé.

— Il y a des gens qui meurent sur le billard tous les jours, dit-il. Ou à cause de l'anesthésie. Et puis il y a les complications. Rabbit a eu des complications terribles, sans rapport avec son cancer.

— Tu veux un conseil ? demanda Sean.

— Ça va me plaire ?

— Non.

— Bon, dis toujours.

— Sois là pour elle, c'est tout.

— Mais comment veux-tu que je fasse ? Je n'arrive même pas à la regarder.

— Pour ça, je ne peux pas t'aider.

— Non, tu n'y peux rien. Et puis il y a autre chose… Je crois que notre couple bat de l'aile.

— Ah non. Molly et toi, vous survivrez à tout.

— On ne se parle plus. On crie, mais on ne se parle plus.

— C'est le chagrin qui a tout bouleversé. Vous finirez par vous retrouver.

— Tu crois ?

Jack sortit de chez son ami peu après et roula encore jusqu'à ce qu'il tombe en panne d'essence. Il s'arrêta sur le côté de la route, demanda à un autochtone où se trouvait le garage le plus proche et se lança dans une petite marche.

45

Molly

Molly passa l'après-midi avec sa petite-fille. Elle lui avait demandé ce qu'elle avait envie de faire, et Juliet avait voulu revoir son ancienne maison. Alors elle avait empoigné ses clés de voiture.

— En route. Tu sais que d'autres gens y vivent, maintenant ?

— Oui.

— Donc on va juste rester devant ?

— Ça me va.

— Oh, Juliet, tu es une espionne, comme ta mère, dit Molly, faisant allusion à la manière dont Rabbit suivait Johnny Faye partout quand elle était petite.

Cela la fit rire.

— Eh oui !

Juliet sautilla gaiement jusqu'à la voiture.

Elles se garèrent non loin de son ancienne maison. Rien n'avait changé, sauf que les nouveaux locataires avaient planté un arbuste.

— C'est joli, commenta Juliet.

— C'est un rosier. Il est un peu tôt pour qu'il fleurisse, mais c'est pour bientôt.

— Je peux descendre de voiture ?

— Tout ce que tu veux.

Juliet s'approcha lentement du muret qu'elle considérait jadis comme le sien. Elle s'y assit, et Molly vint la rejoindre.

— Je te revois jouant dans cette rue. Je vois ta mère qui t'appelle pour le dîner, debout sur le perron, ses cheveux longs attachés en queue-de-cheval, un tee-shirt de rock sur le dos, avec un jean moulant et des tongs.

Juliet sourit.

— Des boots. Elle ne mettait des tongs que quand il faisait chaud.

— « Pas maintenant, maman, je joue avec Kyle ! » fit Molly d'une voix haut perchée.

— Je ne parlais pas comme ça !

— « Je suis une extraterrestre, maman, et Kyle est mon ami humain ! » continua Molly en riant.

À une époque, Juliet s'était réellement prise pour une extraterrestre parce que son père était un mystère et qu'elle était hyperlaxe.

Juliet rit et repoussa gentiment sa grand-mère.

— Ç'aurait été cool, n'empêche.

— Tout à fait.

— Je me demande s'ils meurent, les extraterrestres ?

— Tout finit par mourir.

— Sauf l'espoir… C'est ce que maman disait toujours.

— Oui, eh ben, ça aussi, elle l'a emporté avec elle.

Juliet eut un petit rire dépité.

— Ouais, je crois bien.

— Bah, il reste toujours le thé, et le gâteau au yaourt de Pauline, ajouta Molly avec un clin d'œil.

Le fait d'avoir un père australien non identifié n'avait jamais semblé déranger Juliet, du moins du vivant de sa mère, mais Molly se demandait si ses sentiments à ce propos avaient changé. *Le moment est bien choisi pour poser la question,* se dit-elle.

— Ça t'arrive de penser à ton père ? demanda-t-elle de but en blanc.

Juliet devint écarlate.

— Non.

— Tu es sûre ?

— À quoi tu veux que je pense ?

— Je ne sais pas, chérie. Tu as un papa quelque part dans le monde.

— Peut-être pas.

— Ne recommence pas avec les extraterrestres…

— Non, je veux dire qu'il pourrait être mort, lui aussi.

— Je vois.

Molly ne trouvait rien d'autre à répondre. Après tout, la petite n'avait pas tort.

— Est-ce qu'il te manque ?

— Quelqu'un qu'on n'a jamais connu ne peut pas nous manquer.

— C'est une réponse très adulte.

Juliet haussa les épaules sans rien dire.

— Si jamais tu as envie de parler de lui, je suis là, tu sais, proposa Molly.

— Il n'y a rien à dire, mamie.

Molly dut la prendre au mot.

— Je serai toujours là.

Puis, voyant sa petite-fille se rembrunir, elle ajouta :

— Jusqu'à ma mort, du moins, et ce jour-là l'enfer n'a qu'à bien se tenir.

Un grand sourire illumina le visage de Juliet. La mention de l'enfer lui inspira sans doute sa question suivante.

— Tu as peur d'aller en prison, mamie ?

— Je ne vais pas aller en prison. Je ferai peut-être un peu de travaux d'intérêt général, mais c'est déjà ce que je fais, de toute manière.

— Et Grace, ça va aller ?

— Mais oui, très bien.

— Je la plains. Elle qui a horreur des piqûres !

— Comme tout le monde, non ?

— Oui, mais papy et Grace, c'est bien pire.

— Tu as des questions au sujet du gène ?

— On en a parlé avec Davey. Je ferai le test quand j'aurai vingt et un ans.

— Ah oui ?

— Oui. On s'est dit que je serai assez grande pour prendre la bonne décision à ce moment-là.

— Ça te fait peur ?

— Bah non, c'est dans une éternité… Si ça se trouve, on sera tous morts d'ici là.

Molly s'attrista qu'à treize ans sa petite-fille soit déjà si désabusée.

— Ou si ça se trouve, on aura trouvé un traitement, continua Juliet, ce qui remonta le moral de sa grand-mère.

Exactement. Imagine un peu !

— Si je ne suis pas morte, poursuivit-elle, je le trouverai, moi, le traitement.

— Eh bien, quoi qu'il arrive, je suis très fière de toi, Juliet.

— Merci, mamie.

— Ta maman aussi serait très fière.

La porte de la maison s'ouvrit derrière eux. Une femme d'une quarantaine d'années, aux cheveux courts, et visiblement enceinte, sortit sur le perron. Le petit enfant dont Kyle disait qu'il pleurait tout le temps était derrière ses jambes. Il ne pleurait pas, mais une cloche de morve verte pendait à son nez, si dense et longue qu'elle se balançait.

— Toutes nos excuses, lança Molly. Nous allions partir.

— J'habitais ici avant, expliqua Juliet.

— Tu es Juliet ?

— C'est ça.

— Je m'appelle Glenda, et cette machine à morve, c'est James. Excusez-nous, il a un vilain rhume.

Elle sortit un mouchoir de sa poche et nettoya le nez de l'enfant.

— Bonjour, Glenda, dit Juliet.

Molly hocha le menton. Glenda traversa le jardin.

— Vous devez être Molly, la mère de Rabbit.

C'était une surprise.

— On nous a beaucoup parlé de vous. Entrez, je vous en prie.

L'endroit était le même, et pourtant complètement changé. Toutes les affaires de Rabbit étaient parties ; Davey avait fait venir des déménageurs pour les emporter et payait un garde-meuble quelque part dans Dublin. L'ancienne photo de famille des Hayes était remplacée par une image de dauphin encadrée. Molly suivit Juliet, Glenda et James dans la cuisine.

Elle se trouvait dans un endroit autrefois familier, et maintenant étranger ; les murs, les placards et le plan de travail étaient les mêmes, la table et les chaises étaient nouvelles, plus grandes, peut-être même un peu trop grandes pour la pièce, les rideaux aux fenêtres étaient décorés de marguerites. *Rabbit aurait détesté.* Pas d'aimants sur le frigo, une autre vaisselle, une autre odeur – moins javellisée, plus citronnée. Rien n'indiquait la présence de sa fille dans cette maison ; elle était une étrangère chez des inconnus.

Juliet regarda vers le jardin.

— Est-ce que James joue dedans ? demanda-t-elle en indiquant sa vieille cabane de jardin au plastique éraflé.

— Il l'adore.

— Tant mieux.

Elle s'approcha ensuite du montant de porte où sa mère avait consigné sa croissance.

— C'est encore là, s'étonna-t-elle.

Glenda hocha la tête.

— J'en ai commencé un autre sur la porte de la chambre de James. Ton ancienne chambre, j'imagine.

Juliet acquiesça et se mordit la lèvre. Molly se demandait à quoi elle pouvait bien penser.

— Tu veux la voir ?

— Non merci.

Juliet s'approcha alors d'un mur et s'allongea sur le ventre pour examiner les plinthes. Glenda et Molly échangèrent un regard gêné.

— Est-ce que ça va ? s'enquit Glenda.

Elle se releva en souriant.

— Tout va bien.

Molly posa une main sur son épaule.

— Allez, il est temps.

— Oui, merci de nous avoir permis de jeter un coup d'œil.

— En fait, j'ai des affaires ayant appartenu à ta mère dans l'appentis, dit Glenda en prenant une clé. Elles étaient au grenier.

— Oh, pardon, je croyais qu'on avait tout pris.

— Je vous en prie, on oublie toujours quelque chose, mais vous devriez les récupérer.

Molly se vit confier un grand carton bourré de vieux livres et disques, de journaux intimes, de photos et de bric-à-brac collecté au fil des années.

— Merci.

Elles remontèrent en voiture. Juliet fouillait avec ardeur dans le carton.

— Des photos ! Mamie, des photos de maman à mon âge !

— Ah, quel trésor.

L'enfant était radieuse. On aurait dit qu'elle avait touché le gros lot.

— Et regarde tout ça ! Des billets de concert et des vieux pass, et ça, qu'est-ce que c'est ? fit-elle en sortant du carton une étrange poupée couverte de fourrure.

Molly la prit dans sa main.

— Oh non, tu plaisantes ! C'était son Kiki, elle l'a eu pour Noël quand elle avait neuf ans. Elle l'emmenait partout, ce machin.

— Il a son odeur, constata Juliet en le reniflant.

— On le mettra à la machine.

— Mamie, je peux passer chez Kyle dire bonjour ? demanda Juliet, toute regonflée par l'immense cadeau qu'étaient les affaires de sa mère.

— Bien sûr, ma chérie. Une question : qu'est-ce que tu faisais à plat ventre par terre ?

— Il y a encore du sang de maman sur le mur. Je l'ai encerclé au feutre.

— Pourquoi as-tu fait ça ?

— Je savais qu'ils enlèveraient tout le reste.

— Je vois.

C'est tordu, quand même. Faut-il en parler à Davey ?

— Tu crois que je pourrais proposer à Kyle de venir au concert ?

— C'est une très bonne idée.

— Génial.

Elle redescendit de voiture et traversa la rue en courant. Molly regarda Kyle ouvrir la porte et sa petite-fille disparaître à l'intérieur. Elle sortit les vieilles photos de sa fille, de Johnny, de Davey et des garçons à l'époque, arborant des coiffures et des vêtements autrefois considérés comme à la pointe de la mode, mais désormais datés. Elle fut amusée par les arrière-plans de papiers peints à motifs et de moquettes marron, orange et jaunes, ainsi qu'une obsession apparemment nationale pour les meubles en rotin sur presque tous les clichés. *Mon Dieu, on n'avait vraiment aucun goût !* La seule personne qui aurait pu être transposée sans heurt de cette époque à aujourd'hui était Rabbit, avec ses longs cheveux lisses, son tee-shirt de rock et son jean.

— Tu n'as jamais changé, ma chérie, dit-elle.

Puis elle trouva une photo d'elle plus petite, avec son cache-œil, ses grosses lunettes et ses longues couettes des deux côtés de la tête.

— Ah si, quand même.

Juliet revint à la voiture avec Kyle.

— B'jour, madame Hayes ! lança-t-il en grimpant sur la banquette arrière.

Il avait poussé d'au moins trente centimètres depuis l'année passée.

— La dernière fois que je t'ai vu, j'étais en train de t'écraser.

— C'est vrai, j'ai encore une cicatrice au coude !

Il la lui montra.

— Où ça ?

— Là, dit-il en indiquant une minuscule marque décolorée.

— Peuh, ce n'est rien du tout. *Ça*, c'est une cicatrice.

Elle lui tendit une photo de Rabbit, hilare, montrant une longue estafilade sur son avant-bras.

Kyle rangea son coude.

— Alors, tu viens chez nous, ou quoi ?

— Si ça ne vous dérange pas, madame Hayes.

— Pas de problème. Bouclez vos ceintures, les enfants, on part vers le nord.

— Mortel ! dit Kyle.

Molly regarda dans son rétroviseur à temps pour surprendre le sourire de sa petite-fille. *Pardon. Mille fois pardon.*

46

Juliet

Juliet emmena Kyle visiter le quartier de ses grands-parents. Elle indiqua l'école publique à leur gauche.

— C'est là que maman allait à l'école.

— Ah.

Elle indiqua l'église.

— C'est là qu'elle a fait sa première communion.

— Je croyais qu'elle était athée.

— Oui, mais mamie et l'école lui ont dit que c'était obligatoire. Elle n'avait que sept ans.

— Elle a fait sa confirmation ?

— Oui, mais seulement parce que ma grand-mère l'a menacée de ne plus lui parler de sa vie si elle refusait.

— Elle était catholique, alors.

— À dix-huit ans, elle a écrit une lettre à l'Église.

— Pour dire quoi ?

— Je ne sais pas, un truc du genre « Vous n'êtes qu'une bande de pédophiles, de criminels et d'assassins, je me casse ».

— OK, ça doit suffire pour ne plus compter parmi les cathos, dit Kyle en contemplant l'édifice. Elle est cool, cette église.

— Maman a rencontré Mère Teresa là-dedans.

— C'est pas vrai ? Elle est célèbre !

— Ben oui.

Ils traversèrent la rue et montèrent vers l'église. Comme c'était fermé, ils s'assirent sur les marches pour regarder les jardins, prolongés par le garde-corps et la passerelle pour piétons, et la circulation en contrebas.

— Et pourquoi elle est allée voir Mère Teresa si elle n'était pas croyante ?

— Parce que Johnny l'était.

— C'est qui, Johnny ?

— L'amour de sa vie.

— Pas ton père ?

— Ah non, celui-là, elle ne le connaissait carrément pas.

— Ah bon.

— Johnny pensait que Mère Teresa pourrait guérir ses jambes.

— Qu'est-ce qu'il avait ?

— Une maladie appelée sclérose en plaques, il ne pouvait pas marcher.

— C'est dur.

— Ouais.

— Et elle l'a guéri ?

— Non.

— Dur.

— Maman disait que c'était une vieille noix avec un torchon sur la tête, alors ils ont eu une grosse engueulade.

Kyle pouffa.
— Elle était drôle, ta mère.
— Merci.
— La mienne a un scapulaire de dévotion.
— Qu'est-ce que c'est que ça ?
— Une bande de feutre marron avec une ficelle, ça se porte autour du cou.
— Et ça sert à quoi ?
— À te sauver de l'enfer.
— Elle le porte ?
— Non, comme il est tout pourri, elle le garde dans un tiroir. Je ne pense pas qu'elle croie à l'enfer. Mais elle aime bien les signes.
— Quels signes ?
— Genre, quand elle trouve une plume, elle pense qu'elle appartient à son père qui est mort.
— Pourquoi ?
— C'est un truc qui se raconte. Que les morts laissent des plumes.
— Pourquoi ?
— Aucune idée, j'ai jamais demandé.
— Ah.
— Tu as déjà vu des plumes, toi ?
— Non.
— Ou bien est-ce qu'une colombe a déjà atterri sur ton rebord de fenêtre ? Maman dit que ce sont aussi les morts qui les envoient.
— D'où les plumes, alors.
— Ouais, peut-être.
— J'ai cru voir une colombe se poser sur ma fenêtre, une fois, mais en fait, c'était un bruant zizi.
— Un bruant zizi ? répéta Kyle, amusé.
— Oui, il paraît que c'est très rare d'en voir par ici.

— Bah, peut-être qu'il n'y avait plus de colombes en stock, alors ta mère t'a envoyé un bruant zizi – ça lui ressemblerait mieux.

Juliet rit.

— Ouais, t'as raison.

Ils allèrent voir les boutiques, et Kyle tint absolument à entrer dans un café et payer un chocolat chaud à Juliet. Ils s'installèrent derrière la vitre pour regarder les passants en savourant leur boisson.

— Tu m'as manqué, dit-il.

— On se parle tout le temps.

— C'est pas pareil.

— Non, c'est vrai.

— Tu te plais là-bas, Juliet ?

Elle ne sut quoi répondre.

— Ça va.

— La vie devrait être mieux que ça.

— Pas possible, Kyle, ma mère est morte.

Ils burent leur chocolat ; Juliet piquait ses marshmallows sur l'assiette tandis que Kyle plongeait les siens dans le liquide onctueux.

— Moi, je pense que ce qu'il y a après la mort, c'est ce à quoi on croit, dit-il.

— Je ne comprends pas.

— Eh bien, ta mère pensait qu'il n'y avait rien, donc peut-être que c'est terminé pour elle, et les gens qui croient au paradis se retrouvent dans une sorte de bulle agréable, et ceux qui croient qu'ils iront en enfer se font torturer.

— Et ceux qui font sauter des centres commerciaux bondés en croyant qu'ils vont être récompensés ?

— Ah oui, non, pas eux.

— Donc tout le monde sauf eux ?

— Oui bon, c'est compliqué, je sais pas.

En sortant, ils passèrent devant l'ancienne bibliothèque de Rabbit et devant son ancienne piscine. Puis ils firent demi-tour pour rentrer, passant devant la caisse d'épargne où Rabbit mettait ses économies et devant le premier arbre duquel elle était tombée.

— C'est comme ça qu'elle s'est fait cette cicatrice au bras ?

— Non, cet arbre-là est dans le jardin de ma grand-mère.

Elle posa la main sur l'écorce.

C'était tellement étrange que tout soit encore là – l'église, l'école, la bibliothèque, la caisse d'épargne, la piscine et même les arbres – mais pas sa mère. Tout faisait penser à elle. Un an plus tôt, ç'aurait été trop douloureux. Mais maintenant, c'était agréable de se promener et de voir les endroits où Rabbit s'était trouvée, de toucher ce qu'elle avait touché. Elle entoura l'arbre de ses bras. Kyle attendit, et attendit encore.

— Juliet ?

— Oui ?

— Tu vas rester combien de temps collée contre cet arbre ?

— Encore une minute ou deux.

— OK.

Quand ils arrivèrent à la maison, il n'y avait personne. Ils montèrent dans le débarras où dormait Juliet.

— C'était la chambre de ta mère ? s'enquit Kyle.

— Oui, elle avait la plus petite parce qu'elle était le bébé.

— La pièce ne lui ressemble pas.

— Mamie a fait redécorer quand ses enfants ont quitté la maison.

Ils s'assirent sur le lit.

— Est-ce que tu sors avec quelqu'un, Kyle ? Tu ne me parles jamais de filles sur Skype.

Le garçon devint rouge betterave.

— J'en ai embrassé une ou deux.

— Ah oui ?

— Mais elles ne sont pas comme toi.

Il n'arrivait pas à la regarder ; elle aussi avait les joues en feu, maintenant.

— Et toi ?

— Oh non, tu es le seul garçon que je connaisse.

Il tourna vivement la tête et tous deux se penchèrent en même temps, ce qui fit qu'ils se cognèrent.

— Aïe, fit Juliet en se frottant la tempe.

— Pardon.

Et avant qu'elle ait pu répondre, Kyle l'embrassa. Au début, sa langue, un peu comme celle d'un lézard, surgit de sa bouche à petits coups. Elle ne sut si elle devait fermer hermétiquement ses lèvres ou saisir sa langue lors de la prochaine invasion. Elle se recula et leva les deux mains.

— Stop.

Kyle recula aussi.

— D'accord.

— Ça fait bizarre.

— Désolé.

— On pourrait recommencer ? Mais garde ta langue pour toi une minute.

— D'accord.

Ils posèrent leurs lèvres les unes contre les autres, en bougeant un peu. C'était plus agréable, mais un peu crispé.

— Maintenant, la langue, dit-elle.

Il attaqua. Elle bougea sa propre langue, beaucoup, s'efforçant d'esquiver la sienne, qui devenait de plus en plus inquisitrice et insistante. Elle se dégagea.

— Toujours bizarre.

— Je suis super stressé, dit-il.

— Moi aussi. On devrait regarder sur Internet.

— OK.

Elle sortit son ordinateur portable de sa valise et l'alluma. Il attendit patiemment qu'elle soit sur YouTube. Elle tapa « tuto premier baiser » et une liste de vidéos apparut. Kyle se rapprocha de l'écran ; ils le partagèrent sur leurs genoux. Elle cliqua sur un tutoriel intitulé *Comment embrasser pour la première fois – pas à pas*. Ils regardèrent avec attention.

Un : avant de commencer le baiser, il faut montrer qu'on le désire.

Ils furent d'accord pour sauter ce passage.

Deux : si le désir est réciproque, fixez votre regard sur les lèvres et rapprochez-vous un peu de la bouche. Astuce : juste avant le contact avec votre partenaire, inclinez légèrement la tête pour éviter que les nez s'entrechoquent.

Ils sourirent, reconnaissant leur erreur.

Trois : pressez vos lèvres lentement et doucement contre les siennes. Astuce : ne lui fourrez pas aussitôt votre langue dans la bouche. Cela peut être rebutant.

Tous deux hochèrent la tête.

— Tu vois ? dit-elle.

Il haussa les épaules.

— Je vois.

Astuce : un bon baiser commence en douceur et s'intensifie avec la passion.

Quatre : entrouvrez vos lèvres pour caresser doucement celles de votre partenaire. Tenez-les doucement dans votre bouche.

— Tenez-les dans votre bouche ?

— Je dirais plutôt entourez-les.

— Reviens en arrière.

— Non, on continue. On re-regardera après.

Cinq : si votre partenaire se montre enthousiaste, vous pouvez maintenant essayer d'introduire la langue. Commencez lentement avec le bout, en caressant les lèvres puis la langue. Pas trop vigoureusement, jouez calmement et avec des mouvements circulaires pour entrelacer les deux langues.

— Entrelacer ? répéta Kyle.

Astuce : n'enfoncez pas votre langue dans la gorge de votre partenaire.

Juliet pointa le doigt vers Kyle, qui hocha la tête et leva le pouce.

Six, rétractez votre langue et caressez les lèvres avant de mettre fin au baiser.

Kyle commença à s'entraîner, en faisant des grimaces de poisson. Il n'inspirait pas confiance.

À l'écran, un garçon et une fille s'embrassaient pendant tout le tutoriel. C'était érotique, et cela ne ressemblait pas du tout à leur expérience.

Ils se repassèrent la vidéo ; à la moitié, pendant le point n° 4, ils commencèrent à s'embrasser, chacun caressant les lèvres de l'autre. C'était agréable.

— Oh, fit Juliet.

Ils continuèrent pendant un temps infini avant que Kyle n'introduise lentement sa langue. Ils n'entendirent pas la porte d'entrée, ni les courses tombant par terre.

— Juliet, tu es là-haut ? cria Molly.

Ils s'écartèrent l'un de l'autre.

— Oui, mamie. On regarde YouTube.

— Vous pourriez aussi bien le faire dans le salon !

— D'accord, mamie, répondit-elle.

Mais elle se pencha pour embrasser Kyle de plus belle.

47

Davey

En entrant dans la salle, Davey trouva ses potes en pleine répétition sur scène. Kev et Louis n'avaient jamais joué ensemble dans le même groupe, mais les semaines de préparation payaient et Kitchen Sink et The Sound se fondaient bien ensemble. Il ne manquait que Johnny. Kev fut le premier à voir Davey, « l'homme du jour », comme il le dit.

— Tu ne penses pas sérieusement porter ça ?! lança Davey en indiquant le bleu de chauffe deux tailles trop petit dans lequel il était engoncé.

— C'est mon look.

— C'était déjà un look pourri à l'époque, persifla Francie, qui sauta de la scène pour prendre Davey dans ses grands bras. Bon retour, toi.

— Tu parles d'un retour !

— Comme disent les jeunes, ça va être énorme.

Jay le salua du menton.

— Ça va, Quasimort ?

— Je m'accroche, Jay. Et toi ?

— Je crois que mes gosses complotent pour me tuer, mais à part ça, tout roule.

— Ça va, Davey ? lança Louis en s'agenouillant sur la scène pour lui tendre la main.

Davey lui serra la pince.

— Allez, on y va, dit Francie en lui montrant le programme. On fait moitié morceaux de Kitchen Sink, moitié The Sound.

— OK.

Davey retira sa veste, sortit ses baguettes de sa poche revolver et s'installa à la batterie.

— C'est tout ? Où sont les cymbales et les toms ?

— T'as une caisse claire, la grosse caisse et des charlestons, ça suffit bien, dit Francie. Avec plus, ce serait le bordel, de toute manière.

— Putain de m… fit-il avant de l'essayer. Tu te rends compte qu'elle a besoin d'être accordée ?

— Tu ferais bien de t'y mettre, alors.

Davey sortit une clé de sa poche.

— Ça va être un carnage.

Jay pouffa de rire.

— J'ai hâte.

Une fois que l'instrument fut accordé et que Davey eut accepté l'idée de jouer avec une batterie réduite de moitié, ils répétèrent la première chanson. Cela ne se passa pas trop mal – il se trompa une fois ou deux, mais fut vite dans le bain.

— Joli, dit Francie quand ils eurent terminé.

— Et donc on la fait sans chanteur ? demanda Davey.

— Non non, le neveu de Louis va chanter.

— Et avant que tu t'énerves : il est bon, précisa Louis.

— Même mieux que ça, renchérit Francie. Il fera honneur à Johnny.

— Et il est où, là ?

— Il bosse au supermarché Tesco, il va arriver.

Ils étaient à la moitié du second set lorsque Jason entra. Environ vingt-cinq ans, les cheveux courts et nets – un fan de muscu large d'épaules, bâti comme The Rock ; il travaillait peut-être chez Tesco, mais il avait l'allure d'une star. Il bondit sur la scène et fila aussitôt vers Davey – pour un grand costaud, il avait le pas léger.

Il lui serra la main.

— J'ai tellement entendu parler de toi ! C'est un honneur.

— Honneur, mon cul, oui ! lança Francie. Arrête ta lèche et viens chanter.

Davey fit un signe de tête à Jason, puis entrechoqua ses baguettes – un, deux, trois, quatre – et ils démarrèrent. Quand Jason ouvrit la bouche pour chanter, l'avis de son oncle Louis fut confirmé : il avait un réel talent. *Putain de merde !* Il avait un timbre particulier, un peu voilé, et une amplitude étonnante. Ils répétèrent le set entier encore deux fois, ce qui suffit à Davey pour tout mémoriser. Il galérait avec sa batterie incomplète, mais enfin ça marchait.

Ils répétèrent jusqu'à l'heure de la balance ; un gros technicien aux cheveux longs était à la console avec ses oreillettes.

— C'est parti, dit-il.

Ils passèrent une heure à faire des réglages, après quoi ce fut le moment de manger. Le pub leur prépara un bon repas. Davey mourait de faim. Ils s'assirent tous à une grande table ronde pour se goinfrer de fish and chips arrosés de bière.

Francie porta un toast :

— À Johnny Faye, le type le plus génial et le plus malchanceux que j'aie jamais connu.

Tous levèrent leur verre.

— Et à la grande Rabbit Hayes, ajouta Jay.

La bière coula à flots. Davey était déjà soûl bien avant de monter sur scène.

48

Marjorie

En faisant son shopping, Marjorie prit aussi une chemise de nuit en coton léger pour Grace. Elle s'arrêta pour acheter une boîte de chocolats, du baume à lèvres et une crème hydratante légère. Elle faisait tout le temps des petits cadeaux à Rabbit, et à présent, c'était le tour de Grace. Elle se gara sur le parking de l'hôpital, comptant déposer son colis à l'accueil, mais elle tomba sur Lenny en passant la porte.

— Marjorie ! Qu'est-ce que tu fais là ?

— Oh, je passais juste déposer quelques petits trucs.

— C'est très gentil à toi.

Il lui prit le sac.

— Comment va-t-elle ?

— Elle est en réanimation ; ils vont bientôt la ramener dans sa chambre.

— Ah, tant mieux. Et toi, ça va ?

Elle regretta un instant sa question en le voyant fondre en larmes. Elle le prit par le bras et le guida vers la cafétéria.

— Thé ou café ?

— Je tuerais pour un crème, dit-il en essuyant ses larmes.

— Quelque chose à grignoter ?

— Non, j'ai l'estomac en vrac.

Elle alla chercher deux cafés, lui tendit le sien et s'assit en face de lui.

— Tu es adorable, dit-il.

— Ce n'est pas l'avis de ma mère.

— Elle a de la chance de t'avoir.

Marjorie et Grace s'étaient parlé de temps en temps au cours de l'année. Marjorie était à fond pour qu'elle fasse le nécessaire afin de ne pas suivre Rabbit dans la tombe.

— Tu as énormément aidé Grace, ajouta Lenny.

— Elle est forte. Elle s'en sortira très bien.

— J'ai dû l'extirper de la voiture avec un chausse-pied et la porter jusqu'à la salle d'anesthésie.

— Rabbit et moi, on sortait derrière l'hôpital tirer sur un joint avant ses opérations – ça la détendait, elle appelait ça sa pré-prémédication.

— Tu plaisantes !

— Non.

— Quel sacré numéro, cette Rabbit !

Marjorie sourit en revoyant son amie se rendre à son opération en fredonnant l'air de « Survivor » de Destiny's Child.

— On prend le courage là où on le trouve.

— Ce n'était pas dangereux ?

— Sans doute que si, on ne s'est jamais renseignées.

— Seigneur.

— Comment vont les garçons ?

— Ça va. Jeff est un peu renfermé, mais les autres ont l'air d'avoir digéré l'affaire, sans doute mieux que moi.

— Grace et toi, vous devriez prendre des petites vacances dès qu'elle sera sur pied.

— Ça va être long, je pense. Je me demande sans cesse comment ça sera.

— Comment ça… ?

— D'être ensemble… dans l'intimité, quoi. Est-ce qu'elle sera la même ?

— Je croyais que le médecin vous en avait parlé.

— J'étais mortifié… c'était trop, je ne savais pas quoi dire.

— Vous serez les mêmes personnes, elle et toi.

— Est-ce que Rabbit se sentait pareille après ?

— Rabbit était malade.

— C'est ce que tout le monde répète, mais était-elle la même après l'opération ?

— Non.

Les poings de Lenny se serrèrent ; ses yeux se mirent à briller. Il hocha lentement la tête.

— Merci.

— De quoi ?

— De ton honnêteté.

— Rabbit n'est pas Grace, et elle ne t'avait pas, toi.

— Non, mais elle pouvait compter sur toi.

Marjorie eut besoin d'un instant pour se ressaisir.

— Prends les choses une par une. Sois là. Occupe-toi d'elle, et quand elle sera rétablie, elle s'occupera de toi.

— Ce n'est pas que le sexe, dit-il.

— Je sais.

— Mais c'est ma chérie, tu sais.

— Et elle le sera encore. Il y a des hommes qui seraient enchantés par une paire de nénés tout neufs.

— J'adorais les anciens.

— Ça s'arrangera, tu verras.

— C'est ce que je croyais, avant. Et puis Rabbit est morte.

Il se leva et tendit sa main. Elle la serra.

— Merci, Marjorie.

— Embrasse-la pour moi.

— Bien sûr. Bon concert ! Embrasse Davey pour moi.

Il lui fit un clin d'œil et disparut.

Elle resta terminer son café dans la cafétéria de l'hôpital, en fantasmant sur l'idée d'embrasser Davey. *Arrête, Marjorie, tu as quarante et un ans, nom d'un chien.*

49

Grace

Grace s'abrita les yeux de la lumière vive venue d'en haut et sentit un tiraillement dans sa poitrine en levant le bras. Elle sentit aussi les fils qui tiraient. *Berk.* La douleur, cependant, était gérable. Elle avait une manette dans la main, et elle pressa sur le bouton. *Hmmmm, c'est mieux.* Elle appuya encore… *Oui… Bien… D'accord… Encore un pour la route…* Un nouvel infirmier, un Philippin d'une trentaine d'années, se présenta.

— Melchor, dit-il.

— Je ne vois pas de quoi vous parlez.

— C'est mon prénom, mais vous pouvez m'appeler Mel.

Ah. Merci.

— Comment est la douleur ?

— Quatre.

— C'est bien, quatre.

— Zéro, c'est mieux. Je crois que j'ai cassé ce truc, dit-elle en élevant la manette.

Il sourit.

— Attendez un petit peu. Des nausées ?

— Non.

— J'ai parlé avec votre mari. Il était inquiet comme tout, mais je lui ai dit que vous alliez très bien.

— Vous avez menti, alors.

Il sourit.

— Vous vous débrouillez comme un chef, madame, tout se passe à merveille.

— On ne dirait pas.

— Vous voulez vous asseoir ?

Elle n'en pouvait plus d'être couchée sur le dos, mais elle avait peur.

— Tout doucement, insista-t-il.

— Tout doucement.

Il redressa le lit lentement et sans à-coup, puis inclina le torse de Grace. Elle émit un petit gémissement. Il regonfla ses oreillers, et sans même s'en apercevoir, elle se retrouva assise.

— Merci.

Elle était couverte par sa blouse mais rien d'autre ; si elle avait osé, elle aurait pu simplement la baisser et se voir.

Pas encore.

Elle ne pouvait plus esquiver le fait que des fils sortant de son corps la reliaient à des machines et à des poches.

Comme Rabbit.

Sauf que ce n'était pas Rabbit. Elle n'avait pas un cancer. *Pas encore, et maintenant peut-être jamais. Une opération de passée. Plus qu'une. Et ensuite, la liberté ?*

Elle voyait ses mains, le cathéter jaune. La perfusion qui l'hydratait lui donna des faiblesses dans les genoux.

Peut-être que j'ai la nausée, en fait. Oui ? Non, juste la tête qui tourne un peu. Brrr, ne regarde pas. Ne regarde pas.

Elle sentait les drains qui sortaient sous chacun de ses seins. *Ça, tu ne regardes surtout pas. Ne regarde pas.*

Elle toussa. *Aïe. Ouille.* Elle appuya sur le bouton. Une fois, deux fois, trois fois. Ce faisant, elle sentit le cathéter bouger dans sa main.

Beuârk.

— Ahhh ! ça remarche.

— Vous êtes très courageuse, dit Mel.

— Ce n'est pas mon impression.

— Quelle impression avez-vous ?

— D'avoir été pragmatique.

— Dans votre cas, c'était la décision la plus courageuse.

— Vous parlez comme ma mère, fit remarquer Grace.

— Une femme très intelligente, donc.

— Oh, vous n'avez pas idée.

Elle rit doucement. *Houla, ouille ! Aïe.*

— Ne pas rire, ne pas rire, dit-elle en appuyant à fond sur le bouton.

Ensuite, elle s'endormit.

Au réveil, elle vit Lenny assis à son chevet, en train de feuilleter un magazine. Le lourd rideau en papier bleu était tiré autour du lit, créant un petit cocon qui les isolait des autres patients.

— Bonjour, dit-elle.

Il l'embrassa sur le front et lui caressa les cheveux.
— Comment ça va ?
— Très bien. Et toi ?
— Je commençais à trouver le temps long.
— Qu'est-ce que tu as fait ?
— Des kilomètres à pied dans tout l'hôpital.
— Dommage que tu n'aies pas porté un bracelet Fitbit.
— En tout cas, j'ai largement dépassé mes dix mille pas.
— Tu as juste marché pendant sept heures ?
— Marjorie est passée, elle t'a acheté de jolies choses.
— C'est vrai ? C'est adorable.
— On a bu un café et discuté un peu.
— Et vous avez discuté de quoi ?
— De toi, et de la chance que j'ai.
— On a tous les deux de la chance, alors.
Il voulut lui prendre la main, mais elle se déroba.
— Ah, ah, ah…
Elle retira sa main. Elle ne supportait pas l'idée qu'il la touche. Rien que d'y penser, elle en était malade.
— Pardon, dit-il.
Elle inspira profondément.
— Lenny, je n'ai pas regardé.
— Non ?
— Je ne peux pas.
— D'accord.
— Tu veux bien le faire ?
— Ah, Grace…
— S'il te plaît.
— Merde.

— S'il te plaît.

— Bon, d'accord.

Elle ferma les yeux et baissa le devant de sa blouse pour se montrer à Lenny. Elle l'entendit souffler.

— Dis-moi ce que tu vois.

— Eh bien, la bonne nouvelle, c'est qu'ils sont plus hauts, tu vas adorer ça, et il y a une cicatrice toute droite avec une sorte de scotch marron sur plusieurs couches. Tu as quelques bleus et deux drains qui sortent sur les côtés.

— D'accord, mais ils sont comment ?

— Je crois que tu seras contente.

— Oui ?

— Ils sont énormes !

— Ils sont enflés, patate.

Il rit.

— Je crois qu'ils vont te plaire.

— Et toi, ils te plaisent ?

— Tu es ma femme, la mère de mes enfants et ma meilleure amie – je suis aux anges.

Elle prit une grande inspiration. *Aïe, merde, aïeuuuh*. Elle appuya sur le bouton ; une vague de sérénité la submergea. Elle rouvrit les yeux et regarda vers le bas.

— Ohhh !

— Alors ?

— Je pourrai m'y faire, reconnut elle.

Puis elle aperçut l'un des cache-drains que Ryan lui avait fait faire, avec le lapin dessus, et elle pleura de soulagement et de chagrin, de joie et de tristesse.

Une opération de passée, plus qu'une à venir. Je t'aime, Rabbit. Tu me manques. Merci.

50

Juliet

Molly déposa Juliet et Kyle devant l'entrée des artistes.

— Tu frappes et tu dis que tu es avec Davey.

— Je sais quoi faire, mamie.

— Bien sûr, ma chérie.

Molly lui fit au revoir de la main, puis se rappela quelque chose.

— Je reviens dès que possible. Tu as de quoi vous acheter quelque chose à boire ?

— Oui, mamie. Tout va bien.

— D'accord.

Elle tourna les talons. Ils la regardèrent partir, debout devant la porte.

Juliet allait frapper quand Kyle demanda :

— Tu veux qu'on s'embrasse encore ?

Elle fit oui de la tête. Elle le prit par la main et traversa le parking en direction des buissons.

— C'est l'endroit le plus tranquille dans le coin, dit-elle en indiquant un trou entre les arbustes.

Il commença à l'embrasser lentement, en utilisant toutes les techniques récemment apprises. C'était doux, tendre et agréable, et il était sur le point de réintroduire sa langue lorsqu'il s'arrêta net. Juliet pleurait.

— Qu'est-ce que j'ai fait ? s'inquiéta-t-il.

— Rien.

— Pourquoi tu pleures ?

— J'en sais rien.

— Tu es heureuse avec Davey, non ?

Elle déglutit, la gorge serrée.

— Ben oui.

— Je ne te crois pas.

— Il est sympa avec moi.

Kyle lui prit la main.

— Reviens ici, chez toi.

— Je peux pas.

— Tu es sûre ?

Non, elle n'était pas sûre. Elle s'était sentie mieux depuis sa descente de l'avion que pendant toute l'année passée. *Je suis chez moi.* Sa mère n'était pas simplement un souvenir douloureux, elle était en quelque sorte vivante et présente partout où Juliet posait les yeux. *Je suis chez moi.* En une journée, Juliet avait vécu plus de choses que pendant tout le temps écoulé depuis son départ. *Je suis chez moi.*

— Je pense qu'on devrait y aller.

Il acquiesça.

— Désolée, Kyle, ajouta-t-elle.

Il plaqua sa bouche sur la sienne et l'embrassa en marchant vers les portes.

— On fait des progrès, non ? dit-il lorsqu'il s'écarta d'elle.

— Grave.

En coulisse, les gars étaient un peu éméchés. Jay dormait tout droit sur une chaise. Derrière un coin de mur, ils trouvèrent Kev debout face à Davey et Francie qui tâchaient d'arranger son bleu de chauffe. Il était un peu trop serré, en particulier à l'entrejambe.

— Soit il a rétréci, soit c'est mon énorme engin qui gêne, dit-il.

À ce moment-là, Francie leva les deux mains en l'air.

— Juliet Hayes !

Kev pivota pour la voir.

— Putain ! Pardon, Juliet. Ça fait plaisir de te voir. Tu vas bien ?

— Je suis à l'aise dans mes fringues, au moins, répliqua-t-elle, pour la plus grande joie des autres.

— J'ai l'impression de voir un fantôme, dit Francie avec un peu de fierté.

Louis apparut, le programme à la main. Il salua Juliet d'un coup de menton.

— Comment va ?

Elle lui fit coucou de loin.

— Où est Jay ?

— Il dort.

— Quoi ? fit Louis. Qui l'a laissé s'endormir ?

— Il dort toujours avant les concerts, lui rappela Davey.

— Ça fait vingt ans qu'il n'a pas joué en concert, répondit Louis avant de s'en aller en grommelant. Bordel de merde.

— C'est pas faux, commenta Davey.

Mais au fond il s'en fichait, car il était soûl.

— Ça va, Davey ? s'enquit Juliet.

Il sourit et leva les deux pouces.

— Au poil.

— Oh non, qui l'a fait picoler ? Je vais vous étrangler !

Elle avait l'air très en colère.

Francie se tourna vers Davey.

— Exactement comme sa mère !

Puis il s'adressa à Juliet.

— Fallait bien qu'on le détende un peu, sinon il aurait passé la soirée à rouspéter sur ses toms et ses cymbales et tout.

— C'est méchant, ça, bredouilla Davey.

Jay revint avec Louis.

— Juliet ? Bon retour, dit-il en lui ébouriffant les cheveux. Et lui, c'est qui ?

— Kyle.

— Bonsoir, Kyle. Et tu fais quoi dans la vie ?

— Euh, je sais pas… Je vais au collège ?

— Ah oui ? fit Francie. T'es sûr ? T'as pas l'air bien sûr.

Juliet rit.

— Ils rigolent.

— Oh mais non, on est hyper sérieux, dit Jay. T'es d'accord pour qu'elle fréquente ce gamin, Davey ?

— Il mange des vers de terre, répondit ce dernier.

Kyle rougit et répondit en bafouillant un peu.

— Je ne… Je n'ai jamais… peut-être une fois. J'avais quatre ans.

— C'est un bon gars, affirma Davey en lui faisant un clin d'œil.

— Bon, alors si Davey approuve, bienvenue, dit Francie.

La salle commençait à se remplir. Juliet sentait la chaleur de la foule et entendait le bruit monter : des voix passaient à travers les murs, des pieds faisaient vibrer le sol. D'expérience, elle pressentait que la salle serait comble. Jason apparut avec quelques bouteilles d'eau et les jeta aux garçons.

— Buvez, on entre en scène dans dix minutes.

— Je te présente Jason, dit Davey à Juliet. Il va chanter pour nous.

— Salut, Jason. T'as pas intérêt à te planter : c'est pour ma mère.

Il lui serra la main.

— Je vais tout donner, Juliet.

Elle entendit Marjorie avant de la voir.

— Tiens tiens tiens…

Elle se retourna.

— Marjorie ! lança-t-elle en lui sautant au cou.

— Tu m'as manqué, ma petite pote ! lui dit Marjorie.

— Toi aussi, Marjo.

Davey s'avança.

— Alors comme ça, tu étais au courant et tu ne m'as rien dit ?

— J'avais juré de garder le secret, se justifia-t-elle en le serrant dans ses bras.

— Je vais te tuer.

— Un an qu'elle n'est plus là… il fallait marquer le coup.

— De la meilleure manière.

— Cinq minutes ! avertit Louis.

— Laissons-les tranquilles, dit Marjorie. Merde, les gars !

— À plus, Marjo.

Juliet partit vers la salle bondée entre Marjorie et Kyle, et pour la première fois depuis la mort de sa mère, elle ressentit un réel bonheur, sans remords. Elle se sentait en paix.

Oh non.

51

Molly

Grace regardait dans le vide lorsque Molly entra dans la chambre. Lenny était à son chevet, en train de lire le journal.

— Elle a bonne mine, dit Molly en se baissant pour embrasser Lenny. Elle a de belles couleurs.

— Elle va bien, Molly.

— Coucou, maman, dit Grace, revenant sur terre.

— Comment tu te sens, ma chérie ?

— Comme si on m'avait passée au lave-linge.

— Et la douleur ?

— Ça va, si je ne bouge pas. (Grace se hâta d'appuyer sur le bouton.) Où est papa ?

— Il s'occupe de Juliet, mentit Molly.

— Ah oui.

— Mais il t'embrasse.

— D'accord.

— Les garçons sont venus te voir ?

— Ils viennent de partir.

— Ils allaient bien, ils se sont bien tenus, même Ryan.

— Stephen les emmène au concert, précisa Lenny.
— Très bien, ça leur changera les idées. Tu t'es déjà levée, Grace ?
— Non, maman, demain. J'ai une sonde.
— Mais plus pour longtemps.
Lenny céda sa chaise à Molly et partit s'en chercher une autre. La lumière était basse et, à part l'odeur d'antiseptique, l'environnement était tranquille, pas comme quand Rabbit était hospitalisée et que tout le monde autour d'elle était mourant. Il y avait dans ces services-là un mélange d'odeurs, d'angoisse terrible et de léthargie qui tournait le cœur de Molly.
Lenny revint avec une chaise et s'assit.
Grace était à moitié dans les vapes.
— Je ne sens pas la sonde, maman, dit-elle. C'est comme si je n'avais pas de vessie. Je n'ai pas eu envie de faire pipi de la journée.
— Oh, pourtant tu as pissé ! dit Lenny.
— J'ai la bouche sèche.
Lenny lui servit un verre d'eau.
— Et ce bouton est encore cassé.
— Il n'est pas cassé, Gracie. C'est juste que tu as atteint ta limite.
— Ils sont hyper radins avec les antidouleurs, maman.
— Je suis sûre qu'ils font au mieux, ma chérie.
C'était dur, pour Molly, de voir sa fille si diminuée. Elle était pâle, les joues rouges, le visage creusé par la douleur. Depuis que Molly était arrivée, elle n'avait pas bougé un muscle, à part son pouce sur le bouton. Elle était pétrifiée sur place.
— Tu vas aller au concert, maman ?
— Bah oui, je passerai une tête. C'est quand même pour Rabbit et Johnny.

— Si vous ne vous pressez pas, vous allez le rater, dit Lenny.

— Tu n'y vas pas, Lenny ?

— Non, Stephen a emmené les petits et il sort avec sa copine après. Moi, je reste ici tant qu'on ne me chasse pas.

— Tu n'es pas obligé, dit Grace.

— Je ne vais pas te laisser seule, sauf si je n'ai pas le choix.

Quand il partit chercher du thé, Molly se rapprocha de sa fille.

— Ça va mieux, Gracie ?

— Ça va mieux, maman.

— C'est bien.

— Tu veux les voir ? Je ne peux toujours pas regarder, mais Lenny dit qu'ils sont jolis.

— Ah, il ne te mentirait pas.

— Bien sûr que si.

— L'important, c'est que tu sois là avec nous, que j'aie ta main dans la mienne, que j'entende ta voix, que je voie ta bouche quand tu parles, que je sente ton haleine sur ma joue…

— Oh mince, maman, file-moi une pastille de menthe !

Molly en sortit une d'un paquet et essaya de la passer à Grace, mais comme ses bras refusaient de bouger, elle la lui mit directement dans la bouche.

— Je disais quelque chose de poétique.

— Enfin, tu essayais, pouffa Grace. Aïe, ouille, aïe, aïe… Je ne dois pas rire.

— Ça me va, dit Molly. Je ne ris pas, moi.

— Papa m'en veut encore, hein, maman ?

— Il ne comprend pas, Grace, c'est tout.

— Pourquoi ?
— Je n'en sais rien.
— Est-ce qu'il me déteste ?
— Bien sûr que non. Tu le connais, il finira par se faire une raison.
— Ça me rend triste, maman.
— Je suis désolée, Grace.

Dans sa tête, Molly tapait sur la tête de Jack avec un filet d'oranges.

Grace rappuya fiévreusement sur le bouton. Les antalgiques coulèrent dans ses veines et ses traits se détendirent.

— Aaaah, ça remarche, maman, dit-elle avec un petit sourire. Ça fait comme des vagues tièdes. Tu te rappelles quand on était petits, les étés à Blackpool… Davey, Rabbit et moi jouant dans les vagues tièdes ?
— Je me souviens de Blackpool, mais pas que l'eau ait jamais été tiède.
— C'était tropical, maman. Tous les trois, on jouait dans la mer pendant que vous nous regardiez depuis la plage, papa et toi.
— C'était il y a longtemps.
— Mais c'était magique, hein, maman ?
— Oui, ma chérie. Magique.
— Je suis fatiguée, maman.
— Dors, ma belle.
— J'ai peur.
— Peur de quoi ?
— De demain.
— N'aie pas peur, Grace. Je suis là, Lenny est là…
— Et papa, il sera où ?

Je vais le tuer, je le jure.

— Est-ce que je vais redevenir moi-même ? demanda Grace, les larmes aux yeux.

Molly se redressa en prenant soin de ne pas toucher ni frôler le torse de Grace. Elle évita la main qui portait le cathéter, ainsi que les tuyaux et cache-drains.

— Je t'ai déjà dit que, bébé, tu étais affreuse, Gracie ?

— Oui, maman.

Molly sortit un mouchoir de sa poche pour essuyer les larmes de sa fille.

— Ta tête ressemblait à un cul de vieillard, avec des cheveux roux en brosse, mais tu valais le détour.

Grace sourit.

— Est-ce que je t'ai dit comme tu es belle aujourd'hui, Gracie ?

— Non, maman.

— Tu es belle et tu l'as toujours été, même quand tu étais laide comme un pou.

Grace eut un petit rire.

— Aïe…

Elle rappuya sur le bouton.

— Ça marche encore, maman, dit-elle avant de sombrer dans le sommeil.

Molly attendit le retour de Lenny.

— Tu es un type bien, lui dit-elle avant de s'en aller.

Elle traversa la ville pendant que la nuit tombait et que l'éclairage public s'allumait. Elle pensa à Rabbit et au fait de lui tenir la main, d'entendre sa voix, de voir bouger ses lèvres quand elle parlait, de sentir son haleine sur sa joue, et ce rire sec qui était le sien, sa voix forte, son âme douce, et si elle avait eu l'esprit plus faible, elle aurait foncé dans un mur.

Pardon. Mille pardons.

52

Davey

Les gars furent dégrisés par l'effervescence qui montait. L'ambiance de salle comble, la présence des amis, de la famille et des fans des deux groupes de l'époque suffirent à les propulser sur scène. Le public les acclama, Marjorie, Juliet et les neveux de Davey rugissant avec tout le monde. En fond de scène, éclairées sur le mur, trônaient d'immenses photos en noir et blanc de Johnny, de Rabbit et des garçons de Kitchen Sink et de The Sound. La principale représentait Johnny assis au bord de la scène, seul, chantant dans un micro, et Rabbit à la console, les doigts sur un curseur, leurs regards se croisant. Davey ne se rappelait pas quand cette photo avait été prise, mais elle était parfaite. Francie ouvrit le concert en faisant taire le public. Les cris, les applaudissements et les sifflets se turent aussitôt qu'il leva la main. Le silence se fit.

— C'est fantastique de voir tout le monde, on est heureux que vous soyez venus si nombreux pour célébrer la vie de nos amis, de notre famille. Johnny avait vingt-six ans quand il est mort, et il a laissé tout un monde d'amour derrière lui. Il était poète, auteur-compositeur, chanteur, musicien. Et il était marrant, ce con.

Il y eut des rires dans la salle.

— Il savait ce qu'il voulait, et ce qu'il voulait, c'était le monde entier. Ça n'a pas pu se faire, mais pendant une brève période, il a tout eu.

Des acclamations s'élevèrent.

— Parce qu'il nous avait, nous, et qu'il vous avait, vous.

Les spectateurs se mirent à taper des pieds.

— Et puis il avait Rabbit Hayes. Que dire de Rabbit ? On l'aimait, c'était notre mascotte, notre ingénieure du son, notre pom-pom girl, celle qui mettait fin aux bagarres.

Encore des vivats.

— Elle en a aussi déclenché quelques-unes.

Encore des rires.

— Elle nous a gardés unis le plus longtemps possible, et pour Johnny elle était une muse, sa meilleure amie, sa conscience, sa passion et l'amour de sa vie.

Le public applaudit et Francie leva de nouveau la main pour faire revenir le silence.

— Il pensait qu'ils se retrouveraient un jour. Elle, de son côté, pensait que la mort était la fin. Qui sait où ils sont maintenant, mais quoi qu'il en soit… (Il se retourna vers la photo de Johnny chantant pour Rabbit.)… ils seront toujours ensemble, alors maintenant, on va commencer.

Le public se déchaîna.

— Merci de votre soutien. Toutes les recettes iront à la Fondation contre la sclérose en plaques et à la recherche contre le cancer, et ceci est une chanson sur la liberté…

La salle avait une capacité de deux cents places, mais le bruit qui l'emplit semblait émaner de deux mille personnes. Davey fit cliqueter ses baguettes – un, deux, trois, quatre – et donna le tempo. Le groupe se lança, et aussitôt que Jason ouvrit la bouche pour chanter, l'assistance chanta avec lui. Davey eut un frisson dans la nuque, et sut que ce moment était unique.

Il y eut beaucoup de couacs ce soir-là, mais les jumeaux firent mourir de rire le public, arrêtant des chansons et distribuant des cartons jaunes à ceux qui se trompaient – c'est-à-dire principalement Davey, qui n'avait pas pu assister aux répétitions.

— Stop. Stop. Stop. Le célèbre batteur se vautre complètement, dit Francie en sortant un carton jaune de sa poche pour le lancer à Davey.

— Faut dire que si on m'avait prévenu…

Francie lui jeta un autre carton.

— Et ça, c'est parce que tu pleurniches… c'est interdit chez nous.

La batterie lui semblait trop petite, ou alors c'était le tabouret qui était trop bas… en tout cas, il avait les genoux qui lui remontaient aux oreilles.

— Non, mais regardez-le. Avec un batteur pareil, je sais même pas si on peut faire des œufs en neige, hein, Quasimort ?

Davey ponctua la blague – badam-tssss – et le public s'esclaffa.

Les gars se relayèrent pour raconter l'histoire des chansons qu'interprétait Jason.

— La prochaine parle d'un amour à sens unique, dit Jay. C'est une chanson que Johnny a écrite pour Rabbit, et que je lui ai jouée deux jours avant sa mort. Je ne vous dirai pas ce qu'elle a dit ou fait ce jour-là, c'est entre nous, mais bref, c'est leur chanson.

Louis enfonça les touches du clavier, la voix de Jason emplit la salle, et le temps que le groupe démarre, Davey sanglotait déjà derrière sa batterie. *Putain de merde...* Les gars s'en aperçurent, mais personne ne fit de blague. Ce n'était pas le moment. Le concert s'acheva dans un tonnerre d'applaudissements. Il y eut deux rappels. Davey était retourné dans le passé le temps d'une soirée, et c'était magnifique de jouer avec les gars, de revivre la grande époque, les blagues, les rires, la complicité.

Ensuite, alors qu'il slalomait dans la foule, serrant des mains et faisant des checks à des amis comme à des inconnus, il tomba sur l'ex de Francie, Sheila B la folle. *Oh merde.* Il jeta des coups d'œil autour de lui pour voir si Francie était suffisamment loin d'elle.

— Ne t'en fais pas, je ne suis pas là pour faire des histoires, dit-elle.

— Non, Sheila, je ne penserais jamais ça, ça fait plaisir de te voir.

— Je prends bien mes médocs, n'aie pas peur. Francie est en famille. Je ne vais pas m'approcher de lui.

Davey se détendit.

— Comment ça va, Sheila ?

— Super bien. Écoute, je voulais juste te dire que je suis désolée pour Rabbit. J'aurais dû aller à l'enterrement, mais je sortais tout juste de l'HP, tout était un peu dur, tu sais ce que c'est.

— Oui oui.

Autrefois superbe, elle était maintenant ravagée par les épreuves traversées.

— Tes parents sont dans le coin ? J'aimerais bien leur présenter mes condoléances.

Davey fouilla la salle du regard et repéra Jack dans le fond.

— Mon père est là-bas.

— D'accord. Bonne chance, Davey.

Il eut une bouffée de chagrin en la regardant s'éloigner.

Si imprévisible et terrifiante qu'elle fût, Sheila B avait joué un grand rôle dans l'histoire de Kitchen Sink. Elle avait été la première vraie copine de Francie, et maintenant, c'était une étrangère.

— Sheila ?

— Oui.

— Ça m'a vraiment fait plaisir de te voir. Tu mérites le meilleur.

— Tu as toujours été un tendre, dit-elle avant de s'enfoncer dans la foule.

Marjorie avait pleuré. Elle renifla en se tamponnant les yeux.

— Comme au bon vieux temps, dit-elle avant de l'embrasser chaleureusement.

Juliet sautillait sur place.

— C'était génial ! J'ai adoré la chanson pour maman, on pourra la charger dans mon téléphone ?

— Bien sûr.

— Quelles nouvelles de Grace ?

— Elle va bien, Davey. Tout va bien.

Il souffla et s'assit, la tête entre les mains.

— Tant mieux, murmura-t-il.

La salle commençait à se vider. Juliet, ses cousins et Kyle filèrent, laissant Marjorie et Davey en tête à tête. Il la contempla ; elle était radieuse – un être solaire, brillant au firmament. Elle était triste et heureuse à la fois. Il prit conscience qu'il était en train de la toucher avant de l'avoir pleinement décidé, tenant son visage entre ses mains et lui caressant les joues avec ses pouces. Il se pencha et l'embrassa, là, dans cette salle pleine d'amis et de membres de sa famille. Il n'y pensa pas, ne réfléchit pas, ne planifia rien et ne négocia pas avec lui-même ; il le fit, et elle lui rendit son baiser.

— On bouge, dit-il.

Il la prit par la main et ils s'en allèrent vers la porte.

— Tu ne vas pas saluer ta mère ? fit la voix de Molly derrière lui.

Il fit volte-face.

— Bonsoir, m'man.

— Beau concert.

— Merci.

— Rabbit serait fière.

— Tu raccompagneras Juliet ? demanda-t-il.

— Où êtes-vous partis, tous les deux ?

— À l'hôtel.

Il regarda Marjorie, qui acquiesça.

— Ah, Marjorie, quelle idée ! cria Molly derrière eux alors qu'ils couraient vers les portes. Tu mérites mieux que de rouler dans le foin avec ce gougnafier – pardon, mon fils !

— Pas de problème, maman !

Davey s'en fichait, il voulait juste ressentir autre chose que l'échec, la pression et la douleur, et il voulait le ressentir avec Marjorie.

53

Jack

Jack se gara devant chez Grace. Les rideaux étaient tirés et la maison était plongée dans le noir. La voiture de Lenny n'était pas là. Soit il était encore avec Grace, soit il était au pub. Celle de Stephen était garée sur l'accotement, donc, même s'il était couché et endormi, il y avait au moins un adulte dans la place. Bernard sortit sa clé de sa poche.

— Ça va aller, les garçons ?

— Mais oui, papy, répondit Jeff en descendant à l'arrière.

Il les regarda passer devant la petite caravane, ce tas de rouille que Grace et Stephen avaient acheté précipitamment pendant l'agonie de Rabbit. Grace n'avait pas de place pour Juliet, alors elle en avait fait ; c'était rustique, mais c'était une solution, et si Davey n'était pas entré en jeu, elle se serait débrouillée pour que ça marche. Il savait qu'elle la conservait au cas où. Il n'y avait pas d'autre raison de le faire, et sa Grace se préparait toujours pour le scénario le pire.

Une fois les enfants rentrés, il regarda les lumières s'allumer dans la maison. Il resta assis dans sa voiture, sans bien savoir où aller ensuite. Il n'avait aucune envie de rentrer chez lui, n'ayant pas la force de se disputer, ou, pire, d'endurer une Molly glaciale. Il se comportait mal, il le savait, au fond, mais il se sentait impuissant. Grace se faisait charcuter *au cas où*, mais se mutiler n'était pas la même chose que garder une caravane dans son jardin. Il avait conscience que Grace avait remarqué son attitude distante. Quand elle entrait dans une pièce, il en sortait. Quand elle lui souriait, il regardait par terre. *Je n'ai pas envie de parler ni de sourire.* Il s'entêtait, et c'était son pire trait de caractère. Il le savait. Il n'y pouvait rien.

Comment est-ce que tout s'est écroulé ? Sa femme et lui ne se parlaient plus. Il y avait un trou en forme de Rabbit dans leur vie, qui semblait grandir chaque jour. Grace s'infligeait une vraie torture. Il avait été là pour Rabbit, et il se fichait que le scalpel soit manié par un homme au visage plein de bonté ou que les soins aient été de premier ordre : la douleur et les drains, les infections, les éruptions, les veines éclatées, les contusions, l'œdème, la constipation, les problèmes de vessie, toutes ces épreuves liées à la chirurgie et sans rapport avec la chimio et les radiations consécutives, tout cela était une forme de torture. Rabbit n'avait pas eu le choix – c'était l'enfer ou la mort –, mais Grace… Comment pouvait-elle lui demander de revivre tout cela ? La première fois avait déjà failli le tuer.

La prière ne marchait tout simplement par sur lui. Il gardait juste la place de sa femme au chaud à l'église et écoutait ce que le père Frank avait à dire, même s'il lui arrivait de décrocher. Il regardait les poussières tournoyer et danser dans les rayons de lumière qui tombaient des vitraux et dessinaient des taches rondes sur les vieilles dalles du sol. À la fin de la messe, il sortait immédiatement par la porte latérale pour éviter encore une rencontre gênée avec le prêtre, qui se languissait de son amie. Comment aurait-il pu répondre à ses questions sur Molly ? Il ignorait les réponses. Elle était tellement prise par ses bonnes œuvres et ses vociférations politiques qu'ils étaient devenus des étrangers. Elle le tuerait quand elle découvrirait qu'il avait fait les démarches pour avoir un compteur d'eau. Ce serait l'ultime bataille, mais la loi était la loi, et sans elle, c'était le chaos. Molly et sa bande d'empêcheurs de tourner en rond en étaient la preuve, à tout le moins. Bien sûr, il ne le lui disait pas, et de toute manière elle n'aurait pas écouté. Jack sentait le foyer heureux qu'ils avaient construit sur plus de quarante ans sombrer peu à peu. Tout ce qu'il avait aimé s'en allait. *Ça ne devait pas se passer comme ça, Rabbit. Je devais mourir en vieillard satisfait, en laissant derrière moi une famille heureuse en bonne santé. Je devais partir le premier.*

Désolée, papa.

Ce n'est pas ta faute, ma chérie.

Une heure s'écoula, et Jack était toujours assis au volant devant chez Grace, à contempler deux chats qui cherchaient mutuellement à s'intimider. Il connaissait le chat roux des Noonan, qui devait avoir quinze ans et avait perdu une oreille ; l'autre était une boule de poils blanche, plus jeune, plus rapide mais moins expérimentée, et Jack avait beau se lamenter sur son sort, l'affrontement entre les deux félins était assez intéressant. Tout à coup, il crut voir du coin de l'œil la caravane bouger légèrement ; il tourna la tête, et, oui, les briques qui la soutenaient bougeaient aussi – c'était un balancement léger, mais net. *Un séisme ? Il y a peu de chances, mais j'en serais ravi.*

Il observa encore pendant une minute ou deux, puis descendit de voiture. La caravane remuait toujours. Il s'avança dans l'allée pour mieux voir. *Non, ce n'est pas mon imagination, ni ma vue qui me joue des tours, elle bouge bien.* Puis cela s'arrêta, et il se figea. Voilà qu'il jouait à cache-cache avec une caravane. *Qu'est-ce que je fais ?* Le mouvement reprit, la caravane se balançant doucement, s'inclinant, s'arrêtant… Les briques semblaient solidement en place, il n'y avait pas un pet de vent. *Il y a quelqu'un là-dedans !* Il ramassa une des cannes de hurley de Bernard, appuyée au mur du jardin, la leva au-dessus de sa tête et approcha à pas de loup, si lentement que son petit-fils et la copine de ce dernier eurent le temps de terminer leur affaire, de se rhabiller et d'ouvrir la mince porte, tombant alors sur un vieillard qui leur hurlait : « Pas un geste ! » en faisant tournoyer une canne de hurley.

— Papy ?

— Stephen ?

— Ben oui, c'est moi, et elle, c'est Charlene, dit-il de la fille qui se cachait derrière lui.

— Oh là là, je suis confus, je pensais qu'un vagabond s'était introduit dans la caravane.

— C'est pas grave, papy.

Stephen demanda une minute à Charlène, qui hocha la tête. Ce n'était pas facile de voir à quoi elle ressemblait, étant donné qu'il faisait noir et qu'elle se planquait, terrifiée. Stephen sauta de la caravane, prit la canne et la jeta sur le côté, puis posa un bras sur les épaules de son grand-père et le raccompagna à sa voiture.

— Tu vas te donner des crises cardiaques, papy, dit-il.

— C'est toi qui vas m'en donner une. Pourquoi tu n'emmènes pas cette fille dans la maison ?

— Charlene aime bien la caravane.

— Mais quelle idée !

— C'est notre petit endroit privé – j'ai mis des guirlandes lumineuses, un chauffage d'appoint et des bougies parfumées.

— Ta mère est au courant ?

— Elle aime mieux que je le fasse dans la caravane plutôt que dans la maison quand les petits sont là.

Jack se rassit au volant. Stephen s'installa sur le siège passager.

— Je les ai vus rentrer il y a plus d'une heure. Tu es resté là tout ce temps ?

— Je réfléchissais.

— À quoi ?

— À tout et à rien. Il y a eu de la bagarre entre le chat roux des Noonan et un minou blanc à poil long.

— Lequel a gagné ?

— Je n'en sais rien : j'ai été distrait par la caravane qui bougeait.

— Maman avait envie de te voir, ce soir.

— Comment va-t-elle ?

— Elle est soulagée que ce soit fait. Elle a mal et elle est shootée – tu sais, comme était Rabbit, ça va une minute et soudain elle se met à raconter n'importe quoi. Elle a demandé à Ryan s'il avait des ailes.

Jack secoua tristement la tête.

— Pourquoi ? bredouilla-t-il.

— Papy, elle l'a fait pour que ses fils n'aient pas à la voir endurer la chimio et la mort. Alors pardonne-lui, parce que sinon elle ne te pardonnera peut-être jamais.

Stephen descendit de voiture.

— Bonne nuit, papy, dit-il avant de repartir vers la caravane.

Jack démarra avant qu'elle ne se remette à bouger. Son petit-fils lui avait donné beaucoup de sujets de réflexion. Grace ne voulait pas imposer un cancer à ses enfants. Bien sûr, ça se tenait, mais… ça ne lui plaisait toujours pas.

Il rentra chez lui. Pas un bruit dans la maison. Passant la tête dans le salon, il vit Kyle profondément endormi dans le canapé. Il alla dans la cuisine se préparer un thé avant de se coucher. En regardant son téléphone, il y trouva un nouveau message :

Bonjour, Jack, c'est Derek. Bonne nouvelle : le contrat est enfin arrivé, donc si vous avez une minute cette semaine, nous pourrions peut-être nous voir à mon bureau. L'éditeur me dit qu'il compte sortir le livre dans l'année… Ah, et nous avons un titre : Jamais lâcher. *J'ai hâte d'avoir votre avis. Appelez-moi.*

Au cours de l'année passée, Molly avait clairement fait comprendre qu'elle ne voulait pas entendre parler de ce livre. En particulier, elle n'aimait pas l'idée que Rabbit soit offerte à la critique sans être là pour se défendre.

— Mais c'est ce qu'elle voulait, avait argumenté Jack.

— Et si elle a raison à propos de l'au-delà, elle ne veut plus rien maintenant, avait-elle rétorqué.

Mais Derek n'avait besoin que de sa signature à lui au bas du contrat ; Molly ne pouvait pas les arrêter à moins d'attaquer en justice, et même la puissante Molly Hayes n'irait pas jusque-là. Elle savait bien, au fond, que c'était le souhait de Rabbit, qu'elle le veuille ou non. *Pourquoi ne peut-elle pas simplement l'accepter et nous soutenir ?* pensa-t-il, et c'est là qu'il eut un déclic. *Dieu tout-puissant, quel imbécile je fais. Je suis navré, Grace.*

Le canapé étant pris, il monta, en évitant la troisième marche qui grinçait. Il jeta un coup d'œil à Juliet qui dormait profondément à côté de son ordinateur ouvert sur une chaîne YouTube avec une vidéo sur pause : *Le Top 10 des baisers. Seigneur, ils ne pensent tous qu'à ça*. Il se déshabilla dans le couloir et entra à pas de loup dans la chambre ; par chance, Molly dormait. Il enfila son pyjama et se mit au lit avec des précautions infinies. Il prit la résolution d'aller voir Grace dès le lendemain, avec des fleurs, des chocolats et la plus grande carte qu'il trouverait. Il avait besoin de pardonner et d'être pardonné, et il avait aussi besoin d'alliés ; une autre bataille, bien plus grande, se préparait. Molly voulait protéger la mémoire de sa fille et la garder tout près d'elle alors qu'il voulait, lui, la partager avec le monde. Pendant toutes les années passées ensemble, Jack et Molly avaient eu de nombreuses disputes, mais ceci serait leur grande guerre, et il n'était pas certain que leur couple y survive. C'était terrible de penser à son âge que son mariage risquait d'échouer, qu'il pouvait perdre entièrement l'amour de sa vie.

Je suis navré, Molly. Et toi ?

54

Marjorie

L'hôtel était plein et animé ; le bar était encore ouvert, un pianiste jouait et des gens aux vêtements coûteux buvaient des vins qui l'étaient tout autant.

— Tu veux boire quelque chose ? demanda Davey.

— Non.

— Tu es sûre ?

— Je voudrais du sexe, s'il vous plaît.

— Super. Moi aussi.

La chambre était luxueuse mais petite.

— C'est tout ce qu'ils avaient, s'excusa-t-il.

— Le lit a l'air bien.

Il l'embrassa, elle lui rendit son baiser, et ce fut lent et torride, et infiniment mieux que la nuit où elle avait perdu sa virginité avec lui dans un parc après une soirée passée au pub, sur un sol dur et humide, son seul souvenir durable étant la sensation d'être poignardée dans son sexe et une odeur de crotte dans l'air. Mieux aussi que les deux autres fois : la première chez Rabbit, une rencontre hâtive et frénétique qui s'était terminée abruptement quand Juliet, six ans, les avait surpris et que Davey lui avait dit qu'ils jouaient à saute-mouton ; et la dernière, dans son lit conjugal, où elle était tellement bourrelée de remords et de haine de soi qu'elle en suffoquait – autant dire qu'elle n'avait rien senti. Ils commencèrent à se déshabiller, et elle n'avait déjà plus sa robe lorsqu'il devint clair que Davey n'avait pas de préservatifs.

— Tu ne prends pas la pilule ?

— Non. Je suis solo, tu sais bien.

— Justement.

Elle s'écarta de lui. *C'est pas vrai, merde !*

— Je ne suis pas comme toi, Davey. Je ne couche pas avec la Terre entière.

— Oh, allez… c'est injuste, ça.

— Tu crois que j'ai besoin d'une MST en ce moment ?

— Je n'ai pas de MST.

— Vu les pouffes que tu te tapes, ça m'étonnerait.

— Ah merci, c'est sympa de retourner mes confidences contre moi. Je passe tout le temps des visites médicales, c'est une obligation de mon assurance.

Elle eut subitement l'impression de se réveiller. *Qu'est-ce que je suis en train de faire ? Je ne suis plus une enfant. On n'est pas dans un fantasme à la con.*

— C'était une mauvaise idée.

Elle ramassa sa robe et la renfila. Il ne fit rien pour l'arrêter ; il resta assis au bord du lit, en caleçon.

— Je suis désolé, dit-il.

— C'est pas grave. (Elle se mit à chercher sa chaussure.) C'est ma faute. Je ne sais pas ce qui m'est passé par la tête.

La magnifique soirée, emplie de souvenirs, de chaleur et d'amour, était en train de se désintégrer, et cette idée l'accabla de tristesse. Les larmes remontèrent d'une réserve qu'elle avait en elle. Elles coulèrent librement, et Marjorie voulut partir avant même d'avoir retrouvé sa chaussure. *Elle ne doit pourtant pas être bien loin. Cette chambre absurde n'est pas plus grande qu'un timbre-poste.* Elle clopina vers la porte.

Davey bondit du lit jusqu'à elle (la distance était courte). Il l'entoura de ses bras et la serra contre lui, et c'est seulement lorsqu'elle se dégagea et le regarda qu'elle s'aperçut qu'il pleurait aussi.

Ils furent bientôt allongés face à face sur le lit, elle dans sa robe dézippée, son maquillage coulant jusqu'au milieu de ses joues, une chaussure à un pied et l'autre pied nu, et Davey en caleçon et chaussettes. La soirée avait pris un tournant, ils le savaient tous les deux, mais rester ainsi face à face, et presque nus pour la première fois, c'était rafraîchissant, réconfortant, réel. Ils parlèrent d'avant, du groupe, des gars, de Rabbit, de Johnny et de cette formidable histoire d'amour avec laquelle le commun des mortels ne pouvait pas rivaliser.

— C'étaient des amants maudits, et moi j'ai fini par épouser un banquier appelé Neil qui levait une fesse pour péter et qui disait « J'vous d'mande pardon ».

Il lui sourit et joua avec une de ses boucles blondes.

— Moi, je n'ai même pas essayé.

— Pourquoi ?

— Beaucoup de raisons… Ça me faisait peur, et je suis bizarre… alors voilà.

— Voilà.

— En plus, moi aussi j'aimais Johnny. La maladie me l'a pris, et les autres ont été emportés par leur vie. Ça avait l'air facile, pour eux, de simplement tourner la page, trouver une vie en dehors de la musique, de mettre le rêve au placard, mais ça ne l'a pas été pour moi.

— Tu avais le cœur brisé.

— Comme toi maintenant.

— C'est vrai, et je me sens seule.

— Moi aussi.

— Toi, tu as Juliet.

— Et elle a ouvert la porte d'une vie que je n'imaginais pas pour moi.

— Donc maintenant tu veux une femme et des enfants ? s'enquit Marjorie en arrondissant un sourcil sceptique.

— Maintenant, je veux une vraie vie avec un véritable amour. Je pense que Juliet le mérite aussi.

Marjorie était fatiguée et émue ; ses pensées dérivèrent en direction d'une autre époque de sa vie, lorsque Neil et elle essayaient d'avoir le bébé qui, ils l'espéraient, réparerait leur couple. Ça n'avait pas marché ; ils avaient fait des examens qui n'avaient rien donné, et leur difficulté à concevoir avait été qualifiée d'« infertilité inexpliquée ». C'était après ce diagnostic et deux tentatives de FIV ratées que Marjorie avait couché avec Davey et s'était fait prendre.

— Et toi, Marjo, tu veux un mari et des enfants ?

— Non.

— Pourquoi ?

— Parce que j'ai déjà eu un mari et que je ne peux pas avoir d'enfants.

— Comment ça ?

— Je veux dire qu'on a essayé et qu'on n'a pas pu concevoir… Et puis Neil rencontre la belle Debbie et ça y est, ils ont leur bébé.

— Ça ne veut rien dire.

— Si, et ça ne fait rien. Je serais sans doute une mère nulle, de toute manière.

Davey n'était pas dupe.

— N'importe quoi, tu serais la meilleure mère du monde.

— Arrête, Davey. Je ne suis pas une de tes petites copines prêtes à croire n'importe quoi pour rester dans la bulle avec toi, si chouette qu'elle soit, cette bulle.

— Non, tu n'es pas une de mes petites copines.

Il l'attira contre lui et elle posa la tête sur sa poitrine.

— La première fois que je t'ai vue, tu m'as fait penser à Shirley Temple : des boucles blondes, un nœud en satin rose, une petite robe parfaite, des souliers vernis et des chaussettes à volants. Tu étais la plus jolie petite chose qui soit.

— Et toi tu avais l'air d'une cloche en total look denim.

— Tu as été là quand le groupe s'est séparé et que je me suis noyé dans la bibine pour oublier.

— Je craquais à mort sur toi, et je savais que si je restais assez longtemps dans les parages et que tu prenais une bonne cuite, tu finirais par coucher avec moi.

— Wow, quelle prédatrice ! Je n'avais jamais vu notre histoire comme ça.

— Ouais, c'était pas joli-joli, tout ça !

— Je te pardonne, va.

— Merci.

— En plus, c'est grâce à toi que je me suis retrouvé à New York à bosser dans le bar de ton oncle. J'ai rencontré Casey et ma vie entière a changé. Tu m'as sauvé.

— Ouais, c'est tout moi : moitié prédatrice sexuelle, moitié héroïne. Il y a bien quelque chose entre nous, non, Davey, ou c'est juste moi ?

— Il y a toujours eu quelque chose entre nous, Marjo.

— Juste une question de mauvais endroit et de mauvais moment, alors.

— Ouais.

— Est-ce que tu vas revenir un jour ?

— Aucune idée. Qu'est-ce que je ferais ici ?

— Tout, n'importe quoi.

— Je ne sais pas.

— Il est temps que je me trouve une autre vie, Davey.

— Je sais.

Ils s'endormirent dans les bras l'un de l'autre.

Davey était sous la douche quand Marjorie se réveilla. Elle s'assit et se regarda dans un miroir. *Putain de merde !* On aurait dit le Joker. Elle empoigna des mouchoirs dans le distributeur à côté du lit et essuya son maquillage charbonneux. Il restait des traces, mais au moins elle ne ressemblait plus à un méchant de Marvel Comics. La porte était ouverte ; elle entra dans la salle de bains et Davey se tourna face à elle.

— Bonjour, dit-il.

— Bonjour.

Elle prit conscience qu'elle avait encore une chaussure au pied. Elle l'envoya valser.

— Tu viens me rejoindre ? proposa-t-il.
— Tu veux ?
— Oui.
— On est encore les mêmes qu'hier soir.
— Je sais.
— D'accord.

Elle retira sa robe et ses sous-vêtements, elle entra dans la douche, ils se pressèrent l'un contre l'autre et ils ne parlèrent plus de se protéger, et peut-être était-ce parce que Davey avait assuré à Marjo qu'il n'avait pas de MST et qu'elle lui avait avoué son infertilité, ou peut-être était-ce que sur le moment ils s'en fichaient. Quoi qu'il en soit, ce qui se passa dans la salle de bains les mena dans la chambre, et ils la gardèrent jusqu'en fin de journée, où ils dînèrent tôt. Ils se séparèrent juste avant dix-neuf heures en se promettant de se revoir avant que Davey ne reparte pour l'Amérique six jours plus tard, mais même après ce moment absolument délicieux et le lien renouvelé entre eux, elle savait déjà en montant dans son taxi qu'elle ne le reverrait pas. C'était triste, mais ça allait. Elle avait un nouveau travail à commencer le lundi matin et une nouvelle vie à trouver.

Deuxième année

55

Jack

Les adieux à sa petite-fille avaient été difficiles. Il ne voulait pas qu'elle s'en aille et, malgré les protestations de l'enfant, il n'était pas né de la dernière pluie et voyait bien qu'elle n'en avait pas envie non plus. Juliet était loyale envers l'homme qui avait accepté de l'élever et fidèle au souvenir de sa mère qui avait eu de grands espoirs pour ce parent de substitution, mais elle était profondément malheureuse.

La semaine passa à toute vitesse, emplie de visites à Grace à l'hôpital et de temps passé avec les cousins et le petit voisin Kyle. Jack les emmena au cinéma et s'assit entre eux deux. Ils ne furent pas contents. *C'est comme ça.* Molly passa la semaine à cuisiner les plats préférés de Juliet et de Davey et à les houspiller tous les deux ; c'était bien de la voir se préoccuper d'autre chose que de compteurs d'eau. Bien sûr, elle n'avait toujours pas de temps à lui consacrer, à lui, et il fit profil bas parce que le contrat pour le livre allait être signé. *L'Armaggedon.* Jack et Davey allèrent un soir au pub boire des pintes avec Francie et Jay. Ce fut une bonne soirée, pleine de rires. On riait toujours avec les jumeaux. C'était une chose qu'il admirait chez eux : leur capacité à tout surmonter en plaisantant était un vrai don, qu'il ne partageait pas. C'était agréable d'avoir son fils à la maison ; il regrettait toujours de le voir partir. Il lui manquait. Sa fille lui manquait. Sa petite-fille lui manquait. Sa femme lui manquait.

Il alla finalement voir Grace le lendemain de son opération. Elle était diminuée physiquement par la douleur, et mentalement par les médicaments.

— Ça alors, mon père ici ? Je croyais que tu ne m'aimais plus.

— Allons, Grace, ne commence pas, dit-il, embarrassé par son bouquet, ses chocolats et sa grande carte.

— Je crois que les fleurs ne sont plus autorisées dans les hôpitaux, lui fit gentiment remarquer Lenny.

— Pardon ?

Grace pouffa.

— Le politiquement correct poussé à l'extrême.

— Elle est un peu défoncée, non, Lenny ?

— Elle plane à cent mille, Jack.

Il mit les fleurs à la poubelle. Lenny lui donna un siège.

— COMMENT TE SENS-TU, MA CHÉRIE ? demanda-t-il lentement d'une voix forte.

— Mieux puisque tu es là, papa. Est-ce que maman t'a menacé avec un filet d'oranges ?

— Non, je suis venu de moi-même.

— Quel grand garçon tu fais…

Lenny secoua la tête comme pour s'excuser de l'attitude de sa femme.

— Je suis désolé, Grace.
— De quoi, papa ?
— De ne pas, euh, eh bien, de…
— Tu n'es pas désolé.
— On n'est pas du même avis, Gracie, mais je t'aime et je veux être là pour toi.
— Tu veux les voir, papa ?
— Mais non, enfin !
Il se leva et recula.
— Navré, Jack, elle les montre à tout le monde, dit Lenny.
— Ah, Grace, qu'est-ce que tu fabriques ?
— Ce ne sont pas les miens, papa, ce sont des faux, un prodige de la médecine moderne.
Lenny et Jack échangèrent un regard soucieux. Grace appuya sur le bouton, et son regard devint vague.
— La bonne nouvelle, c'est que j'adore la drogue.
Jack rendit fidèlement visite à sa fille tant qu'elle fut à l'hôpital, puis tous les jours pendant un mois après sa sortie ; ils ne reparlèrent plus jamais de sa mastectomie ni de ses implants.
Il alla voir Derek à son bureau pour signer les contrats. Il s'y était déjà rendu une fois, avec Rabbit qui lui avait fièrement fait visiter les locaux.
— C'est ici que je travaille, papa, avait-elle dit.
C'était difficile à rater : il y avait des photos de Juliet, de la famille, de Johnny, du groupe, et une autre juste de lui et elle. Ça l'avait gonflé d'orgueil : sa fille la journaliste. Il passa devant son ancien poste de travail. Quelqu'un d'autre y était assis, un jeune homme à chemise à carreaux et chignon. Pas de photos sur le mur, mais du spray parfumé et de la crème

pour les mains en évidence. Toute trace de Rabbit avait disparu.

Jack s'assit en face de Derek, qui poussa vers lui les contrats qu'il avait lui-même déjà signés.

— Il me faut juste votre signature ici.

Il regarda, prit le stylo, hésita. Il venait de passer un an à se disputer au sujet de ceci et de cela – de tout, en fait –, Molly et lui n'étaient plus d'accord sur rien, et maintenant ceci, leur principale pomme de discorde : le livre de Rabbit.

— Est-ce que tout va bien, Jack ? s'enquit Derek.

— Ça va, répondit-il, mais rien n'était moins vrai.

— Vous pouvez les emporter chez vous et prendre le temps de réfléchir.

— Vous êtes très patient, Derek. Il nous a fallu plus d'un an pour arriver à ceci.

— Qu'est-ce que vous craignez, Jack ?

— Ma femme.

— Elle n'est pas d'accord.

— Elle pense qu'en rendant publics les derniers jours de Rabbit nous allons l'exposer à la critique, et les gens peuvent être très cruels. Elle ne veut pas voir sa fille torpillée par des inconnus.

— Je peux le comprendre, mais beaucoup de gens vont s'identifier à son histoire, ils en seront réconfortés, peut-être même qu'ils seront un peu fous d'elle.

— Elle voulait ce livre, Derek.

— Elle y tenait.

— Je vous ai déjà raconté ce qu'elle m'a dit le jour où vous avez publié son premier article ?

— Non.

— Elle m'a dit, tu sais, papa, c'est personnel, difficile et parfois pas beau à voir, donc si tu le lis ne sois pas triste ni fâché, pense juste à tous les gens qui traversent la même chose, surtout ceux qui ne sont pas entourés de gens comme toi.

Derek lui tendit un mouchoir en papier.

— C'était une brillante journaliste parce qu'elle s'engageait, qu'elle s'impliquait et s'intéressait aux gens… profondément, dit-il avant de se moucher lui-même. Elle rirait bien si elle nous voyait en ce moment.

Jack renifla et s'essuya les paupières.

— Elle dirait qu'on fait une belle paire d'imbéciles, mais la vérité, c'est que ma Rabbit pleurait tout le temps pour les autres.

Les hommes jetèrent leurs mouchoirs et Jack reprit le stylo.

— Elle comptait sur moi, dit-il.

Et il signa le contrat, en quatre exemplaires.

— Molly finira par changer d'avis, dit Derek.

— Peut-être, et peut-être que j'ai perdu la volonté de m'en soucier.

Jack déclina poliment l'invitation à déjeuner de Derek, retraversa l'ancien bureau de Rabbit et sortit dans le soleil. Cela aurait dû être un jour de joie ; cela aurait dû être une victoire. *On y est arrivés, ma chérie*, dit-il dans sa tête en regardant vers le ciel. *On a réussi.* Il rentra, gara sa voiture, se rendit à pied au pub le plus proche et, pour la première fois de sa vie, il prit une cuite tout seul.

56

Grace

Grace n'avait pas beaucoup de souvenirs du premier ni du deuxième jour après son opération, même si la première douche restait gravée dans sa mémoire. Elle avait du mal à faire quoi que ce soit avec les bras collés le long du corps ; elle ne pouvait pas les lever, cela faisait trop mal et ce n'était pas recommandé. Sortir de son lit, prendre pied sur le sol dur, avancer à petits pas, avec les drains sortant de ses seins endoloris, hurlants. C'était dur, vraiment dur. Elle se sentait fragile, à vif, son corps lui était comme étranger, comme si c'était celui d'une autre. On l'avait rafistolée et recousue. Lorsqu'elle arriva enfin dans la salle de bains en tenant la main de l'infirmière et en pleurant doucement, elle passa derrière le rideau. La sonde et le cathéter n'étaient plus là ; les seules choses qui l'alourdissaient étaient les flacons de pus et de sang qui pendaient d'elle, au bout des longs tuyaux cousus dans la peau sous ses aisselles, et soutenus par les caches en coton à motifs de lapin de Ryan. Comme elle ne voulait pas mouiller ces derniers, l'infirmière entreprit de les retirer. Grace ne pouvait pas regarder les flacons. Elle ne pouvait pas les toucher ni les tenir. Les drains étaient trop courts pour qu'ils touchent le sol, et si elle les laissait pendre, ils tireraient sur sa peau. L'infirmière apporta un petit tabouret.

— On va les poser là-dessus, Grace.

Elle détourna les yeux.

— Merci.

Elle ouvrit le robinet de la douche et resta hors de sa portée, à regarder l'eau lourde frapper le sol carrelé. Elle était incapable de s'imaginer dessous, la douleur des gouttes tambourinant sur sa poitrine tendre.

— Est-ce que ça va, Grace ?

— Oui oui.

Elle se lava les mains, puis fit un effort pour tendre les bras. Tout faisait mal, tirait ou brûlait. Elle ne pouvait se résoudre à se mettre debout sous l'eau et elle ne pouvait pas lever les bras ; elle était coincée, et l'infirmière attendait. Pas une goutte d'eau ne toucha ses seins ni ses dessous de bras, son ventre, son sexe, ses bras, ses mains, ses jambes. Elle finit par se pencher en avant et se mouiller les cheveux et le visage ; elle eut alors un vertige et une peur terrible de tomber. C'était suffisant, peut-être même trop. Elle pleura du début à la fin. Elle essayait de ne pas regarder en bas, mais son bandage de compression avait glissé et c'était difficile de ne pas voir ces seins couturés. *Pas de tétons*. Elle n'avait jamais vraiment aimé ses tétons, mais à présent qu'ils étaient partis, ils lui manquaient beaucoup. Elle faillit glisser en sortant ; elle leva machinalement la main pour se rattraper au mur, et la douleur qui la traversa fut réellement spectaculaire. Elle hurla, et l'infirmière accourut pour l'aider. La tête lui tournait, elle avait mal au cœur ; elle eut besoin de s'asseoir une minute ou deux sur le tabouret.

— Tout va bien, Grace, vous vous débrouillez très bien. Prochaine étape, la maison.

C'était tout ce qu'elle voulait, quitter cet endroit et rentrer chez elle.

Lorsqu'ils la relâchèrent enfin, elle éprouva un mélange de soulagement intense, de terreur abjecte et de cette bonne vieille culpabilité rampante. *Elle est morte. Je suis en vie.*

Bon Dieu, Grace, reprends-toi ! Elle s'efforçait de ne pas se lamenter sur elle-même, la Rabbit qui parlait dans sa tête ne l'aurait pas permis. À la maison, ses enfants marchaient sur des œufs autour d'elle, tous sauf Ryan qui l'appelait Frankenseins.

— Tu piges ? Frankenstein, Frankenseins.

C'était un de ses camarades de classe qui avait trouvé ça.

— Oui oui, j'ai pigé. C'est rassurant de savoir que tu propages la nouvelle.

— Je ne savais pas que c'était un secret.

— Ce n'en est pas un, Ryan, c'est juste personnel.

— Ah bon, OK.

Stephen s'était assigné la mission de rendre la vie de sa mère aussi confortable que possible.

— Tout ce que tu veux, maman.

Quand il n'était pas à la fac, lui et sa copine Charlene – une grande fille calme, intelligente, BCBG – faisaient les courses et conduisaient Bernard à ses activités variées ou Jeff au gymnase. La mère d'un copain de Jeff, Binocles O'Leary (ainsi surnommé à cause de ses énormes lunettes) allait le chercher au basket et arrivait avec des pâtisseries une fois par semaine. Ryan allait partout en bus, déclarant qu'il était autonome. Les garçons s'occupaient les uns des autres et se débrouillaient. Lenny engagea une femme de ménage et se chargea de la cuisine le soir en rentrant du travail. Son job à elle était de se rétablir. Il lui acheta des crèmes coûteuses, des huiles cicatrisantes, des pyjamas en soie sexy. Un soir, il arrivait avec des fleurs, un autre, avec des chocolats, le lendemain avec un roman, etc. Il la gâtait. Il était aux petits soins, lui passait les crèmes et les pommades quand elle ne pouvait pas lever les bras pour le faire elle-même. Il connaissait ses plaies et naviguait autour de ses drains mieux qu'elle ne le faisait elle-même. Il ne rechignait jamais, veillait à ce qu'elle ne se sente jamais diminuée, il accueillait leur nouvelle réalité, et pendant tout ce temps elle attendait la catastrophe.

Elle passa ce premier mois au lit, adossée à ses oreillers, ou dans le canapé ou le grand fauteuil avec le dos bien soutenu, tout d'abord assez handicapée car privée de l'usage de ses bras et absolument traumatisée par les dégâts qu'elle avait endurés. Elle était fragile, faible et ravagée de douleurs. Deux semaines passèrent encore et elle se sentit plus forte, plus capable ; elle retrouva l'usage de ses bras. Elle avait encore mal, mais elle commençait à se sentir à nouveau elle-même. Par chance, le chirurgien avait pu placer un grand volume de solution saline dans son expandeur pendant l'opération ; cependant, une fois l'œdème résorbé, la raison pour laquelle elle avait dû garder des ports d'entrée sous les bras devint claire : il fallait de nouveau la remplir. Elle se rendit au cabinet de son médecin trois fois pour faire regonfler ses seins. Chaque fois, Lenny avait pris sa journée et elle avait fait de son mieux pour se montrer courageuse quand l'aiguille entrait et que la pression augmentait sous sa peau. Il l'emmenait déjeuner après si elle s'en sentait capable. Il faisait tout pour qu'ils vivent cette épreuve au mieux. Elle savait qu'elle avait de la chance, mais elle continuait de s'attendre au pire.

Marjorie passa toutes les semaines, le samedi matin ou le dimanche après-midi, pendant les six premières semaines. Elle apportait toujours un petit quelque chose, une plante ou une bougie parfumée, des fleurs ou de l'eau de toilette. Elle connaissait la marque de Grace. Marjorie était douée pour les cadeaux. Elle parlait à Grace de son nouvel emploi avec un enthousiasme qui frisait l'euphorie. Elle n'avait pas semblé si vive et énergique depuis que Rabbit était tombée malade. Cela faisait plaisir à voir. Elles parlèrent une fois de « Davey et l'hôtel » et ce fut bref, Marjorie lui disant que ç'avait été bien mais qu'il n'y avait plus rien entre eux et qu'elle passait à autre chose.

— Bravo, Marjorie.

Grace et Lenny ne parlèrent pas de sexe pendant six semaines. Ce n'était même pas envisageable : Grace avait déjà du mal à apprécier ne fût-ce qu'une tasse de thé, alors la bagatelle, il n'en était même pas question. Puis huit semaines s'écoulèrent et elle reprit des forces. Au bout de douze semaines elle se sentit prête – pas à cent pour cent, mais à quatre-vingts pour cent. Elle n'éprouvait aucun désir, à vrai dire, mais Lenny avait été formidable et il méritait qu'elle prenne l'initiative, il méritait de retrouver sa femme. C'était un vendredi soir. Stephen était sorti avec Charlene,

Bernard et Jeffery étaient au sport et Ryan était Dieu sait où, en train de faire Dieu sait quoi, elle espérait juste que ce n'était pas illégal.

Elle prit un bain et, plongée dans les bulles, se rendit compte qu'elle s'était peu à peu accoutumée à ses nouveaux seins. En dehors des tétons, ils avaient une jolie forme et elle était sûre que, dès qu'elle aurait fait retirer les ports et tatouer des mamelons, elle se sentirait à nouveau presque entière. Les précieuses crèmes et huiles de Lenny avaient contribué à faire pâlir les vilaines cicatrices. Elle enfila son soutien-gorge sexy préféré, mais il ne lui allait plus. *Ah oui, on m'avait prévenue de ça.* Mais quand même, ce fut un choc. Elle s'assit sur son lit et pleura quelques minutes avant de retirer le soutien-gorge et de le ranger. Elle n'avait pas l'énergie d'aller faire du shopping et elle avait encore un peu peur de marcher dans la foule ; elle avait besoin de garder constamment un coussin d'espace autour d'elle. Le shopping *plus* le sexe, c'était au-dessus de ses forces – il faudrait que ce soit l'un ou l'autre. Elle enfila un peignoir en soie noire et une culotte en soie rouge, et elle essaya ses talons aiguilles rouges mais ils lui rappelaient trop le jour où elle avait dû se faire porter jusqu'à la salle d'opération – *eh merde, c'est fini pour ces jolis escarpins.* Elle en mit des noirs à la place.

Elle entendit la porte et appela Lenny à l'étage. Elle compta ses pas sur les marches, et la troisième avant le palier grinça. Elle était nerveuse, ne savait pas bien où se mettre. *Seigneur, je me sens cruche.* Elle s'étendit sur le lit. Ça n'allait pas. Elle s'assit au bord, les jambes croisées, le menton appuyé sur l'index. *N'importe quoi.* Elle se leva, les mains sur les hanches. *On dirait Wonder Woman*. Quand il passa la porte, elle était entre deux poses et, dans sa panique, elle fit une révérence. *Nom de Dieu de merde !*

— Qu'est-ce qui se passe ? demanda-t-il en remarquant la tenue sexy et en tâchant d'ignorer la révérence.

— Il est temps.

— Tu es sûre ?

— Certaine, simplement ne les touche pas. Non, ce n'est pas juste. Tu peux, mais très, très doucement.

— Je ne sais pas, Grace, dit-il en retirant son blazer.

— Lenny, on va le faire.

— Tu es absolument certaine ?

— Regarde-moi, dit-elle, de nouveau dans la posture de Wonder Woman.

Il poussa un profond soupir, tel un condamné montant à l'échafaud.

— D'accord, dit-il.

— D'accord.

Ils s'approchèrent l'un de l'autre. Il s'arrêta à quelque distance pour laisser la place aux nouveaux seins, se pencha, l'embrassa, et ce fut hésitant et correct mais loin d'être passionné. Ils s'embrassèrent encore ; maintenant, il cherchait à gagner du temps. Ils se rapprochèrent du lit et elle s'assit avec précaution puis s'allongea, et il l'embrassa encore un peu pendant qu'elle pensait *Allez, quoi, avance*, mais il faisait attention à ne pas peser sur elle. Du torse à l'entrejambe, il n'y avait aucun point de contact entre eux. Il l'embrassa dans le cou et, bizarrement, sur le bras. Elle retira sa culotte avec l'espoir de rendre les choses plus intéressantes. Il baissa son pantalon et s'appuya sur elle, en remuant un peu. Au bout de quelques minutes il devint évident qu'il était mou comme du beurre par temps chaud. *MERDE !*

— Désolé, dit-il en descendant d'elle. Je suis fatigué, c'est tout. La semaine a été longue.

— Pas de souci, mentit-elle.

Elle se traîna jusqu'à la salle de bains et fondit en larmes.

Ça s'arrangera. C'est la première tentative. Je ne suis pas encore complètement remise. Ça s'arrangera.

Sept mois de plus passèrent, et Grace et Lenny ne faisaient toujours pas l'amour.

57

Juliet

Pendant toute sa semaine en Irlande, Juliet essaya de dire à Davey ce qu'elle ressentait, son besoin de revenir vivre chez elle. Elle le répéta dans sa tête ; elle s'entraîna devant la glace, écrivit même son texte. Quand un moment propice se présentait, elle n'y arrivait pas. De toute manière, elle s'attendait à ce qu'il fasse quoi, tout lâcher pour rentrer à Dublin ? Et sinon, comment pourrait-elle l'abandonner ? Après tout ce qu'il avait fait pour elle, elle n'allait quand même pas le quitter alors que c'était lui, maintenant, qui dépendait d'elle ? Qui prendrait soin de lui ? Et où pourrait-elle aller ? Dans la caravane de Grace ? Dans le débarras de sa mamie ? Ses grands-parents étaient trop vieux pour l'élever, et Grace avait déjà bien assez de problèmes. Elle se montrait égoïste et cruelle. Davey serait anéanti. Il avait fait une promesse à sa mère, et elle-même avait promis aussi. Elle ne pouvait pas revenir là-dessus. Elle devrait prendre sur elle. Dans quatre ans et demi elle serait en médecine. *Tout finit par changer. Rien ne reste jamais pareil.*

Ce ne fut pas difficile de se réacclimater : elle n'était rentrée chez elle qu'une semaine. Elle avait fait des progrès dans ses baisers avec Kyle et passé avec lui tout le temps où elle n'était pas en famille. Elle pleura en lui faisant ses adieux. Il promit de lui parler sur Skype un jour sur deux. Elle promit la même chose. Elle demanda à Davey s'ils pourraient rentrer pour Noël et il accepta, en trouvant même que c'était une bonne idée. Plus que six mois à attendre. Les choses avaient changé : elle pouvait rentrer, maintenant. En Irlande, sa mère n'était pas morte comme elle l'avait cru. Elle était plus vivante dans les rues de Dublin que partout ailleurs au monde.

De retour à Nashville, elle reprit rapidement ses habitudes : le travail scolaire, le ménage, les rendez-vous de Davey, la lessive. Il voulait qu'elle arrête, qu'elle profite de son enfance, et lui disait que c'était à lui de s'occuper d'elle, mais elle aimait effectuer ces tâches, cela lui donnait une raison d'être là, elle avait besoin de se sentir utile. Elle défendit son point de vue ; il hocha la tête et lui dit qu'elle n'avait aucune obligation de le faire. Néanmoins, c'était nécessaire : Davey était bordélique comme tout, au point qu'elle ne savait pas comment il avait réussi à se débrouiller sans elle. Peut-être qu'il aurait pu s'en sortir avec une assistante personnelle, mais il n'en avait pas, et bien qu'il soit un homme très occupé courant toujours partout, il n'avait pas de montre ni aucune notion des dates et du temps. Elle était sa montre et son calendrier. Elle savait où il devait être, avec qui et pourquoi, et elle aimait cela. Ce n'était pas aussi amusant que d'être chez elle avec Kyle, ses cousins et ses grands-parents, mais c'était quelque chose. C'était une vie.

Ils reprirent la route en octobre, alors qu'elle commençait vraiment à se plaire à Nashville et que ses études marchaient bien. Elle avait des notes excellentes et se préparait à de brillantes études. Gemma, sa prof particulière, n'était pas disponible pour suivre la tournée. C'était un coup dur. Son nouveau professeur était un certain Zac. Un trentenaire du genre hippie qui avait fait toute sa scolarité à la maison. Il disait « mec » à tout bout de champ et dégageait une forte senteur de bois de santal. Il était sympa, mais ce n'était pas Gemma. Avec Gemma, elle pouvait avoir des conversations de fille, parler de choses qu'elle ne pouvait pas évoquer avec Davey. Gemma était à elle, et à elle seulement.

La tournée dura deux mois, ce qui les amena jusqu'aux fêtes de fin d'année, mais Davey avait promis de retourner à Dublin, si bien qu'il acheta en ligne deux billets de première classe. Elle rêvait de revoir son chez-elle et son copain.

— Est-ce que je dois m'inquiéter à cause de Kyle ? lui demanda Davey.

— J'ai treize ans.

— Bientôt quatorze.

— Ça reste jeune, Davey.

Il hocha la tête.

— Si jamais tu veux parler de ce qui se passe entre les filles et les garçons et tout ça, tu peux venir me voir, dit-il avec effort.

— Merci.

— Ou bien, ta tante Grace est toujours joignable.

— D'accord, merci.

— Ou mamie.

Elle le regarda avec des yeux ronds.

— Bon, peut-être pas mamie, j'imagine qu'elle raccrocherait pour aller tuer le pauvre mec.

— Avec un filet d'oranges.

— Son arme de prédilection.

C'est cette conversation qui lui donna envie de confier à Davey que Trevor l'ingénieur du son avait un comportement louche. Depuis son retour d'Irlande elle s'efforçait de l'éviter le plus possible. Chaque fois qu'il lui proposait une leçon, elle trouvait une excuse. Même quand ils partageaient un ascenseur, ou qu'il était derrière elle dans la queue de la station-service ou de la cantine, il se tenait trop près. L'atmosphère entre eux était devenue lourde. Elle n'aimait pas ça. Il la mettait mal à l'aise. Elle songeait à ce qu'elle dirait à Davey, à la manière d'aborder le sujet, mais elle ne savait pas comment s'y prendre, ni même ce qui se passait au juste… et donc elle s'abstint. Peut-être que si Gemma avait encore été sa prof, elle lui en aurait parlé.

Ils en étaient à six semaines de tournée sur huit lorsque Trevor frappa à la porte de sa chambre d'hôtel, une vieille table de mixage dix voies à la main. Elle sortait de son bain, elle était en peignoir et elle était crevée. Elle lui dit qu'elle allait se coucher, très mal à l'aise parce qu'elle était nue sous son peignoir.

— Davey est là ? demanda-t-il.

— Non, ils répètent une nouvelle chanson ce soir.

Elle trouvait la question curieuse, étant donné qu'il était sûrement au courant.

— J'ai quelque chose pour toi, dit-il en entrant de force pour aller poser la table de mixage sur le lit.

Elle envisagea de laisser la porte ouverte, mais ce serait bizarre, donc elle n'en fit rien.

— C'est la même que celle dont se servait ta mère, ajouta-t-il.

Elle resta à côté de la porte.

— Comme sur les photos.

Elle était en effet exactement comme celle des photos. Cela poussa Juliet à s'approcher. Elle toucha les boutons.

— Trop cool. Tu n'aurais pas dû. Merci, dit-elle en espérant qu'il s'en irait.

— C'est mérité. On est amis, non ?

Elle eut instantanément peur, elle ne savait pas vraiment pourquoi. Il souriait, mais elle avait l'estomac noué.

— Je te montrerai comment t'en servir.

— Tu n'es pas obligé.

— Ça me fait plaisir. Ça serait un petit projet entre nous, un truc que tu pourrais montrer à Davey pour Noël.

— Non mais c'est bon, merci.

Elle voulait qu'il s'en aille. *Sors d'ici. S'il te plaît. Dégage.*

— Juliet, ça m'a coûté cher.

— Ah.

— On est encore amis, n'est-ce pas ?

— Oui. Non.

— Je vais te donner un petit cours tout de suite.

— Je suis fatiguée, dit-elle en resserrant son peignoir.

Il n'écouta pas. Il était occupé à faire semblant de lui montrer le fonctionnement de la console. Il se penchait sur elle et se tenait trop près, s'appuyant contre elle, et elle comprit que ça n'allait pas du tout. *Oh non, oh non.* Elle se figea lorsqu'il défit la ceinture de son peignoir, et soudain sa peau fut glacée, puis il attrapa son petit sein, penché sur elle, et elle l'entendit s'écarter d'elle et le sentit bouger derrière elle. Elle ne cria pas, ne bougea pas d'un millimètre. Elle resta sur place en espérant qu'il allait s'arrêter, terrifiée à l'idée que Davey puisse faire irruption dans la chambre. *Il le tuerait – il le tuerait, et ensuite il irait en prison et il se ferait tuer en taule et ce serait ma faute.*

Trevor éjacula par terre et nettoya lui-même. Elle resta figée sur place, le cœur battant comme un tambour. Ses poings étaient si serrés que ses ongles lui cisaillaient les paumes.

— C'était bon, dit-il. J'aime bien passer du temps avec toi.

Sur ce, il s'en alla, et elle ressentit un tel dégoût qu'elle essaya de vomir, mais rien ne sortit. Elle ne pleura pas. Elle mit son pyjama, ferma sa porte à double tour et se recroquevilla en position fœtale, serrant ses genoux entre ses bras. Elle ne répondit pas à l'appel par Skype de Kyle ce soir-là, et lorsque son oncle frappa à leur porte communicante en lui demandant si tout allait bien, elle répondit oui et bonne nuit, après quoi elle s'endormit en pleurant.

58

Marjorie

Marjorie adorait son nouvel emploi. Il comblait tous ses rêves professionnels. Des collègues amicaux, sympas, motivés, et une ambiance décontractée, souvent pimentée par des poussées d'adrénaline. Soutenir des idées, des aventures et des entreprises nouvelles la stimulait, et elle le faisait bien. Elle connaissait par cœur le domaine de la banque, elle comprenait la finance, elle était douée pour les relations humaines, elle se sentait remontée comme une pendule et emplie d'un espoir tout neuf ; tout n'était pas que misère et désolation en ce monde, des gens trouvaient leur chemin dans la brume des incertitudes et des calamités. Certaines idées étaient inspirées et inspirantes. Elles lui permettaient de croire que tout était possible : un sentiment qu'elle n'avait jamais connu auparavant, et dont elle ne savait pas bien quoi faire. Les rendez-vous avec les clients étaient quotidiens, et elle se nourrissait des jeunes esprits, de leur énergie et de leur potentiel. Elle allait boire un verre tous les jeudis et vendredis soir dans des bars branchés au bord du canal miroitant, à moins que le canal n'ait miroité que dans sa tête. La vie prenait meilleure tournure.

Sa mère aussi allait mieux, et leurs relations s'amélioraient à chaque pique et à chaque remarque perfide. Il y avait là une curieuse dynamique mère-fille, mais, depuis qu'elle avait cessé d'être polie et de ravaler sa frustration et sa colère, elles avaient réellement passé un cap. Pour fêter son premier mois de travail, elle emmena sa mère dîner dans un restaurant chic. Vera se servait très bien de sa canne, au point qu'elle l'utilisait habilement comme une arme dans la foule.

— S'il te plaît, ne cogne pas sur ce gosse, maman.

— C'était une tape, pas un coup, et il essayait clairement de me faire tomber.

Elle avait même tenté une fois de la glisser dans les roues d'un fauteuil roulant, lorsqu'un handicapé s'était cogné dans son coude.

— Bon sang, je vais te la confisquer si tu n'arrêtes pas, l'avait avertie Marjorie.

Vera n'avait plus réellement besoin de sa canne. C'était une béquille plus psychologique que physique, et elle servait aussi à rappeler à sa fille qu'elle était une invalide à qui il fallait faire attention. Le restaurant était ravissant et la cuisine divine, même si bien sûr Vera eut un problème avec son plat de résistance, ce qui ne l'empecha pas de nettoyer son assiette jusqu'à la dernière miette. Quand le serveur lui demanda si son repas s'était bien passé, elle répondit :

— J'aurais préféré qu'il y ait un peu moins d'ail et un peu plus de patates.

Elles prirent toutes les deux une glace en dessert.

— Ça ne te ressemble pas de prendre un dessert, fit remarquer Vera.

— Eh bien, j'ai faim.

— Tu devrais surveiller ta ligne, tu arrives à ce moment de la vie où les femmes prennent du ventre.

— Ce moment de la vie ?

— La ménopause.

— J'ai quarante-deux ans.

— J'en avais quarante.

— Oh, la ferme, maman.

— Ne m'appelle pas maman. Je suis mammy.

Au retour, Marjorie conduisit en silence.

— Tu boudes.

— Ce sont les enfants qui boudent, maman. Moi, je fais la gueule.

— Tu préférerais ne pas savoir ce qui t'attend ?

— Ça ne m'attend pas.

— On dit que les filles suivent leur mère.

— Tu avais d'autres problèmes.

— La symphysiotomie est à l'origine de la plupart des problèmes que j'ai eus, mais pas de ça.

— Je ne suis pas en ménopause.

— C'est imminent.

— Tu peux arrêter d'être odieuse ?

— Je ne voulais pas t'embêter, j'essayais de t'aider.

— Tu t'y prends d'une drôle de façon.

Elle raccompagna sa mère chez elle et lui dit qu'elle passerait lui déposer ses courses le mercredi soir, et qu'elle l'emmènerait marcher le samedi.

— Il fait trop froid pour marcher.

— Va dire ça à ton kiné.

— Je ne marcherai pas.

— Je te traînerai dehors s'il le faut.

— Je ne suis pas la seule à être odieuse dans cette famille.

— Allez, maman. J'essaie juste de t'aider.

En dehors du discours de Vera sur la ménopause et du fait qu'elle avait fini par lui claquer la porte au nez, la soirée ne s'était pas mal passée.

— Qu'est-ce qui fait rougir les tomates ? lui avait demandé Vera de but en blanc au moment des hors-d'œuvre.

Marjorie n'avait pas bien su quoi répondre, elle avait cru un instant que sa mère faisait un nouvel AVC.

— Qu'est-ce qui fait rougir les tomates ? avait répété Vera.

— Je ne sais pas.

— C'est de voir le cuistot envoyer la purée.

Vera avait souri, contente d'elle, avec un petit hochement de tête.

Marjorie en était restée interdite.

— C'était une blague, maman ?

— J'ai vu un petit jeune la raconter à la télé.

Elle pouffa, et Marjorie rit aussi, plus d'étonnement qu'autre chose, mais un rire est un rire. Cela dit, lorsqu'elle quitta la maison, toute rigolade était oubliée et elle était maintenant perturbée par des inquiétudes sur la ménopause.

Marjorie n'était pas du genre à tout noter, et encore moins la date de ses règles. Il lui fallut donc un petit moment de réflexion pour se rendre compte qu'elle avait du retard. Elle avait eu ses dernières règles alors qu'elle était encore au chômage, et elle travaillait depuis un mois. En creusant un peu, elle se rappela qu'elle était à un dîner chez des amis et qu'elle s'était trouvée à court de tampons : elle avait dû en demander un à l'hôtesse de la soirée, qui n'utilisait que des serviettes, lesquelles lui faisaient l'effet d'une brique dans sa culotte, si bien qu'elle avait passé une soirée très inconfortable. Elle avait encore le mail d'invitation dans son ordinateur. Arrivée chez elle, elle consulta sa messagerie et se rendit compte que ses règles avaient presque trois semaines de retard. *Foutue ménopause !* Elle se renseigna en ligne et se retrouva totalement terrorisée. Arrêt des règles : *Oui*. Sautes d'humeur : elle avait reproché à sa mère d'être odieuse pendant le dîner. *Oui*. Sueurs nocturnes : *Pas encore*. Sécheresse vaginale : *Oh Jésus Marie Joseph*. Ce n'était que le début, elle ne ressentirait intensément ces symptômes qu'après un an d'arrêt des règles. Elle avait le temps de s'y faire. Ces derniers temps, elle s'était sentie fatiguée et attirée par le sucré, ce qui ne lui ressemblait pas. Elle n'avait pas l'impression de prendre du poids, mais cela étant dit, les tenues qu'elle avait achetées pour le bureau la serraient un peu. Elle décida d'aller faire un bilan chez le médecin. Autant savoir s'il lui restait des œufs dans la boîte, et puis il y avait toujours les hormones de substitution. Il n'était pas question qu'elle traverse ça toute seule.

Elle obtint un rendez-vous chez la gynéco deux semaines plus tard, en espérant avoir ses règles dans l'intervalle. Rien. Nada. *C'est bien la ménopause. Merde.*

Une fois dans le cabinet, elle expliqua ses symptômes, en précisant tout de suite :

— Ma mère a commencé sa ménopause à quarante ans, et j'en ai quarante-deux.

— Je vois. Et il n'y a aucune chance que vous soyez enceinte ?

— Pardon ?

— Vous n'avez pas eu de rapports non protégés récemment ?

— Hum… euh… eh bien… si, une fois, il y a un moment.

— Combien de temps ?

— Environ six semaines.

— Et vos dernières règles remontent à huit semaines ?

— Grosso modo, oui.

— Et vous n'avez pas fait de test de grossesse ?

— Non, ça ne m'a pas traversé l'esprit. J'ai longtemps essayé de tomber enceinte. Ça n'a jamais marché.

La gynécologue la regarda comme si elle était simple d'esprit.

Elle alla aux toilettes et urina sur un bâtonnet fourni par le médecin. Elle revint dans le cabinet en tenant le bâton sous son pull.

— Vous le gardez au chaud ? demanda la femme, voyant qu'elle ne le sortait pas.

— Non, c'est juste que je ne suis pas sûre d'être prête à voir le résultat.

— Je peux jeter un coup d'œil, si vous voulez ?

— D'accord.

Elle le lui tendit.

La gynéco le regarda, hocha la tête.

— Bon, ce n'est pas la ménopause, dit elle en lui montrant le bâtonnet.

Marjorie fondit en larmes.

59

Davey

Juliet était devenue taciturne et crampon. Elle ne voulait pas rester seule ; elle le suivait comme son ombre, sauf quand il montait sur scène, car elle ne l'accompagnait plus aux concerts. Elle voulait rentrer à Nashville. Elle se fichait qu'il doive engager une fille au pair à plein temps, elle voulait juste arrêter les tournées. Il était perplexe : une minute, elle était collée à lui, et la suivante, elle exigeait de vivre à mille cinq cents kilomètres de lui.

Elle s'effondra complètement, à Noël, lorsqu'une tempête de neige cloua tous les avions au sol et les empêcha de partir. Elle passa le 25 décembre au lit, à pleurer comme une Madeleine, et même un appel Skype collectif de Grace, Lenny, ses cousins, ses grands-parents et Kyle n'y fit rien. Elle était inconsolable, et rien de ce qu'il pouvait faire ne changeait quoi que ce soit. Elle se dispersait, et ses capacités d'apprentissage en souffraient.

— Qu'est-ce que je peux faire ? l'implorait-il, mais elle disait que ça allait et lui demandait de la laisser tranquille, ce qu'il faisait.

Elle était profondément malheureuse, et lui, complètement impuissant. *C'est un échec. Je n'y arrive pas.*

— Quelle est la meilleure chose à faire, à ton avis ? lui demanda Francie un soir où ils parlaient au téléphone.

— J'en sais rien.

— Mon cul, oui.

— Arrête de me parler en énigmes, c'est au-dessus de mes forces.

— Demande-toi de quoi elle a besoin et agis en conséquence. C'est ça, être un parent.

— Ça ne marche pas, la vie ici.

Les mots tombaient de sa bouche comme des plaques de plomb.

— Alors bouge.

— Ce n'est pas si facile. Je ne peux pas laisser tomber Casey.

— Casey se trouvera un autre batteur. Cette petite, elle, n'a que toi.

Ce fut tout. La décision fut prise, sa vie entière bouleversée, en une conversation. Mais au fond, il savait déjà que c'était inévitable ; dès l'instant où il avait demandé à sa sœur mourante de l'envisager comme tuteur de Juliet, sa vie avait pris un nouveau cours. Il lui avait juste fallu un an et demi pour s'en apercevoir.

Il frappa à la porte de Juliet, armé de son nouveau plan.

— Va-t'en ! lui cria-t-elle.

— J'ai du nouveau.

— S'il te plaît, Davey, va-t'en.

Elle avait l'air si terriblement triste.

— Désolé, Bunny, dit-il dans le silence, mais j'ai pensé à un truc : dès que tu auras passé tes exams, on pourrait rentrer en Irlande. Qu'est-ce que tu en penses ? demanda-t-il devant la porte fermée.

Il entendit un bruissement, puis des pas, la porte qui se déverrouillait et s'entrouvrait. Il vit ses yeux bouffis et sa lèvre tremblante.

— Sérieux ? demanda-t-elle.

— Sérieux.

— Oh merci, Davey !

Et voilà qu'elle pleurait de plus belle – des larmes de joie, de reconnaissance, de soulagement. Elle entoura sa taille de ses bras et le serra fort.

— Je t'aime, Davey, dit-elle.

Il souffla. *C'est fait.*

Deux heures plus tard, il reçut un coup de fil de Marjorie.

— Je pensais justement à toi…

— Davey, tu es assis ?

— Pourquoi ?

— Je suis enceinte.

Davey se laissa tomber d'un coup sur une chaise.

Le retour

60

Molly

La dispute ultime éclata pendant le dîner de Noël. Elle mijotait depuis l'audience au tribunal.

Le défenseur, qui était un ami de leur avocat de famille et qui avait accepté d'intervenir pour toutes les parties concernées, était un dénommé Mark Mooney. C'était un quinquagénaire qui avait les pieds sur terre et une faible tolérance pour le baratin. Il leur expliqua qu'il n'allait pas plaider, qu'il allait juste demander le dossier pour prendre connaissance des éléments à charge. Jack vint au tribunal et s'assit dans le fond.

Les preuves étaient accablantes – principalement contre Molly, manifestement la meneuse. Mark expliqua que si les autres pouvaient s'en tirer avec une amende, elle, pour sa part, s'exposait à des travaux d'intérêt général.

— J'en fais déjà, de toute manière.

— C'est une condamnation, Molly.

— J'ai plus de soixante-dix ans, qu'est-ce que vous voulez que ça me fasse ?

Mais cela faisait quelque chose à Jack. Il était horrifié.

— Ce n'est pas correct.

Avant l'audience ils ne communiquaient déjà pas beaucoup, et après ils cessèrent de dormir dans le même lit. Jack s'installa dans l'ancienne chambre de Davey. Molly arrêta de cuisiner, et Jack de veiller sur elle. Il déjeunait au pub et allait voir Sean et quelques partenaires de pétanque. Elle continuait comme si son mariage et sa vie n'étaient pas en train d'imploser. *Pardon.*

Malgré tout, elle mit les petits plats dans les grands pour Noël. Grace, Lenny et les enfants vinrent pour le déjeuner, qui fut dans l'ensemble agréable et poli jusqu'au moment du dessert. C'est alors que Lenny demanda à Jack des nouvelles du livre.

— Quel livre ? demanda Molly.

Grace gémit, et Lenny se décomposa.

— Elle n'est pas au courant ?

— Quel livre ? insista-t-elle.

— Le livre de Rabbit sort en mars, reconnut Jack.

— Espèce d'immonde salopard !

Lenny se leva.

— Les garçons, vos manteaux.

— Du calme, Molly, tu deviens grossière, ce n'est pas nécessaire, dit Jack.

Elle se mit debout.

— Je t'avais dit de ne pas livrer ce bouquin en pâture à tout le monde.

Il fit de même.

— Et moi, je t'avais dit que je tiendrais ma promesse à ma fille.

Les enfants étaient pétrifiés sur place.

— Vos manteaux ! Maintenant ! cria Lenny.

Ils ne bougèrent pas.

Grace se leva à son tour.

— Papa, maman, discutons-en.

— Tu tiens vraiment à faire ton intéressant, hein, Jack ?

— Il ne s'agit pas de moi, vieille tordue.

— Il ne s'agit que de toi, Jack.

— Elle le voulait, elle l'a écrit sur son lit de mort !

— Elle avait des tumeurs plein le cerveau, bon Dieu. Elle ne savait pas ce qu'elle voulait.

Pardon.

— Ce n'est pas vrai, maman, intervint Grace.

— Elle a confié sa fille à un grand gamin qui vit dans un bus. Rabbit était déjà partie, longtemps avant sa mort.

Pardon.

— Non. C'est faux, Molly.

— Les enfants, si vous ne prenez pas vos foutus manteaux et que vous ne montez pas en voiture tout de suite, je vous tue moi-même, dit Lenny.

Stephen déjeunait chez Charlene ; il n'y avait que Bernard, Ryan et Jeff.

— C'est bon si on emporte la bûche ? demanda Ryan.

— Vas-y, mon grand.

— Merci, mamie, dit-il en s'emparant du plat.

— Joyeux Noël, papy, mamie, bisous ! dit Bernard.

— Évitez de vous entre-tuer, ajouta Jeff.

— Planque les oranges, papy ! cria encore Ryan en refermant la porte derrière lui.

Grace et Lenny les laissèrent à leurs histoires.

— Je t'appelle tout à l'heure, maman.

Molly hocha la tête.

— Je veux que tu arrêtes tout, Jack.

— Impossible. J'ai signé un contrat en mai.

— Quel foutu menteur tu fais.

— Je ne t'ai pas menti. Je t'ai dit que ça allait se faire. Tu ne m'as pas cru, c'est tout.

— Je te ferai un procès.

— Tu ne peux pas.

— Je trouverai le moyen.

— Je ne sais pas ce qui te fait si peur. Si tu le lisais, tu verrais comme c'est beau.

— Beau, hein ? Ah oui, c'était tellement beau, tout ça ! Une jeune femme mutilée et empoisonnée, pissant et chiant, saignant et pleurant, et n'oublie pas les supplications. Un beau spectacle, pour sûr !

— C'est bien plus que ça, ce livre. Il parle d'amour et de joie, et de toutes les bonnes choses dont toi et moi faisions partie, tu ne te rappelles pas, Molly ?

— Je veux que tu partes.

— Non.

— Va-t'en, Jack.

— Et où veux-tu que j'aille ?

— Chez ton nouveau copain Derek, par exemple ? Je m'en fous. Tu n'es plus le bienvenu ici.

— Tu ne peux pas faire ça.

— Dehors !

Il vit qu'elle ne plaisantait pas.

Elle reçut un coup de fil de Grace deux heures plus tard.

— Bon, papa est sur le canapé.

— Très bien.

— Ça va durer encore combien de temps, ce cirque, maman ?

— Pour toujours, sauf si tu le mets dehors. Tu pourrais lui louer ta foutue caravane.

Elle raccrocha et pleura comme une fontaine, car si elle n'avait pas pu protéger son enfant de son vivant, la moindre des choses aurait dû être qu'elle la protège une fois morte. *Pardon*.

Son couple partait à vau-l'eau et le procès pesait sur elle comme un fardeau écrasant. Elle racontait qu'elle s'en fichait – elle était Molly Hayes, après tout, elle avait connu pire. Ce n'était rien, ça. Sauf que ce n'était pas rien. Elle avait enfreint la loi et elle devait maintenant affronter le courroux d'un tribunal. Elle en perdait le sommeil. Elle ne le dirait jamais à personne. *Pardon*.

Après une semaine passée au lit, à éviter les appels de sa fille, de ses coaccusés, de la SPA, de la banque des vêtements et de la Soupe populaire, Molly finit par se traîner chez le docteur. Angus était son médecin de famille depuis trente ans.

— Je ne vous reconnais pas, dit-il.

— Je ne me reconnais pas non plus.

— Que se passe-t-il, Molly ?

— Vous vous rappelez que ma mère souffrait un peu des nerfs ?

— Tout à fait.

— J'étais terrifiée à l'idée de finir comme elle un jour.

— Comment vous sentez-vous, Molly ?

— Comme si j'étais en train de mourir de l'intérieur, avec l'envie de tout éteindre et que le monde s'arrête. Il va trop vite, vous comprenez ?

— Vous avez le droit d'être déprimée.

— Non.
— Vous avez perdu votre fille.
— En effet, dit-elle, les joues mouillées de larmes. Je l'ai perdue.
— Je vais vous prescrire des antidépresseurs. Vous les prendrez ?
— Je ne veux pas devenir comme ma mère.
— Vous n'êtes pas comme elle, Molly, vous êtes en deuil et vous avez besoin d'un coup de pouce, c'est tout.
— Je suis partie tellement loin, je ne sais pas si je peux revenir.
— Vous reviendrez. Vous êtes Molly Hayes ! dit-il avec un petit rire.
— Ah oui, et qu'est-ce qu'elle a de si formidable, Molly Hayes ?
— Ça ne se raconte pas, il faut le voir.
Elle repartit avec une ordonnance, passa à la pharmacie dans la foulée et prit son premier comprimé le soir même.
Marjorie vint la voir trois jours plus tard pour lui annoncer qu'elle était enceinte. La nouvelle lui fit un choc : Marjorie n'était pas une perdrix de l'année. Une première grossesse à quarante-deux ans !
— Nom d'un petit Jésus à vélo, dit-elle, posant immédiatement une main sur le ventre de Marjorie. C'est Davey ? C'est lui qui t'a fait ça, ma belle ?
— Je ne dirais pas ça comme ça.
— Mais l'enfant est bien de lui ?
Marjorie fit oui de la tête. Molly inspira, et les larmes lui montèrent aux yeux. Elle joignit les mains et eut le plus large et le plus éclatant des sourires.
— Mais quelle nouvelle !

Elle regarda un instant autour d'elle et faillit appeler son mari dans la pièce. *Jack, tu entends ça ? Tu as entendu que notre Marjorie et Davey vont avoir un bébé ?* Mais elle n'en fit rien, puisqu'il n'était pas là. À la place, elle prit Marjorie dans ses bras et la serra, fort.

— La meilleure nouvelle du monde. Oh, notre Rabbit aurait été ravie.

Marjorie fondit en larmes.

— Merci, ça me fait un bien fou.

— Tu l'as dit à Davey ?

— Avant-hier soir. Il dit qu'il va rentrer.

— Pour toi et le bébé.

— Il dit qu'il comptait rentrer de toute manière pour Juliet, mais, oui, je suppose. C'est compliqué… mais il est content.

Ces nouvelles comblaient tous les rêves et les espoirs de Molly, le retour de son fils et de sa petite-fille, et pourtant elle se sentait complètement engourdie.

— Il aurait pu le dire à sa mère, quand même.

— Je lui ai demandé la permission de vous l'annoncer moi-même.

— Qui est-ce qui t'aime, Marjorie ?

— C'est Molly !

Davey et Juliet rentrèrent trois mois plus tard et, à la suite d'un conseil familial, Jack put se réinstaller chez lui, dans le débarras. Molly ne contesta pas – elle n'en avait pas l'énergie – et Jack aurait accepté presque n'importe quoi pourvu qu'il puisse quitter le canapé de sa fille. Juliet prit l'ancienne chambre de Grace, et Davey sa chambre d'enfant. Il occupa la première semaine à chercher une maison pour Juliet et lui. La petite passa beaucoup de temps seule ou avec un professeur particulier que Davey payait cinq cents euros par semaine. C'était une solution provisoire, le temps qu'ils trouvent un logement et un lycée. Pendant ces premiers jours, Davey se hâta d'avouer à sa mère que Juliet n'était pas encore au courant de la grossesse de Marjorie.

— Tu plaisantes ?

— Attends, maman, ne te mets pas en boule.

— Marjorie est enceinte de presque treize semaines, grosse nouille !

— Je sais, mais Juliet avait un comportement trop étrange, et ensuite elle a été tellement contente que je ne voulais pas gâcher son bonheur en la laissant croire que je faisais ça pour moi et non pour elle.

Molly soupira.

— Et maintenant, c'est encore pire.

— Alors aide-moi, dit-il.

— Je ne peux pas remonter dans le temps, mon fils.

— Dis-le-lui avec moi.

— Très bien. On le lui annoncera ensemble.

Molly servit le dîner à Davey, à Juliet, et à Jack en dernier. Il ne parut pas s'en apercevoir : il était déjà content d'être nourri et ne pas recevoir son assiette dans la figure. Enfin, elle s'assit avec eux à table.

— C'est super bon, mamie, dit Juliet.

— Ah, ce n'est rien, ma belle.

— Tes plats en cocotte m'ont manqué.

— Celui-là, c'est un poulet chasseur. Ta mère adorait.

— Délicieux, maman, dit Davey. Pas vrai, papa ?

Jack se contenta de hocher la tête.

— Celui-là, il ne reconnaîtrait pas un poulet chasseur d'un poulet à la Kiev.

Davey commença à paniquer ; il ne pouvait pas laisser la conversation dévier.

— Marjorie vient pour le dessert. Pas vrai, maman ?

Il s'efforçait de rappeler à sa mère que le temps pressait.

— Ah super, j'ai hâte de la voir ! commenta Juliet entre deux bouchées.

— Oui, à ce propos… commença Molly avant de se racler la gorge. Je t'ai dit que Marjorie attendait un bébé ?

— C'est vrai ? Dingue ! s'exclama Juliet, sincèrement ravie. Avec qui ?

Davey retint son souffle.

— Eh bien, tu vas rire…

Davey se prit la tête à deux mains. Molly voyait bien qu'il regrettait de lui avoir demandé de l'aide.

— Tu te souviens du soir du concert pour ta maman ?

— Oui.

— Vois-tu, Davey et Marjorie ont fêté ça entre eux…

— Comment ça ?

Jack prit son assiette de poulet chasseur et sortit de la pièce.

— Le bébé est de moi, Juliet, dit Davey.

Allez savoir pourquoi, il éleva sa fourchette en l'air pour souligner sa déclaration.

— De toi ?

— C'est magnifique, non ? dit Molly, qui voyait les yeux de Juliet s'emplir de larmes.

La jeune fille repoussa son assiette.

— Ouais, super.

Sur ces mots, elle se précipita dans l'escalier.

Davey poussa un juron.

— Qu'est-ce que tu as foutu, maman ?

— Je le lui aurais dit sous la forme d'un ballet contemporain que ça n'aurait rien changé.

Juliet refusa de descendre lorsque Marjorie arriva. Elle resta dans sa chambre, derrière une porte barricadée. Dans le salon, Jack regardait la télé à un volume assourdissant. Molly, Davey et Marjorie mangèrent presque en silence une pavlova achetée toute faite.

Jack et Molly vivaient comme des étrangers sous le même toit pendant que Davey s'efforçait d'apaiser ses parents et Juliet, et de forger une nouvelle relation avec Marjorie. Molly regardait en spectatrice, mais sans s'en mêler. *On verra bien ce que ça donnera.* Ça n'allait pas être facile, elle avec un bébé et lui faisant le parent de substitution pour une adolescente et ayant une vie entière d'égoïsme à surmonter. Elle ignorait si tout s'arrangerait, mais elle l'espérait. Pour l'instant, elle se contentait de prendre ses cachets en espérant ressentir à nouveau quelque chose un jour. *Pardon.*

61

Marjorie

Il y avait du changement dans l'air, il arrivait à toute allure et Marjorie n'était pas prête.

On forme une famille, maintenant, Rabbit.

On a toujours été une famille, Marjo.

Et Johnny, qu'est-ce qu'il en pense ? demanda-t-elle un jour à son amie décédée.

Johnny ne pense rien, car Johnny est mort, répliqua Rabbit. Marjorie rit doucement.

Elle avait beaucoup parlé au téléphone avec Davey pendant les trois mois où il avait remballé sa vie américaine et s'était préparé à mettre les voiles. Nombre de leurs conversations s'étaient transformées en négociations sur la suite. Il s'était impliqué à fond.

— On n'a pas besoin de faire comme si quoi que ce soit allait changer entre nous, avait dit Marjorie.

— Faux. Rentrer a été la décision la plus difficile de ma vie, et le seul point positif était de te voir. J'allais t'appeler pour te le dire quand tu m'as téléphoné. Je t'aime, Marjo, depuis toujours et pour toujours.

Il lui avait fallu du temps pour digérer cela et pour y croire.

Qu'est-ce que tu en penses, Rabbit ?

Tu l'aimes, Marjo, depuis toujours et pour toujours.

Enfin, il était rentré, et il avait atterri à sa porte avec un gros bouquet de fleurs et un grand sourire. Elle lui était tombée dans les bras, puis ils s'étaient assis dans le canapé et elle avait pleuré et mangé du gâteau, tandis qu'il contemplait son ventre et y posait ses deux mains. Ils avaient ri et elle avait pleuré. Ils avaient fait l'amour et elle avait pleuré d'un bout à l'autre mais aussi souri et gémi et crié : « Oh merci, petit Jésus ! » en le chevauchant comme au rodéo.

Sa mère avait étonnamment bien pris l'annonce de la grossesse.

— Bon, ta vie est finie.

— Ça t'ennuierait d'être contente pour moi ?

— Je le suis, une nouvelle vie est une chose merveilleuse, et puis disons-le, tu as eu de belles années.

— Merci, avait-elle lâché, consciente que c'était le mieux que sa mère pouvait faire.

Rabbit, derrière tout ce malheur, Vera est ravie, tu sais. Tu me manques, crâne d'œuf.

Au lieu d'une maison pour deux, ils en cherchèrent une pour quatre. Marjorie mit son appartement en vente malgré les protestations de Davey. Il pouvait payer une maison sans elle, mais si elle était avec lui, elle voulait tout partager. Il comprenait. Juliet ne fut pas si souple.

— Alors maintenant elle va vivre avec nous ? C'est une blague ? dit-elle devant Marjorie.

— Hé, ho ! Comment ça, « elle » ? C'est de Marjo qu'on parle, là, riposta Davey.

Juliet sortit de la pièce sans un mot. Il ne comprenait pas ce qu'elle avait.

— Je lui ai tout expliqué dix fois. Elle sait que je l'aime plus que tout. Elle sait qu'on forme une famille.

Il essaya, et Marjorie aussi ; Molly essaya ; Grace essaya ; Jack essaya ; même Francie et Jay essayèrent. À tous, elle claqua la porte de sa chambre au nez.

Les jumeaux se tournèrent vers Marjorie et vers les Hayes rassemblés, qui avaient espéré que si quelqu'un pouvait lui faire entendre raison, ce serait un des frères Byrne.

— Jamais vu une telle tête de bois, dit Jay.

— Comme sa mère, ajouta Francie.

— Elle nous reviendra toute seule, à son rythme, prédit Molly en tapotant l'épaule de Marjorie. Tu n'as rien à te reprocher.

Marjorie comprenait.

— Ça fait beaucoup de changement, Davey, même moi j'ai du mal à suivre, alors Juliet…

Elle était compréhensive et avait à cœur de renouer avec Juliet, mais cette enfant qui avait été son amie semblait maintenant décidée à rester son ennemie jurée. *Je ne sais pas quoi faire, Rabbit. Comment arranger ça ? Que ferais-tu, toi ?*

Je m'accrocherais, Marjo.

Marjorie était fatiguée en permanence et s'efforçait de surmonter ses journées de travail sans se laisser distancer par de jeunes cadres dynamiques et enthousiastes qui lançaient des idées dans tous les sens, tout en luttant contre l'envie d'uriner, de vomir, de roter ou de péter. Par-dessus le marché, son boss était contrarié par son état. Il faisait des efforts pour le cacher, mais le congé maternité le privait d'une employée pendant six mois. Elle venait d'arriver ! Elle n'avait pas encore gagné le droit de les laisser en plan. C'était gênant et dénué de professionnalisme, et elle passait son temps à s'excuser de sa fertilité inattendue. Elle tâchait de compenser en faisant des heures supplémentaires, et elle abattait effectivement un travail impressionnant malgré ses chevilles enflées et ses siestes express. Elle ne voulait surtout pas perdre ce job parfait. Elle ne voulait pas non plus perdre Davey ni le bébé, ni même Juliet, même si celle-ci se comportait en adolescente odieuse. Elle avait enfin quelque chose à perdre dans sa vie. C'était écrasant, surtout avec la tempête hormonale, la peur de l'inconnu et les examens médicaux requis pour veiller à ce que cette maternité tardive donne le jour à un enfant en bonne santé. Elle réussissait haut la main tous ces examens, auxquels Davey l'accompagnait la plupart du temps, et chaque fois qu'un bon résultat leur revenait il exécutait une petite danse de victoire.

— C'est parfait, Marjo, parfait !

T'entends ça, Rabbit ? Parfait !

Grace la soutenait beaucoup ; elle lui donnait d'excellents conseils et était toujours disponible pour répondre à ses questions.

— J'ai eu envie de mettre un bourre-pif à Davey quand il m'a dit bonjour ce matin, je suis en train de perdre la boule ?

— Non, c'est parfaitement naturel.

— J'ai envie de pleurer tout le temps, c'est normal ?

— Oh oui.

— J'ai envie de faire l'amour, de pleurer et de démolir la tronche de Davey en même temps, c'est normal ?

— À cent pour cent.

— Bon Dieu, que c'est dur de fabriquer un bébé !

— Oh, ça, c'est la partie facile. Tu verras quand tu devras cacher les couteaux pour ne pas faire de bêtise. Bienvenue au club des mères !

Grace a toujours été un peu plus fofolle que toi et moi, hein, Rabbit ?

Oh oui.

C'était son dernier jour au bureau. Marjorie devait terminer tôt et passer la main à ses collègues avant d'aller faire des courses avec sa mère, puis de retrouver Davey pour signer l'achat d'une grande maison mitoyenne à quatre chambres avec vue sur la mer à Clontarf. Elle vivait un rêve – celui de quelqu'un d'autre, mais un rêve quand même. Cependant, elle était bien trop enceinte pour apprécier. Elle était un petit bout de femme avec une bosse énorme, le ventre comme une baudruche prête à exploser, et d'ailleurs, à environ deux semaines du terme, elle crut qu'il explosait. *Je n'y arriverai jamais.* En retirant un cil qui la gênait, elle eut l'impression de recevoir un coup de poignard dans l'œil et poussa un cri de douleur. Tout lui faisait mal. Et elle était fatiguée, une fatigue incroyable. Elle dormait mal depuis des semaines ; le bébé s'agitait, donnait des coups, jouait au foot avec sa vessie et faisait des choses impardonnables à ses boyaux. Elle vivait une perpétuelle indigestion. La nourriture devenait son ennemie, elle qui avait toujours adoré manger. Ça lui manquait. Vers la fin, elle ne vivait que de biscuits apéritif et de cake.

Son appartement s'était vendu en moins de trois semaines et, après une petite négociation, elle en avait tiré un bon prix. La récession était terminée. Elle l'avait acheté pour une bouchée de pain à l'époque, et l'économie remontait. Davey avait loué un logement pour eux trois. Pendant les premiers mois, elle et lui avaient dormi dans la même chambre. C'était bizarre, mais agréable, en fait ; puis elle était devenue si grosse qu'elle avait eu besoin du lit entier. Les nuits passées à se retourner, les bouffées de chaleur et la nécessité de se lever toutes les cinq minutes n'étaient pas propices à l'intimité ni au partage de l'espace. Davey s'installa dans la chambre d'amis.

— Déjà de l'eau dans le gaz ? s'enquit froidement Juliet le lendemain matin.

— Marjorie a juste besoin d'espace.

— Je plaisantais, dit-elle avant d'aller prendre son petit déjeuner dans sa chambre.

— Quelle est la différence entre un bonhomme de neige et une bonne femme de neige ? cria-t-il après elle. Les boules de neige. Ça, c'est une blague !

— Ça, une blague ? intervint Marjorie. Tu es pire que ma mère.

— Je n'ai pas dit qu'elle était bonne. (Il l'embrassa.) Ça va aller, tu verras. Tu ne vas pas me croire, mais elle a l'air moins malheureuse qu'aux États-Unis.

— Ce n'est pas franchement rassurant.

— Non.

Ils restèrent enlacés encore quelques instants. C'était agréable, mais trop chaud et poisseux, et elle combattit une sensation de pression extraordinaire sur une partie de son corps à laquelle elle n'avait jamais vraiment pensé, son périnée. Si le bébé n'arrivait pas tout de suite, elle avait peur qu'il tombe par terre.

Ses collègues fêtèrent son départ en congé maternité avec des gâteaux dans la salle de pause, et bien qu'elle n'ait encore travaillé que huit mois dans la boîte, tout le monde se cotisa pour lui offrir une carte et une jolie gigoteuse. Elle en fut heureuse, touchée, et promit solennellement d'être de retour dans les six mois, plus motivée que jamais. Elle pleura dans la voiture en se rendant chez sa mère parce qu'elle n'était pas certaine de pouvoir tenir sa promesse. *Je suis tellement crevée. Je suis trop vieille pour la maternité. Ce bébé me tuera.* Sa mère l'attendait à la porte, parée, avec son Caddie et sa canne.

— Comment s'est passée ta dernière journée de travail ?

— Bien, et ce n'était pas ma dernière journée de travail.

— C'est ce que tu crois.

— S'il te plaît, ne sois pas négative.

— Ah. Tu es ravissante.

— On dirait qu'un alien va me sortir du bide.

— Tu resplendis.

— Je transpire.

— Tu ne me facilites pas la tâche, Marjorie.

— Pardon.

— On peut s'arrêter prendre un café et un gâteau ?

— Allons-y.

Vera sourit.

— Avec de la crème et de la confiture.

Vera Shaw s'était adoucie. Le processus avait été lent, presque imperceptible, mais elle paraissait moins aigrie, voire plus heureuse ; elle trouvait du plaisir dans de petites choses qui ne l'auraient jamais déridée auparavant, et c'était agréable à voir.

— Tout ce que tu veux, maman, dit Marjorie.

— Mammy, la corrigea Vera.

— Mammy.
— Et j'aimerais acheter quelque chose pour le bébé.
— Tu n'es pas obligée.
— Ça me ferait plaisir.

Marjorie eut de nouveau envie de pleurer – des larmes de joie, cette fois.

— Merci, maman.

Elles firent une heure de shopping dans le centre, et lorsque toutes les courses de Vera furent faites et qu'elles eurent trouvé quelque chose de joli pour le bébé, Marjorie eut besoin de s'asseoir et de manger. Elle ne pouvait pas toucher au café ni au thé, cela lui donnait des brûlures d'estomac invraisemblables, si bien qu'elle but un verre de lait froid et engloutit une part de cheesecake aux deux chocolats pendant que sa mère se régalait d'un gâteau Victoria avec supplément de crème. Marjorie en était à la moitié de son gâteau lorsque sa mère aborda le sujet de son père.

— Aimerais-tu qu'il soit au courant pour le bébé ? demanda-t-elle.

Marjorie faillit s'étrangler.

— Non !
— Je comprends, mais tu en es bien sûre ?
— Certaine. Il se fiche complètement de moi ; qu'est-ce que ça peut lui faire, que j'aie un bébé ?
— Je ne sais pas. Il me semble que ça se dit, ce genre de choses.
— Eh ben, non.
— D'accord.

Marjorie termina son gâteau. Elle but du lait, alors qu'elle n'y aurait pas touché avant d'être enceinte.

Vera, elle, chipotait dans son assiette.

— Personne n'est parfait, dit-elle.

— Je sais bien.

— Certains d'entre nous en sont loin. Je n'ai pas été une bonne mère. Je le sais.

— Ça a été, mammy.

— D'après ce que j'en sais, ce n'est pas suffisant.

— Je ne sais pas ce que tu veux me faire dire.

— Rien. Je m'excuse ; tu méritais mieux, c'est tout.

Marjorie pleura ouvertement. Vera termina son gâteau.

Au retour, dans la voiture, elles parlèrent de l'oophorectomie imminente de Grace et du procès de Molly, qui était prévu pour le lendemain. Vera ne jugea pas la décision de Grace de se faire retirer les ovaires, et ne dit rien de méchant sur la bataille de Molly contre la loi. Elle aurait bien voulu, Marjorie pouvait lire sa lutte intérieure sur ses traits, mais elle se tut, ce qui fut apprécié. Elles évoquèrent la nouvelle maison et l'agrément d'habiter tout près de la mer. Marjorie profita du moment de la séparation pour s'excuser auprès de sa mère.

— Je suis désolée.

Vera se tourna vers elle.

— De quoi ?

— De l'état de ta foufoune.

Vera pouffa de rire. En lui prenant le menton, elle leva le doigt vers les cieux.

— Ce n'est pas ta faute, c'est la leur, dit-elle d'une voix un peu tremblante.

— Désolée quand même.

Marjorie était sincère. Sa mère lui avait donné le jour et cela l'avait détruite. Elle comprenait enfin.

Vera sourit.

— Tu feras une bonne mère, dit-elle avant de descendre de voiture.

Incapable d'ajouter un mot, Marjorie lui fit au revoir de la main et démarra, mais elle pleurait si fort qu'elle dut s'arrêter sur le bord de la route car elle n'y voyait rien. Un policier se pencha vers la portière.

— Tout va bien, ma petite dame ?

— Ma mère vient de me dire qu'elle m'aimait, enfin pas comme ça, mais… oui… elle m'aime.

Il regardait fixement son gros ventre.

— C'est pour bientôt, pas vrai ?

— Deux semaines.

— Ça vous grille la cervelle ?

— Exactement.

— Vous voulez que je vous escorte ?

— Ah non !

— Sûre ?

— Je vais juste rester là pour pleurer encore un peu, si ça ne dérange pas.

— Il y a un parking juste derrière le bar, au coin, là-bas. Vous pouvez vous mettre là et pleurer tout ce que vous voulez.

— Merci.

Elle suivit les instructions et pleura toutes les larmes de son corps.

Si tu me voyais, Rabbit.

62

Davey

Davey devait réfléchir à un nouveau moyen de gagner sa vie. Il aimait toujours la musique et voulait travailler dans ce domaine, mais pas en jouant de la batterie à droite et à gauche tous les soirs. Il voulait une vie confortable avec Juliet, Marjo et le bébé. Il se renseigna en ligne sur les cursus universitaires ; il y en avait un en musique auquel il pouvait s'inscrire. Il décrocherait son diplôme et ferait même un master. Il pourrait enseigner. Cela lui disait bien. Cela tombait sous le sens. Il avait peur, bien sûr, mais son ancienne existence ne lui manquait pas. Avant Juliet, il était très seul ; simplement, il ne s'en rendait pas compte.

Elle est devenue mon univers, Rabbit.

Je sais.

Elle est encore mon univers.

Dis-le-lui.

J'essaie.

Marjorie et le bébé, c'était bien aussi. Après tout ce qu'ils avaient traversé, ils s'accordaient à merveille.

Ils se comprenaient. Elle voyait ses meilleurs côtés et avait de la patience avec les pires. *Comme Rabbit.* Il n'avait aucune inquiétude au sujet de leur couple. Mais c'était Juliet qui l'inquiétait. *Qu'est-ce que je ne vois pas, là, Rabbit ?*

Continue de chercher, Davey.

Cela l'empêchait de dormir. Il essayait de lui parler, mais elle le repoussait. Il s'inquiétait aussi pour sa mère. Elle n'était plus la même. Elle était diminuée. Son père avait le cœur brisé, et tous les deux étaient pleins de colère. Il se faisait du souci pour eux, pour tout le monde, et pourtant il était plus heureux que jamais et il osait espérer que tout s'arrangerait.

63

Grace

Faire l'amour est une habitude et, au bout du compte, c'en était une facile à perdre. Après la première tentative, où Lenny n'avait pas eu d'érection, Grace et Lenny firent tous deux comme si ce n'était pas bien grave et comme s'ils pouvaient rapidement passer à autre chose. Mais en réalité, ils sautaient sur toutes les excuses possibles pour éviter l'intimité. Grace avait ses douleurs, Lenny ses horaires de travail et le stress qui allait avec. Un mois s'écoula, puis deux, puis trois, quatre, et ainsi de suite jusqu'à ce que neuf mois aient passé sans qu'ils se soient touchés. D'un accord tacite, ils n'en parlaient pas. Ils s'entendaient bien, s'aimaient toujours, ils se faisaient rire et étaient présents l'un pour l'autre, mais c'était un gros problème, et ils avaient beau prétendre que tout allait bien, c'était loin d'être le cas. Encore une bombe à retardement. *Il ne manquait plus que ça.*

La grossesse de Marjorie avait encore rapproché les deux femmes. Grace allait jusqu'à la considérer comme une véritable amie. Elle se demandait si cela aurait dérangé Rabbit. *Elle sera toujours ta meilleure amie, Rabbit. Je fais juste le bouche-trou.* Grace avait des amies à elle, bien sûr, mais celles-ci étaient toutes occupées à élever leurs enfants, et pour être honnête elle les avait laissées s'éloigner peu à peu. Elles se retrouvaient entre filles une ou deux fois par an, pour une fête ou un pot de Noël, elles parlaient de tout et de rien, riaient du passé : personne n'apportait ses problèmes dans ces soirées-là. Marjorie était là pour Grace d'une manière différente de son cercle de copines. Marjorie comprenait. Elle avait tout traversé avec Rabbit. Pourtant, elle gardait la plupart du temps ses soucis pour elle. Elle apportait un espoir bien nécessaire. Rabbit était partie, les seins de Grace étaient partis, ses ovaires suivraient bientôt, mais à présent, dans toutes ces pertes, un petit Hayes tout neuf allait naître. *Qui l'aurait cru ?*

Elles avaient déjeuné ensemble deux jours plus tôt, à un moment où Marjorie n'avait pas beaucoup de temps parce qu'elle essayait de boucler un plan de financement pour un client avant d'entamer son congé maternité. Elles avaient mangé dans un petit café proche de son bureau.

Grace jouait depuis un moment avec l'idée d'évoquer sa morne vie sexuelle avec Marjorie, et Marjorie était assise devant elle, et elle avait tellement envie d'amour physique que cela lui faisait mal.

— Marjo ?

— Oui ?

— Je peux te poser une question ?

— Tout ce que tu veux.

— Comment je fais pour que mon mari me désire à nouveau ?

Marjorie faillit s'étrangler avec sa bouchée de gâteau.

— Ah.

— Ouais.

— Vous avez refait l'amour depuis… ?

— Non.

— À cause de…

— On a essayé une fois. Il n'a pas pu la lever.

— Et c'était…

— Deux mois après l'opération.

Marjorie repoussa son assiette et but un peu de lait.

— Je ne sais plus quoi faire et ma mère est aux abonnés absents, alors…

— Vous en avez parlé, tous les deux ?

— Ce serait encore pire, non ? Ça devrait venir naturellement.

— Tu as essayé le coup des dessous affriolants ?

— Tu penses, j'en ai un plein tiroir.

— Et le choper par le colback et lui sauter dessus ?

— Non, ça, c'est du viol.

— Tu vois ce que je veux dire.

— Et si je le dégoûte ?

— Tu ne… c'est pas possible, tu es magnifique.

— Tu ne m'as pas vue.

— Je te regarde en ce moment.

— Il n'a pas réussi à coucher avec moi, pour la première fois, alors qu'il m'avait déjà vue accoucher de quatre gros bébés.

— Il s'est aussi occupé de toi après l'opération, il t'a lavée, t'a passé toutes ces crèmes hors de prix, s'est occupé de l'infection autour de ton cathéter, il t'a accompagnée pour le remplissage de tes prothèses, il a vu la douleur que tu endurais, toi qui étais si délicate.

— Tu crois qu'il associe mes seins à la douleur, maintenant ?

— Je pense que vous avez vécu quelque chose d'extrêmement traumatisant, tous les deux.

— T'es pas aussi bête que t'en as l'air, Marjo !

Cette dernière sourit.

— Venant de toi, c'est un grand compliment.

Grace eut besoin d'un jour ou deux pour réfléchir à ce que lui avait dit Marjorie. Celle-ci n'avait pas tort. Lenny l'avait plus ou moins guérie à lui seul : à cause de sa peur du sang, elle avait refusé toute responsabilité dans ses propres soins. C'était logique. Marjorie pouvait se tromper, bien sûr, auquel cas son couple allait lentement imploser, mais s'il y avait ne fût-ce qu'une chance qu'elle ait raison, Grace allait devoir montrer à son mari qu'elle allait bien, mieux que bien, qu'elle était guérie, robuste, et que ses nouveaux seins avaient cicatrisé, qu'ils étaient parfaits et ne faisaient pas mal. Ils étaient un peu froids l'hiver, mais à part ça, elle était parée. Ça tombait bien : justement, Lenny avait une matinée de libre car il devait prendre l'avion pour une réunion à Londres dans l'après-midi. Elle prit une douche, s'enduisit de crème et de parfum, et enfila son ensemble de lingerie le plus neuf et le plus sexy. Elle arrangea ses lolos, les positionna juste comme il faut. Elle se regarda dans le miroir, les mains arrondies dessus.

— On peut y arriver.

Les enfants étaient à l'école, Stephen à la fac, et Lenny était en bas, en train de lire le journal dans la cuisine. Elle entra dans la pièce vêtue de sa guêpière noire et de bottes à hauts talons, achetées en ligne un soir où elle était éméchée et sur les nerfs. Comme il lui tournait le dos, cela n'eut pas l'effet espéré. Elle s'approcha de lui et posa une main sur son épaule.

— Ça va, chérie ? demanda-t-il sans tourner la tête.

— Non, mais ça va s'arranger.

Elle prit son visage entre ses mains et le tourna vers elle. Ce fut un peu maladroit car elle le serrait un peu trop fermement, si bien qu'elle lâcha, recula et posa une main sur sa hanche comme le font les jeunes donzelles sur Instagram.

— Qu'est-ce qui se passe ? demanda-t-il.

— Tu le sais bien.

— Ah, Grace…

— Non, le coupa-t-elle avant de le chevaucher sur la chaise de la cuisine.

Elle l'embrassa, posa les mains de Lenny sur ses seins et les y maintint.

— C'est pour maintenant, dit-elle.

Soudain, elle fut sur la table avec son mari entre les jambes, et avant d'avoir eu le temps de dire ouf, voilà qu'ils bougeaient ensemble, ses mains à lui partout sur elle, et ce n'était pas exactement comme avant – déjà, c'était la première fois qu'ils faisaient l'amour sur la table où leurs enfants prenaient leur petit déjeuner (et il lui semblait, sans certitude, sentir un sachet de thé mouillé dans son dos), c'était différent, agréable, et, surtout, excitant comme tout. Il y avait une vie après la mastectomie et les implants mammaires, et il y aurait une vie après une oophorectomie.

Ils montèrent dans la douche et recommencèrent – cette fois de manière moins intense, plus intime, entièrement nus tous les deux. Lenny touchait ses nouveaux seins d'une manière qui n'était pas médicale, et plus elle l'encourageait plus il y allait franco.

— Tu ne vas pas les casser.

— Pas de douleur ?

— Aucune.

— Des sensations ?

— Oui.

À ces mots, il soupira et sembla sur le point de pleurer, alors elle l'embrassa. Elle s'étonnait d'avoir en effet un peu de sensations, pas juste un picotement, et la douleur nerveuse aiguë s'était complètement envolée. C'était agréable, c'était réconfortant, et elle se sentait parfaitement à l'aise.

Après, ils restèrent ensemble au lit pendant une heure, à contempler simplement les expressions faciales l'un de l'autre et à suivre du doigt les contours de leurs corps. Ils étaient comme des gamins, se redécouvrant l'un l'autre et eux-mêmes. Ils parlèrent facilement et rirent de bêtises ; ils étaient comme un jeune couple, tout neufs l'un pour l'autre et pleins d'enthousiasme.

— Pourquoi est-ce qu'on a attendu si longtemps ? demanda-t-il.

— Je crois qu'on souffrait tous les deux d'un petit stress post-traumatique.

— On aurait dû s'y mettre plus tôt, mes couilles allaient exploser.

— Ça explosait aussi un peu chez moi.

— Tu as l'oophorectomie dans un mois.

— On ne refera pas pareil.

— Tu vas être ménopausée, du coup.

— Ça se gère. Je gérerai. On sait ce qu'on fait, maintenant, hein ?

— Ta mère était folle.

— Ma mère est folle.

— Toi aussi, t'es un peu folle.

Elle rit.

— Tout va bien se passer.

— Ouais, dit-il, et ils firent l'amour une troisième fois.

Elle était épuisée et le pauvre Lenny se sentait si vidé qu'il envisagea de rater son avion. Il partit en taxi et elle sombra dans un sommeil délicieux, non sans avoir remercié les cieux au préalable.

64

Jack

Jack trouva les antidépresseurs de Molly, un jour, pendant qu'elle préparait de la soupe ou triait des vêtements ou Dieu sait quoi. Il farfouillait dans sa chambre à la recherche d'indices sur la femme qu'il aimait toujours. Les cachets lui firent un choc. *Ce n'est pas toi, ça, Molly. Où es-tu donc partie ?* Il n'en parla à personne. Il ne dit rien à Molly, se contentant de la surveiller autant que possible en s'efforçant d'être aussi gentil et attentionné que possible. Davey essaya de leur parler à tous les deux, mais il n'alla pas bien loin : ils ne se disputaient pas, il n'y avait pas de cris ni d'engueulades, mais la léthargie de sa mère était tout simplement insurmontable.

Le procès inquiétait Jack. Il se demandait comment cela allait se passer. Il n'avait jamais mis les pieds dans un tribunal. C'était intimidant. Il n'était même pas sûr que Molly veuille que la famille soit présente, mais ils comptaient tous y aller, les Hayes en troupeau. *Mon Dieu.* Il ne lui avait toujours pas dit qu'il avait rempli les papiers pour avoir un compteur d'eau. Il ne voyait pas l'intérêt de contrarier sa femme encore plus, mais à présent que le procès était pour demain, il redoutait que cela ne vienne sur le tapis. Ce serait un choc pour elle d'apprendre que son mari avait trahi tout ce pour quoi elle se battait alors qu'elle était à la barre des accusés ; cela finirait mal, forcément. Elle risquait même de le tuer.

On sonna à la porte peu après onze heures. Molly était sortie et Jack somnolait dans le fauteuil. Il se réveilla en sursaut et se donna une contenance, criant « J'arrive ! » à la personne insistante qui gardait son pouce sur la sonnette.

Il ouvrit : devant lui, un livreur tenait un grand carton.

— Jack Hayes ?

— Oui.

— Une signature ici.

Jack signa. Le carton était lourd. Il le laissa tomber aussitôt qu'il eut refermé la porte. Il n'avait aucune idée de ce que c'était. Il alla chercher un couteau dans la cuisine et trancha dans l'épaisse bande adhésive. Il souleva les rabats, écarta des couches de papier de soie, et là, son cœur faillit s'arrêter : c'était le livre de Rabbit, peut-être trente exemplaires empilés. Il en sortit un et le tint dans ses mains. *Jamais lâcher*, par Rabbit Hayes. La couverture était blanche, avec un portrait de Rabbit au crayon. C'était magnifique. Jack serra le livre contre lui, les larmes aux yeux.

Le temps que sa femme rentre, il s'était ressaisi. Elle arriva lestée par ses courses. Il les lui prit des mains et les posa sur la table.

— J'ai quelque chose pour toi, et ça ne va pas te plaire, la prévint-il.

Il lui tendit le livre. Molly en eut le souffle coupé. Elle s'assit.

— Je suis désolé, dit-il, mais c'est ce qu'elle voulait.

Molly retourna l'objet. En quatrième de couverture, il y avait une photo de Rabbit format timbre-poste. Elle le tint contre son cœur, ferma les yeux et sourit. Puisque tout semblait bien se passer, Jack en profita pour l'informer qu'il avait fait la demande pour un compteur d'eau. Alors, visant avec soin, Molly lui jeta le livre à la tête.

65

Molly

Jack partit en courant et Molly ramassa le livre par terre. Elle le tint contre elle et pleura. *Qu'est-ce qu'ils vont dire sur toi, Rabbit ? Quelles cruautés va te balancer on ne sait quel inconnu ? Comment vont-ils justifier leur dépit ? Comment puis-je le supporter sans prendre les armes et partir en guerre contre eux tous jusqu'au dernier ? #SurMon31EtNullePartOùAller.*

Sa situation s'améliorait légèrement depuis un petit moment. Les médicaments faisaient effet et elle n'éprouvait plus le même degré de léthargie et de désespoir, mais elle avait encore du mal à se retrouver. Le retour de Davey et de Juliet l'avait bien boostée, et bien sûr le bébé était une bénédiction, un miracle même, mais c'était aussi un sujet de grande inquiétude. *Et s'il est malade ? Et s'il meurt ? Et s'il tue la pauvre Marjorie ?* Comment pouvait-elle se réjouir avant d'être certaine que l'enfant et sa mère seraient sains et saufs ? Elle ne pourrait jamais endurer davantage de maladie et de mort. Elle aurait préféré que son cœur s'arrête tout net, plutôt que subir un nouveau deuil. Elle retenait son souffle en attendant que quelque chose de bien ou de mal se produise, et dans l'intervalle elle devait affronter un juge, et ce ne serait pas une partie de plaisir, car dans un tribunal le juge avait tous les pouvoirs, et elle aucun ; cette dynamique ne lui convenait pas du tout. De plus, son mari lui manquait. Sa tendresse lui manquait, ainsi que leurs longues discussions sur les choses de tous les jours ; ils avaient été une équipe formidable, et elle l'avait mis sur la touche, et elle savait qu'il était prêt à tout pour arranger cela. Mais signer la demande de compteur, cela avait été la goutte qui avait fait déborder le vase. *Qu'est-ce qui t'est passé par la tête, le vieux ?*

Elle se prépara un thé sans lâcher le livre. Elle se coupa une tranche de gâteau sans lâcher le livre. Elle but son thé et mangea le gâteau sans lâcher le livre. Elle regarda la photo de sa superbe fille ; elle passa les doigts sur les lettres en creux qui formaient le nom de Rabbit. *Que voulais-tu faire savoir au monde, Rabbit ? Qu'avais-tu tellement besoin de dire ? Comment ce texte peut-il exister sans que je le lise ? Comment pourrais-je survivre ne serait-ce qu'à une page, maintenant que tu n'es plus là ?*

Pauline toqua au carreau.

— Tu es là, Molly.

Elle alla ouvrir la porte, le livre toujours serré contre sa poitrine, sous son cardigan.

— Je t'interromps dans ta lecture ? demanda son amie en entrant sans façon dans la cuisine.

— Plus ou moins.

Pauline remit de l'eau à chauffer.

— Je deviens zinzin à tourner en rond chez moi, Molly. Je n'arrête pas de cauchemarder que je me retrouve dans un survêtement couvert de flèches, enfermée dans une cage à oiseaux.

— Tu as toujours été zinzin, Pauline.

— C'est vrai.

Pauline fit du thé pour elle et pour Molly.

— Tu crois qu'ils vont être cléments avec nous, Molly ?

— Avec toi, oui, Pauline.

— Non non, si tu tombes, je tombe avec toi.

Cela la fit sourire. Pauline aurait fait n'importe quoi pour la Molly qui l'avait sauvée des années auparavant, mais ça, c'était l'ancienne Molly. *Cette Molly-ci ne vaut pas la peine qu'on se batte pour elle, Pauline.* Elle dit à son amie de ne pas être bête.

— Nous sommes des vieilles dames, Pauline. Qu'est-ce qu'ils peuvent nous faire de plus ?

Pauline s'en alla peu après, et Molly emporta au salon le livre qu'elle serrait dans son giron. Elle ferma la porte, s'assit, l'ouvrit, et commença à lire.

Je m'appelle Rabbit Hayes. Je suis morte à l'âge de quarante ans, le 28 mai 2014. Par une journée froide mais ensoleillée. Je ne peux pas vous dire exactement comment ça s'est terminé, vu que, bon, je suis morte, mais je sais une chose, c'est que je n'étais pas seule. Ma famille et mes amis sont restés, si longue, inconfortable, triste et tragique que soit toute cette sale histoire. C'est comme ça, avec les maladies mortelles : sur la fin, il n'y a plus rien à faire qu'attendre. Je revois tout, maintenant, maman à mon chevet, jurant contre le monde entier et menant des transactions louches avec Dieu le Père…

De grosses larmes roulèrent sur ses joues. *Pardon, ma chérie, pardon.*

66

Juliet

Juliet avait des rapports tendus avec Kyle depuis son retour. Depuis qu'elle avait été agressée, elle s'était éloignée de lui et des autres, se pelotonnant loin du monde, vivant sa vie dans la plus petite bulle qu'elle pouvait trouver. Elle fuyait pour se cacher de son agresseur. Après avoir évité pendant un mois les salles de concert et les hôtels, restaurants et bars, s'enfermant à double tour dans ses chambres d'hôtel et coinçant parfois la porte avec une chaise, elle s'était rendu compte qu'il n'avait pas l'intention de recommencer, qu'il en avait terminé avec elle. Cela ne l'avait pas vraiment aidée pour autant : elle restait terrifiée et se sentait absolument seule. Aux États-Unis, elle avait voulu en parler à Davey, mais elle n'avait pas les mots pour. Elle ne pouvait se résoudre à le dire, et que se serait-il passé si elle avait parlé ? Cela aurait déclenché des tas de choses et l'aurait peut-être obligée à affronter de nouveau Trevor. Elle avait un haut-le-corps chaque fois qu'elle y pensait.

Elle préférait tout enterrer bien profond et tâcher de tourner la page.

Quand Davey lui avait annoncé qu'ils rentraient en Irlande, le soulagement l'avait submergée avec la force d'une digue qui se rompt, et le poids invisible qui la clouait au sol s'était peu à peu dissipé pour finalement s'envoler et disparaître. Juliet Hayes, bien qu'encore traumatisée, se sentait plus légère et plus gaie qu'elle ne l'avait été depuis des années. Davey avait vu sa douleur. Il rentrait pour elle et renonçait à son ancienne vie parce qu'il l'aimait et parce qu'elle lui suffisait. Avec Davey auprès d'elle, elle pouvait oublier Trevor et enterrer le souvenir de son acte terrible, loin là-bas en terre étrangère. Elle était convaincue qu'ils pourraient prendre un nouveau départ entourés de proches qui ne lui feraient jamais de mal. Quand le secret de Davey fut révélé et qu'elle se trouva face au ventre rond de Marjorie, elle prit conscience que Davey n'avait en fait rien perçu de sa douleur. Il n'était pas revenu pour elle. C'était par amour pour Marjorie et pour le bébé qu'il avait renoncé à son ancienne vie. Elle ne lui suffisait pas. Elle n'était rien. Trevor avait vu qu'elle n'était rien et qu'elle n'avait personne ; c'était pour ça qu'il l'avait choisie comme victime.

Elle évitait Kyle et il s'efforçait de comprendre ce qui avait changé, mais comment l'aurait-il pu ? Elle n'avait pas la force de lui expliquer qu'elle n'avait jamais été vraiment amoureuse de lui ; qu'il l'avait agréablement distraite de son chagrin et qu'il avait été un lien avec chez elle, mais que depuis l'incident avec Trevor elle préférait être seule. Un après-midi, elle retrouva Kyle dans un café de Wicklow Street. Il était assis derrière la vitre.

— Comment ça se fait que tu ne sois pas en cours ? lui demanda-t-elle.

— Réunion pédagogique.

— Ah bon.

— Merci d'avoir bien voulu me voir.

— J'étais en ville, de toute manière.

— Ah.

— Je pense qu'on devrait rompre, annonça-t-il.

Incapable de la regarder, il garda les yeux rivés, à travers la vitre, sur un homme-orchestre qui chantait, claquait des genoux, jouait du tambourin… très mal.

— Mais est-ce qu'on sortait vraiment ensemble, en fait ?

Il en fut blessé et lui lança un regard noir.

— Pardon, ce n'est pas ce que j'ai voulu dire, marmonna-t-elle, soulagée que ce soit terminé.

— Tu t'en fous, pas vrai ?

— Désolée.

J'utilise les gens, maman.

On a tous besoin de quelqu'un, Bunny.

Ne m'appelle pas Bunny.

Je suis morte, je t'appelle comme je veux.

Il se leva pour partir.

— J'aimais bien t'embrasser, lui lança-t-elle.

Il ne se retourna pas, il se fraya un chemin dans la foule qui emplissait le café, mais elle le vit s'essuyer les yeux en descendant la rue.

Elle n'éprouvait rien du tout.

Peut-être que je ne tomberai jamais amoureuse, maman.

Elle se rendit chez Francie en bus. Elle frappa à sa porte et un de ses enfants vint ouvrir, elle ne savait pas bien lequel, un beau garçon à la coiffure cool et aux yeux magnifiques. Il la toisa de la tête aux pieds.

— Oui ?

— Salut, je suis Juliet. Ton père est là ?

— T'as quel âge ?

— Presque quinze, et toi ?

— Dix-sept et des poussières.

Il sourit largement et se détourna d'elle.

— Papa ! rugit-il dans le couloir. Y a une fille à la porte, elle dit qu'elle s'appelle Juliet.

Francie apparut dans l'escalier.

— Juliet Hayes ! lança-t-il. Quel bon vent t'amène ?

— Il faut que je te parle d'une tombe.

Le fils, qui s'appelait Darren, regarda son père.

— Ah OK, c'est pas une fille cachée alors ?

Francie éclata de rire.

— Elle est trop jolie pour être de moi, clairement ! Non mais tu t'es vu ?

Il ébouriffa les cheveux de son fils.

— Sympa, commenta Darren.

— Allez, entre, viens manger des pancakes avec nous.

Ils entrèrent dans la cuisine. Darren prépara les pancakes. Plus Juliet le regardait, plus il devenait beau, tellement beau qu'elle rougissait chaque fois qu'il tournait les yeux vers elle.

— Sirop ou chocolat ? demanda-t-il.

— Sirop.

Elle le regarda verser le sirop. Il avait les bras très musclés.

— Dis stop, ou il va te noyer dedans, dit Francie.

— Pardon, stop !

Darren lui tendit une assiette de sirop avec un pancake sur le bord. Une fois qu'elle eut mangé, elle se concentra de nouveau sur ce qui l'amenait.

— Tu connais la mère de Johnny Faye, non ?

— Comme la mienne, dit Francie.

— Tu pourrais lui parler pour moi ?

— De quoi donc ?

— De mettre les cendres de maman dans la tombe avec Johnny.

Francie fit la grimace.

— Ah.

— Elles sont où, pour l'instant ? s'enquit Darren en s'asseyant à côté d'elle.

Leurs genoux se touchèrent et elle faillit en faire pipi dans sa culotte.

— L'essentiel est dans une grosse urne dans une armoire, et le reste dans des petits cœurs en argent un peu partout.

— Wow, fit-il, c'est pas commun.

Il lui proposa un autre pancake. Elle rougit.

— Non merci.

— Par ici, dit Francie, et Darren jeta le pancake sur son assiette. Ce qu'il y a, c'est qu'on ne peut pas juste fourrer les cendres de Rabbit dans la tombe, il faut payer l'emplacement et officialiser tout ça.

— C'est ce que je voudrais, que ce soit officiel, avec le nom de maman sur la pierre tombale. J'ai l'argent.

— D'accord.

Francie n'était plus aussi souriant et sûr de lui que d'habitude.

— Qu'est-ce qu'il y a ? demanda-t-elle.

— C'est juste que je crois que c'est le caveau de famille des Faye.

— Et alors, ils ne peuvent pas prendre maman en plus ? Elle est toute petite, maintenant qu'elle est en cendres.

— Écoute, je vais en parler à Karen. Je ne te promets rien.

— Je sais.

— Alors arrête de sourire comme ça.

— Je peux pas.

— Pourquoi ? voulut savoir Darren.

— Parce que s'il y a quelqu'un qui a de la force de persuasion, c'est bien ton père, lui répondit Juliet, maintenant rouge tomate.

Darren devenait plus beau à chaque seconde. Il faisait chaud dans la pièce.

— Est-ce que ça va ? lui demanda-t-il.

— Je crois que je couve quelque chose.

Francie se leva et lui enlaça les épaules pour la raccompagner vers la porte.

— J'ai déjà vu cette tête-là… c'est exactement ta mère, quand elle regardait Johnny Faye.

Elle se retourna vers Darren.

— À la prochaine, Darren, lança-t-elle.

Il hocha la tête, sourit et lui fit au revoir de la main.

— Guéris vite !

Juliet sourit à Francie.

— Ne commence pas à le suivre partout, celui-là.

— Pas mon genre.

— Tu parles. Si tu es comme ta mère, on va te retrouver dans la maison d'en face avec des jumelles à vision nocturne et une paire de menottes.

Juliet pouffa de rire. Il ouvrit la porte et elle sortit dans l'air frais.

— Tu crois que Mme Faye dira oui ?

— J'en sais rien mais je lui parlerai, et Davey aussi.

— Tu trouves que c'est bizarre ?

— Juste ce qu'il faut.

— Merci, Francie.

Elle partit en gambadant dans la rue.

Maman, devine quoi ! Je crois que je suis amoureuse de Darren Byrne.

67

Davey

Le notaire, Max Joyce, fit entrer Davey et Marjorie dans son bureau. Des poignées de main furent échangées et il fit remarquer que le ventre de Marjorie s'arrondissait bien, après quoi ils passèrent aux choses sérieuses. Il parla de la vente, du bien dont ils faisaient l'acquisition et des démarches à effectuer. Ils étaient dans la position enviable de pouvoir acheter sans emprunter. Davey apportait la majorité des fonds. Max était en train de parler répartition des sommes lorsque Marjorie s'excusa et sortit en courant.

— Tout va bien ? s'enquit Max.

— On dirait que non, répondit Davey qui la suivit jusqu'aux toilettes où elle s'était enfermée.

Il frappa.

— Marjorie ?

— Je suis là.

— Tu crois que tu pourrais ouvrir ?

Elle le fit, et il se glissa à l'intérieur. Elle était assise sur le siège, dont le couvercle était heureusement baissé.

— Qu'est-ce qu'on est en train de faire, Davey ?
— On est en train d'acheter une maison, Marjo.
— Non. Toi, tu achètes une maison, moi, je mets de quoi acheter un canapé.
— On achète une maison, Marjo.
— Pourquoi ?
— Parce qu'on est ensemble.
— Pourquoi ?
— Parce qu'on va avoir un bébé tous les deux.
— Les gens font tout le temps des bébés, ça ne veut pas forcément dire qu'ils s'installent ensemble.
— Tu es heureuse, Marjorie ?
— Ce n'est pas la question.
— Je pense que si.
— Je trouve que c'est précipité, Davey, dit-elle, les larmes débordant de ses yeux. Si je n'étais pas tombée enceinte…
— Mais tu es tombée enceinte, contre toute attente.
— Tu ne vas pas commencer à me parler de miracle ! Rabbit se retournerait dans sa tombe.
— Comment tu te sens ? demanda-t-il, et il redouta aussitôt la réponse car si c'était la mauvaise, cela risquait de l'anéantir.
— Je n'ai jamais été aussi heureuse de ma vie, reconnut-elle.
— Et alors, c'est mal ?
— Rabbit n'est plus là et je n'ai jamais été aussi heureuse de ma vie.
Elle pleurait à nouveau. Il la tint contre elle, plein d'empathie. Puis il chercha quelque chose dans sa poche.
— J'attendais le bon moment, dit-il.

Il lui montra l'écrin dans sa main, puis l'ouvrit, révélant une bague en diamant.

— Je sais que tu es difficile ; on l'échangera contre ce que tu voudras. Je voulais juste avoir quelque chose quand je te demanderais en mariage.

Elle regarda la bague, puis Davey. Il vit qu'elle recommençait à paniquer.

— On peut rester fiancés aussi longtemps que tu veux, du moment que tu veux bien m'épouser. Tu veux bien ? M'épouser ?

Elle sourit et fit oui de la tête.

— Il y en a pour au moins deux ans, le petit marchera déjà ou ira peut-être même à l'école.

— Ça me va, dit-il.

— C'est de la folie.

— C'est parfaitement normal. On a un enfant, on achète une maison et on se marie. Rien de grave.

— Tu as changé, hein, Davey ?

— Bien obligé.

Sur ces mots, il sortit la bague de son écrin et la lui passa au doigt. Elle la regarda, sourit, et ils s'embrassèrent. Puis elle la retira et la remit dans l'écrin.

— Je ne veux pas l'abîmer avant d'aller l'échanger.

Il la remit dans sa poche et lui tendit la main pour la hisser sur ses pieds.

— Et Juliet ? demanda-t-elle.

— On va garder ça pour nous, et quand elle se sera fait une raison – ce qui finira par arriver –, on lui dira et elle sera contente.

— Tu m'as l'air bien sûr de toi.

— Il faut bien quelqu'un pour être sûr de moi, répliqua-t-il avec un clin d'œil.

Ça fait assez longtemps que je réfléchis à tout ça.

Ils retournèrent dans le bureau, signèrent les papiers d'acquisition de leur nouvelle maison, et l'ancien Davey se serait senti accablé et écrasé par la perspective d'un mariage, d'une maison et d'un bébé, mais ce nouveau Davey se sentait libre comme un oiseau.

68

Molly

Molly resta quatre bonnes heures assise dans son canapé à lire le livre de sa fille ; elle avait les jambes engourdies, le dos endolori, les fesses en feu et la vessie qui menaçait d'éclater, mais elle ne pouvait pas le refermer. Elle inhalait les mots un par un. *Te voilà, ma chérie. Te voilà.* C'était stupéfiant d'être à nouveau si près de sa fille. Celle-ci était morte pour le monde, mais entre ces pages elle était vibrante et extrêmement vivante. *Ma fille.* Jack avait raison. Elle n'avait rien à craindre, les grincheux pourraient bien dire ce qu'ils voudraient. Qu'ils aillent se faire voir, sa fille allait atteindre les sommets. *Pardon.*

La porte s'ouvrit derrière elle et Grace apparut.

— Coucou, maman.

— Coucou, ma belle.

— Qu'est-ce que tu fais ?

— Je lis le livre de Rabbit.

— Wouah, c'est pas vrai !

Sa mère éleva l'ouvrage pour lui montrer la couverture.

— Contente ?

— C'est comme si elle était encore ici avec nous, Grace.

— C'est magnifique.

Grace prit le livre dans ses mains et le retourna pour lire la quatrième de couverture.

— Ça se fait vraiment, alors.

— Et ce n'est pas grâce à moi.

— Bah, maman, tu voulais juste la protéger. Je comprends.

— Je suis une vieille imbécile.

— Tu es tout sauf une imbécile.

Elles se rendirent dans la cuisine, Molly fit du thé, et elles ouvrirent le livre à une page qu'elle avait surlignée. Grace lut les passages à voix haute et elles se souvinrent et rirent ensemble. C'était délicieux de remonter comme ça dans le temps jusqu'aux années quatre-vingt, quand Rabbit parlait de son enfance, du groupe et de Johnny, de *Swap Shop* à la télé, de grimper aux arbres, de tomber des arbres, du temps passé avec Grace à suivre partout le pauvre Davey, de cheveux longs et de pulls chauve-souris, de longs manteaux de cuir, de n'avoir rien et d'avoir tout, et de cette vieille salle de bains vert avocat.

— Cette salle de bains vert avocat ! Tu te prenais pour la reine des reines avec ça, maman.

— Dieu que c'était moche, Grace ! Et la pauvre Pauline qui a économisé dix ans pour en acheter une rose putride, juste au moment où tout le monde commençait à piger et à revenir au blanc… Elle l'a encore, la pauvre vieille.

Elle lut un autre passage : celui où Rabbit parlait du fameux caractère de la puissante Molly.

— Seigneur, je suis si vilaine que ça, Gracie ?

— Non, maman, tu es pire !

Molly rit pour elle-même ; elle ne s'était pas sentie aussi bien depuis deux ans, et pourtant elle était encore désolée, terriblement désolée.

— C'est comme si elle était dans la pièce, maman, dit Grace.

— Oui. C'est vrai, ma chérie.

Pardon.

La famille de Molly ignorait ce qu'elle avait fait, en quoi elle avait failli à Rabbit. *Pardon.* Cela faisait un an et neuf mois qu'elle gardait cela pour elle. *Pardon.* Comment auraient-ils pu savoir ? *Pardon.* Tout le monde, dans l'entourage de Molly, attribuait son changement au chagrin, mais c'étaient les remords qui la rongeaient, encore bien pires quand ce sont ceux d'une mère. *Pardon. Oh, Rabbit, pardon, pardon.* Son père, lui, ne l'avait pas lâchée. Il s'était battu pour elle. Molly avait envie de le voir, de lui dire à quel point il était bon. Il jouait aux boules, mais elle ne pouvait pas attendre. Elle voulait lui pardonner, même si elle ne pouvait toujours pas se pardonner à elle-même.

69

Grace

Grace se gara devant le club et elles descendirent toutes les deux de voiture. Elles montèrent les marches et traversèrent le club-house jusqu'aux baies vitrées à l'arrière. Jack et ses partenaires de boules étaient engagés dans une partie sérieuse. Elles regardèrent pendant une minute ou deux, puis il se mit à pleuvoir et Molly commença à s'impatienter.

— Jack ! cria-t-elle. Jack Hayes !

Il leva la tête et elle agita la main. Il pâlit et se mit à courir vers elle.

— Oh non, maman, il croit qu'il est arrivé quelque chose !

Grace se précipita à sa rencontre pour lui faire savoir que tout allait bien avant qu'il fasse une crise cardiaque. Il était à mi-hauteur des marches, pantelant, lorsqu'elle le rejoignit.

— Tout va bien, papa.

— Tu es sûre ?

— Elle est sûre, dit Molly, et Grace recula.

— Molly ?

— J'ai lu le livre. (Elle le serra dans ses bras.) Tu avais raison, et moi tort.

— Sur tout ?

— N'exagère pas, quand même.

Il lui rendit son étreinte, et Grace regarda sa mère dire à son père qu'il lui avait manqué.

— Toi aussi, Molly, tu m'as manqué.

— J'ai dit des choses sous le coup de la colère, Jack, des choses que je ne pensais pas – tu es quelqu'un de bien, un bon père, et je m'excuse.

— J'ai vécu beaucoup de bons moments dans ma vie, Molly, mais celui-ci est dans le peloton de tête.

Il abandonna sa partie de boules, et Molly et lui partirent dans sa voiture se promener et prendre un déjeuner tardif. Ils avaient beaucoup de choses à rattraper. Grace les regarda s'éloigner ensemble. Jack était aussi heureux qu'on peut l'être, et c'était beau à voir. Leurs relations étaient légèrement tendues depuis l'opération. Il faisait des efforts et se comportait normalement avec elle, mais il y avait un silence qui pesait entre eux, un gros éléphant dans la pièce qui ne voulait pas sortir – pas avant que la prochaine opération soit terminée, et encore, même là, ce ne serait peut-être pas encore réglé. Mais c'était sans importance ; ils continuaient de s'aimer et ce n'était pas la peine de s'attarder sur le sujet. Elle était d'accord avec lui sur un point : elle avait vécu de bons moments dans sa vie, mais les voir partir ensemble plaçait celui-ci dans le peloton de tête.

Le procès

70

Grace

Lenny préparait des sandwichs pour les garçons pendant que Grace s'activait à essayer de ranger, s'habiller, se coiffer et se maquiller pour le procès de sa mère. Stephen voulait discuter pour savoir s'il était temps ou non qu'il quitte la maison.

— Il y a une chambre à louer pas loin de la fac.

— Une chambre dans la maison où vit ta copine, souligna Lenny.

— Bah oui.

— C'est sa chambre ? demanda Grace.

— Bah oui.

— Tu n'as même pas vingt ans et tu veux emménager avec une fille ? dit Lenny.

— Il y a cinq autres personnes dans la maison.

— Ton père et moi, on ne va pas payer pour ça.

— Je gagne de quoi payer le loyer, avec mon boulot de serveur.

— Et la nourriture, et les factures ?

— Je peux prendre des heures en plus s'il le faut, et je vais me faire un paquet de fric pendant l'été.

— Lenny ? Qu'est-ce que tu en penses ? dit Grace tout en cherchant quelque chose partout dans la cuisine, sauf qu'elle ne se rappelait plus quoi, avec Stephen sur ses talons.

— Je pense qu'il est temps, mais ne la mets pas enceinte.

— OK, papa, merci du conseil.

— Tu es sûr, Lenny ?

— Il pourra toujours revenir. La meilleure chose que j'aie jamais faite, ça a été de quitter la maison et de voler de mes propres ailes.

— Et moi, je peux partir ? demanda Ryan.

— Non ! répliquèrent Grace et Lenny à l'unisson.

— Je gagne plus que lui, fit-il remarquer, sans doute à raison.

Mais il n'avait que seize ans.

— NON !

— Moi, je ne partirai jamais, je vivrai toute ma vie avec maman, clama Bernard comme si c'était un honneur.

— Fayot ! lui lança Jeffery avant d'annoncer qu'il s'installerait avec Ryan.

— Mes couilles.

— Ryan, surveille ton langage, dit Lenny.

— Je connais tous tes secrets, dit Jeffery en se touchant le nez du bout de l'index.

— Ta gueule, le geek ! lui lança Ryan, mal à l'aise.

— Ryan !

— Pardon, p'pa.

Jeffery avait remplacé son amour de la nourriture par celui du codage informatique. Il dit à sa mère qu'il voulait devenir hacker quand il serait grand. Il sévissait peut-être déjà. *Il ne manquait plus que ça, encore un foutu criminel dans la famille...*

Lenny interrompit les pensées de Grace avec un baiser et une haute pile de sandwichs emballés dans du papier-alu.

— Au cas où ça se prolongerait jusqu'après le déjeuner.

— Merci.

Elle l'embrassa. Il lui rendit son baiser et le prolongea un moment, pour le plus grand dégoût de Bernard et de Jeffery.

— Enfin, maman ! s'écria Bernard.

— C'est dégueu ! ajouta Jeffery.

Grace était sûre que ce serait vite fait, pas besoin de casse-croûte, mais elle était contente. Ryan exigea de l'accompagner.

— Va en cours, toi.

— Je suis loin devant les autres débiles et tu le sais bien.

C'était vrai, mais elle ne voulait pas qu'il s'approche d'un tribunal.

— Juliet y va bien, elle, argua-t-il.

— Oui, bon, tu n'es pas Juliet.

— Ce serait bien que je voie à quoi ressemble un tribunal.

— Non.

— Ça pourrait me dégoûter d'une vie de crime.

— Non.

— Mais put…

— Ne me pousse pas à bout, Ryan.

— Bon, d'accord, céda-t-il enfin en lui tendant un petit livre. Donne ça à mamie, alors.

Elle lut le titre.

— *Le Petit Livre de la prison, guide du débutant* ?

— Au cas où.

— Mon Dieu.

Elle le mit dans son sac, *au cas où.*

Lenny la suivit jusqu'à sa voiture. Elle regarda la caravane garée dans le jardin en passant devant.

— Il est temps qu'on se débarrasse de ce truc.

Elle savait que la caravane n'avait plus rien à faire là. Juliet était en lieu sûr. Son aîné quittait la maison. La vie continuait.

71

Molly

Molly fut réveillée par une odeur de friture. En descendant dans sa robe de chambre, elle trouva Jack en train de faire rissoler du bacon et des saucisses pour un régiment.

— Assieds-toi là, Molls, dit-il en indiquant une place à table et en lui tendant une tasse de thé. C'est presque prêt.

— Je n'ai pas vraiment faim.

— Ah non, il faut te nourrir ! Tu vas avoir besoin de carburant.

Elle picora dans son assiette, par respect pour l'homme qui l'avait remplie.

Grace arriva avec Davey et Juliet. Jack leur servit des saucisses pendant que Molly se douchait et s'habillait. Elle s'inquiétait pour ses amis, se demandant comment ils allaient et à quel point son comportement les avait affectés, surtout Thomas, un octogénaire qui n'aurait pas dû se retrouver accablé par des poursuites judiciaires. *Pardon*. Elle appliqua son maquillage, vérifia sa coiffure et, en redescendant, trouva Juliet qui tenait le livre de sa mère.

— Tu l'as lu, mamie ?

— Tout à fait.

— Et ?

— Et c'est quelque chose de très précieux.

— Je n'arrive pas à l'ouvrir, avoua Juliet.

— Elle comprendrait tout à fait, chérie, vas-y à ton rythme.

— Tu trouves que je suis faible, mamie ?

— Oh là là non, tout le contraire !

— On ne l'oubliera jamais, mamie.

— Absolument jamais.

Juliet embrassa le livre et s'en alla vers la cuisine. Le sourire de Molly s'estompa ; elle s'assit un instant dans l'escalier pour rassembler ses pensées enchevêtrées.

Jack apparut à la porte avec Grace, Davey et Juliet derrière lui.

— Prête, chérie ? demanda-t-il.

— On ne peut plus prête.

Et ils partirent.

Le tribunal était petit, avec un hall d'accueil rempli de gens qui se préparaient à se défendre. Il y avait trois portes : une qui menait au tribunal du district, l'autre au tribunal civil et criminel, et celle du centre s'ouvrait sur un escalier de marbre qui menait en un lieu où la plèbe n'était pas invitée.

Molly et ses complices avaient de la chance ; le procureur considérait leur forme particulière de séquestration comme étant de nature légère et avait prévu une audience devant le tribunal du district. Mark, leur avocat, expliqua que la peine maximale dans ce cas de figure était d'un an d'emprisonnement et que l'amende ne dépasserait pas cinq mille euros. Il espérait bien sûr que les deux leur seraient épargnés, et que leur bonne réputation dans la commune, leur âge et leur absence d'antécédents judiciaires leur assureraient une petite amende abordable sans prison. Thomas était aussi nerveux qu'exubérant.

— Je suis à bout de nerfs, mais c'est toujours mieux que jouer au bingo, dit-il quand on lui demanda s'il allait bien ou s'il avait besoin d'une chaise.

Ils étaient debout au centre du hall, regroupés autour de Mark qui leur expliquait où ils devraient s'asseoir et comment répondre au juge. N'ayant pas le choix, ils plaidaient coupables, et lui se chargerait d'assurer au juge qu'ils avaient retenu la leçon et que la clémence était de mise.

Pauline agrippa la main de Molly.

— On a connu pire.

C'était vrai. Elles avaient toutes les deux connu bien pire qu'un procès à la noix. Néanmoins, Molly voyait bien que Pauline avait peur malgré son discours positif. Nicole était terrifiée, Thomas sur des montagnes russes, passant de l'euphorie à la dépression. Molly ne ressentait aucune peur. Ce qu'elle ressentait, c'était de la colère, qui augmenta lorsqu'elle vit ses accusateurs. *Les fumiers.*

Molly et les trois autres s'assirent sur un banc à gauche. Les avocats des deux camps se trouvaient au centre, la famille et les amis des accusés sur la gauche, ceux de l'accusation à droite. Une femme en uniforme cria « Levez-vous », et le juge Diarmuid Ryan apparut par une porte en bois et prit son siège sur l'estrade, dominant les avocats avec leurs piles de papiers et leurs dossiers d'une épaisseur superflue. Il agita les bras.

— Assis, assis. On n'a pas toute la journée.

La porte principale s'ouvrit ; le sergent Kevin Fogarty et son partenaire Edel Flynn vinrent s'asseoir au premier rang. Fogarty adressa un signe de tête à Molly en s'asseyant, et Molly le lui retourna. La salle avait beau être petite, on entendait mal les avocats détailler l'affaire.

— Tu entends, toi ? demanda Pauline.

— Un mot par-ci par-là.

— Je ne sais pas ce qui se passe, dit Thomas.

— J'ai les pieds en compote, précisa Nicole.

— Pardon, on vous dérange ? les interrompit le juge.

— Ce serait le cas si on entendait un mot de ce qui se passe, rétorqua Molly.

Mark soupira et secoua la tête.

— Parlez plus fort, bon sang !

Tout cela pour pas grand-chose. Mark plaida coupable en leur nom à tous.

— Vous comprenez ce que cela signifie ? demanda le juge.

— On n'est pas demeurés, marmonna Molly.

Pauline lui pressa la main.

— Puis-je solliciter un instant l'indulgence de la cour ? demanda Mark.

— Il faut bien justifier vos honoraires, répondit le juge.

Mark entreprit alors de décrire le bon caractère des quatre intéressés, sans oublier de mentionner leur âge et leurs soucis de santé. Tout aurait dû être simple, sauf que le juge s'adressa alors à Molly.

— Empêcher des hommes de faire leur travail devrait être un crime, le non-paiement des factures d'eau et le détournement des biens de l'État aussi, mais heureusement, la séquestration au moins en est un, et un crime grave. Vous êtes âgée et votre avocat invoque votre âge comme raison pour ce tribunal de traiter l'affaire à la légère, mais il me semble que votre âge, justement, aurait dû vous donner une conscience plus aiguë du bien et du mal. Un an avec sursis et cinq cents euros d'amende chacun. Et j'espère que même à l'automne de votre vie, il n'est pas trop tard pour apprendre une importante leçon.

Ce fut la goutte d'eau qui fit déborder le vase. Molly se leva, et avant que quiconque ait pu réagir, ouvrit la bouche.

— Oh, ça, ce ne sont pas les leçons qui manquent : les gens comme vous peuvent bien voler les gens comme moi, mais je ne vais pas vous laisser me traiter de haut comme ça, gros malin. L'eau est un droit humain fondamental, et en l'absence de lois protégeant le peuple irlandais contre la corruption des classes dirigeantes, je ferai tout le nécessaire pour avoir le dernier mot. Quant à vous, monsieur le juge Machin-Chose, vous pouvez aller vous faire foutre.

Il y eut un hoquet de surprise audible dans la salle. La vague des « Oh là là mon Dieu » était palpable. Jack émit un gémissement grave ; Grace l'entoura de son bras pour le soutenir. Davey se cacha le visage dans ses mains, Juliet sourit à s'en faire éclater les joues. Quant à Molly, elle se sentait juste épuisée jusque dans la moelle de ses os. *Pardon.*

Bien sûr, le juge sévit aussitôt. Elle serait retenue à la prison pour femmes appelée Dóchas Centre jusqu'à ce qu'elle revienne s'excuser.

Pauline n'avait pas bien suivi ce qui se passait.

— Je ne comprends pas, dit-elle lorsque le sergent Fogarty se leva pour prendre le bras de Molly. Où allez-vous ?

— En prison, expliqua Nicole.

— Ah non !

— Il faut reconnaître qu'on ne peut pas envoyer paître un juge comme ça, dit Thomas.

— Ah non, répéta Pauline, les yeux brûlants de larmes.

— Ne t'en fais pas pour moi, dit Molly.

— Allez, on y va, les interrompit Fogarty.

Il se tourna vers Jack, Grace, Davey et Juliet.

— Laissez-nous quelques minutes ; attendez dehors, je vous retrouve là-bas, dit-il.

Jack hocha la tête.

— Molly ?

— Ne commence pas, Jack, je t'en prie.

Sans bien mesurer les conséquences, Jack se laissa entraîner par le moment.

— Tu défends ce que tu trouves juste, comme toujours, dit-il. Je suis fier de toi. Et… euh… qu'ils aillent tous se faire foutre.

Elle attrapa sa tête et y posa un gros baiser.

— Je t'aime, Jack.

— Moi aussi, Molls.

Elle partit avec le sergent Fogarty vers les cellules situées à l'arrière du tribunal.

— Et maintenant ? dit-elle.

— Maintenant, j'essaie de vous raisonner. Vous pouvez vous excuser avant la fin de la journée.

— Pas question.

— C'est la prison, Molly, pas une sortie au zoo.

Elle lui tapota le bras.

— Ne vous en faites donc pas pour moi, je survivrai très bien.

Mais elle n'allait pas bien ; elle était décidée à souffrir. *Pardon*.

72

Jack

Une fois que la réalité de leur situation lui apparut clairement, Jack dut s'asseoir une minute ou deux. L'idée que sa femme parte en prison était aussi invraisemblable qu'insupportable.

— Qu'est-ce qui t'a pris d'aller la soutenir, aussi ? lui demanda Grace.

— Mais enfin, qu'est-ce que je pouvais faire d'autre ? Le mal est fait, Gracie.

— Je vais la tuer.

Jack avait peur, se sentait vulnérable et se demandait à quoi sa femme pouvait bien penser.

— Je ne comprends pas comment on en est arrivés là, dit-il à Davey, qui répondit que tout s'arrangerait, même s'il n'en avait pas l'air bien sûr.

— J'ai déjà entendu ça, mon fils.

— Cette fois-ci, papa. Cette fois, ça va s'arranger, promit Davey tout en se tapant sur le crâne.

Mark apparut, visiblement à bout.

— Bon, ils l'ont emmenée en cellule à l'arrière. Elle a la possibilité de s'excuser au juge dans la journée, mais si elle refuse, elle sera transférée au Dóchas Centre en fin d'après-midi.

Pauline était dans tous ses états.

— C'est ma faute, j'aurais dû lui marcher sur le pied ou la bâillonner, lui donner un coup de pied dans le tibia, l'assommer…

Davey expliqua à une Pauline en larmes que le dieu du Tonnerre en personne n'aurait pas pu l'arrêter.

— Vous la connaissez, Pauline.

— Mais ça, Davey ? Elle n'est pas de taille. Pas en plus de tout le reste.

Thomas et Nicole réglèrent leur amende et se dépêchèrent de partir.

— Je suis navré, Jack, mais tout le monde sait que le fait de ne pas fraterniser avec les complices fait partie de la mise à l'épreuve, se justifia Thomas avant de partir pratiquement en courant.

Jack hocha la tête sans répondre. Lui non plus n'était pas d'humeur à fraterniser avec les criminels. Grace l'aida à se remettre debout. Ils suivirent Mark dans un coin plus tranquille du hall.

— Il faut que vous lui parliez pour la convaincre de s'excuser, c'est la seule solution.

— On peut la voir ? demanda Grace.

— Suivez le sergent.

— Vous ne venez pas, vous ?

— Je ne peux pas, Jack, j'ai une autre affaire cet après-midi, et très franchement je ne peux plus rien pour vous aujourd'hui. Tout est entre vos mains.

Mark fit signe au sergent Fogarty, qui s'approcha. Jack pointa le doigt vers l'ennemi.

— C'est lui qui nous emmène la voir ?

— Sergent Kevin Fogarty, se présenta l'homme en lui tendant la main.

Jack la serra machinalement sans réfléchir. *L'ennemi !*

— Bon, allons essayer de raisonner votre femme, dit le sergent.

— Elle est tout à fait raisonnable, argumenta Jack malgré ses sentiments et malgré la situation.

— Je ne doute pas qu'elle le soit en temps normal, mais là elle a complètement déraillé, monsieur Hayes, et il va falloir arranger ça car personne n'a envie de la voir incarcérée, cette dame.

Juliet prit la main de son grand-père.

— Ça va aller, papy.

Malgré sa tentative de solidarité avec sa femme, Jack espéra qu'elle avait raison. Tout au fond, il savait que cet acte de folie n'était pas juste un déraillement de sa femme. Quelque chose lui dévorait l'âme, la privait de toute joie et de toute paix. Quelque chose en elle qui s'agitait, s'aggravait et cherchait à la détruire. Il le savait. Simplement, il n'aurait su dire ce que c'était. *On a perdu notre fille, Molly, mais c'est pour quoi, tout ça ?*

73

Grace

La cellule se trouvait au bout d'un long couloir étroit. Molly était assise sur un banc riveté au mur. Elle était pâle et, malgré ses bras croisés, Grace vit qu'elle tremblait. Le sergent Fogarty se dit que le mieux serait que les membres de la famille entrent dans la cellule un par un, pour ne pas l'accabler d'un coup.

— Elle est perturbée. Mieux vaut y aller chacun votre tour, dit-il.

Grace leva la main.

— Moi d'abord, sergent Fogarty.

— Appelez-moi Kevin.

— Moi d'abord, Kevin.

— Ça vous va comme ça, monsieur Hayes ?

Jack acquiesça.

— Appelez-moi Jack.

Il fit entrer Grace dans la cellule, et elle alla s'asseoir sur le banc à côté de sa mère.

— Ils m'ont fouillée en arrivant ici, dit-elle en sortant ses sandwichs de son sac. J'ai cru qu'ils allaient me les prendre.

Elle les déballa et en tendit un à Molly. Puis elle en prit un pour elle et mordit dedans.

— Au thon, précisa-t-elle. Lenny adore le thon.

Molly posa le sien sur le banc et se gratta la tête.

— Tu vas t'excuser, maman.

— Pas question.

— Maman, c'est grave, là.

— Grace, je suis au courant que c'est grave.

— Tu n'arriveras à rien. Tu t'entêtes, c'est tout.

— Parfois, il faut savoir tenir tête.

— Mais tu ne peux pas gagner sur ce coup-là.

— Il ne s'agit pas de gagner, il s'agit de ne rien lâcher, jusqu'au bout.

— N'importe quoi ! s'exclama Grace. Tu fais juste ta vieille tête de mule et tu le sais très bien.

Molly soupira, reprit le sandwich, l'ouvrit en deux et étala le thon dans les cheveux de sa fille.

— Bravo, quelle maturité, répliqua celle-ci en retirant le pain de sa tête.

— Tu as ma réponse, Grace.

Grace remit les sandwichs encore emballés dans son sac.

— C'est pas croyable. Tu perds complètement la boussole, maman. J'espère que tu t'en rends compte.

— Tout à fait.

Grace sortit alors le *Petit Livre de la prison* et le tendit à sa mère.

— De la part de ton petit-fils.

Elle ressortit de la cellule avec du thon dans les cheveux.

— Qui veut passer ensuite ? demanda Kevin.

— Moi, dit Davey.

Il lissa sa chemise et inclina la tête des deux côtés pour étirer son cou.

Grace s'assit sur une chaise à côté de son père, de sa nièce et de la pauvre Pauline complètement désemparée.

— C'est du thon dans tes cheveux, ma belle ?

— Eh oui.

— Tu en aurais encore dans ton sac ?

— Eh oui.

— Les émotions, ça me donne faim.

Grace tendit à Pauline les sandwichs emballés et la regarda en engloutir cinq d'affilée.

74

Davey

— Maman, excuse-toi et rentre chez toi, c'est ridicule, cette histoire.

— Merci, Davey, mais je suis très bien ici.

— Maman, j'ai une femme enceinte jusqu'aux yeux à la maison, tu peux arrêter ta comédie, s'il te plaît ?

— Non.

— Maman, j'ai bien déconné dans ma vie, alors je sais reconnaître les signes : tu déconnes à plein tube, là, et on sait tous que tu détestes ça.

— Désolée que tu le prennes comme ça, mon grand.

— Mais bon Dieu…

Sans finir sa phrase, Davey sortit de la cellule avec un geste d'impuissance.

— Elle n'écoute rien, on dirait qu'elle a décidé de toucher le fond, dit-il aux autres. ET DE NOUS Y ENTRAÎNER AVEC ELLE ! ajouta-t-il en criant à l'intention de sa mère.

Il s'assit à côté de Pauline, qui s'excusa lorsqu'elle fit un rot parfumé au thon.

— Je peux y aller, Davey ? demanda Juliet.

Il chercha des yeux le feu vert du sergent Kevin Fogarty.

— Pourquoi pas, puisque les autres ont fait chou blanc, dit ce dernier.

— Tu sais ce que tu vas lui dire ?

— Oui oui.

— Tu veux que je t'accompagne ?

— Non.

— Sûre ?

— Certaine.

— Je suis là.

— Je me débrouille très bien toute seule.

Une affirmation pleine de sous-entendus. Il ne releva pas.

Kevin ouvrit la cellule et Juliet entra. Davey tourna les yeux vers Pauline.

— Il en reste, de ces sandwichs ?

Elle lui tendit le dernier.

— Ça va, papa ? s'enquit-il avant de mordre dedans.

Jack le regarda d'un air absent et hocha la tête.

— Tu connais ta mère.

Davey mangea son sandwich en se demandant ce que leur réservait la suite.

75

Juliet

Juliet entra dans la cellule et s'assit en face de sa grand-mère.

— Mamie, dit-elle, les bras serrés le long du corps, comme Molly quand elle voulait parler sérieusement.

— Oui, chérie, répondit sa grand-mère, le visage détendu.

— J'ai lu beaucoup de choses sur le deuil, et apparemment on peut s'autoriser à être heureux.

— Je sais.

— Tu es sûre ?

— Oui, ma grande, dit Molly en chassant des poussières invisibles de sa jupe.

— Maman disait que quand tu chassais des poussières invisibles de ta jupe ou que tu te massais les mains, c'était le signe que tu mentais.

— Elle disait ça ?

— Eh oui.

— Merci du tuyau.

— Ryan a parié dix livres que tu irais en cabane.

— Il me connaît bien, dit Molly en brandissant le petit livre.

— Mamie.

— Oui, chérie.

— Tu as le droit d'être heureuse.

— Prends ce conseil pour toi, répondit Molly.

Juliet sortit de la cellule avant que sa grand-mère ait le temps d'ajouter quoi que ce soit.

76

Jack

Jack fut le dernier à passer.

— Tout est entre vos mains, lui rappela le sergent Fogarty.

— Alors je crois bien qu'on est fichus, répondit-il avant de pénétrer dans la cellule.

Molly leva la tête, lui sourit et lui tendit sa main. Il la prit et s'assit à côté d'elle sur le banc.

— Tu défends tes convictions, dit-il.

— Ce n'est pas en envoyant balader le juge que je vais changer le monde, je le sais bien.

— Qu'est-ce que je peux faire, Molly ?

— Me soutenir.

— Je ne veux pas que tu ailles en prison, Molly, mais on se connaît assez bien pour que je sache que tu feras comme tu le sens.

— Je ne suis pas sûre de savoir ce que je fais, Jack.

— Alors rentre à la maison, Molls.

— Oui, mais pas aujourd'hui.

Il l'embrassa sur la joue.

— Quand tu auras fini, reviens-nous, Molly. Entièrement.

Il se leva.

— Je ferai ce que je pourrai. Maintenant, laisse-moi.

Il sortit de la cellule.

— C’est non, je le crains, Kevin.

— Désolé.

Le sergent invita la famille et Pauline à repartir.

— Mamie va partir en prison ?

— Oui, chérie, dit Jack.

— Pourquoi ?

— Parce que c’est une chose qu’elle a besoin de faire.

77

Molly

Le sergent Fogarty ouvrit la portière passager de sa voiture et Molly s'installa sur le siège.

— Vous n'étiez pas obligé de m'y conduire vous-même, dit-elle pendant qu'il refermait la portière.

— Je n'allais pas vous laisser monter dans un fourgon avec Dieu sait qui, répliqua-t-il en s'installant au volant.

— Vous ne me devez rien.

— Je sais, mettez votre ceinture.

— Alors pourquoi toutes ces attentions ? demanda-t-elle en obéissant.

— Vous me rappelez ma mère, elle aussi était un peu toquée.

Molly sourit.

— Mais vous l'aimiez quand même.

— Beaucoup.

Pardon.

Ils traversèrent des banlieues de Dublin. Il était seize heures passées, et un grand « M » jaune brillait au loin devant eux.

— Je crève de faim, dit-il. Vous voulez qu'on passe au McDo ?

— Au lieu d'aller tout droit en prison ?

— Oui. En route pour le Big Mac ! dit-il en mettant son clignotant.

Il y avait un drive, mais il insista pour qu'ils entrent dans le restaurant. Il exigea qu'elle s'asseye sur une banquette d'angle, près de la vitrine ; c'était loin de la porte et il y faisait bien chaud.

— Qu'est-ce que vous prendrez ? s'enquit-il.

Elle se rappela qu'elle n'avait pas son sac.

— Ne soyez pas ridicule, Molly, c'est pour moi.

Pardon.

— Je prendrai la même chose que vous.

Il se frotta les mains.

— Un festin pour deux, alors.

Assise derrière la vitre, elle regarda les clients qui mangeaient des hamburgers et discutaient entre eux. *Y en a-t-il d'autres qui vont en prison ?* se demanda-t-elle. *Non, je suis sûrement la seule.* C'était surréaliste. *Qu'est-ce que tu fais, Molly ?* se demanda-t-elle, sans trouver de réponse. Elle voulait juste que la douleur et l'angoisse s'en aillent. Le sergent Fogarty revint à la table avec un plateau couvert de victuailles : deux Big Mac, deux frites, deux portions de six nuggets, deux sauces curry et deux milk-shakes au chocolat.

— Vous mourrez avant soixante-dix ans si vous continuez de manger comme ça, fit-elle remarquer.

— Mais je mourrai heureux, répliqua-t-il en partageant le repas.

Elle était affamée ; elle ne s'en rendit compte qu'en mordant dans un burger. C'était bon, comme un dessert déguisé en plat principal.

— Je n'ai pas mangé au McDo depuis le début des années quatre-vingt-dix, dit-elle.

— Pourquoi donc ?

— Aucune idée, ça ne m'a simplement pas traversé l'esprit.

— Vous voulez que je vous explique comment ça se passe en prison ?

— Non.

— Ça peut être invasif.

— Mettre trois enfants au monde, ça l'est aussi.

Pardon.

— Molly... dit-il avec sérieux.

Sachant qu'un nouveau sermon était imminent, elle lui coupa l'herbe sous le pied.

— Le milk-shake au chocolat est ma nouvelle boisson préférée, je crois bien.

Il hocha la tête. Il ne fit plus de tentatives pour se mêler de ses affaires. Ils se contentèrent d'engloutir une tonne de nourriture et elle le regarda terminer son milk-shake, tout en gardant un œil sur la pendule. Il n'était pas loin de dix-sept heures.

Il la conduisit à la prison et se gara devant l'accueil.

— Demain, vous monterez dans le fourgon, vous retournerez au tribunal et vous présenterez vos excuses, dit-il.

— Vous croyez ?

— Oui.

— Et pourquoi ?

— Parce que, quoi que vous ayez en tête, vous n'êtes pas la seule concernée, vous avez une famille et des amis qui vous attendent à la maison.

— Je suis une vieille bourrique.

— Comme était ma mère.

— Mais vous l'aimiez quand même.

— Oui. (Il mit son képi et descendit de voiture.) Et maintenant, allons vous faire enfermer.

Pardon.

Ils traversèrent la réception, passèrent les contrôles de sécurité et prirent la porte de droite. Une gardienne attendait Molly.

— C'est ici que nos chemins se séparent, dit-il.

— Merci.

— Vous me remercierez en vous excusant demain auprès de ce connard prétentieux sur son estrade, répliqua-t-il en portant les doigts à son képi.

Il la laissa seule avec la femme, qui lui dit s'appeler Martina.

— Je suis désolée, mais je vais devoir vous demander de vous déshabiller, dit cette dernière.

Molly avait beau avoir accouché trois fois, elle prit conscience qu'elle n'était pas du tout prête pour cela.

Pardon, vraiment.

78

Jack

Jack n'avait jamais mis les pieds chez un prêtre, ou du moins pas qu'il s'en souvienne. L'entrée était plongée dans la pénombre, à l'exception d'une lampe sur une petite table. De la lumière passait par l'entrebâillement d'une porte qui menait sans doute à la cuisine. Le père Frank se tenait devant lui ; sans son col romain, il était méconnaissable. Il était en survêtement.

— Je partais pour la salle de gym, dit-il en se tapotant le ventre. Mieux vaut que je me débarrasse des kilos avant qu'ils se débarrassent de moi.

— Désolé de vous déranger.

— Ne dites pas de bêtises.

Jack le suivit dans la cuisine vivement éclairée où une baie vitrée donnait sur un jardin luxuriant, plein de fleurs, d'arbres, de plantes grimpantes et de trois mangeoires à oiseaux. C'était apparemment l'heure du dîner pour toute une volée de petites créatures ailées.

— Vous avez fait le jardin vous-même ? demanda Jack.

— C'est mon plaisir secret.

C'était magnifique, un vrai havre de paix.

— Vous nous cachez bien des choses !

— Et encore, vous n'avez pas goûté mon omelette norvégienne, fit le père Frank avec un grand sourire. Du thé ?

— Volontiers.

Jack était fatigué ; la journée avait été longue. Il s'assit à table pendant que le père Frank préparait le thé et posait des petits flans sur des assiettes.

— Je sais que c'est démodé, mais j'ai un faible pour le flan, dit-il en s'asseyant.

Jack acquiesça.

— Ça vaut tous les gâteaux sophistiqués du monde.

Ils burent tous les deux dans leurs mugs. Le père Frank posa le sien.

— Bien, en quoi puis-je vous aider, Jack ?

— Je ne sais pas.

— Molly ?

Jack fit oui de la tête.

— Vous savez que je ne l'ai pas vue depuis l'enterrement, dit le père Frank, visiblement attristé.

Presque deux ans s'étaient écoulés, et son amie lui manquait toujours.

— Elle n'a plus jamais été la même, dit Jack en guise d'excuse.

— Non, bien sûr. C'est normal, j'imagine.

— Pourriez-vous lui parler ?

— Dieu sait que j'ai essayé. Elle me fuit sans cesse.

— Eh bien, elle n'est plus en mesure de fuir, dit Jack.

Le père Frank le regarda sans comprendre.

— Elle est en prison.

Le prêtre en avala son thé de travers. Il toussa, cracha, et Jack se retrouva debout en train de lui taper dans le dos.

— Désolé, dit-il.

— Dieu tout-puissant, Jack, qu'est-ce qu'elle fait en prison ? demanda le père Frank entre deux quintes de toux.

— Elle a envoyé paître un juge.

— Bon, au moins elle ne l'a pas tué, dit Frank lorsqu'il eut repris son souffle.

— Oui, c'est le bon côté des choses.

Jack expliqua ensuite où elle était, et le père Frank avoua qu'il ne savait pas bien quoi faire, si ce n'est qu'il connaissait la chapelaine du Dóchas Centre.

— Je pourrais parler à Sylvia, dit-il, mais je ne vous promets rien.

— Je n'arrive pas à la raisonner, personne n'y arrive.

— Je vais voir ce que je peux faire.

— Je suis au bout du rouleau.

— Je sais, Jack.

— Merci, mon père.

— Ne me remerciez pas encore, recommanda le prêtre en raccompagnant Jack dans l'entrée sombre. Si je réussis à la voir, elle peut encore tuer un homme, dit-il en pointant le doigt vers lui-même.

— Je prierai pour vous, mon père.

Jack le laissa en train d'arracher une mauvaise herbe dans son jardin. Il regagna sa maison vide en espérant de toutes ses forces que, même si le beau livre de Rabbit ou l'arrivée d'un nouveau petit-enfant n'apaisait pas l'esprit troublé de sa femme, le bon sens finirait par triompher et qu'elle trouverait le chemin pour lui revenir.

79

Grace

Lenny, en rentrant du travail, trouva sa femme au lit. Il retira sa veste et ses chaussures et s'étendit près d'elle. Elle était couchée sur le côté, face au mur, et il se colla dans son dos.

— Maman est en taule, murmura-t-elle.

— Les enfants m'ont dit ça.

— On dirait une mauvaise blague.

— Ça s'arrangera, va.

Elle se retourna face à lui.

— Je n'en peux plus d'entendre ça.

— Ça va s'arranger, Grace.

— J'ai eu la date de mon oophorectomie ce matin. C'est dans six semaines.

— Très bien. Alors je vais nous réserver des vacances six semaines après.

— Et les enfants ?

— On s'en fout, des gosses !

Elle éclata de rire.

— Et ma mère ?

— On s'en f…
— Plus un mot.
— J'en ai parlé avec Stephen : il s'occupera des petits, et tes parents aussi.
Il se pencha pour attraper la brochure d'une île tropicale, qu'il lui tendit.
— C'est là qu'on va aller ?
— Dix jours, rien que toi et moi.
— Et si je suis ménopausée ?
— On gérera.
— Et si je n'ai pas envie de faire l'amour ?
— Ce n'est pas envisageable. Et puis, qui refuserait tout ça ? dit-il en se montrant lui-même du doigt.
— Et si ma mère est encore en taule ?
— Elle n'y sera plus.
— Tu es tellement sûr de tout.
— Eh oui !
— Lenny.
— Oui.
— Ferme la porte à clé.
— Sérieusement ?
Ils entendaient les enfants se déplacer en bas, et au moins un d'entre eux était dans sa chambre au bout du couloir.
— Oui.
Il sauta du lit et ferma la porte ; au retour, il se débarrassa de son pantalon et de son caleçon tout en marchant vers le lit.
— Sexy, commenta Grace en observant sa chemise, sa cravate, sa queue raide, ses testicules gonflés et ses chaussettes noires.
Ils se sautèrent dessus en gloussant comme des enfants, et Grace se sentit telle une adolescente dans

sa propre maison, et cela n'avait aucune importance qu'elle ait une nouvelle opération en vue ou que sa mère soit en prison : elle était amoureuse. Après vingt-six ans ensemble et tout ce que Lenny et elle avaient traversé, il y avait beaucoup à célébrer, ne fût-ce que pendant huit minutes.

80

Marjorie

Marjorie passa sa journée au lit. Elle était trop grosse et trop encombrée pour bouger. Davey la tint au courant de l'emprisonnement de Molly par téléphone.

— C'est sérieux, tout ça ?

— Absolument.

— Mon Dieu, Davey !

— On se voit bientôt, Marjo. Bisous ! dit-il avant de raccrocher.

Molly Hayes en prison ! Poussée par une envie de faire pipi, elle se leva et se dandina jusqu'à la salle de bains. C'est là qu'elle ressentit une grosse crampe. *Qu'est-ce que c'est que ça ? Il me reste deux semaines. Merde.*

Elle urina et se traîna jusqu'au lit, où elle fut poignardée par une seconde crampe. *Oh non...* Puis elle attendit la suivante, en regardant sa montre. Une heure s'écoula, et rien. *C'étaient peut-être des gaz, simplement.*

Elle entendit Juliet rentrer.

— Juliet ? C'est toi ?

Des pas montèrent l'escalier et vinrent jusqu'à sa porte.

— Quoi ?

— Tout va bien ?

— Oui, ça va.

— Où est Davey ?

— Parti chercher le berceau.

— Ah oui. Tu veux venir t'asseoir près de moi pour discuter ?

— Non.

— Juste quelques minutes.

— Faut que j'y aille.

Julie partit, dévala l'escalier, et Marjorie soupira en relevant les yeux vers le plafond. *Je fais de mon mieux, Rabbit.*

— N'oublie pas qu'on va acheter des meubles pour ta chambre demain matin ! cria-t-elle à la jeune fille.

— Non ! répondit Juliet.

— Je te traînerai par la peau du cou s'il le faut !

— C'est une agression !

— Tout à fait.

La porte d'entrée claqua. Marjorie regarda vers le plafond. *Ne me juge pas.*

81

Juliet

Juliet passa huit fois devant chez Francie à vélo avant qu'il ne la surprenne ; il descendait de sa camionnette quand il la vit passer.

— Juliet Hayes ! Tu poursuis déjà mon Darren ? cria-t-il.

Elle s'arrêta et vira au rouge betterave.

— Pas du tout ! dit-elle, faussement horrifiée par cette idée. C'est toi que je cherchais, en fait.

— Ah oui ? fit-il, adossé à sa camionnette.

— Est-ce que tu as parlé à Mme Faye ?

— Laisse-moi le temps.

— Je sais, mais ça urge.

— Et pourquoi ?

— Dans trois mois, ce sera l'anniversaire de sa mort ; ce serait bien de le faire à ce moment-là.

— Je lui parlerai demain.

— OK ! lança-t-elle en commençant à s'éloigner sur son vélo.

— Attends ! Comment va ta grand-mère ?

— Elle est en prison.

— Ça devait arriver un jour ou l’autre. Qu’est-ce qu’elle a fait ?

— Elle a envoyé le juge se faire foutre.

— Évidemment.

— Ils ne la laissent pas sortir tant qu’elle ne se sera pas excusée.

— Et Davey, il va comment ?

Elle haussa les épaules.

— Il faut que tu lui pardonnes, Juliet.

Elle s’en alla.

— Et aussi, Juliet…

Elle se retourna vers lui.

— Darren est trop vieux pour toi.

Elle leva le pouce, pour une raison inconnue.

— Darren n’a pas une chance ! cria-t-elle en se remettant à pédaler.

— Tu es exactement comme ta mère.

82

Molly

Pendant une insupportable demi-heure, Molly dut rester nue et subir une exploration de ses entrailles aux rayons X. L'examen ne fut pas aussi invasif qu'un accouchement, mais bien plus traumatisant, même si la gardienne, une certaine Fiona, était une aimable jeune fille de Cork qui s'excusait à chaque humiliation.

— Déshabillez-vous. Désolée, vraiment. Retournez-vous, pardon, et asseyez-vous sur le BOSS, cette sorte de grosse chaise, c'est en fait un scanner corporel, pardon, désolée, vraiment, c'est presque fini, pardon.

Molly avait envie de pleurer, mais elle se retint. Au contraire, elle plaisanta en faisant semblant de passer un casting pour le calendrier *Sports Illustrated* et de se demander si Hugh Hefner serait assez viril pour un petit lapin comme elle. Fiona rit poliment. Elle n'était pas vraiment amusée ; la situation n'avait rien de drôle, c'était une fouille en prison, pas une scène ouverte pour comiques amateurs. *Pardon.*

Après ce petit enfer, elle fut placée dans une cellule de la zone commune. Elle suivit la gentille fille de Cork dans le couloir crème percé de portes marron clair.

— Si vous restez avec nous après demain matin, vous serez évaluée par le directeur, pour voir où il vous mettra, l'informa celle-ci.

Molly ne dit rien. Elle ne trouvait pas les mots. *Pardon*. Fiona lança un appel avant d'ouvrir, et, dans un cliquetis de lourdes clés, la porte pivota sur ses gonds. Molly fut accueillie par une femme dépenaillée en survêtement de velours chiné, assise sur un lit, la tête entre les mains.

— Tout va bien, Sheila ? demanda la matonne.

— Malade comme un chien, infirmière.

— Je ne suis pas infirmière, je suis gardienne.

— Ah oui.

— Je vous présente Molly, elle va partager la cellule avec vous cette nuit avant qu'on vous installe toutes les deux ailleurs.

La femme releva la tête, hagarde, et Molly la reconnut immédiatement.

— Sheila B ?

Sheila B, la championne de la danse irlandaise au nord de Dublin, le premier amour de Francie, une folle certifiée mais avec un cœur d'or. *Dieu t'aime, Sheila B.*

— Madame Hayes ?

— Sheila, au nom de tous les saints, mais qu'est-ce que tu fais là ?

— Je pourrais vous retourner la question.

— Amies ou ennemies, mesdames ? s'enquit Fiona.

— Amies. Elle a toujours été très bonne avec moi, infirmière, répondit Sheila.

— Ne vous en faites pas pour nous, ajouta Molly.

La porte se referma derrière elles, et Molly s'assit sur le lit en face de celui de Sheila.

— Qu'est-ce qui se passe, Sheila ?

— J'arrête de boire ; la nuit va être longue, madame Hayes, désolée, dit-elle en soulevant un grand seau.

Par terre à côté, il y avait des serviettes, des lingettes, une bouteille d'eau.

— Je ne savais pas que tu étais alcoolique.

— Pendant longtemps, je ne l'ai pas su non plus, c'est bien le problème.

— Qu'est-ce que tu as fait, Sheila ?

Celle-ci s'allongea sur le lit en frissonnant.

— Il fait un froid de canard, ici.

— Sheila ?

— J'ai volé dans les magasins.

— Tu n'as jamais été voleuse.

— Oui, bah, les temps changent, dit Sheila avant d'attraper le seau pour vomir.

— Mais tu allais si bien quand je t'ai vue à l'anniversaire de la mort de Rabbit.

— Ah oui ? Aucun souvenir, j'étais torchée.

— Ça ne se voyait pas.

— C'est mon arme secrète, dit Sheila, qui fut prise par un nouveau spasme.

— Pourquoi voler ?

— Je savais qu'à force de me faire prendre je finirais ici.

— Je ne comprends pas.

— Vous vous rappelez comme ils disaient que j'étais bipolaire quand j'étais jeune ?

— Oui.

— En fait, j'ai aussi un trouble de la personnalité.

— Oh non ! Je suis désolée pour toi.

— Je n'arrive pas à le gérer, madame Hayes. J'essaie, mais impossible. Je connais une fille qui est restée six mois ici, et ils l'ont remise sur pied : ils lui ont donné les bons cachets, ils ont veillé à ce qu'elle les prenne, à ce qu'elle se retape. Ce n'est pas si horrible, vous savez, il y a des appartements et tout dans la grande aile. Il faut que je fasse quelque chose. C'est tout ce que j'ai trouvé.

— Dieu tout-puissant, Sheila, il n'y a pas plutôt des institutions psychiatriques pour ça ?

— Ils ne font que me sermonner, ils me prennent quand je pète un câble et me fichent dehors dès qu'ils peuvent. J'ai besoin d'aide, madame Hayes, je le sais, mais parfois je n'en veux pas et j'ai juste envie de tout foutre en l'air. Ici, au moins, je n'ai pas le choix.

— Tu es très courageuse, dit Molly.

— Non, juste au bout du rouleau.

Sheila se remit à vomir tripes et boyaux. Une fois que Molly l'eut débarbouillée, elle lui annonça que sa fille Sandra allait épouser la Griffe.

— Le type qui a perdu une main en jouant avec une épée de samouraï ? s'exclama Molly.

Sheila fondit en larmes. Elle tremblait, maintenant, et se griffait la peau.

— Ils la lui ont recousue. Elle ne veut pas que j'aille au mariage, ajouta-t-elle en haussant les épaules. Je ne peux pas lui en vouloir, j'ai causé une scène à ses fiançailles.

— Et c'est pour quand, ce mariage ?

— Au début de l'année prochaine.

— Alors tu seras sous traitement, à jeun et en forme d'ici là, non ? dit Molly.

Sheila chassa les larmes de ses yeux.

— Oui oui. Ou morte, donc dans les deux cas tout s'arrange.

Molly allait la réprimander pour son pessimisme lorsque des clés cliquetèrent à la porte. Celle-ci s'ouvrit, et une autre gardienne, coiffée en queue-de-cheval serrée, apparut devant elles.

— Molly Hayes ?

— Oui ?

— Vous avez demandé à voir la chapelaine.

— Non.

— C'est écrit ici.

— Allez-y, laissez-moi seule quelques instants… je crois que je vais avoir la diarrhée, dit Sheila.

— Bon, d'accord. Continue de boire de l'eau.

Elle longea une série de couloirs, la gardienne déverrouillant et reverrouillant les portes en chemin vers leur destination.

— Alors, comment trouvez-vous l'endroit ? demanda-t-elle.

Elle ne donna pas son prénom, ou bien si elle le fit, Molly était trop distraite par les problèmes gastriques de Sheila B.

— Un vrai palace, il ne manque que les bougies parfumées, répondit Molly.

La femme à la queue-de-cheval pouffa de rire.

— Le client est roi.

— Sheila est très malade.

— Elle est sous surveillance. Elle verra le médecin à la première heure demain, comme vous, d'ailleurs.

— Mais je vais très bien.

— C'est la procédure.

Encore une porte à ouvrir et à refermer, et elles furent devant la chapelle.

— Je reviendrai vous chercher, dit la femme en laissant Molly seule.

Celle-ci poussa la porte et découvrit une petite pièce sombre avec des chaises éparses, une table surmontée d'une croix, des dessins et des panneaux écrits à la main aux murs. Un homme vêtu de noir était assis sur une chaise devant l'autel bricolé.

— Bonjour ? fit Molly.

Le père Frank se leva et se tourna vers elle. Il lui fit signe de la main.

— Frank ?

— Bonjour, Molly.

— Vous êtes partout, à ce que je vois.

— Je connais la chapelaine, nous avons fait une formation ensemble. Asseyez-vous.

Elle s'assit.

— Jack ?

— Il est passé chez moi cet après-midi.

— Pardon de vous faire perdre votre temps, dit-elle.

— Je perds mon temps ?

— Je ne sais pas ce que vous voulez de moi, Frank.

— Que diriez-vous d'un peu d'honnêteté ?

— Je suis un livre ouvert.

— Et mon cul, c'est du poulet ?

C'était la première fois qu'elle entendait cet homme proférer un juron.

— Très bien. Que voulez-vous savoir ?

— Que s'est-il passé, Molly ?

— Vous savez bien ce qui s'est passé. Ma fille est morte.

— Mais que s'est-il passé ?

— Je ne sais pas de quoi vous parlez, dit-elle en se levant pour partir.

Il lui prit la main et refusa de la lâcher. Elle se rassit.

— Que s'est-il passé ?

Les murs de la prison disparurent et Molly fut projetée dans une autre petite pièce, au centre de soins palliatifs, assise sur cette chaise dure, à regarder sa fille mourir. Dehors les oiseaux chantaient. Dans la petite chambre encombrée de monde et légèrement malodorante, Molly Hayes tenait la main de sa fille. En face d'elle, la lumière qui entrait à flots par la fenêtre réchauffait son visage et blessait ses yeux las. Malgré sa fatigue accablante, elle restait éveillée, les yeux grands ouverts pour contempler son enfant jadis si belle, devenue cet être méconnaissable, bouffi, misérable, qui luttait pour respirer. Les autres membres de la famille et Marjorie, éparpillés autour d'elle, dormaient. Leur souffle, en contraste avec celui de leur petite sœur mourante, était lent et régulier. *Je t'aime, Rabbit. Je t'aime. Je t'aime tellement. Ta maman t'aime, tu sais.*

Puis elle repensa à quelque chose, une chose qu'elle avait du mal à se rappeler, une chose qui lui faisait profondément honte : *Vas-y, Rabbit, lâche tout.* Elle le marmonna tout bas : « Lâche tout. » Elle avait voulu que sa fille lâche, elle en avait eu besoin parce qu'elle avait le dos douloureux, les hanches et les genoux raides ; elle avait mal au crâne et des nœuds dans l'estomac. Cela faisait des heures qu'elle était assise à regarder et à attendre, et sa cervelle était grillée. Ses yeux la brûlaient, tous ses muscles hurlaient. Elle avait besoin de sortir de cette chambre, de déambuler, de s'étirer, de marcher, de boire du thé, de dormir, de vivre, de respirer, tout sauf rester là un instant de plus. *Vas-y, lâche tout.* Elle avait ordonné cela à son enfant mourante. *Lâche.* Et Rabbit, obligeante, lui avait agrippé la main, lui fichant une trouille de tous les diables. Elle avait fait un bond sur sa chaise.

— Nom d'un petit bonhomme en bois, avait-elle marmonné, la main sur le cœur.

Lorsque celui-ci avait repris un rythme normal, elle s'était ressaisie et s'était penchée sur sa fille mourante.

— Rabbit ? avait-elle soufflé. Tu es encore avec moi, ma chérie ?

— Faut que je rattrape la camionnette, maman.

Ça y est. Ses yeux s'étaient noyés, son nez s'était bloqué, ses oreilles bourdonnaient, sa gorge la brûlait.

— Fais un bon voyage, ma Rabbit.

Elle avait voulu que sa fille s'en aille. Elle avait voulu qu'elle monte dans cette camionnette invisible et qu'elle disparaisse, parce qu'elle ne supportait plus d'attendre.

Un instant plus tard, la main de Rabbit se desserrait et elle n'était plus là. *Mon Dieu, qu'est-ce que j'ai fait ? Oh non !* Elle n'avait pas bougé, l'envie lui était soudain passée et elle ne ressentait plus rien du tout. Elle était engourdie. *Lâche tout.* Dehors, sur l'appui de la fenêtre, un oiseau pépiait. Dedans, juste en dessous de cette fenêtre, le radiateur bourdonnait. Une araignée avait tranquillement traversé la largeur de la vitre avant de sauter sur le mur. Molly, droite comme un I et raide comme un piquet, caressait la tête de sa fille. Dans ses derniers instants, elle avait abandonné la chair de sa chair. Elle méritait de rester seule, à la dérive, sans espoir. Elle était mauvaise, méprisable, impardonnable. Elle avait appelé de ses vœux la mort de Rabbit ; elle avait préféré une tasse de thé à la vie de son enfant. « Lâche tout. » En cet instant précis, Molly avait perdu à la fois sa fille et son Dieu. Une femme de foi qui avait perdu toute foi dans un Dieu juste ou miséricordieux. Elle avait perdu la foi en elle-même. Personne jusque-là ne l'avait jamais interrogée sur ces derniers instants ; tous ceux qui dormaient dans cette chambre avaient présumé que Rabbit était morte dans le coma. Elle ne les avait pas détrompés. Comment pouvait-elle avouer ce qu'elle avait fait, ce qu'elle avait éprouvé à ce moment-là ? Du soulagement. De la gratitude. *Mon Dieu.* Elle avait décidé qu'il n'y avait pas de Dieu dans sa vie, non pas parce qu'elle ne ressentait plus sa présence mais parce qu'ils étaient indignes l'un de l'autre : *Nous ne sommes pas amis, Toi et moi*. Il lui manquait, cela dit. Pas autant que son enfant, mais le manque la déchirait quand même ; elle devait se retenir de l'appeler, de lui parler, de chercher et trouver ses petits réconforts. Elle avait perdu sa fille, elle avait perdu son Dieu et elle méritait sa solitude. Avouer enfin ce qu'elle avait poussé sa fille à faire dans les derniers instants de sa vie, et quelle avait été la réaction de celle-ci, était une expérience à la fois terrifiante et libératrice.

— Lâche tout.

— C'est très courant de dire et de penser cela. C'était de la miséricorde, Molly, lui dit le père Frank.

— J'avais mal aux fesses, mon père. Rien à voir avec la miséricorde.

— Dieu vous aime.

— Je le hais.

— Mais non.
— Si.
— Il vous manque, et vous lui manquez.
— N'importe quoi.
— Vraiment ?
— Je voudrais lui faire mal, dit-elle, les yeux brûlants de larmes. Je veux avoir mal.
— C'est normal.
— Ce n'est pas normal, on l'a laissée tomber.
— Pas du tout. Vous avez fait tout votre possible. Il fallait qu'elle parte, et vous étiez là, pour l'accompagner, comme vous aviez été là pour l'accueillir. Vous aviez mal aux fesses – vous êtes humaine, Molly. Vous êtes une des personnes les meilleures et les plus attentionnées que je connaisse.
— Arrêtez un peu.
— Vous êtes aussi la plus mal embouchée, et je vous assure que j'en ai connu qui parlaient comme des charretiers, ajouta-t-il avec un sourire derrière ses larmes. La vérité, c'est que Dieu ne peut pas tout, et vous non plus, mais j'aime à penser que vous essayez tous les deux. Trouvez-y du réconfort, Molly.
Elle prit le prêtre dans ses bras et le serra fort.
— Attention les côtes, Molly.
Elle pleura longuement, et une fois épuisée par les larmes, elle resta la tête posée sur son épaule, vidée par l'émotion et, pour la première fois depuis ce matin fatal, heureuse d'être en vie.
Sans crier gare, le père Frank se mit à chanter, et il faut reconnaître qu'il avait un joli brin de voix.
— « Grâce infinie, doux est le chant… »
— Bah, vous allez arrêter, oui ?

— « Qui sauva un pécheur tel que moi… » Allez, Molly, chantez avec moi… « J'étais perdu, il m'a trouvé, j'étais aveugle, je vois… »

Molly se joignit à lui. *Amazing Grace* était un de ses cantiques préférés, et étant donné qu'elle venait de mettre son âme à nu dans une chapelle de prison elle se dit… après tout…

— « Bien des dangers j'ai traversés. La grâce m'a porté jusqu'ici, chez moi la grâce me ramènera. »

Lorsqu'ils eurent fini de chanter, tels deux ivrognes en goguette, Molly s'assit en silence. Alors, elle entendit… le plus joli son du monde, la voix de Rabbit dans sa tête. *Eh ben, j'aurai vraiment tout vu, m'man ! Hashtag mortifiée.*

Molly éclata de rire.

— Oh, Rabbit, te voilà, ma chérie. Te voilà, ma fille. Ta maman t'aime… tu le sais, hein ?

Bien sûr, grande andouille. J'étais là depuis le début, maman, c'est juste que tu ne m'entendais pas.

Pardon, ma chérie. Je t'entends, maintenant.

Le père Frank regarda autour de lui, sans bien savoir quoi faire en voyant Molly lever les mains vers le ciel et verser des larmes de joie.

— Elle m'est revenue, Frank.

— Vous n'avez quand même pas des visions, Molly ?

— Mais non, idiot, j'entends seulement des voix, répondit-elle comme si c'était mieux.

— Quel genre de voix ?

Elle écouta.

— Rabbit nous traite de crétins tous les deux et dit que la religion, c'est bidon.

— C'est bien elle.

Avant qu'ils se séparent, le père Frank se fit confirmer que Molly présenterait ses excuses au juge le lendemain matin.

Elle le rassura avec un rire.

— Ce sera un plaisir.

— Attention, Molly. Ne commencez pas.

— Pas mon genre, voyons !

Quel casse-pieds ! fit la voix de Rabbit, ce qui la fit rire doucement.

— J'ai trop de choses à vivre pour m'éterniser ici, Frank.

La gardienne à queue-de-cheval revint la chercher peu après vingt heures. Molly passa le restant de la nuit à s'occuper de Sheila B, très malade et absolument misérable. Elle la massa, l'apaisa, lui donna de l'eau, lui brossa les cheveux. Elle l'emmitoufla dans des couvertures lorsqu'elle avait trop froid et les retira quand elle avait trop chaud. Elle pleura avec elle, lui parla, lui raconta des histoires du passé et la fit même rire entre deux vomissements et hallucinations.

— Il y a un homme pris dans les rideaux.

— Il n'y a ni homme ni rideaux.

— Vous êtes sûre ?

— Je ne te mentirais pas, Sheila.

— Désolée de vous imposer ça, madame Hayes.

— C'est un honneur et un plaisir, ma chère.

Molly passa la nuit à bercer une Sheila B fragile et désespérée et à nettoyer son vomi et sa diarrhée. Elle ne s'était pas sentie aussi bien depuis que sa dernière-née avait poussé son dernier soupir.

La naissance

83

Davey

Davey, assis dans le jardin de Francie, buvait un café pendant que Francie fumait une cigarette. Il lui avait demandé de venir pour discuter de la demande de Juliet avant d'en parler avec Karen Faye.

— Elle veut enterrer les cendres de sa mère avec Johnny ?

— En résumé, oui.

— Foutu Johnny Cash, marmonna Davey pour lui-même.

— Wow, c'est dur, ça. Alors, je lui parle, ou quoi ?

— Parle-lui. Dis-lui que je paierai ce qu'il faut. Je lui rachèterai un caveau s'il le faut.

— Sûr ?

— Notre Bunny veut que sa mère repose en paix avec le garçon qu'elle aimait. C'est le moins que je puisse faire.

— Je m'en occupe.

— T'es un bon pote, Francie.

— Le meilleur ! T'es gonflé, toi.

Davey souriait encore lorsque son téléphone sonna. C'était son père.

— Bonne nouvelle, Davey, ta mère a retrouvé la raison… elle s'excuse auprès du juge ce matin.

— Oh, c'est super, papa ! dit Davey, qui le mit sur haut-parleur.

— Excellente nouvelle, Jack ! renchérit Francie.

— Ah, bonjour, les garçons. Vous ne devinerez jamais avec qui elle s'est retrouvée en cellule…

— Qui ça, papa ?

— Sheila B.

— Arrêtez, Jack, c'est pas drôle !

— Je sais. Je ne blague pas.

Francie se remit à rire.

— Ça ne s'invente pas.

— Ah, Dieu la bénisse. Molly dit qu'elle était dans un état épouvantable, elle qui était si bonne danseuse à l'époque. Bon, il faut que je prépare un paquet de vêtements propres pour ta mère.

Jack raccrocha avant que Davey ait pu lui dire au revoir.

— Pauvre Sheila B, dit Francie.

Davey hocha la tête et continua de boire son café sans rien dire.

84

Marjorie

Juliet faisait la tête dans le magasin de meubles. Il y avait dix lits alignés, apparemment plus confortables les uns que les autres. Marjorie n'avait qu'une envie : se laisser tomber sur l'un d'eux et y rester. Ses chevilles, son ventre, son entrejambe et son derrière hurlaient tous en même temps : *Sortez ce gosse de là !* Elle était habituée à ce que tout lui fasse mal, mais la douleur devenait plus aiguë et intense. Elle avait eu des contractions épisodiques la veille, donc elle ne paniquait pas : elle s'était renseignée en ligne, cela s'appelait des contractions de Braxton Hicks, ce n'était pas grave, seulement casse-pieds. Elle ressentait une escalade des contractions en ce moment même. Elle s'assit sur un lit. Jano, la grande et jeune vendeuse qui semblait se prendre pour un cadeau des cieux, s'approcha d'elle pour la troisième fois en dix minutes.

— Ça va toujours ?

— À merveille. Je vous promets de ne pas accoucher sur le lit.

— J'espère bien ! C'est le plus cher que nous ayons.

— C'est noté. Je pourrais avoir un verre d'eau, vous croyez ?

— C'est un magasin de meubles, ici.

— Il y a une fontaine à eau à côté de la caisse.

Jane s'éloigna en grommelant. Marjorie passa sur le lit d'à côté et attendit son eau. Une Juliet renfrognée vint s'asseoir à côté d'elle.

— Alors ?

— Bof.

— Oh, regarde, il y a un lit superposé Peppa Pig en promo !

— Lol, lâcha Juliet.

— Je fais ce que je peux, Juliet.

— Moi aussi.

— Ça, c'est un mensonge.

— Pas du tout.

— Tu fais ta peste avec moi depuis ton retour. On était super copines, avant.

— On n'a jamais été copines : tu étais l'amie de ma mère et elle est morte.

— J'étais ton amie et tu le sais très bien. Je le suis toujours.

La femme revint avec un verre d'eau.

— Besoin d'autre chose, majesté ?

— Dites donc, vous entendez comment vous me parlez ? s'offusqua Marjorie.

— Ce n'est pas moi la femme enceinte qui reste assise une plombe sur les meubles d'exposition sans intention d'acheter quoi que ce soit.

— Comme vous vous trompez, Jane. Allez donc voir si le lit bateau blanc, double, est disponible avec la commode assortie.

— Pas de souci, lâcha la vendeuse avant de s'éloigner.

— Un lit bateau, c'est indémodable, c'est un classique, affirma Marjorie.

Juliet acquiesça.

— Tu me manques, continua Marjorie. Je vais avoir ce bébé, ta mère n'est pas là, et toi tu es méchante avec moi.

— Je ne suis pas méchante avec toi.

— Tu refuses de me parler, tu fais la gueule et tu m'envoies bouler chaque fois que j'essaie de te parler. Qu'est-ce que je t'ai fait ?

— Tu m'as pris Davey.

Jane réapparut avec une série d'imprimés dans les mains.

— Oui, ça marche, on a tout en stock.

— Allez-vous-en, Jane.

L'intéressée réfléchit, puis alla s'asseoir à la caisse. Marjorie se tourna face à Juliet.

— Je ne t'ai pas pris Davey. Je ne pourrais pas, même si je le voulais, et je n'en ai aucune intention.

— C'est du vent, tout ça. Ce bébé va naître et vous formerez une famille.

— Tu es ma famille.

— C'est ça, oui.

— Tu crois qu'il est rentré ici uniquement pour moi et le bébé ; tu te trompes. Il est rentré parce que tu étais malheureuse aux États-Unis.

— Faux.

— C'est la vérité. Quelque chose a changé en toi après ton dernier séjour ici : tu étais malheureuse, perturbée, incapable de te concentrer sur tes études, tu avais des sautes d'humeur, tu étais triste, et quoi qu'il fasse, il n'arrivait pas à t'aider. Il ne savait pas que j'étais enceinte quand il a pris la décision. Il est rentré pour toi, Juliet.

Une transformation s'opéra dans la jeune fille. Marjorie le vit se produire sous ses yeux. Elle s'adoucit, sa colère se dissipa. Juliet essuya une larme.

— Et maintenant il m'impose à toi.

— Je voulais t'élever comme ma fille, mais je vivais dans un studio après mon divorce.

— Mon œil.

— Demande à ta mamie, à ton papy, à Grace ou à Davey, que j'ai rendus chèvres parce que j'étais jalouse et que je ne le trouvais pas assez bien pour toi.

Juliet eut un petit sourire.

— Pauvre Davey, tout le monde lui tombe dessus en permanence.

— Je veux qu'on forme une famille, et je pense que si ta mère nous regarde… je sais que ce n'est pas le cas, mais si elle nous regardait, elle serait enchantée.

Juliet hocha la tête.

— Tu as vraiment voulu me prendre avec toi ?

— Vraiment.

— Marjorie ?

— Oui, ma belle.

— Il s'est passé quelque chose d'horrible en Amérique.

Jane revint avec ses formulaires.

— Alors, vous achetez quelque chose, ou quoi ?

— Barrez-vous.

— Je travaille ici.

— Pas pour longtemps, si j'ai mon mot à dire.

Jane disparut.

Et là, assise sur le deuxième lit le plus cher d'un magasin de meubles dans la ville de Dublin, Juliet raconta à Marjorie l'histoire de Trevor, ce qu'il lui avait fait, et combien elle s'était sentie terrifiée, isolée, coupable, sale et honteuse. Marjorie sentit sa température grimper en même temps que sa colère. *Oh, Rabbit.*

Du calme, Marjorie, garde ton calme.

Ses entrailles lui faisaient mal, son bébé gigotait et ses pensées furent soudain inondées de souvenirs qu'elle avait mis sous clé depuis ses huit ans. La rage montait en elle, chauffant si fort qu'elle se sentit transpirer de la tête.

— Je vais le retrouver, le torturer, le buter et le dissoudre à la chaux vive, celui-là.

— C'est très précis, commenta Juliet.

Elle n'arrivait pas à regarder Marjorie ; elle gardait les yeux rivés au sol, les joues rouges, au bord des larmes.

Je sais, je comprends, j'ai été à ta place. Marjorie la prit dans ses bras.

— Ce n'est pas ta faute. Ce type est une ordure et on va s'en occuper. Ton oncle Davey…

Mais Juliet paniqua ; elle ne voulait pas que Davey soit au courant, elle se sentait incapable d'affronter cela.

— Juliet, il faut qu'il sache, et Casey aussi doit le savoir. On ne peut pas le laisser approcher d'autres enfants, pas vrai ?

— Non, souffla-t-elle, tremblante.

— Ça va bien se passer. Tu vas surmonter ça. Tu sais pourquoi ?

Juliet fit non de la tête ; elle n'était pas si sûre d'y arriver.

— J'avais un oncle qui m'a fait du mal aussi.

Ces paroles lui firent un effet étrange en sortant. Elle ne les avait jamais prononcées une seule fois en trente-sept ans. Elles résonnaient dans sa tête ; elle eut un léger vertige.

— Tu en as parlé à quelqu'un ?

— J'en parle à quelqu'un maintenant, dit Marjorie, les joues mouillées de larmes. Je te le dis à toi.

Juliet la serra fort dans ses bras. Jane regardait de loin la femme et l'enfant qui pleuraient sur sa coûteuse literie.

— Et tu as surmonté, Marjorie ?

— Je croyais que oui, mais je pense que j'ai fait un mauvais choix simplement parce que j'avais peur, tu vois ce que je veux dire ?

Juliet fit oui de la tête.

— Je me suis refermée longtemps, Bunny, je ne veux pas que ça t'arrive.

— Qu'est-ce qu'il est devenu ?

— Il est mort d'un cancer de l'estomac.

— Tant mieux.

— Oui. Maintenant qu'on connaît toutes les deux nos petits secrets, on va s'en sortir.

Marjorie prit Juliet dans ses bras, et quand elles se levèrent, Jane s'approcha de nouveau, un bloc-notes à la main.

— Bon, ça suffit maintenant. Vous achetez quelque chose ou vous sortez, dit-elle sur un ton agressif suggérant que, cette fois, elle ne se laisserait plus faire.

— On achète, confirma Marjorie.

Au même instant, elle perdit les eaux sur la moquette.

Jane recula d'un bond.

— Mais c'est pas vrai ! J'appelle un taxi.

Marjorie s'assit sur une chaise dure en plastique lavable à côté de la porte du magasin, en proie à des contractions atrocement douloureuses espacées de cinq minutes et, après confirmation que Juliet aimait le lit bateau et les chevets blancs, elle remplit l'interminable paperasserie, paya tout et fixa une date de livraison.

Pendant que Juliet lui tenait la main, elle téléphona à Davey. Poignardée par la douleur, elle crut qu'elle allait s'évanouir et elle entendit Juliet lui dire de respirer.

— J'accouche !

— Ça y est, ça commence ! C'est parti ! cria Davey au bout du fil.

Elle entendit les frères Byrne pousser des cris et des acclamations.

C'est parti. Ô Jésus, Rabbit, ça commence.

85

Juliet

Le chauffeur de taxi râla en voyant Marjorie.

— J'ai une serviette à l'arrière, asseyez-vous dessus, dit-il.

Il n'était pas ravi de devoir amener une femme en plein travail à la maternité.

— L'hôpital Rotunda à cette heure de la journée... dit-il.

Il y avait en effet de la circulation. Marjorie s'assit à l'avant, Juliet à l'arrière. Le chauffeur insista pour que Juliet garde sa ceinture, ce qui l'empêcha de se pencher en avant autant qu'elle l'aurait voulu, mais elle pouvait quand même parler à Marjorie et l'encourager.

— Encore cinq minutes d'intervalle, Marjo, tout se passe bien.

Juliet était grande amatrice de séries médicales et de documentaires sur la naissance. Elle était tellement sûre d'elle qu'elle aurait pu passer un examen sans problème. Marjorie, pour sa part, évitait comme la peste les séries médicales et les documentaires sur la naissance.

— Merci, dit-elle en tapant du poing contre la portière.

— Évitez de faire ça, merci.

— Pardon.

— Non mais vous comprenez, ce n'est pas juste ma bagnole, c'est mon outil de travail, et j'ai trois gosses à nourrir, moi.

— Pardon, répéta Marjorie.

Juliet était scandalisée. Elle prit en photo la fiche d'identité du chauffeur.

— Qu'est-ce que vous faites ?

— Je vais vous signaler.

— Pour quel motif ?

— Connarditude.

Marjorie éclata de rire.

Arrivé devant la maternité, l'homme faillit extirper de force Marjorie de la voiture, et, après avoir encaissé la course, redémarra à la vitesse de la lumière, la laissant appuyée contre Juliet à l'entrée de l'hôpital. Juliet lui dit de ne pas bouger et courut à l'intérieur chercher un fauteuil roulant, après quoi elle la poussa jusqu'à l'accueil où une réceptionniste remplit sa fiche et appela une infirmière. Les contractions de Marjorie étaient de moins en moins espacées. Cela semblait urgent, mais l'employée de l'accueil et l'infirmière étaient plus blasées l'une que l'autre. Les urgences de Rabbit n'avaient jamais été traitées avec un tel flegme ; son cerveau avait du mal à s'y adapter.

— Je m'appelle Denise, on vous emmène en maternité, dit l'infirmière à Marjorie.

— Le bébé arrive, insista Juliet.

Denise regarda la fiche.

— Depuis combien de temps avez-vous des contractions, Marjorie ?

— Elle a perdu les eaux à quinze heures cinq, les contractions ont commencé immédiatement, d'abord à cinq minutes d'intervalle, puis trois à cinq minutes, et chaque contraction dure entre quarante-cinq et soixante secondes. (Elle regarda sa montre.) Ça fait juste un peu plus de quarante minutes.

— Eh bien ! Ça te dirait de devenir sage-femme ? demanda Denise.

— Non, je serai médecin.

Marjorie lui pressa la main.

— Elle va vaincre le cancer.

— Bonne idée, Juliet ! dit Denise.

La jeune fille attendit dans le couloir pendant que Denise installait Marjorie sur un lit et l'examinait. Elle l'entendit un peu crier. Il s'était passé beaucoup de choses depuis qu'elle était entrée dans le magasin de meubles. Elle avait compris que Davey et Marjorie l'aimaient et elle savait que tout allait changer. Elle n'aurait plus jamais à revoir Trevor (et Davey était heureusement trop loin pour le tuer), mais il serait retrouvé et il perdrait son travail, peut-être même sa femme et ses enfants, et elle en était soulagée. *Va te faire foutre, Trevor*, pensa-t-elle. *Fallait pas me chercher.*

Juliet ne serait plus l'univers entier de Davey, mais ce n'était pas grave, car il ne serait pas le sien non plus ; elle aurait Marjorie et une sorte de demi-sœur ou demi-frère/cousin ou cousine qui arrivait. Elle aurait le collège, et peut-être même des amis. En vérité, même avec les meilleures intentions du monde, ils ne se suffisaient pas les uns aux autres. C'est ce que sa mère aurait voulu pour elle. Marjorie l'avait voulue ! Marjorie la comprenait. Elle n'était pas seule.

— Tu peux y aller, lui dit Denise en sortant de la chambre.

— Où allez-vous ?

— Ne t'en fais pas, je reviens.

— Mais le bébé arrive !

— Pas d'inquiétude, on a tout le temps.

Juliet entra dans la chambre.

— Je ne crois pas qu'elle prenne ça au sérieux, dit-elle.

Marjorie éclata de rire.

— Je vais bien, Juliet. Tout va bien.

Juliet lui servit un verre d'eau.

— Pense à bien t'hydrater.

Marjorie prit une petite gorgée et lui rendit le verre.

— Moi qui comptais aller chez le coiffeur et la manucure, et me faire épiler.

— Tu es ravissante.

— J'ai l'air de quelqu'un qui s'est fait traîner à reculons à travers une haie.

— Ravissante quand même.

Davey téléphona de sa voiture.

— Toujours dans les bouchons, c'en est où ?

— On est bien arrivées, elle a été auscultée, il paraît qu'on a tout le temps, alors ne te tue pas au volant, dit Juliet avant de tendre le téléphone à Marjorie.

— Je suis en train d'accoucher, Davey. Tu te rends compte ?

Juliet n'entendit pas la réponse, mais Marjorie était rayonnante. Elle raccrocha et lui rendit le téléphone.

— T'as peur ? demanda Juliet.

— Terrifiée.

Marjorie lui prit la main.

— Mais j'ai Davey et toi à mes côtés.

— Et mamie, et papy, et Grace, et Lenny, et les garçons et ta mère…

C'était trop d'émotion, la pauvre Marjorie était en larmes. Elle se mordit la lèvre.

— Et maman, même si elle est morte, elle est quand même avec toi.

— Et toi, Juliet, tu as peur ?

— Bah non, j'ai connu bien pire. Ça, c'est les bons moments, Marjo.

Marjorie lui tendit les bras. Juliet s'y blottit. Marjorie agrippa ses cheveux et tira.

— BORDEL DE DIEU…

— Lâche-moi, Marjorie, s'il te plaît.

Elle lâcha, et Juliet s'extirpa de ses bras.

— Maintenant, respire, dit-elle en reculant pour s'éloigner de la folle en train d'exploser sur le lit.

Tu me vois en train de l'aider, maman ?

Elle serait perdue sans toi, Bunny.

86

Molly

Molly dit au revoir à Sheila B avant de monter dans un fourgon pour retourner au tribunal.

— Tu es forte, Sheila, et tu vas y arriver.

— Comment pouvez-vous en être si sûre ?

— Parce que tu le veux.

— J'espère. J'en ai marre que tout le monde se foute de moi.

— Ce n'est pas le cas, ma belle, et je serai toujours là si tu as besoin de moi.

— Merci, madame Hayes.

Molly l'embrassa doucement sur le front.

Deux autres femmes occupaient le fourgon avec elle, mais elle n'engagea pas la conversation. Elle était occupée à parler à Rabbit.

Et je vais te dire une chose, ma chérie, on ne mange pas mal du tout... Enfin bref, j'ai connu des endroits pires. Tu te rappelles ce boui-boui à Blackpool ?

Oui, maman, Davey avait eu une intoxication alimentaire et chié partout.

Exactement.

Elle attendit son tour et se leva devant le juge. Il était bien décidé à l'humilier, mais c'est difficile d'humilier une femme qui ne s'en soucie pas, si bien qu'après un long sermon, pendant lequel elle sourit sans discontinuer, il lui dit qu'elle était libre.

— Merci, merci mille fois, ça m'a fait un bien fou, répondit-elle, et la sincérité de ses remerciements laissa l'homme profondément perplexe.

— De rien, bafouilla-t-il pendant qu'elle rejoignait son mari d'un pas léger.

Elle le serra fort contre elle une fois qu'ils furent sortis du tribunal.

— Me revoilà, Jack. Je suis de retour.

— À cent pour cent ?

— À cent cinquante pour cent.

— Eh bien, bon Dieu, quel soulagement ! (Il lui prit la main.) Bonne nouvelle, Molly, Marjo est en train d'accoucher.

— Maintenant ?

— En ce moment même.

— Un nouveau bébé, dit-elle, la gorge serrée.

— Un nouveau Hayes, précisa-t-il en lui enlaçant les épaules.

C'est quelque chose, hein, Rabbit ?

Tu l'as dit, maman.

87

Marjorie

Les contractions étaient affreusement douloureuses. Marjorie n'avait jamais été malade de sa vie. Elle ne s'était jamais rien cassé et n'avait même pas souffert d'une petite coupure. Jusque-là, l'épilation à la cire était la douleur la plus intense qu'elle avait jamais connue. Elle l'avait dit à Molly la première fois qu'elles avaient discuté de sa grossesse. Elle avait expliqué qu'elle appréhendait l'accouchement parce qu'elle ne connaissait pas vraiment la douleur physique. Elle avait demandé s'il y avait un moyen de s'y préparer, et Molly, après avoir réfléchi un instant, avait soupiré et essuyé ses mains sur son tablier.

— Tu pourrais te fourrer une grenade dans la foufoune, mais ce n'est pas recommandé, avait-elle dit.

Sur ces mots, elle avait préparé du thé et sorti des biscuits. Marjorie avait un peu paniqué, et Molly lui avait posé les mains sur les épaules.

— Si ça se trouve, tu auras de la chance et il passera comme une lettre à la poste.

— Vous y croyez vraiment ?

— À ton âge, aucune chance. Mais quoi qu'il arrive, on sera tous là pour toi, tu seras entre de bonnes mains, et ça en vaudra la peine. Pour ça, tu peux me croire.

— D'accord, Molly, je vous crois.

— Qui est-ce qui t'aime, Marjorie ?

— C'est Molly.

— Très bien, avait conclu Molly en l'embrassant sur le front.

Marjorie n'avait plus évoqué ses angoisses concernant la douleur et l'accouchement, et même si celles-ci n'avaient pas disparu, elle s'était rassurée avec l'idée que, quoi qu'il arrive, cela en vaudrait la peine. Puis, le terme approchant rapidement, ses craintes étaient remontées en flèche. *Et si le bébé meurt ? Il pourrait mourir. Ça arrive tout le temps.* Peu après, les cauchemars avaient commencé : chaque fois qu'elle fermait les yeux, un bébé mourait. Elle s'était réveillée une nuit en hurlant et Davey avait déboulé comme un fou dans la chambre. « C'est maintenant ? Faut y aller ? » Il avait soulevé les deux bagages préparés d'avance pour la mère et l'enfant. Elle lui avait raconté en pleurant qu'elle avait rêvé de la mort du bébé ; il s'était assis sur le lit et l'avait consolée. Malgré toutes ses craintes, le bébé se portait bien, elle était surveillée de près, tout se passait à merveille, et pourtant cette peur continuait de s'insinuer en elle et de s'y épanouir. *Et si le bébé mourait ?* Elle n'était pas sûre d'y survivre. Ce serait l'épreuve de trop. *J'ai déjà eu du mal à te survivre, Rabbit, alors, ça, sûrement pas.*

Elle s'était aperçue qu'elle s'inquiétait davantage pour ce qu'elle ne contrôlait pas : le changement climatique, les famines, les tremblements de terre. Pour la première fois de sa vie, le fait de vivre sur une petite île la minait. « Il suffit d'un tsunami, et l'Irlande n'existe plus. » Tout lui arrachait des larmes : les chiens mignons, les chiens errants, les chiens morts. Elle était incapable de regarder quoi que ce soit s'il y avait de la souffrance humaine, surtout si c'étaient des enfants – pas de journaux télévisés, pas de films dramatiques, même certaines comédies la faisaient pleurer. Elle avait quitté les réseaux sociaux. « Il y a trop de tristesse. » Encore un post annonçant « Ma grand-mère/mon fils/ma mère/mon père est décédé(e) » et elle aurait craqué nerveusement. Encore un appel du genre « Sauvez cet animal de tortures horribles dans un village reculé Dieu sait où simplement en partageant ceci », encore une pétition pour une femme victime de viol collectif et menacée de coups de fouet pour indécence, encore une terrible histoire de guerre ou un visage d'enfant désespéré… Elle pleurait pour tous, ils s'installaient dans sa tête et lui brisaient le cœur.

Elle avait éteint son ordinateur ; au lieu de cela, elle prenait son bain avec des bougies et une lecture légère, approuvée d'avance par une dame charmante dans sa librairie de quartier. Elle était en proie à une immense angoisse et faisait tout son possible pour la combattre, car elle savait que c'était mau vais pour le bébé. Elle allait au yoga deux fois par semaine, méditait, bannissait toute négativité… enfin, pas toute, car elle voyait encore sa mère. Ce n'était pas facile. Davey était gentil et aimant, et elle avait besoin de calme.

Détends-toi, Marjo, prends les choses comme elles viennent, lui répétait Rabbit dans sa tête.

Facile à dire, crâne d'œuf. Je fais ce que je peux, mais comme dit Gwen Stefani, c'est complètement ouf ce truc.

Juliet faisait de son mieux pour l'aider à se calmer et à utiliser sa respiration. Elle connaissait bien la question : elle avait beaucoup aidé sa mère à surmonter la douleur par le souffle.

— Lentement, régulièrement, inspire, respire, lâche, lâche, lâche… lui dit-elle, sa voix montant légèrement dans les aigus en fin de phrase.

Marjorie se rendit compte qu'elle serrait la main de la petite à la broyer.

— Oh, pardon, dit-elle en la lâchant.

— Pas grave, inspire et expire, répondit Juliet en détendant ses doigts.

— C'est ce que je fais.

— Non, tu inspires mais tu n'expires pas. Si tu continues comme ça, tu vas finir par faire une crise de panique ou tomber dans les pommes ou je ne sais pas quoi.

— Mon Dieu, dit-elle en inspirant encore un peu.

— Souffle, souffle… allez, expire, laisse tout sortir.

Marjorie essaya de souffler ; on aurait dit qu'elle avait oublié comment faire. Elle était assise au bord du lit, les mains maintenant posées sur les épaules de Juliet.

— Pense à ce que tu préfères dans la vie, lui dit la jeune fille, essayant quelque chose de nouveau pour distraire Marjorie et lui éviter un accès de panique.

— Quoi ?

Marjorie était en train de se ressaisir. La douleur était passée et Juliet utilisait son chronomètre pour anticiper la contraction suivante.

— Quand maman était vraiment dans un sale état et qu'on attendait que ses médocs fassent effet, on parlait de ses gens, ses lieux et ses trucs préférés. On parlait beaucoup de toi.

Marjorie sourit.

— Ah oui ?

— Eh oui.

— D'accord, un des objets que je préfère, c'est un sac vintage que j'ai acheté sur un marché à Paris à vingt et un ans.

Juste après avoir dit cela, elle se retrouva soudain de nouveau en proie à une douleur atroce. On aurait dit que le bébé utilisait un couteau suisse pour se frayer un chemin vers l'extérieur.

— Seigneur, tuez-moi tout de suite.

— Concentre-toi sur ton souffle, sur ce qui est bon. Donne-moi un lieu.

— Facile.

Marjorie ferma les yeux à fond et enfonça les doigts dans les épaules de Juliet.

— Ô Jésus Marie Joseph.

— Un lieu ? suggéra Juliet avant de hurler à Marjorie de lâcher.

Celle-ci obéit et la regarda droit dans les yeux.

— La table de la cuisine des Hayes, les rôtis du dimanche, les rires et le chahut, tes grands-parents, Grace, Davey, Johnny, tout le groupe et ta maman. La ruée sur les patates rôties, tout le monde parlant en même temps, lançant des vannes, faisant de grands projets et se disputant la dernière tranche de rosbif ou la première part de dessert.

Ce gosse devait être en flammes, car ses entrailles la brûlaient, mais elle continua de parler jusqu'au bout de l'horrible contraction et se rappela de bien respirer. Une larme roula sur sa joue. Juliet la sécha avec un mouchoir en papier, puis tamponna le front humide de Marjorie.

— Et une personne ?

— Eh bien, la plus évidente, bien sûr, c'est ta mère.

— Ou Davey.

— Ou la puissante Molly.

Juliet sourit et acquiesça.

— Bien sûr.

— Mais je vais dire : ma personne préférée, c'est toi… (Marjorie attira la tête de Juliet vers elle et l'embrassa sur le front.) Ce premier sourire, quand tu m'as pris la main, tes petites histoires, quand tu étais persuadée d'être une extraterrestre, ton courage, ton grand cœur et ta débrouillardise, la manière dont tu t'es occupée de ta mère. Quand elle est morte et que tu quittais tous ceux que tu aimais, et que tu m'as vue. N'aie pas peur, Marjorie, m'as-tu dit. Tu m'as brisé le cœur, petite. On a toujours formé une famille d'une manière ou d'une autre, toi et moi.

— Je t'aime, Marjo, dit Juliet, et elle eut ce petit sourire diabolique qui faisait fondre Marjorie. Et maintenant, respire : tu deviens violette.

Marjorie obéit. Elle inspira et expira.

— Davey m'a demandée en mariage, annonça-t-elle. J'ai dit oui. Il pensait qu'on devrait te le dire quand tu serais heureuse. Alors je te le dis maintenant.

— On va être la famille Hayes.

— Ouais !

— Avec des rôtis du dimanche.

Juliet pouffa de rire, et Marjorie hocha la tête avec un sourire.

Elle ne pouvait pas parler, parce que le petit salopiaud essayait d'emporter son ventre avec lui, ou elle. Elle n'avait pas voulu connaître le sexe à l'avance. Elle voulait la surprise. Et elle en avait une belle : cette douleur était profondément surprenante. Elle avait l'image d'un bébé portant son estomac et/ou ses intestins en guise de sac à dos. *Seigneur Dieu.* Juliet lui frottait le dos, jusqu'en bas, avec une bonne pression. *Oh, c'est bon, ça. Vraiment bon.*

— On va s'occuper de Trevor, toi et moi, dit-elle.

Juliet cessa de frotter.

Oh non, ne t'arrête pas.

— D'accord, dit Juliet. Je ne veux plus jamais le revoir.

— Jamais.

S'il te plaît, s'il te plaît, frotte-moi le dos.

— Ni devoir parler de lui.

— Sauf à un psy.

— Je le ferai si tu le fais, dit Juliet.

Marjorie soupira et acquiesça. Il était temps d'affronter ce très vieux démon. Ça tombait mal, mais le moment était venu.

— Marché conclu. Et maintenant, bon sang de bonsoir, frotte-moi le dos !

Juliet éclata de rire.

— C'est ce que me disait maman.

— Qui est-ce qui t'aime, Juliet ?

La jeune fille sourit largement.

— C'est Marjorie.

Davey fit irruption dans la pièce comme une tornade, en brandissant les deux sacs en l'air.

— Je sais que je me serais fait tuer si j'étais arrivé sans.

Il la connaissait tellement bien, malgré toutes les années passées loin de l'autre. Il était là, ils formaient une famille, et lorsque la contraction suivante arriva, elle affronta ses peurs et lâcha prise.

88

Jack

La voiture tomba en panne d'essence en pleine rue. La jauge ne marchait plus depuis un moment ; Jack se répétait sans cesse qu'il la ferait réparer, mais ensuite il oubliait jusqu'à la panne suivante. Il avait généralement un jerrican dans le coffre, mais il s'en était servi le vendredi précédent quand il était arrivé à court de carburant en rentrant d'une partie de boules à Greystone, et il avait oublié de le remplacer.

— Je vais te tuer, dit Molly.

— Allons, Molls, du calme, tout va très bien.

— On est en plein milieu de la route, dit-elle, soulignant l'évidence.

Il était occupé à ouvrir le coffre et à démanteler un carton dans lequel il gardait un assortiment de vêtements secs : bonnets, gants, pulls chauds, un cardigan, des caleçons longs. Les vêtements volaient partout, certains atterrissant par terre. Molly ramassa un caleçon long.

— Qu'est-ce que tu fabriques ?

— Tu as un stylo ?
— Non.
Elle le suivit jusqu'à la portière passager, le regarda farfouiller dans la boîte à gants.
— Du rouge à lèvres ?
Elle trouva un bâton de rouge dans son sac à main.
— Ah, parfait, dit-il.
Il posa le carton sur le capot de la voiture et se mit à écrire avec le bâton de rouge.

Désolés, nous sommes en panne d'essence et notre bébé arrive. Nous sommes pressés. Veuillez nous excuser pour le dérangement.

Jack Hayes

Il ajouta son numéro de téléphone et coinça le carton sous un essuie-glace. Molly le regarda et secoua la tête.
— Notre bébé ?
— C'est vrai, Molls.
Il gloussa avant de s'élancer sur la chaussée en hurlant « Taxi » à un véhicule qui arrivait.
Ils étaient dans le taxi lorsque le téléphone de Jack sonna.
— Jack Hayes, dit-il en décrochant, s'attendant à un appel de la police ou de la fourrière.
— Je sais qui tu es, papa, dit Davey.
Jack claqua des doigts vers Molly.
— C'est Davey. Bonjour, Davey, où en est-on ?
— Elle est dans tous ses états, papa.
— Ah oui, c'est comme ça, mon grand, ta maman m'a frappé au visage quand j'ai mis Rabbit au monde.

Davey avait entendu l'histoire de nombreuses fois.

— Vera refuse de prendre un taxi, elle a peur toute seule.

— Pas de problème, fils, on passe la prendre.

— Ils ne sont pas pour que tout le monde débarque, dit Davey.

Molly prit le téléphone des mains de Jack.

— Tant pis pour eux, ils ne pourront pas nous empêcher de manger un morceau à la cafète.

— Ça risque de prendre un moment, maman.

— Je sais, mon gars, et on sera là.

— Ce n'est pas moi qui vous en empêcherai ! Juliet n'est pas autorisée à rester en salle de travail, et je ne veux pas qu'elle soit seule.

Molly entendit le sourire dans la voix de son fils.

— Jamais, dit-elle.

Davey raccrocha.

— Pourquoi Vera Shaw veut y aller ? demanda-t-elle à Jack.

— C'est la mère de Marjorie.

— Ah bon ? Quelqu'un le lui a dit ?

— Allez, Molls, ne commence pas.

Il donna l'adresse de Vera au chauffeur, puis prit la main de sa femme et la pressa dans la sienne.

— On va avoir un bébé, Molls.

Elle hocha la tête et ferma les yeux.

— À la même heure il y a un an, neuf mois et huit jours, qui l'aurait cru ?

Elle leva les bras et tapa du pied.

— Amen.

89

Molly

Jack frappa à la porte de Vera pendant que Molly attendait dans le taxi avec le chauffeur qui pianotait du bout des doigts sur le volant. De la musique passait doucement en bruit de fond ; il pianotait en cadence. Il avait le sens du rythme. Aucun signe de Vera. Jack tâcha de voir à travers la vitre, cogna encore, puis regagna la voiture.

— Elle refuse d'ouvrir. Je sais qu'elle est là, je l'entends taper avec sa canne.

— Sa canne, elle peut se la…

— Allons, Molly.

— Excusez-moi, mon cher, dit-elle au chauffeur. Je n'en ai pas pour longtemps.

Elle descendit du taxi pendant que Jack y remontait.

— Mieux vaut laisser faire les dames, dit-il au chauffeur, qui se tordait le cou pour voir la suite.

Molly s'approcha de la porte d'un pas décidé et ouvrit la fente de la boîte aux lettres.

— Vera Shaw, ouvrez cette porte ou je prends ce nain de jardin géant ridicule et je fracasse la vitre du salon avec.

Elle attendit une seconde ou deux avant d'entendre le pas lourd de Vera et le cliquetis de sa canne sur le carrelage de l'entrée. La femme entrouvrit la porte.

— Vous avez toujours été très agressive, dit-elle.

— Et vous, on n'a jamais pu compter sur vous.

— Elle n'a pas besoin de moi là-bas.

— Très juste, elle n'a pas besoin de vous, mais elle vous a demandée, répliqua Molly en entrant sans façon.

Elle choisit un manteau sur la patère et le lança à Vera.

— Mettez ça, il gèle dehors.

— Je ne peux pas.

— Qu'est-ce qu'il y a, encore ?

— Et si ça se passe mal ?

— Eh bien, on sera là, au moins.

— Je ne pourrais pas revivre une chose pareille.

Molly tâcha de se calmer et de répondre d'une voix douce.

— Ce n'est plus comme à l'époque. Ils ne lui feront pas ce qu'ils vous ont fait, Vera.

— Vous êtes une bonne mère, Molly.

— Merci.

— Une personne affreuse, mais une bonne mère.

— Pas aussi affreuse que vous.

Vera hocha la tête pour elle-même.

— Au moins, je ne suis pas une criminelle, lâcha-t-elle en enfilant son manteau.

Molly sourit.

— Prête à devenir grand-mère ? demanda-t-elle.

— Prête.

Molly rouvrit la porte et suivit Vera à l'extérieur.

— Essayez de mieux vous y prendre cette fois-ci, Vera.

— C'est noté, dit la femme en montant à l'avant du taxi.

Molly, elle, s'assit à l'arrière avec Jack.

— En route, chauffeur !

Celui-ci fit un salut militaire.

— C'est parti.

90

Grace

Ryan, Bernard et Jeff refusèrent de laisser Grace quitter la maison sans eux.

— On vient aussi, dit Bernard.

— Même moi je ne suis pas censée y être, objecta Grace.

— Oui, ben, on était là pour tous les moments merdiques où Rabbit était en train de mourir, alors on veut être là aussi pour les moments sympas, dit Ryan.

— En plus, y a rien à manger à la maison, ajouta Jeff.

— Bon, envoie un texto à ton frère pour lui dire où on est et monte en voiture, dit Grace.

Jeff sortit son téléphone et le SMS partit avant même qu'elle ait terminé sa phrase.

Elle appela Lenny de la voiture. Comme il était en pleine partie de golf, elle lui laissa un message.

— Marjo est en train d'accoucher.

Puis, se rappelant qu'il n'écoutait jamais les messages, elle chargea Jeffery de le lui dire par texto, en précisant qu'elle et les enfants étaient à la maternité et en lui demandant de penser à manger au club de golf.

On leur refusa tout d'abord l'entrée, mais Grace avait maintenant l'habitude des agents de sécurité des hôpitaux.

— On est attendus à la cafétéria.

— Pardon ?

— La cafète est interdite aussi ?

— Non.

— Eh bien, alors ?

— Vous n'êtes pas admis en maternité.

— Ça tombe bien qu'on aille à la cafète, du coup.

Il la laissa passer, puis elle se retourna.

— Euh… c'est par où ?

Il lui indiqua la direction, elle le remercia et elle s'éloigna d'un pas décidé, suivie de près par ses fils. Jack, Molly et Vera étaient déjà sur place, ainsi que Juliet. La jeune fille sauta de joie en voyant Grace et les garçons.

— Le bébé arrive ! J'étais là quand elle a perdu les eaux.

— Naaan ! fit Bernard.

— Sur la moquette du magasin de meubles !

— Délire, dit Jeff.

— Vous êtes qui, vous ? demanda Bernard à Vera.

— La maman de Marjorie.

— Marjorie a une maman ? s'étonna Ryan.

Grace lui donna un petit coup de pied.

— Elle te voit, tu sais, dit Ryan.

— La force de l'habitude, grommela Grace.

— Ça ne fait rien, dit Vera.

— Coucou, madame Shaw, dit Grace.

— Bonjour, Grace, désolée pour tous tes problèmes.

Grace se sentit soudain un peu submergée par l'émotion.

— Merci.

— Si tu as ne serait-ce que la moitié du caractère de ta mère, tu t'en sortiras comme un chef.

— Je sais. Merci.

Grace tendit un peu d'argent à Bernard.

— Allez vous nourrir. Juliet, mange quelque chose.

Juliet acquiesça.

— Je meurs de faim.

— C'est bien, ma fille, va manger avec les garçons, dit Molly.

Tout le monde avait remarqué le changement qui s'était opéré en elle, comme si des rideaux s'étaient ouverts et que la lumière du jour entrait enfin à flots.

— Quel drôle de monde, dit-elle en regardant ses petits-enfants faire la queue au comptoir, bavardant entre eux et riant avec aisance.

Grace se tourna vers son père.

— Ça va, papa ?

Il lui adressa un sourire.

— Mieux que ça, Grace.

— J'espère qu'elle ne va pas mettre trop longtemps ; la cafétéria ne reste pas ouverte toute la nuit.

— Eh bien, on attendra à l'hôtel du coin de la rue, dit Molly.

Vera était mal à l'aise en présence de tant de Hayes.

— Je vais rester peut-être une heure. Je me débrouillerai pour rentrer.

— Hors de question, dit Jack.

— Pardon ?

— On rentrera ensemble une fois que l'enfant sera né, assena Molly d'un ton sans réplique.

— C’est comme ça, chez les Hayes, confirma Jack. On l’a fait pour tous ceux de Grace.

— Je ne suis pas une Hayes.

— Peut-être, mais vous êtes de la famille, maintenant, dit Molly.

Grace regarda la pauvre Vera se ratatiner en digérant cette information, un peu sonnée.

Ryan et Bernard se battaient pour le billet de cinquante euros, Ryan portant Juliet sur son dos et Bernard portant Jeff, au grand agacement des adultes dans la file d’attente. Grace prit une chaise et s’assit.

— Dix euros que c’est une fille. Qui dit mieux ?

Et elle prit les paris.

91

Davey

La sage-femme, Annette, une femme d'une bonne cinquantaine d'années, hurlait : « Poussez ! » Marjorie poussait et serrait la main de Davey si fort qu'il eut peur d'avoir les doigts brisés. Elle était terrifiée et s'efforçait d'être courageuse, il le voyait bien. Annette, une femme menue avec de grandes mains pour attraper les bébés – du moins, c'était ainsi qu'elle se présentait –, était postée à la sortie.

— C'est imminent, Marjorie, attendez juste la prochaine contraction.

Marjorie attendit, pantelante, lui lâcha enfin les doigts et le regarda avec des yeux affolés.

— Ça va bien se passer, hein, Davey ?

— Ça va être formidable.

— Tu ne vas pas nous quitter, hein ?

— Bien sûr que non.

— Je veux dire, tu peux me quitter si tu veux, je comprendrai, mais tu n'abandonneras pas le bébé, hein ?

Il se pencha vers elle et posa une main sur son front.

— Je n'abandonnerais jamais mon enfant, et je ne t'abandonnerais jamais, toi.

— Tu ne peux pas retourner en Amérique, Davey.

— Je ne vais nulle part. On vient d'acheter une maison, on va se marier, tu te rappelles ?

— Mes parents aussi avaient acheté une maison et étaient mariés.

— Je ne suis pas ton père.

— Je sais.

— Je ne serai jamais comme lui, ma mère me tuerait.

— C'est vrai.

Marjorie pleura et rit un peu, la goutte au nez. Elle s'essuya sur son bras.

— Amis avant tout.

Elle tendit la main et il entrelaça son petit doigt autour du sien.

— Amis pour toujours.

Puis une contraction arriva et elle faillit lui arracher le petit doigt.

— Bordel de merde ! cria Davey.

— Seigneur Dieu ! cria-t-elle en tournant les yeux vers Annette. On va avoir un bébé !

— Je vois ça, dit la sage-femme en regardant la tête qui apparaissait entre les jambes de Marjorie. Il arrive ! C'est pour tout de suite !

Les yeux de Marjorie lui sortirent de la tête. Elle devint écarlate, et de grosses veines saillirent dans son cou.

— Poussez, Marjorie, poussez ! l'encouragea Annette.

Mais si elle continue de pousser, elle va exploser, putain ! songea Davey.

— POUSSEZ !

— La vaaache ! rugit Marjorie tandis que le bébé la traversait pour sortir dans le monde.

Annette éleva l'enfant dans ses grandes mains, couvert de sang et de vernix, rattaché à sa mère par une longue veine de sang blanche et violette. Ce n'était pas joli à voir, mais c'était spectaculaire. Elle frotta la peau du bébé, qui se mit à crier, et Davey, sans le savoir, pleura aussi, exactement comme le bébé, avec des larmes, de la morve et des sanglots, de vrais sanglots sans retenue.

— C'est un garçon !

Il tourna ses yeux noyés vers Marjorie, qui semblait sous le choc.

— Un garçon, souffla-t-il.

— Un garçon ? On a un garçon ?

— Un garçon !

Ils tombèrent dans les bras l'un de l'autre, et Davey sentit son cœur se déchirer, mais pas parce qu'il se brisait, non : parce qu'il devenait plus grand. Annette lava leur petit garçon et coupa le cordon. Elle l'emmitoufla dans une couverture sortie du sac préparé pour et le tendit à Davey.

— Donnez votre fils à sa mère, dit-elle.

Il regarda sa petite frimousse, son petit nez, ses joues rondes et douces, ses lèvres en bouton de rose, ses cheveux bruns bouclés, et lorsqu'il ouvrit ses yeux bleu foncé, l'enfant regarda droit vers son père et lutta contre le coton du lange pour tendre les bras.

— Wow, fit Davey. Oh, wow.

Annette aida Marjorie à s'asseoir. Davey déposa le bébé dans ses bras. Ils restèrent tous les deux à le contempler. Marjorie était trop euphorique ou trop shootée pour prêter attention à la petite femme qui s'occupait encore de réceptionner le placenta entre ses jambes.

Davey et Marjorie avaient parlé de prénoms pour l'enfant, masculins et féminins. Ils aimaient Amber pour une fille ; ils avaient aussi pensé à Mia. C'était le prénom de naissance de Rabbit, et, bien que ce soit très joli, elle ne s'en était pas servie pendant l'essentiel de sa vie. Ils y avaient renoncé. Rabbit était Rabbit, elle n'avait jamais été Mia et il n'y avait qu'une Rabbit. Ils aimaient Jack pour un garçon, comme le père de Davey. C'était un prénom fort. C'était un homme bien. Davey aimait bien Cody, mais Marjorie lui avait expliqué que c'était nul et qu'il avait passé trop de temps aux États-Unis. Ils n'étaient pas encore décidés quand ils étaient entrés à la maternité. Marjorie releva les yeux vers Davey.

— Comment s'appelle-t-il ?

— Après ce que je viens de voir, c'est toi qui décides, répondit-il.

Elle hocha la tête.

— Alors ce sera Johnny.

— Vraiment ?

Il se remit à larmoyer.

— Pardon, désolé, je ne sais pas ce que j'ai.

Le placenta était prêt à sortir et Johnny devait être ausculté.

— Si vous alliez prévenir votre famille, qu'on puisse récupérer notre cafétéria ? suggéra Annette.

Il embrassa Marjorie sur le front.

— Tu t'es débrouillée comme un chef, Marjo, dit-il avant de sortir en gambadant tel un lutin sous crack.

Il entra en dansant dans la cafétéria où il trouva toute sa famille réunie à attendre, avec Francie et

Jay en supplément. Francie avait des cigares, Jay une bouteille de Jack Daniel's.

Molly se leva.

— Alors ?

— C'est un garçon.

— Tout va bien ?

— Parfaitement bien.

Molly se pencha en avant et se tapa sur la cuisse.

— C'est quelque chose, hein !

Tout le monde s'attroupa, et il se retrouva à les embrasser en ayant la sensation d'être l'homme le plus heureux du monde. Jack pleurait, Grace pleurait, les enfants se tapaient dans les mains.

Vera restait assise sans bouger au milieu de la troupe des Hayes. Davey s'approcha d'elle.

— Merci d'être venue, Vera.

— Comment s'appelle-t-il ? demanda-t-elle.

Tout le monde se tut d'un coup.

— On va l'appeler Johnny.

— C'est un très beau prénom, commenta Vera.

Alors, il entendit une explosion sonore : des applaudissements joyeux.

— Johnny Hayes, dit Jack. Si c'est pas un nom de rock star, ça, je ne sais pas ce que c'est.

— J'espère que non, papa.

— Alors vous avez donné à cet enfant le nom de l'homme le plus malheureux du monde ? lâcha Molly.

Le silence se fit pendant qu'elle soupirait profondément, puis prenait son fils par les oreilles.

— Il est temps que la chance tourne pour Johnny, pas vrai, mon fils ?

Radieuse, elle hocha la tête pour elle-même. Les autres soufflèrent tous de soulagement.

Francie attrapa la tête de Davey sous son bras.
— Elle a raison, espèce de dingue.
— Johnny serait trop heureux, dit Jay. Il adorerait ça.
Francie embrassa son ami sur le sommet de la tête avant de le lâcher.
— Bien joué, Quasimort.
Davey trouva Juliet debout à côté de Ryan.
— Johnny ? dit-elle.
— Qu'est-ce que tu en penses ?
— Je trouve ça cool.
— On veut que tu sois la première à faire sa connaissance.
— Ah oui ?
— On n'est plus tout seuls tous les deux, ma grande.
— Tant mieux.
Elle avait les yeux humides, mais elle était bien décidée à sourire d'un bout à l'autre. Il la prit par la main et l'amena dans la chambre où Marjorie tenait son petit garçon dans ses bras. Elle leva la tête et lui sourit.
— Juliet, je te présente Johnny.
— Appelle-moi Bunny. Johnny et Bunny.
Davey hocha la tête.
— Johnny et Bunny.
Elle sourit largement.
Je voudrais que tu sois là, Rabbit.
Je suis là.

92

Juliet

— Les bébés, c'est génial, pas vrai, mamie ? dit Juliet à sa grand-mère, qui tenait le petit Johnny et le contemplait fixement.

— Si, c'est vrai, dit-elle en touchant son petit nez du bout du doigt. Je vois ta maman en lui.

— Moi aussi, dit Marjorie.

— Le bas du visage.

— Et le regard.

Molly sourit largement.

— Elle pouvait vous congeler les couilles avec ce regard.

— Maman ! s'offusqua Davey, et tout le monde éclata de rire.

Vera pleura en le prenant dans ses bras.

— Parfait, il est parfait.

Grace, Lenny et les garçons restèrent juste le temps de dire bonjour et de voir le bébé. L'infirmière répétait avec insistance qu'il ne devait y avoir que deux personnes dans la chambre. À un moment, ils avaient été onze.

— C'est une petite merveille, dit Grace, en sanglotant partout sur le beau bébé.

Quand il fut temps qu'ils partent, Ryan prit Juliet à part.

— Ça te dirait qu'on se voie avec ma bande de nerds le samedi après-midi ?

— Il n'y a que des garçons ?

— Non, des filles aussi, dont une Chinoise mais avec un gros accent de Dublin.

— Ça marche.

— Je te textoterai.

— Ryan.

— Quoi.

— Merci.

— De quoi ?

— D'être mon ami.

— Andouille, dit-il avant de suivre sa famille jusqu'à la voiture.

Ça va aller, maman, ça va enfin aller.

Épilogue

C'était le deuxième anniversaire de la mort de Rabbit et, sous un grand ciel bleu, la famille entière, les gars du groupe, Vera Shaw et Karen Faye se tenaient autour de la pierre tombale toute neuve de Johnny Faye et Rabbit Hayes. Les fossoyeurs avaient creusé une petite fosse et l'avaient recouverte d'un carré de faux gazon ; Jack le souleva et déposa l'urne, qui contenait désormais toutes les cendres de Rabbit, dans la terre fraîchement creusée. La famille s'était réunie la veille au soir pour verser le contenu des cœurs en argent dans l'urne. Juliet voulait que sa mère soit conservée en entier en un seul endroit. Le père Frank se tenait avec la famille, Francie, Jay, Kev et Louis, et ils dirent une prière pour Johnny le croyant et passèrent une chanson sur le téléphone de Davey pour Rabbit l'athée. C'était la chanson que Johnny avait écrite pour elle, et sa voix résonna au-dessus de leur tombe désormais unique, proclamant leur amour éternel. Sur la pierre tombale figurait la photo en noir et blanc de Johnny assis au bord de la scène et de Rabbit le regardant depuis la régie en contrebas, les yeux dans les yeux, souriant légèrement, perdus dans leur propre monde et leur temps à eux. C'était une photo magnifique, qui disait tout d'eux et de leur histoire. Sous la photo étaient écrites ces paroles de Johnny :

Seigneur, si ma vie doit être souffrance, ouvre cette porte, laisse-moi prendre mon envol et quand viendra son temps de se poser, Seigneur, laisse-moi la prendre par la main.

Suivie par ces mots :

Par Johnny Faye, écrit pour l'amour de sa vie, Rabbit Hayes.

Les dates de naissance et de mort étaient inscrites sous le poème de Johnny. Juliet était sur un nuage. Rabbit était exactement à sa place, et une fois que tout fut terminé, avant que quiconque ait fait un geste pour partir vers le pub, Marjorie chuchota :

— Qui est-ce qui t'aime, Rabbit Hayes ?

Molly lui pressa l'épaule et répondit :

— C'est nous.

Remerciements

Ce livre n'aurait pas pu être écrit sans l'aide de Lisa Kirsch, de l'infirmière Rebecca Canny, de l'inspecteur Joe Griffin et du Dr Nikki Sweeney. Merci, Lisa, pour ton courage et ton honnêteté sans fard. Merci, Rebecca, pour ton travail au National Health Service et pour m'avoir donné tant de temps et d'informations techniques. Merci au policier Joe Griffin de m'avoir expliqué en détail comment se passent une arrestation et un procès, et enfin, merci au Dr Nikki Sweeney de m'avoir parlé des services de médecine et de toxicomanie en prison.

Un remerciement spécial et toute mon amitié à mon agente, Sheila Crowley. Merci pour ton soutien sans faille, tes conseils formidables, ta patience et ta lumière. À tout le monde chez Bonnier, Kate Parkin, Jane Harris, Georgia Murrey et surtout à mon éditrice Margaret Stead, qui a ajouté une valeur phénoménale à ce livre : MERCI ! C'est une joie absolue de travailler avec vous toutes.

Merci à mes amis et à ma famille de me supporter.

Merci à mon mari pour sa gentillesse.

Je vous aime tous.

Si vous avez aimé ce livre – comme je l'espère – et que vous êtes sur Instagram, vous pouvez m'y trouver : @mcpartlin.anna, c'est moi.

Je ne peux pas promettre que mes posts vont changer ou améliorer votre vie le moins du monde, mais je ferai de mon mieux pour vous faire sourire une fois de temps en temps #Jessaie.

Bien à vous,

A. McP.

Table des matières

Prologue 9

Le jour J 15
La veillée 49
Les obsèques 123
Première année 197
L'opération 269
Deuxième année 373
Le retour 403
Le procès 457
La naissance 509

Épilogue 553
Remerciements 555